FAMILIA WINSTON
CARTEA ÎNTÂI

TREZIREA BECKĂI

&

DILEMA LUI MATT

ROWENA DAWN

SCARLET LEAF

2018

Această operă este o ficţiune.

Numele, personajele, locurile şi întâmplările din acest roman sunt produsul imaginaţiei autorului şi nu trebuie considerate ca fiind reale. Orice asemănare cu evenimente reale, localităţi, organizaţii sau persoane în viaţă sau decedate, reprezintă o coincidenţă.

SCARLET LEAF

TORONTO ONTARIO CANADA

COPYRIGHT BY ROWENA DAWN

ISBN: 9781386982500

Pentru informaţii, adresaţi-vă Editurii Scarlet Leaf

scarletleafpublishinghouse@gmail.com

Cuprins

NOROCOȘILOR CE ȘI-AU GĂSIT SUFLETUL PERECHE

FAMILIA WINSTON

COPIII REBECCĂI

Adam (c. Anna)

Evelyne (decedată)

Copiii lui Adam

Marjorie (geamănă, c. Jonathan) – copii: Matt (34), Maggie (28), Jay (28)

Michael (geamăn, c. Amelie) – copii: Josh (26), Lily (26)

Gabriel (c. Emilie) – copii: Ariel (32), Alex (32), Becka (19)

TREZIEREA BECKĂI

PROLOG

-HAI, MĂI, OMULE, ASTA nu e deloc corect! explodă Josh.

Îşi aruncă furculiţa înapoi pe farfurie, ceea ce o făcu pe mătuşa sa, Marjorie, să se încrunte. Ea iubea acel set de vase şi se temea că frustrarea tânărului bărbat va duce la crăparea farfuriei mai devreme sau mai târziu.

-Tu te plângi? îşi flutură Maggie furculiţa spre el în batjocură şi îşi dădu ochii peste cap. Eşti încă destul de tânăr în comparaţie cu unii dintre noi şi ai destul timp la dispoziţie, aşa că nu ar trebui să te plângi! i-o întoarse ea cu mânie.

-Are dreptul să se plângă, Maggie, la fel ca oricare dintre noi, replică Becka, susţinându-l pe vărul său. Şi ce dacă noi sântem mai tineri? Sântem cu toţii în aceeaşi barcă, lovi ea cu pumnul său mic în masă. Mătuşică, nu putem face nimic să rezolvăm problema aceasta?

-Ştiu că vrei, păpuşă, dar nu poţi face nimic, o mângâie mătuşa Marjorie pe braţ, încercând să o liniştească. Trebuie să faceţi ce trebuie să faceţi.

3

-Deci trebuie să plătim noi pentru ceva ce s-a întâmplat acum o sută de ani, înainte ca noi să ne fi născut? Cum are chestia asta vreun sens? se răsti Alex şi se alătură celorlalţi, exprimându-şi supărarea, deşi aceasta nu-l opri din a mai lua o bucată de plăcintă.

-E mai puţin de o sută, măi, găgăuţă! îi replică Lily cu dispreţ şi-l lovi peste braţ.

-Cui naiba îi pasă? îi răspunse Alex cu gura plină.

Niciodată nu învăţase să nu vorbească cu gura plină, chiar dacă părinţii lui au încercat din greu să-l dezveţe de acel obicei. Oricum, lui nu-i păsa nici cât negru sub unghie de astfel de lucruri şi, în special, acasă.

-O sută, două sute, acelaş rahat, scuzaţi-mi franceza. Ştiţi ce? Eu nu am chef să plătesc pentru greşelile unui măgar, îşi termină el discursul înfierbântat, cu degetul tot îndreptat spre Lily.

-Şi atunci ce propui să facem? întrebă cu nonşalanţă Matt, care până atunci îşi ţinuse gura închisă.

Tot sorbise din whiskey-ul lui tăcut, cu o expresie detaşată pe chip, care sugera că nimic din ceea ce se discuta nu-l afecta pe el.

-Nu-mi spune că eşti de acord cu chestia asta! îi răspunse Alex cu neîncredere. Haide, Matt! Eşti cel mai în vârstă dintre noi, omule, şi mai ai numai un an la dispoziţie. Sunt convins că eşti la fel de furios ca şi mine, dacă nu mai mult! Nu pretinde că nu te deranjează pentru că este imposibil!

Matt păstră tăcerea câteva secunde, mai sorbi din paharul său un pic, apoi îl privi pe Alex şi îşi scutură capul.

-Furios? Poate. Pot să fac ceva în legătură cu asta? Nu cred, îi replică el vărului său cu indiferența lui obișnuită, fixându-l cu privirea. Așa că de ce m-aș agita?

Nici unul dintre ei nu avu nici un răspuns. Toți știau că exista o anumită stipulare pe care trebuiau să o îndeplinească și abia după aceea puteau primi banii din trust și să obțină puteri depline.

Mai rău era că trebuiau să o facă înainte de a ajunge la vârsta de treizeci și cinci de ani, pentru că dacă atingeau acea vârstă fără a îndeplini acea condiție, partea lor de bani era împărțită între ceilalți mai tineri care încă mai aveau timp să reușească sau să eșueze.

-Știți ce? Mie chiar nu-mi prea pasă dacă obțin potențialul deplin al puterilor mele, spuse Ariel gânditoare, fără să se adreseze nimănui în mod deosebit, deși mi-ar fi plăcut să văd ce aș fi putut face dacă aș fi avut puteri complete..., continuă ea, pierdută în gânduri ca de obicei.

Verii ei așteptară ca ea să ajungă la punctul final al discursului ei. Știau că avea prostul obicei de a bate câmpii și de a se pierde în gândurile sale, lăsându-i pe oameni să aștepte. Cu toate acestea, în marea parte a timpului, dacă nu mereu, găsea soluții interesante dacă aveau răbdarea să o asculte.

-Dar aș vrea să fac ceva pentru mine însămi. Mi-ar place să-mi deschid o mică afacere, spuse Ariel în final, exprimându-și dorința ascunsă.

-Continuă să visezi, fată, se răsti Maggie, deja plictisită de felul în care Ariel își tot tărăgăna vorbele.

Maggie nu avea deloc răbdare şi, din nefericire, acea trăsătură a ei avea unele rezultate negative în viaţa ei de zi cu zi.

-Până ce te îngrijeşti de ce trebuie să faci, Ariel, fată dragă, nu vei putea să deschizi nici măcar un şopron, îi spuse ea.

-De ce eşti mereu aşa răutăcioasă cu ea? se răsti Alex la Maggie. Dacă vrea să viseze, las-o să viseze. Oricum, ce altceva poate să facă? Ce altceva poate oricare dintre noi să facă? întrebă el, iar privirea sa furioasă trecu de la unul la altul pentru a le vedea reacţiile.

-Să învingeţi blestemul? sugeră Marjorie blând, încercând să dezamorseze o potenţială situaţie explozivă.

-Nu-i atât de uşor, mătuşică, spuse Ariel cu tristeţe. Am încercat, doar ştii... Îţi aminteşti? Am crezut că tipul acela, Eric, cel pe care l-am întâlnit acum doi ani, ar fi fost alesul. Nu a fost să fie, doar ştii... Nu este uşor, şi tu o ştii doar foarte bine. Vezi doar cum sunt lucrurile acum. Nu mai există nici un fel de romantism real în lume, mi-e teamă. Dacă nu mai există nici un pic de romantism, unde să găseşti iubirea adevărată atunci?

Marjorie o aprobă dând din cap. Ştia şi ea cum stăteau lucrurile. Nu era floare la ureche să-ţi găseşti iubirea adevărată. Fusese şi ea în aceeaşi situaţie ca şi ei când i-a venit rândul şi pierduse aproape tot din cauza propriei încăpăţânări şi amestecului familiei sale.

-Nu este niciodată uşor, draga mea, ştiu, îi răspunse ea, mângâindu-i braţul cu dragoste. Dar, Ariel, draga mea, trebuie să încerci. Nu poţi să renunţi pur şi simplu.

FAMILIA WINSTON CARTEA ÎNTÂI TREZIREA BECKĂI & DILEMA LUI MATT

Gândeşte-te numai! Îţi vei putea folosi puterile şi vei obţine banii, dar numai dacă îţi vei găsi dragostea adevărată şi i te vei dărui complet. Vei fi cu adevărat fericită atunci!

Ariel îşi întoarse ochii spre farfuria de pe masă. Ştia că toţi ar fi citit în ochii ei că s-a resemnat deja şi îi era silă să tot audă platitudinile şi încurajările pe care familia se simţea obligată să i le spună ori de câte ori vedeau că gândea astfel.

Toţi din jurul mesei rămaseră tăcuţi câteva clipe, iar Jay se mai servi din plăcinta fantastică a mamei sale.

Marjorie era cea mai bună bucătăreasă din familia lor şi de aceea aleseseră să se întâlnească la ea acasă. Totul era mai uşor de înghiţit când se găsea o plăcintă sau o prăjitură bună pe masă. Cel puţin, aceea era părerea lui Jay.

-Cred că ar trebui să vedem dacă există vreo cale legală să ieşim din situaţia aceasta, fraţilor. Ne trebuie banii acum, nu-i aşa? Nu e ca şi cum am putea aştepta o eternitate! sparse Alex tăcerea când ideea îi veni brusc în cap, iar ochii lui îi evaluară pe toţi cu grijă şi îi văzu înclinând din cap că erau de acord. Uite, continuă el, am aproape treizeci şi doi de ani. Nu am timp de lucruri idioate şi de jocuri şi de încercări cretine să-mi găsesc marea iubire! Vreau să fac ceva pentru mine însumi acum, aşa cum a spus şi Ariel. Acum, când încă pot.

Deşi aproape toţi erau de acord cu el, toţi se uitară la Matt. Se ştia că era cel mai deştept din familia lor şi ştiau că orice soluţie trebuia să vină de la el. Ochii lui Matt se plimbară în jurul mesei când acesta le simţi privirile pline de speranţă aţintite asupra lui şi, într-un final, îşi scutură capul.

-Nu e nici o cale de ieşire, amice, îşi puse Matt paharul pe masa de lemn şi, în acelaş timp, se ridică de pe bancă. Dacă ne-ai chemat aici numai pentru această discuţie, atunci eu am plecat. Am lucruri serioase de făcut, locuri de văzut...

-Nu vrei nici măcar să încerci, strigă Becka, sărind şi ea de pe locul ei. Pur şi simplu ai renunţat pentru că mai ai puţin timp la dispoziţie şi nu îţi mai pasă.

-Am încercat, draga mea, îi răspunse Matt cu un zâmbet trist pe buze.

Becka era verişoara lui favorită. Poate pentru că era cea mai mică sau poate pentru că nu era răzgâiată şi era amuzantă şi avea o inimă mare. Degetele lui îi mângâiară obrazul cu dragoste, dar în acelaşi timp cu tristeţe, iar apoi o sărută pe frunte.

-Becka, am încercat din greu să găsesc o portiţă de ieşire în cuvintele din documentele pentru trust. Crede-mă, nu există nici una. Dacă eu nu am putut găsi nimic, draga mea, atunci nimeni nu poate şi o ştii doar. Este un motiv pentru care sunt considerat cel mai bun avocat din ţară, şi cu toţii ştiţi că nu spun asta numai din vanitate. Oricum, draga mea, zilele acestea mă mulţumesc să-mi fac banii muncind din greu şi bucurându-mă cât mai mult de puţinul timp liber pe care îl am. Am încetat să mai încerc să îndeplinesc altfel de visuri. Nu e în cărţi pentru mine, atâta tot.

Toţi verii îl priviră şocaţi. Numai sora lui, Maggie, îl înţelegea foarte bine. Nu avea ea prea multă răbdare, în special cu proştii, dar Matt reprezenta ceva special pentru ea.

FAMILIA WINSTON CARTEA ÎNTÂI TREZIREA BECKĂI & DILEMA LUI MATT

Întotdeauna îl admirase și știa că nu era genul de om care să renunțe la nimic fără luptă. Auzindu-l spunând că s-a resemnat o făcu să înțeleagă profunzimea mâniei lui, chiar dacă el o ascundea față de ei.

Simți nevoia să îl ia în brațe și să nu-i mai dea drumul, dar știa că lui nu i-ar fi plăcut așa ceva. Fratelui ei nu-i plăceau manifestările exagerate de afecțiune, așa că se mulțumi să-l mângâie ușor pe mână.

-Matt, ar trebui să încerci să-ți folosești timpul rămas căutând o fată pentru tine, îi spuse maică-sa cu reproș, și atenția tuturor se întoarse spre Marjorie, care continuă. Mai ai încă o șansă, fiule, și eu nu vorbesc aici despre bani, și o știi foarte bine. Știu că povestea aceea cu Velma te-a făcut să-ți fie teamă să-ți mai angajezi inima din nou, iar mie chiar nu-mi place asta. Acesta nu este Matty pe care-l știu eu. Aceea nu a fost iubire, fiule, și știi foarte bine. Dacă ar fi fost iubire adevărată, ți-ai fi căpătat puterile pe deplin chiar dacă nu ai obținut banii.

-Mamă, Velma a ieșit din tablou de mai bine de un deceniu deja. Este o poveste din trecut. Care e scopul de a o mai aduce în discuție acum? i-o întoarse Matt scurt, scuturându-și capul.

Nu înțelegea insistența mamei sale de a aduce din nou în prezent amintiri amare.

-Pentru că din cauza ei ai încetat să mai privești femeile cu speranță, sublinie Marjorie, scuturându-și degetul mustrător la primul său născut. Te gândești că toate femeile sunt ca ea și de aceea iei tot ce poți de la ele și mergi mai departe. O altă femeie pe listă! E ca şi cum ai ţine scorul: cu câte femei poate Matt să fie norocos? îi reproşă ea cu acreală, ceea ce nu era ceva ce mai văzuseră înainte.

Ochii tuturor erau fixaţi pe ea.

-Nu este bine pentru tine, Matt! Chiar dacă ai renunţat la banii din trust, ceea ce, apropo, este o prostie, încă eşti în viaţă şi tot ai nevoie de o femeie pe care să te poţi baza, după cum am spus mereu. Vei îmbătrâni singur şi amar! îşi încheie Marjorie tirada neobişnuită, împungându-şi fiul în piept cu degetul.

-Mulţumesc pentru previziunile de viitor, mamă. Este întotdeauna fantastic să ştii cum îţi va fi viaţa! replică Matt cu sarcasm şi se mişcă din calea degetului ei ascuţit.

Cu toate acestea nu plecă. Părea nehotărât şi îşi aruncă privirea spre verii săi.

Marjorie îşi scutură capul cu amărăciune, dar decise să nu mai continue cu acea linie de discuţie. Îşi cunoştea fiul foarte bine şi ştia că nu putea spune sau face nimic care să-l facă să se răzgândească când reacţiona astfel. Era ca şi cum ar fi vorbit cu un perete.

Tăcerea se întinse câteva minute. Toată lumea era ocupată. Fie îşi mâncau plăcinta, fie se jucau cu paharele lor de băutură, pretinzând că nu se întâmplase nimic deosebit între Marjorie şi fiul său cel mai mare. Dar mai cu seamă, încercau să evite să se privească în ochi, de teamă că vreunul ar putea spune ceva supărător din nou.

FAMILIA WINSTON CARTEA ÎNTÂI TREZIREA BECKĂI & DILEMA LUI MATT

Până la urmă, Alex, cel care vorbea cel mai deschis dintre toți, nu mai suportă tăcerea incomodă și se uită în jurul mesei pentru a vedea cam care era starea de spirit a fiecăruia. Nesigur dacă merita efortul sau nu, se decise să încerce un nou subiect de discuție.

-Știi că tu ești nepotul favorit al bătrânei doamne, Matt. Nu o poți convinge să pună capăt la această nebunie? Ea poate să schimbe documentele dacă vrea. Nu e ca și cum cuvintele ar fi săpate în piatră, spuse Alex și îi așteptă răspunsul lui Matt cu neliniște.

-Am încercat și asta, Alex, spuse Matt oftând și scuturându-și capul. A spus că a făcut-o pentru binele nostru, ce-o vrea ea să spună cu asta... Așa că... Pot spune că am încercat absolut totul și că e timpul să-mi limitez pierderile.

Din nou nici unul nu spuse nimic câteva clipe și, din nou, nici unul nu îi putea privi pe ceilalți în ochi, în timp ce tăcerea se întindea.

Încurajat de tăcerea neobișnuită, pentru că de obicei astfel de adunări erau foarte zgomotoase și pline de conversație, Matt își luă la revedere cu o simplă fluturare a mâinii și o porni spre cărarea ce ducea spre ușa de la bucătărie, fluierând ușor pentru sine.

Ariel, gânditoare ca mai întotdeauna, privi după el până ce dispăru din vedere și nu o mai putea auzi, iar apoi spuse cu tristețe:

-Este trist... Într-adevăr foarte trist. Este cel mai mare dintre noi și deja a renunțat.

Câteva momente toți s-au holbat la ea fără cuvinte, de parcă i-ar mai fi crescut un cap în ultima oră.

După o clipă, pentru că nu își putea crede urechilor, fratele ei, Alex, îi replică furios:

-Ei bine, și noi sântem destul de aproape, Ariel. Nu e ca și cum am mai avea mult timp la dispoziție, nu-i așa? Doar vreo trei ani, nătângo! Când am împlinit treizeci și cinci de ani, s-a dus totul: banii, puterea, totul. Și nu putem face nimic să oprim chestia asta!

-Nici măcar să trișăm, interveni Jay cu amărăciune, iar ceilalți izbucniră în râs.

-Oh, da, mi-amintesc bine, spuse Lily. Ai încercat să faci pe nebunul îndrăgostit și ai venit cu tipa aia redusă mental. Camilla, cred că era numele ei.

Jay aprobă dând din cap zâmbind. Uitase deja de ridiculizarea pe care o suferise atunci. Temperamentul său comod nu îi permitea să fie ranchiunos pentru mai mult timp.

-Da, dar nu a mers, nu-i așa? spuse Josh foarte la obiect. Fosilele acelea două te-au mirosit imediat.

-Eh, ei pot să citească mintea omului, așa că a fost floare la ureche pentru ei să-l dea de gol, sublinie mătușa Marjorie cu un zâmbet enigmatic pe buze. De aceea au fost numiți administratori, știți bine. Nimeni nu îi poate păcăli. Nu ar fi trebuit să încerci să trișezi, Jay. Bătrâna doamnă nu te-a iertat încă.

Jay ridică din umeri. Știa el bine care îi era relația cu străbunica lui în zilele acelea. Nu credea că ea îl va ierta vreodată.

Bătrâna scorpie era o adevărată comoară. Era plină de resentiment și amărăciune.

Doar câţiva dintre ei mai puteau să smulgă vreun zâmbet
de la ea, iar în ultima vreme, el nu s-a aflat în acel grup. După
isprava cu femeia aceea, străbunică-sa nici măcar nu-l mai
băga în seamă la cinele de familie. Pretindea că el nici măcar
nu există.

Jay aruncă o privire în jur şi observă că toţi tăcuseră,
gândindu-se la implicaţiile a ceea ce i s-a întâmplat.

Spera cu adevărat că nu va mai trebui să treacă printr-o
nouă perioadă de glume răutăcioase sau tachinare inocentă,
la care Becka era maestră. El chiar tresări când Becka începu
să vorbească, aşteptându-se la ce era mai rău.

-Deci trebuie numai să aşteptăm ca ei să moară... începu
Becka să spună ezitant, privirea ei trecând de la unul la altul.

-Nu aşa de repede, o întrerupse Marjorie în grabă.
Regula spune că dacă cei doi decedează, alţi doi le vor lua
locul. Acelaş tip de puteri, păpuşă, aşa că nu vei avea cum să-i
păcăleşti nici pe aceea. Trebuie să înţelegi că nu există nici o
cale ocolită. Trebuie să joci după reguli.

-La naiba! înjură Alex. Şi toată drama asta numai din
cauză că străbunicul a avut tupeul să o părasească pe
străbunica pentru altă femeie şi un alt idiot a părăsit-o pe
mătuşa Evelyn la altar şi ea s-a sinucis! îşi scutură el capul, de
parcă totul era de neînţeles pentru el. Deci, acum, generaţie
după generaţie trebuie să plătească din cauza acelor doi
idioţi. Unde naiba este dreptatea în toată chestia asta?

-Ei bine, şi eu cred că a fost o concluzie extrem de
radicală din partea bunicii mele, replică Marjorie
conciliatoriu. Dar nu a existat niciodată o cale de a o face să
se răzgândească, din păcate. Ştiu că tatăl meu a încercat la
vremea lui, dar nu a vrut să-l asculte. A încercat din nou când

fericirea mea era în joc, şi tot nimic. Nu a vrut să renunţe, să dea înapoi. Nici măcar un pic. Din moment ce banii erau încă ai ei, avea dreptul să decidă ce dorea să facă cu ei.

-Dar de ce blestemul referitor la puterile noastre? Asta chiar nu pot să o înţeleg, se minună Becka.

-Acelaş motiv. Bunicul era şi el vrăjitor şi a folosit acele puteri pentru a seduce o femeie foarte tânără şi pentru a o părăsi pe bunica. Iar bărbatul care a părăsit-o pe Evelyn la altar fusese şi el ademenit de o vrăjitoare. Aşa că bunica nu mai dorea ca nici o altă vrăjitoare să-şi abuzeze puterile.

-Dar eu nu aş face-o! strigă Becka.

-Ştiu asta, puiule, o bătu Marjorie pe mână cu tandreţe. Nu toate merele sunt putrede, eu ştiu măcar atâta lucru. Dar bunica nu a vrut să audă nimic, aşa că... Sântem cu toţii în aceeaşi găleată. Acum toţi din generaţia mea au trebuit să plătească pentru asta, iar generaţia voastră trebuie să plătească, de asemenea. Oricum, dacă reuşiţi să vă găsiţi dragostea adevărată şi să obţineţi banii, atunci problema banilor se va încheia, iar generaţiile viitoare vor avea numai blestemul să-l învingă, încercă Marjorie să le ridice spiritele, dar fără prea mult succes.

-Oh, numai atât, oftă Lily şi îşi puse bărbia în mână, fixându-şi privirea visătoare undeva în depărtare.

-Chiar am vrut să deschid o pepinieră, şopti Ariel neconsolată, iar fratele ei îi mângâie degetele, în timp ce ochii lui luceau cu profundă îngrijorare pentru visurile surorii sale.

-Nu e totul pierdut, draga mea, spuse Marjorie şi îi mângâie şi ea mâna. Vei vedea. Îţi vei găsi sufletul pereche, Ariel. Totul va fi bine.

-Unde? Unde aş putea să-mi găsesc sufletul pereche, mătuşică? Oamenii de care mă lovesc în fiecare zi nu sunt nici măcar potriviţi să-mi fie iubiţi, crede-mă. Nu i-aş lăsa să se apropie de mine pentru nimic în lume, aşa că să-mi găsesc sufletul pereche este absolut imposibil. Nu există nici o şansă pentru mine în lumea asta! M-am uitat peste tot în jur ani de zile şi nimic! spuse ea, iar de data aceasta îi apărură lacrimi în ochi.

-Aşteaptă şi o să vezi, Ariel. Lucrurile astea au felul lor de a se petrece, îi şopti Marjorie, iar apoi începu să le adune farfuriile pentru a le arăta că s-a încheiat conversaţia.

Nu avea nici un sens să dezbată ceva ce nu putea fi schimbat. Nu mai era nimic de adăugat, iar scâncitul nu ajuta defel. Femeia mai în vârstă ştia asta bine. Scâncitul nu ajuta niciodată. Trebuia să-ţi sufleci mânecile şi să faci ceva.

Deşi ceilalţi au sărit de pe scaune să o ajute, toţi se gândeau încă la conversaţie şi la viitorul care nu părea prea rozaliu, ba chiar arăta cam lipsit de speranţă pentru ei în acel moment.

ROWENA DAWN

CAPITOLUL 1

BECKA PĂRĂSI CAFENEAUA în grabă. Ținea o cafea fierbinte într-o mână, iar în același timp, încerca să îndese o brioșă și un covrig în geanta ei cu cealaltă mână.

Uitase să ceară o manșetă de protecție pentru paharul de cafea de unică folosință, iar în plus, uitase să ia măcar un șervețel. Capul îi era în nori în acea dimineață, iar acum fierbințeala cafelei îi ardea degetele prin paharul de hârtie.

Nu se mai putea întoarce la cafenea. Era deja în întârziere pentru clasele de dimineață, iar ultimul lucru pe care îl dorea era să piardă cursul cu subiectul ei preferat.

Becka continuă să se lupte cu toate. Încercă să convingă brioșa și covrigul să intre în geanta ei, întrebându-se de ce oare plecase de acasă cu o asemenea geantă mică.

Oamenii și lucrurile din jurul ei se estompară din ce în ce mai mult pe măsură ce se lupta cu geanta, grăbindu-se în același timp spre stația de autobuz.

Doar o clipă mai târziu, tocmai când dădea colțul străzii, cu ochii mereu fixați pe geanta ei mică care nu coopera cu ea deloc, intră într-un bărbat înalt. Norocul fiindu-i așa cum era în acea dimineață, capacul de la paharul de cafea se desfăcu și tot lichidul acela fierbinte se vărsă pe cămașa albă, imaculată, a uriașului.

Desigur, se gândi Becka, lucrurile nu puteau fi mai proaste. Nu numai că l-a opărit, dar nenorociata aia de cămaşă trebuia să fie albă. De ce nu era neagră? Nimeni nu ar fi remarcat petele de cafea pe o cămaşă neagră.

-Oh, Dumnezeule, îmi pare atât de rău. Foarte, foarte rău! se bâlbâi ea şi încercă să-i cureţe cafeaua de pe cămaşă cu mâinile goale, uitând de paharul de hârtie care zăcea pe trotuar, aruncat precum veştile de ieri, complet gol.

Uitase şi de micul dejun pe care şi-l dorise atât de mult, şi care acum atârna precar pe o parte a genţii, gata să cadă, de asemenea.

Mâinile ei scuturară cămaşa bărbatului pe cât de repede puteau. Încerca să-i limiteze arsurile, cel puţin.

Becka ştia că lichidul fierbinte a trecut deja prin pânza cămăşii lui şi nici nu dorea să se gândească la ce se întâmplase cu pielea care se afla dedesubt, care era probabil arsă rău de cafeaua proaspăt făcută şi fierbinte.

-Cred că mai bine îţi scoţi cămaşa, strigă ea, fără să îşi ia ochii de la ce făcea.

Remuşcarea era cea care îi determina acţiunile acum şi imagini cu camera de gardă de la spital îi jucară în minte. Atât de concentrată era pe greşeala ei aproape catastrofică, că Becka nici măcar nu remarcă restul trupului bărbatului căruia îi aparţinea pieptul pe care îl atingea, şi evident, nici sprânceana care îi sărise în sus atunci când ea i-a cerut să se dezbrace.

-Pot să te înteb ce încerci să faci de fapt? întrebă el într-un final, pe un ton blând, înşelător.

Până atunci, el pur şi simplu îi privise creştetul capului, complet şocat de acţiunile micuţei femei din faţa lui.

Auzindu-i vocea, ea își ridică în sfârșit privirea spre chipul lui și clipi. Nu o dată sau de două ori, ci de trei ori.

Bărbatul pe care îl avea în fața ei nu era tipul de bărbat cizelat și politicos pe care îl întâlnise în viața ei înainte. Era departe, foarte departe, de acel gen de bărbat.

Chipul colțuros al acestui bărbat era marcat de o cicatrice lungă și palidă pe obrazul său stâng. Aceasta începea de undeva din apropierea colțului ochiului și continua până aproape de colțul gurii, iar aceasta îi dădea o alură periculoasă. Arăta cam la fel ca unul din mercenarii pe care îi văzuse într-unul din documentarele despre războiul civil din fosta Yugoslavie, ceea ce nu era prea liniștitor.

Sprânceana lui rămăsese ridicată disprețuitor și, timp de o clipă, ea se întrebă cum de reușea să facă așa ceva. Nu era ușor să faci o asemenea mișcare atât de mult timp, s-a gândit ea.

Tânăra femeie uită complet de nedumerirea sa când îi întâlni ochii, care păreau mai reci decât Oceanul Arctic, și un fior îi trecu prin corp.

Ea clipi din nou, înghiți cu greu și apoi încercă să-și regăsească vocea. Se forță să fie curajoasă, refuzând să-l lase să creadă că era o mâță speriată. Ea întotdeauna încerca să țină piept oricărui pericol fără să se retragă și nu credea că acela ar fi fost momentul potrivit să înceapă să se schimbe.

-Hmm.... Mă gândeam... știi tu... cămașa ta...

-Mda, am auzit amănuntul acela despre cămașa mea, nu te teme, dar chiar nu înțeleg ce diferență ar face dacă mi-aș scoate-o. Cu sau fără cămașă, pielea tot opărită îmi va fi, dimineața tot distrusă îmi este și eu tot voi fi scos din țâțâni, spuse el pe un ton plat, care nu dezvăluia nici cea mai mică urmă de furie, iar acel lucru o înspăimântă pe Becka și mai mult.

Era adevărat că vocea lui nu suna de parcă ar fi fost furios, dar opoziția flagrantă dintre cuvintele lui și tonul lui o făcea nervoasă. Becka nici măcar nu își putea da seama cum ar trebui să-i vorbească.

Înghiți din nou și apoi spuse cu curaj:

-Știu asta, dar cafeaua este în mare parte pe cămașă, deci dacă o scoți...

-Acum? se minună el, când văzu că s-a oprit fără să-și termine fraza.

-Bineînțeles că da, aprobă ea cu o înclinare a capului, accentuându-și cuvintele pentru a le face să sune pline de siguranță, chiar dacă, de fapt, ea nu era prea sigură de ce spunea.

Ea pretinse că știa ce face, cu toate că fața îi ardea de jenă. Era prima dată când îi cerea unui bărbat să-și scoată hainele, chiar dacă era vorba numai de cămașă. Mai mult decât atât, tonul și atitudinea lui o făceau să se simtă teribil de nelalocul ei și tare îi era teamă că totul i se vedea pe față.

Nu putea spune că avea o față bună pentru poker. De fiecare dată când juca cărți cu Jay, acesta râdea de eforturile ei ineficiente de a blufa.

Bărbatul o privi câteva secunde, dar apoi, cu o mișcare îndrăzneață, își scoase cămașa.

-Poftim, dă-ți toată silința, spuse el și-i înmână cămașa care era deja înfiorător de pătată.

Cu toate acestea, Becka nu o luă. Nici măcar nu observă că el i-o întindea şi nici nu-şi regăsi vocea să-i răspundă. Ochii ei erau prea ocupaţi să parcurgă suprafaţa acelui piept bine sculptat, presărat cu păr creţ şi aspru, încă umed din cauza cafelei ei. Uitase complet ce dorea sau ce se presupunea că trebuia să facă.

-Pământul la lună? o luă el în râs cu vocea lui gravă şi îşi flutură mâna prin faţa ochilor ei.

Într-un final, gestul lui o ajută să revină la realitate şi ochii Beckăi săriră să-i întâlnească pe ai lui imediat.

-Scuze, m-am pierdut petru o clipă în gânduri, mormăi ea, destul de dezamăgită de admiraţia ei prostească pentru trupul bărbatului. Se crezuse imună la un astfel de comportament.

Într-un final, ea luă cămaşa din mâna lui care tot aştepta întinsă, şi se folosi de ea să-i usuce pieptul, cu mişcări mai viguroase decât ar fi fost necesar.

Cafeaua devenise deja o pată uscată şi lipicioasă pe pielea lui, dar ea nici nu se gândi la asta, după cum nici nu se gândi că, în fapt, îi cam lua un strat din pielea vulnerabilă şi arsă.

Nu-şi dădu seama de nici unul dintre acele lucruri pentru că, de fapt, Becka mustea cu jenă, supărată pe ea însăşi din cauza neatenţiei sale, dar şi din cauza tuturor reacţiilor sale ulterioare.

Nu numai că şi-a vărsat cafeaua pe un străin, dar a mai fost şi surprinsă holbându-se la pieptul bărbatului ca o femeie simplă la minte şi desfrânată.

-Da, am remarcat, replică el amuzat, privindu-i expresia în timp ce ea îi curăţa pieptul.

Felul de a gândi al femeii îl amuza. Putea să-i citească toate gândurile pe chip fără prea mare dificultate.

Era înviorător să vadă pe cineva atât de nealterat ca femeia pe care o avea în fața ochilor. Se săturase de jocurile jucate în societate și își dorea ceva nou.

După câteva clipe, se decise să o întrebe:

-Are acest efect asupra ta pieptul oricărui bărbat sau numai al meu?

În vocea lui răsună și puțină răutate, iar tonul lui o făcu să se îndrepte și să-l privească drept în ochi. Apoi replică îmbufnată:

-Încerc numai să te ajut, doar știi! De ce te comporți ca un ticălos?

Când ea se răsti la el, ochii lui deveniră și mai reci decât fuseseră înainte și el își smulse cămașa din mâna ei.

Da, cu astfel de ajutor nu ar trebui să fiu surprins dacă mor mâine!

Becka bătu din picior cu frustrare, își ridică vocea și îi răspunse cu încrederea ei de sine obișnuită :

-Ești numai ofticat pentru că ți-am pătat cămașa.

Vocea ei era pe cât de hotărâtă posibil, iar ea dădu și din cap, sperând că astfel va demonstra că știe despre ce vorbește.

-Dar a fost numai un accident, trebuie să înțelegi. Nu e ca și cum aș fi vrut să-mi vărs cafeaua pe tine! Aș fi preferat să o beau, să știi, îl sfidă ea și ridică din umeri.

Stătea dreaptă ca o lumânare în fața lui, atitudinea ei la fel de confidentă și dominantă ca și a lui. Cu toate acestea, strică totul când adăugă pe tonul încăpățânat al unui copil:

-Chiar mi-ar fi trebuit cafeaua aceea!

Fascinat de schimbarea bruscă în atitudinea ei, o privi mai atent. Abia acum îi remarcă ochii de culoarea ciocolatei și în special gura mică, arcuită, cu buze rozalii. Ceva în el aproape implora și îl împingea să o înșface o dată și să-i guste gura dulce și senzuală.

Pe măsură ce ea vorbea, interesul lui în buzele ei crescu și la un moment dat, o nevoie agonizantă îl împinse să se aplece și să ia ceea ce dorea. Buzele ei deveniră și mai tentante când femeia își trecu vârful limbii peste buza superioară. Bărbatul simți furnicături în abdomen și brusc, interesul i se schimbă complet.

-Mi-ești datoare, spuse el atât de abrupt încât atmosfera se încărcă cu tensiune imediat.

Becka își deschise gura șocată, gata să-i răspundă. Cu toate acestea, nu putu scoate nici un sunet câteva clipe. Izbucnirea lui o uluise.

Bărbatul nu își clarifică declarația și nici nu elaboră mai mult pe tema respectivă. Pur și simplu, așteptă ca ea să-i proceseze cuvintele și să îi dea o replică îndrăzneață. Din ce văzuse până atunci, era sigur că va primi una. Nu avu de așteptat prea mult timp.

-Despre ce vorbești? reuși ea să spună până la urmă, vocea ei având o notă de indignare voalată, iar ochii ei măriți îi priveau intens pe ai lui.

-Ce ai auzit, îi ignoră el supărarea inofensivă. Îmi ești datoare.

-Pentru cămașa asta? îl întrebă ea nedumerită, arătând spre cămașa pe care o ținea în mână.

-Printre alte lucruri, i-o întoarse el cu un zâmbet nemilos.

Zâmbetul lui lupesc îi stârni un fior pe șira spinării, iar mintea ei începu să se gândească la tot felul de scenarii neliniștitoare.

-Ce alte lucruri? întrebă Becka cu întârziere din cauza ezitării și nesiguranței.

Ochii ei păreau să se lărgească din ce în ce mai mult, iar vârful limbii îi atinse din nou buza superioară cu nervozitate, ceea ce avu darul de a-l chinui și a-l face și mai conștient de dorința crescândă pe care o resimțea pentru ea.

El nu înțelegea acea dorință irațională și improbabilă pentru femeia aceea neîndemânatică pe care abia o întâlnise, dar ceva dinlăuntrul lui o dorea nebunește. De fapt, trebuia să o aibă, iar asta era tot.

Arăta cam tânără, poate mult prea tânără, aceasta era adevărat, dar el știa că aparențele erau uneori înșelătoare. Cu toate acestea, nu uită să își facă o notă mentală să își amintească să o întrebe ce vârstă avea. Nu dorea să își facă de cap cu momeală de închisoare, chiar dacă atracția ce o resimțea față de ea era atât de puternică.

Avea o politică strictă în ceea ce privea mersul la închisoare, iar aceasta era, în fond, destul de simplă. Închisoarea nu era un loc pe care tânjea să-l mai vadă pe dinăuntru. O văzuse o dată deja și fusese mai mult decât suficient.

-M-ai opărit, mi-ai distrus cămașa și, evident, nu pot să merg la întâlnirea de afaceri pe care o aveam pe jumătate dezbrăcat. Și, te rog, ia notă, că era o întâlnire foarte importantă, iar eu sunt deja în întârziere din cauza ta, îi explică el cu răbdare de parcă i-ar fi vorbit unui copil mic.

Evident, era numai un șiretlic. De fapt, el încerca numai să vadă ce fel de reacție putea obține din partea ei.

La cuvintele lui, ea simți că sângele îi invada fața și își blestemă tenul alb care trăda prea mult și în cele mai nepotrivite momente.

Indiferent cât de mult încerca ea să pară sofisticată și cu sânge rece, întotdeauna dădea greș din cauză că pielea ei o trăda. Era blestemul vieții ei. Poate nu singurul cu care avea de-a face, dar se găsea printre primele trei de pe listă.

Becka se gândi să abordeze lucrurile diferit cu el, pentru a scăpa de buclucul care se zărea la orizont și, foarte politicoasă, îi spuse:

-Îmi pare foarte rău că te-am opărit și că ți-am distrus cămașa. Desigur, îmi pare foarte rău și de întâlnirea ta de afaceri, dar zău că nu văd cum aș putea...

Ea nu mai reuși să-și termine fraza pentru că un zâmbet obraznic se ivi pe buzele lui, iar acel zâmbet o făcu să-și piardă firul gândirii din nou. De data aceasta, chiar îi era teamă de ce va spune el.

-Cred că-mi datorezi ceva și îți poți plăti datoria acceptând o întâlnire cu mine, își prezentă el condițiile, în sfârșit, dar pe un ton care implicau prea multe lucruri care ar fi fost de preferat să rămână nespuse.

-O întâlnire cu tine, repetă ea automat, ca și cum nu ar fi fost capabilă să înțeleagă conceptul.

-Da, prințesă, o întâlnire, repetă el pe un ton care îi demonstra că vorbea serios. Știi tu, chestia aceea când mergem undeva, mâncăm ceva, vorbim, tipul ăsta de lucruri. De obicei, se numește *o întâlnire*. Deci, asta vreau. O întâlnire cu tine... Azi. Nu chiar în acest moment pentru că desigur nu pot merge nicăieri fără cămaşă, dar imediat după ce te duci în magazinul acela de acolo şi îmi cumperi o altă cămaşă. Nu te îngrijora, totuşi, pentru că nu îţi voi cere să plăteşti pentru ea. Îţi voi da eu banii, îşi flutură el mâna cu mărinimie, ca şi cum preţul cămăşii ar fi fost problema.

-Nu aceasta ar fi problema. Din cauza mea ai nevoie de o cămaşă nouă, aşa că o s-o cumpăr, replică Becka, ofensată de atitudinea lui condescendentă.

-Nu este necesar, îi respinse el cuvintele.

Apoi îşi scoase portofelul din buzunarul de la spate al pantalonilor şi luă câteva bancnote din el.

-Uite aici, ar trebui să fie suficient, spuse el dându-i banii. Acum, du-te, cumpără-mi o cămaşă albă – ţine minte, o cămaşă albă, nu albastră sau verde, sau în dungi sau mai ştiu eu ce-ţi trece ţie prin minte. Doar albă. Apoi, putem ieşi împreună.

-Nu, nu pot, spuse ea cu încăpăţânare, scuturându-şi capul.

-De ce nu? întrebă el cu chipul atât de rigid şi serios de parcă ar fi fost sculptat în piatră.

Se părea că bărbatul nu avea nici cea mai mică intenţie să îi accepte refuzul cu prea multă graţie.

-După cum am spus, îmi eşti datoare. Aş putea spune că m-ai atacat, doar ştii.

-Ha, bună încercare, îl înfruntă ea. Atac cu cafea! Arma letală! Nu mă fă să râd. Nimeni nu ar crede o asemenea prostie şi ştii aceasta foarte bine. Oricine îşi va da seama că a fost un simplu accident şi nimic mai mult.

-Deci ar trebui atunci să înţeleg că eşti mult prea bună pentru unul ca mine? se încruntă el.

Becka pufni din nou şi, cu o fluturare a mâinii, îi respinse vorbele ca neimportante.

-Fii serios! Nici măcar nu m-am gândit la aşa ceva. Dar din moment ce nu ştiu nimic despre tine sau viaţa ta, mi-ar fi imposibil să fac astfel de presupuneri, nu crezi?

-Este vorba de cicatricea mea? întrebă el deja supărat. Nu eşti în largul tău cu un bărbat care are cicatrici?

Ea îi râse în nas, dar refuză să-i răspundă la o întrebare pe care o considera idioată şi nedemnă de atenţia ei.

-Nu ai încă vârsta legală, asta e? încercă el din nou, hotărât să o facă să recunoască care era motivul.

Nu înţelegea de ce, dar, pur şi simplu, nu putea să renunţe şi să lase subiectul la o parte.

-Nu, sunt majoră. Nu reprezint momeală pentru închisoare, dacă la asta te gândeşti. Am împlinit nouăsprezece ani acum trei luni, îi replică ea, de data accasta zâmbindu-i cu căldură, ceea ce îl nedumeri şi mai mult decât refuzurile ei anterioare care erau mai vagi.

-Atunci? Ai un prieten şi nu vrei să-l înşeli, încercă el din nou.

Deja ajunsese la punctul unde dorea numai să afle motivul, să încheie conversaţia cu ea şi să plece, dacă ea tot continua să-l respingă. Nu îşi putea explica de ce, dar se părea că era prioritar pentru el să afle de ce nu dorea ea să iasă cu el.

-Nu, nu am un prieten. Dar cu toate acestea, am un curs chiar acum şi alte câteva mai târziu. Problema este că nu vreau să pierd nici unul dintre ele şi deja sunt în mare întârziere... Dar, dacă propunerea ta mai este valabilă şi după aceea, atunci ne putem întâlni după-masă, spuse ea şi observă că bărbatul era uluit că a acceptat să iasă cu el. Şi nu pentru că îţi sunt datoare sau altceva la fel de idiotic, ci pentru că aş vrea să te văd din nou. Nu îţi sunt datoare cu nimic. Asta ca să fie clar, preciză ea.

Ochii lui îi cercetară faţa cu mare atenţie. Dorea să se asigure că nu încerca să-l păcălească, dar după ce se gândi mai bine, îndepărtă ideea. Era aproape sigur că nu va veni la întâlnire, dar nu avea nimic de pierdut şi, la o adică, nici nu putea să o forţeze să iasă cu el. Oricine ar fi râs de el dacă ar fi pretins că a fost atacat de o fată cu un pahar de polistirol plin de cafea.

-Bine, acceptă el. Când?

-Dacă vrei să ne vedem astăzi, atunci va trebui să fie după ora patru, îi răspunse Becka cu veselie, aparent încântată de neaşteptata întâlnire cu el.

-Cină, la ora şase? o întrebă el.

De ce nu? Trebuie să iau cina oricum.

-Exact în acest loc, unde sântem acum? întrebă el din nou.

Ea aprobă cu o înclinare a capului, oarecum amuzată de maniera lui de a pune întrebări, iar apoi se întoarse să plece.

-Hei, ai uitat de cămaşa mea, strigă el după ea.

-O cumpăr acum, îşi întoarse ea capul spre el.

-Atunci ia banii, insistă el, întinzând mâna cu bancnoele spre ea. Nu vreau ca tu să plăteşti pentru cămaşa mea.

Era destul de încăpăţânată să nu vrea să-i respecte dorinţa. Chiar dorea ca lucrurile să se desfăşoare după cum voia ea şi să-l lase cu mâna întinsă, dar îi observă expresia îndărătnică şi îşi dădu seama că bărbatul nu va renunţa aşa uşor. Părea să fie mult mai încăpăţânat decât ea. Ea cedă şi-i luă banii.

CAPITOLUL 2

BĂRBATUL SE TOT PLIMBA cu nerăbdare în sus şi în jos pe la colţul străzii. La început, când ajunsese acolo, cam cu cinci minute mai devreme, venise hotărât să aştepte răbdător, chiar dacă era aproape sigur că ea nu va apărea la întâlnire. Era convins că femeia folosise cursurile drept scuză ca să nu iasă cu el deloc.

Tânăra femeie părea delicată şi inocentă, iar din această cauză se gândea el că ea va evita orice fel de legătură cu el pe viitor. Văzuse acel gen de femeie înainte, acele flori crescute sub aripa protectivă a familiei, care trăiau într-o lume politicoasă, unde totul era acoperit cu cât mai multe straturi de vopsea pentru a estompa realitatea.

Ei bine, el ştia din experienţă proprie că acele flori inocente fugeau ca nişte iepuri speriaţi imediat după ce îi aruncau o privire şi îi vedeau cicatricea de pe faţă. Nici una nu stătea suficient de mult pentru a-i mai oferi o şansă.

El nu-şi mai făcea nici un fel de iluzii despre romantism sau ceva similar. Acela era unul dintre lucrurile pe care le lăsase în urmă cândva în trecut.

Era conştient că nu era genul de bărbat la care ar visa o fată ca ea. Nu se potrivea cu şablonul bărbatului pe care l-ar duce acasă să-l prezinte mamei şi tatălui ei.

Slavă cerului că el nu avea astfel de aspirații! Era mult prea realist pentru a nutri astfel de gânduri, și, chiar dacă nu dorea să recunoască acel fapt, îi era, de asemenea, mult prea teamă să dezvăluie cuiva ce fel de om era în realitate și ce avea în suflet. Nu ar fi fost o mișcare inteligentă pentru că, mai mult ca sigur, cineva l-ar fi călcat în picioare.

Aruncă o privire la ceas în timp ce continuă să patruleze încolo și încoace și remarcă cu surprindere că, de fapt, el a ajuns prea devreme pentru întâlnirea lor. Mai erau cam trei minute rămase până la ora șase, iar el știa că va așepta nu numai până la șase, dar probabil și zece sau cincisprezece minute peste ora stabilită, chiar dacă nu se aștepta ca ea să își păstreze promisiunea.

Undeva, în subconștient, exista ideea că stabilise acea întâlnire cu ea numai pentru a se auto-pedepsi. Era foarte versat în a-și reaminti, din nou și din nou, că nu era cazul să viseze la cineva atât de inocent și pur ca fata aceea de azi dimineață.

I se atrăsese atenția de multe ori în trecut că nu ar fi fost cazul să nutrească asemenea dorințe, dar tot mai încerca un fel de plăcere masochistă să provoace soarta, ca și cum i-ar fi fost menit să-i vină și lui rândul la zar într-o zi și să câștige măcar o dată. I-ar fi plăcut să câștige împotriva sorții.

Pășea pe trotuar cu nervozitate când brusc o văzu grăbindu-se spre el. Își făcea loc prin mulțimea în mișcare, grăbită, așa cum fusese și de dimineață.

Se gândi că fata avea probabil obiceiul să fie mereu în întârziere. Nu era unul dintre cele mai rele obiceiuri din lume, oricum. Văzuse el obiceiuri mai proaste decât atât, iar cu acesta putea trăi.

De data aceasta, când o privi cu mai multă atenţie, primul lucru pe care îl observă a fost părul ei de culoarea mierii, des şi plin de bucle, care îi flutura pe umeri. De dimineaţă, îl prinsese într-o coadă groasă. Îi plăcuse părul ei şi atunci. Masa aceea de păr era prea bogată şi vibrantă ca să nu-i placă. Dar, acum, cu coama aceea sălbatică lăsată liberă, tânăra femeie era mult mai atrăgătorea decât îşi amintea el.

Un zâmbet leneş i se ridică pe buze, fără ca el să fie conştient că zâmbea, chiar dacă aşa ceva nu i se întâmpla prea des. Cu cât o privi şi o admiră mai mult, cu atât îşi dădu seama că s-ar fi putut îndrăgosti de fata aceea şi chiar rău de tot. Gândul acela îl îngrijoră şi el se încruntă pentru o clipă, orice urmă din zâmbetul său de mai devreme ştergându-se de pe chipul lui.

Tânăra femeie se opri brusc la câţiva paşi de el şi îi zâmbi timid. Zâmbetul ei îi lumină ochii şi îi coloră ciocolata irisului într-o nuanţă mai caldă decât cea pe care o admirase atât de mult câteva ore mai devreme. În acel moment, era sigur că ar fi fost capabil să-i dea orice dorea ea numai să se bucure de ochii ei dulci puţin mai mult.

-Bună, spuse ea.

Rămăsese aproape fără răsuflare până când a ajuns la el. Buzele i se arcuiră mai mult, deşi se vedea că ezită.

-Îmi pare foarte rău că am întârziat, dar am avut o mică problemă acasă şi a trebuit să mă ocup de ea. De aceea nu am putut pleca la timp. Mi s-a inundat bucătăria, din nou.

-Nu ai întârziat, totul este în regulă. Se pare însă că nu ai o zi tocmai bună astăzi, replică el zâmbind, amuzat de felul în care ea vorbea.

Vocea ei avea o tonalitatea mai coborâtă decât cea a unor femei cu care ieşise în trecut şi el aprecia faptul că nu-i zornăiau clopoţei în urechi de fiecare dată când ea deschidea gura. Detesta timbrul ridicat al unei voci dulcege şi necinstite.

-Cred că ar trebui să ne prezentăm pentru început. Apropo, eu sunt Bryan, spuse el, iar zâmbetul său necaracteristic dură surprinzător de mult de data aceasta.

-Becka, îi întinse ea mâna cu entuziasm, iar zâmbetul lui se lărgi şi mai mult.

Nu părea să şovăie deloc să iasă cu el, iar speranţele lui crescură. Zâmbetul lui constant era o mărturie că speranţele lui se schimbaseră, precum şi opinia pe care o avea despre ea.

-Bună, Becka. Îmi face plăcere să te cunosc, spuse el, luându-i mâna îngustă în a lui şi strângându-i-o uşor. Deci, în afară de faptul că aproape ai reuşit să trimiţi un străin la spital în dimineaţa aceasta şi că ai avut o inundaţie după-masă, cum ţi-ai petrecut ziua? continuă el, conducând-o spre zona cu magazine, fără a-i da drumul la mână.

-Ei bine, am întârziat la primul curs de dimineaţă, ceea ce m-a enervat. Enorm, spuse ea dându-şi ochii peste cap frustrată, iar în acelaşi timp îşi potrivi paşii la ai lui. Chiar îmi place cursul acela, ştii. Mai mult, acum va trebui să determin ce am pierdut şi să caut informaţia, ceea ce înseamnă o grămadă de muncă şi cel puţin o întreagă după-masă pierdută, se plânse ea.

-Deci acum mă displaci din cauza asta, replică el pe o voce joasă şi plată.

-De ce ai crede asta? se întoarse Becka spre el surprinsă de reacția sa stranie. Mă aflam în întârziere încă dinainte de a da peste tine. Nu a fost vina ta deloc. Problema e că nu am dormit prea mult noaptea trecută. Prea multe gânduri, știi cum este, iar de dimineață mi-am început ziua mai încet decât în mod normal, atâta tot.

El dădu din cap scurt. Înțelegea că nu-l învinuia pe el, dar cel mai mult îl încânta faptul că ea îl lăsa să o țină de mână în continuare.

-Ce fel de gânduri pot să țină o fată atât de tânără ca tine trează?

Ea se încruntă la el din cauza tonului său condescendent și, întorcându-și nasul, îi răspunse iritată:

-Tipul de gânduri pe care nu ți le pot împărtăși.

-Hmm, mormăi Bryan, dar renunță la subiect când văzu că era hotărâtă să nu mai spună nimic.

Nu voia să își facă loc în viața ei prea brusc și să o sperie prea curând.

-Apropo, știu un restaurant italienesc pe țărmul lacului, îi spuse Bryan Beckăi, strângându-i degetele. Au o terasă plăcută cu vedere la lac, iar panorama este superbă... Și trebuie să menționez că servesc mâncare italienească originală. Înțeleg că oferă o experiență de neuitat.

-Mi-ar place, își ridică ea privirea spre el, iar un zâmbet larg îi apăru pe buze. Dar ești sigur că putem prinde o masă la ora asta? Dacă priveliștea și mâncarea sunt atât de grozave, nu este deja plin de lume? se îngrijoră Becka.

-Nu-ți fă griji, scumpa mea, își flutură el mâna pentru a-i îndepărta temerile. Deja am făcut o rezervare pentru noi.

-Deci erai foarte sigur pe tine... sau mai curând pe mine... Erai sigur că o să vin, murmură ea pentru sine, dar Bryan oricum o auzi.

-Nu, chiar deloc, o contrazise el. De fapt, nici măcar nu m-am gândit că vei apărea, dar oricum aș fi ieșit la cină, așa că...

-Par să fiu atât de nedemnă de încredere? întrebă Becka supărată, trăgându-și mâna din a lui și făcându-l să râdă.

Lui Bryan îi plăceau acele mici contradicții ilogice din firea ei și o găsea amuzantă.

-Nu, Becka, nu pari, dar ești prea dulce și tânără pentru un bărbat ca mine, îi răspunse Bryan fără să se scuze, chiar dacă era amuzat.

Prefera să fie direct ori de câte ori putea.

-Nu sunt atât de tânără, se încruntă ea la el. Ți-am spus deja că am nouăsprezece ani, nu-i așa?

-Da, mi-ai spus, știu. Dar eu am aproape treizeci și doi. Asta înseamnă o diferență de aproape o viață. Dar mai important, am văzut mai mult din viață decât ai văzut tu, și nu tot ce am văzut a fost bun.

Îi luă mâna înapoi în a lui și își împleti degetele cu ale ei. Gestul lui o făcu să se înfioare pentru o clipă.

Amândoi simțiră ceva ca un șoc electric trecând prin degetele lor, dar nici unul nu îndrăzni să facă vreo referire la acea senzație. Se priviră unul pe celălalt pentru o clipă, înainte ca Becka să își mute privirea, încercând să ascundă ce simțea.

După câteva momente, își întoarse privirea la el:

-Nu aș fi crezut că ești atât de în vârstă.

Observă că una dintre sprâncenele lui s-a ridicat cu îndoială și se grăbi să se corecteze.

-Nu că ai fi în vârstă. Că nu ești. Dar...

El începu să râdă în hohote, iar ea își opri explicațiile, întorcând nasul copilărește din nou.

-Ești atât de amuzantă și ai trăgaciul atât de scurt. Este efectiv uimitor cât de repede poți să te superi. Este înviorător să vezi pe cineva care este atât de natural și care nu își maschează fiecare emoție, spuse el și-i strânse degetele cu blândețe.

-Ar trebui să știi că nu este o bună idee să mă superi, începu ea în forță, dar nu mai continuă.

-Sau ce, scumpete? întrebă el cu oțel în voce.

Ea se opri brusc, privi în urma lor, iar apoi din nou la el cu ochi nervoși, și șopti:

-Nu pot să-ți spun.

-Acum chiar că m-ai făcut curios. Foarte, foarte, curios. Ești cumva cu mafia sau ceva similar? o întrebă el, glumind numai pe jumătate.

Nimic nu-l mai șoca cu adevărat și învățase să ia totul așa cum venea, dar îi plăcea să știe ce avea de înfruntat și cu cât mai repede, cu atât mai bine. Probabil că nu-i valora pielea prea mult, dar era a lui și oarecum ținea la ea.

-Ce? strigă ea și se opri pe loc o secundă.

Auzindu-i ideea scandaloasă, ochii i se lărgiseră din cauza uluirii și acum păreau două discuri mici.

Becka nu-și putu crede urechilor. Nu și-ar fi imaginat că cineva i-ar pune vreodată o astfel de întrebare și se temea că Bryan făcea haz de ea.

-Ei bine, tocmai m-ai ameninţat..., începu el să spună, numai ca să fie întrerupt.

-Nu te-am ameninţat, cap sec! Numai te-am avertizat, replică ea cu mânie reală în voce de data aceasta, dar el nu arătă că i-ar păsa.

-E acelaş lucru, ridică el din umeri nonşalant.

-Nu, nu este, insistă ea. Nu este acelaş lucru. Iar eu nu am spus nimic despre mafie. De unde ţi-a venit o astfel de idee? îl întrebă ea pe un ton muşcător.

El îi aruncă o privire şi observă că faţa îi devenise violet de supărare.

-Dar m-ai avertizat să nu te supăr, încercă el să abordeze problema logic şi să o calmeze şi pe ea, în acelaş timp, pentru că simţea că-i creştea femeii furia.

-Da, dar asta nu înseamnă...

-Recunosc o ameninţare când aud una, Becka, o întrerupse el cu forţă de data aceasta şi orice fel de amuzament dispăruse din vocea lui. Deci ce ai de gând să îmi faci? Mă vei ucide în timp ce dorm?

-Îţi baţi joc de mine? se încruntă ea auzindu-i întrebarea şi tonul vocii.

-Nu, sunt foarte serios. S-ar putea ca pielea mea să nu aibă nici un fel de valoare, dar tot ataşată mi-e de spate, să ştii, îi replică Bryan pe un ton pragmatic, dând voce gândurilor sale de puţin mai devreme.

-Stai aşa! Ce vrea să însemne că pielea ta nu are valoare? întrebă ea confuză, uitând complet de subiectul discuţiei pe moment.

-Doar ceva ce mi s-a spus, replică Bryan moale, evitând să intre în detalii.

-Ştii că nu ar trebui să le acorzi crezare oamenilor care-ţi spun astfel de lucruri, îl sfătui ea cu înţelepciune. S-ar putea ca eu să nu te cunosc bine, dar nu mi se pare că ai fi lipsit de valoare. Cel puţin în chestia asta nu greşesc. Ştiu să judec caracterul omului. Îmi dau seama că eşti mai complicat decât pari şi m-aş hazarda să spun că ai un trecut mai colorat, dar nu eşti deloc lipsit de valoare, spuse ea gânditoare, pe un ton mai prietenos decât cel pe care-l folosise în timpul argumentului lor cu câteva clipe în urmă.

-Au, chiar îţi place să vorbeşti, exclamă el auzindu-i discursul lung.

De fapt, cuvintele ei îl atinseseră profund şi nu voia ca ea să-şi dea seama că era emoţionat.

-Vrei să îmi ţin gura? replică ea supărată. Pot să îmi ţin gura închisă. Dacă te deranjează atât de mult, pot să nu mai spun absolut nimic. Nu e o problemă pentru mine!

-Nu, nu este cazul, o trase el mai aproape de el şi-i strânse degetele cu tandreţe. De fapt îmi place sunetul vocii tale. Nu este una dintre vocile acelea care sună ca un clopoţel şi mă zgârie pe urechi. Are un timbru coborât, aproape răguşit, sexi, aş putea spune. Deşi sunt convins că gura asta a ta ar fi bună şi pentru alte lucruri, nu numai pentru vorbit, adăugă el cu nonşalanţă căutată, privind-o atent să îi vadă reacţia la sugestia lui directă.

Şocată, Becka îl privi câteva clipe, ochii ei mărindu-se din nou, apoi începu să meargă mai repede, de parcă ar fi vrut să lase în urmă ceea ce el spusese. Dar uitase de degetele lor împletite, care o opriră şi nu o lăsară să scape aşa uşor. El râse şi îşi potrivi paşii cu ai ei.

-Haide, nu reacţiona ca o virgină. Nimeni nu este atât de inocent în ziua de azi, încercă el să-i netezească penele ciufulite.

-Nu este vorba aici despre inocenţă, măgarule! Este prima noastră întâlnire! se răsti Becka la el şi îşi dădu ochii peste cap.

-Şi ce? Tu urmezi regulile? Un sărut la prima întâlnire, unul mai lung şi a doua bază la a doua şi sex la a treia?

-Nu urmez nici un fel de reguli. Nu ştiu de nici un fel de reguli! Dar dacă există astfel de reguli, atunci poţi pur şi simplu uita despre un sărut azi sau mâine sau poimâine, îi replică Becka furioasă.

-De ce? Vrei cumva să mă pedepseşti? întrebă el, iar râsul lui liniştit trădă faptul că o tachina.

Ea pufni la sugestia lui.

-Ca şi cum mi-ar păsa. Este vorba de ce simt şi de ce vreau eu.

-Şi tu nu simţi nimic când vine vorba de mine? Asta vrei să spui? o întrebă el, fiind mai curios despre opinia ei despre el până atunci decât dezamăgit de acel gând.

Nu era ca şi cum el sperase să clădească o relaţie cu ea numai ca să afle că nu se ridica la nivelul standardului ei.

-Nu am spus asta, aşa că, te rog, nu-mi mai pune cuvinte în gură.

-Atunci ce ai spus? insistă el.

-Că ar putea fi o posibilitate. De fapt, nu apreciez ceea ce ai spus... A fost cras, şi o ştii... cred că ai spus-o cu o anume intenţie, numai că nu ştiu de ce...

El aștepta să vadă ce altceva mai avea ea de spus. O găsea mai fascinantă decât a crezut că ar fi, în special pentru că era atât de tânără.

-Știi ce, hai să mergem să luăm cina, să schimbăm subiectul de discuție, și, cine știe, poate vei obține acel sărut, spuse ea veselă încercând să îl împace și pe el și pe sine și, în același timp, să salveze seara.

-Nu sunt un copil mic să mă mituiești cu bomboane, Becka, îi replică el pe un ton egal, încruntându-se la ea.

-Ahh! mârâi ea. Ești imposibil. Alegi să interpretezi greșit absolut tot ce spun.

-De ce? Pentru că nu te las să mă tratezi în felul în care îi tratezi pe puștii cu care ieși în mod normal? i-o întoarse Bryan.

Becka se opri și se întoarse spre el, uimită din nou.

-Știi ceva, Bryan? Cred că ai un complex, și încă unul mare de tot. Ai un mare cip pe umăr, nu-i așa? Nu înțeleg ceva, totuși. Dacă ești atât de obsedat de diferența de vârstă dintre noi doi, de ce m-ai invitat să ies cu tine? Ar fi trebuit să te protejezi și să nu te pui în situația de a suporta un '*copil*'! își încheie ea tirada aproape strigând.

O briză ușoară trecu prin frunzele copacilor.

Bryan nu spuse nimic câteva clipe, dar se gândi, *Oh, la naiba. Cam are dreptate!* Cu toate acestea, se hotărî să nu-i permită să vadă că a atins un nerv sau că a ghicit ce gândea el. Încercă să o intimideze cu privirea, dar acțiunea lui nu avu efectul dorit. Ea nu dădu înapoi defel.

-Nu am un complex, replică el cu încăpățânare până la urmă. Dar nici nu îmi place să fiu mângâiat pe cap de parcă aș avea cinci ani. Nu-mi place să mi se spună că dacă sunt cuminte primesc o prăjitură.

-Oh, da, pe bune? Și chiar ai impresia că te voi crede?

Bărbatul lăsă comentariul ei suspendat între ei doi câteva clipe, nesigur de ce ar fi trebuit să creadă despre atitudinea ei. Părea să îl provoace și nu i se părea defel plauzibil.

-Ești o diavoliță, Becka. Sunt de două ori mai mare decât tine...

-Și ce are mărimea cu discuția noastră? Evident, dacă nu intenționezi să te lupți cu mine? întrebă ea de parcă ar fi vrut să știe cum se va încheia conversația, pe jumătate provocându-l și pe jumătate avertizându-l.

Bryan râse din inimă, îi duse mâna la buze și îi sărută degetele.

-Bineînțeles că nu. Nu fii prostuță. Numai că mă surprinzi. De obicei, femeile sunt puțin mai grijulii când interacționează cu mine, îi replică el amuzat.

-Cum așa? întrebă Becka.

-Ei bine, dacă vrei să știi, femeile mă evită. Cele mai multe. Dar nici o femeie nu m-a amenințat și nu m-a provocat până acum așa cum faci tu, spuse el și o privi ca și cum ar fi fost un exponat de muzeu ciudat.

-Oh, pentru numele lui Dumnezeu, se răsti Becka, azvârlindu-și mâinile cu un aer dramatic. Nu te-am amenințat. Chiar nu poți pricepe chestia asta? Ești într-atât de căpățânos?

El încercă să spună ceva, dar ea îşi întinse mâna şi-i acoperi gura cu palma, scuturându-şi capul în acelaş timp, pentru a-l opri din a mai adăuga ceva. El se supuse cererii ei mute şi doar o privi.

-Putem să lăsăm discuţia aceasta, Bryan? Crede-mă, nu a fost o ameninţare, pe bune. Într-o bună zi o să-ţi spun despre ce este vorba, dar în nici un caz astăzi. Da?

-Bine, nu a fost o ameninţare, spuse el după ce ea îşi luă mâna de pe gura lui.

O TÂNĂRĂ ANGAJATĂ A restaurantului îi conduse la o masă în apropierea lacului, unde Bryan îi trase scaunul Beckăi politicos şi o ajută să ia loc. După ce s-a aşezat, privirea Beckăi se îndreptă spre lac cu melancolie.

O duzină de bărci se găseau pe lac în acea zi, iar suprafaţa strălucitoare a apei era presărată cu pânze albe, canoe şi tot felul de alte ambarcaţiuni.

Beckăi îi plăcea la nebunie să navigheze, iar în ultima vreme, foarte rar avusese ocazia să iasă pe lac. Matt era singurul din familie care avea propria lui ambarcaţiune, iar din păcate, el nu avusese destul timp liber să o scoată pe lac în acea vară pentru că fusese ocupat cu munca tot timpul.

Bryan luă şi el loc şi o privi. Îi observă melancolia imediat, fără dificultate, şi înţelese ce îşi dorea.

Bărbatul îi luă mâna îngustă în palma sa mult mai lată şi, mângâindu-i dosul palmei cu tandreţe, pentru a o distrage şi a o face să uite de melancolia ei, îi spuse blând:

-Dacă vrei, putem ieși pe lac mâine dimineață sau după-masă. Înțeleg că vremea nu se va strica așa că vom avea încă o zi frumoasă. Nu va fi nici măcar un nor pe cer. Am acces la un mic iaht care cred că ți-ar place.

-Pe bune? întregul chip al Beckăi se lumină din cauza entuziasmului.

Dacă oferta lui era reală, vara nu ar fi fost complet pierdută.

Bryan se simți fascinat din nou. Da, îi plăcuseră buzele ei arcuite destul de mult pentru a o invita să iasă cu el, dar acum observă mult mai mult decât atât.

Becka era cu adevărat o femeie frumoasă. Nu părea că ar fi găsit necesar să folosească nici un fel de artificii, iar aceasta îl uimea.

Marea parte a femeilor se machiau excesiv pentru a fi atrăgătoare, în special când erau foarte tinere și doreau să pară mai sofisticate.

Machiajul Beckăi era subtil, ba chiar inexistent. Avea impresia că și-a dat cu ceva pe gene, dar nu putea fi sigur. Era însă sigur că nu își rujase buzele și nu se parfumase. Cu toate acestea, mirosea a flori sălbatice. Aplecându-se mai aproape de ea, își dădu seama că părul ei era cel ce miroase a flori.

-Hmmm...

-Ce e? îl întrebă ea tresărind.

-Nimic, nimic, își flutură el mâna pentru a-i alunga orice motiv de îngrijorare. Mă întrebam numai ce șampon folosești pentru că nu am mai simțit acest miros înainte, îi explică Bryan.

-Pe bune? Şamponul meu? Vorbeam despre a ieşi pe lac, îl mustră ea pentru divagarea lui prostească de la conversaţie, iar el observă că era dezamăgită.

-Da, vorbeam, o asigură el, iar oferta mea rămâne în picioare chiar dacă nu vrei să mergi mâine. Întrebarea mea despre şamponul tău era pură curiozitate. Parfumul acesta este fantastic, specifică el.

-Bine atunci, hai să-ţi satisfac curiozitatea. Este un şampon creat special pentru mine de către una din verişoarele mele, de aceea este atât de unic. A ales unele plante care merg bine cu pielea şi părul meu. Dar aceasta nu este important acum, Bryan. Da, vreau să merg cu tine pe lac mâine. O să lipsesc de la cursuri, nici o problemă.

-Chiar aşa? se miră el.

Nu era pregătit să accepte că ar fi fost atât de uşor să o convingă să iasă cu el din nou. Nu îi era întotdeauna atât de uşor cu femeile. De obicei trebuia să se străduiască puţin mai mult.

-Da, chiar aşa, replică ea şi îi zâmbi. Sunt pur şi simplu înnebunită după bărci, vezi tu, şi nu am prea avut ocazia să ies pe lac anul acesta. De fapt, din cauza aceasta m-am şi înscris la cursuri în vara aceasta, pentru că altfel aş fi murit de plictiseală. Cel puţin aşa, trebuind să merg la şcoală, îmi mai ia gândul de la ce îmi lipseşte, îi explică tânăra femeie.

-Cu cine ieşi pe lac de obicei? o întrebă Bryan simţind usturimea geloziei arzându-i în gâtlej.

Ştiuse el că era imposibil să nu aibă competiţie, dar preferase să alunge acel gând neplăcut.

-Matt, dar se pare că este mai ocupat în vara aceasta decât în mod obișnuit și ori de câte ori am încercat să-l conving să mergem pe lac, niciodată nu a avut timp, spuse ea cu regret.

-Cine este Matt? o întrebă Bryan, acum invidios cu adevărat pe bărbatul necunoscut. Ai spus că nu ai nici un fel de prieten, draga mea, sublinie el.

-Oh, nu, Matt nu e prietenul meu. Este numai unul dintre verii mei, îi răspunse ea în grabă, dar nu mai adăugă nimic când ospătărița îi întrerupse ca să le ia comanda.

Bryan așteptă răbdător până ce chelnerița plecă cu comenzile lor și întrebă, pretinzând că ar fi distrat:

-Ai mulți veri?

-Ai putea spune asta, îi replică Becka întorcându-se spre el pentru că, din nou, era prea ocupată să privească lacul. Am cinci veri și doi frați. Tu?

Bryan ridică din umeri și-i răspunse:

-S-ar putea să am vreun văr în vestul țării, dar nu l-am văzut de cel puțin zece ani. Nu am frați.

-Oh, asta-i păcat. Nu te simți singuratic? îl întrebă Becka, părându-i rău pentru el.

Nu-și putea imagina cum ar fi să nu ai pe nimeni cu care să faci planuri sau să te cerți. Ea întotdeauna avusese siguranța că exista cineva la care putea apela dacă ar fi avut nevoie de companie sau ajutor.

-Nu, nu prea, mormăi el și se lăsă pe spate pentru a-i permite chelneriței care se întorsese cu băuturile lor să le pună pe masă.

Berea era rece şi se simţea bine după căldura pe care o avuseseră în după-masa aceea. După câteva momente de tăcere, timp în care ea privi bărcile de pe lac, iar el o privi pe ea, el spuse:

-Putem pleca de dimineaţă dacă vrei şi ne întoarcem seara. Luăm un picnic cu noi...

-Oh, mi-ar place asta, îi acceptă ea ideea imediat, iar apoi continuă să vorbească repede cu un entuziasm pe care nu şi-l putea ţine în frâu. Hai s-o facem. Cât de devreme vrei să pleci? Sper că nu vrei să plecăm la crăpatul zorilor. Nu pot funcţiona atât de devreme dimineaţa, spuse ea pe un ton jucăuş.

Cu toate acestea, era serioasă. Evita să se trezească prea devreme ori de câte ori avea ocazia.

-Nu-ţi fă griji, nu plecăm aşa de devreme, replică el, iar zâmbetul i se simţi în voce. Putem aştepta până la opt şi jumătate sau nouă... Ce părere ai dacă vin să te iau la opt şi jumătate?... Sau te temi să-mi spui unde locuieşti? întrebă Bryan când observă că Becka reflecta la cuvintele lui.

-Ah, nu, nu, în nici un caz, îi îndepărtă Becka neliniştea cu un gest. Nu mă deranjează dacă ştii unde locuiesc. Nu simt de la tine vibraţia aceea a unui ucigaş în serie, spuse ea, iar sprâncenele lui imediat i se urcară pe frunte la ideea ei ciudată. Încercam numai să determin dacă opt şi jumătate e prea devreme sau nu, dar cred că voi putea supravieţui trezindu-mă la şapte.

Pentru o clipă, Bryan numai se holbă la ea. Nici măcar nu era capabil să se gândească la o replică şi era încă uluit din cauza a ceea ce spusese ea despre vibraţia unui ucigaş în serie.

Bărbatul nu auzise niciodată şi nici măcar nu-şi imaginase că ar exista ceva de genul unei vibraţii specifice unui ucigaş în serie. După câteva clipe de şoc, îşi scutură capul încercând să-şi limpezească mintea, iar abia apoi înregistră ce altceva mai spusese ea.

-Chiar îţi place să dormi, râse el.

-Nici măcar nu ştii totul, replică Becka cu veselie. Sunt cam ca o bufniţă, vezi tu. Îmi place să merg la culcare noaptea târziu, aşa că nu este de mirare că nu mă pot trezi de dimineaţă, ridică ea din umeri.

-Cum te descurci cu şcoala? întrebă Bryan luând o gură din băutura sa.

-Oh, asta-i cu totul altă poveste, dădu ea din mână şi bău şi ea din berea ei. De fapt, nu este un mister prea mare, se decise ea brusc să-i răspundă. Pur şi simplu îmi aleg cursurile ţinând seama de două lucruri. Nu iau cursuri care au loc prea devreme dimineaţa şi, evident, trebuie să fie interesante... Ştii, spuse ea cu un aer conspirativ, nici măcar nu pot să-mi declar o specialitate principală pentru că nu ştiu pe ce să-mi concentrez atenţia. Îmi plac prea multe lucruri, vezi tu, şi...

-Deci nu eşti încă decisă de ce vrei să faci în viitor, trase el concluzia, mângâindu-i mâna cu degete lungi, observându-i unghiile scurte şi îngrijite.

Bryan nu consideră că indecizia ei reprezenta o problemă la vârsta ei. Încă mai avea timp să decidă ce cale să aleagă în viaţă.

-De fapt, ştiu ce vreau să fac pe viitor, îl corectă ea. Nu că mi-ar face vreun bine, mormăi Becka mânioasă.

Mângâierile lui îi agitau nervii sensibili şi îi confuzionau gândurile, iar simţurile îi erau înceţoşate şi atrase să se concentreze numai pe atingerea lui blândă şi plăcută. Nu era ca şi cum nu mai întâlnise un bărbat care să vrea să se joace de-a doctorul cu ea, dar acesta era diferit.

Bryan era întru totul diferit de bărbaţii care o invitaseră la întâlnire înainte. Fusese complet indiferentă la acei bărbaţi şi chiar se convinsese că era vina ei pentru că nu putea simţi nimic pentru nici unul dintre ei.

Crezuse că era ea o persoană rece. Ceea ce i se întâmpla acum îi zdruncina convingerile. Trupul îi reacţiona puternic la acest bărbat, iar ea nu simţea plictiseala obişnuită pe care o resimţea când cineva o atingea.

-De ce nu? o întrebă el, fascinat de lanţul de emoţii care îi traversa chipul expresiv.

Era convins că era cea mai proastă jucătoare de cărţi din lume. Aproape tot ce gândea se vedea clar pe chipul ei.

Îl privi surprinsă, de parcă nu s-ar fi aşteptat ca el să vorbească. Apoi îşi dădu seama că spusese prea mult ca urmare a transei indusă de plăcere.

-S-ar putea să nu pot face ceea ce vreau, spuse ea după o vreme. Sunt anumite condiţii de îndeplinit... şi chiar alţii care sunt mult mai buni decât mine nu au reuşit... aşa că...

-Nu te subaprecia, îi curmă el ezitarea. Poţi să reuşeşti chiar dacă alţii au eşuat. Vrei să elaborezi ideea ca să pot înţelege despre ce este vorba şi poate că pot să te ajut...

-Oh, nu, nu pot, îl întrerupse ea. Nu este ceva despre care se presupune că am voie să vorbesc, vezi tu.

-De ce? se încruntă el.

Niciodată nu îi plăcuseră situațiile neclare, iar aparent, acea tânără femeie era implicată într-o mulțime de astfel de lucruri.

-Pentru că nu pot, îi ceru ea să înțeleagă.

-Ești amestecată în ceva? o privi el posomorât, nu pentru că nu dorea să se implice cu o femeie care era amestecată în afaceri neplăcute, dar pentru că simțea dorința bruscă să o ajute să iasă din necaz.

Bryan nu era genul de bărbat gata să-și ofere ajutorul la cea mai mică aluzie, dar ea își făcuse drum spre inima lui și aceasta îl neliniștea de-a binelea.

-Oh, nu, nu sunt, nu fii prostuț, râse ea cu veselie, îndepărtându-i astfel gândurile întunecate. Este numai o problemă de familie... Putem vorbi despre altceva? încercă ea să închidă subiectul.

-Oamenii ies la întâlniri pentru a ajunge să se cunoască unul pe celălalt, Becka. Dacă păstrezi secrete... încercă Bryan o altă cale pentru ca să ajungă la miezul problemei.

-Oh, da, ca și cum tu mi-ai spus secretele tale, spuse ea frustrată. Nu sunt atât de bleagă încât să mă las dusă de nas de o asemenea afirmație.

-Nu m-ai întrebat nimic, îi răspunse Bryan cu un zâmbet agățat de colțul gurii. Dar eu te-am întrebat, așa că vezi tu, aștept și un răspuns, dădu el din cap pentru a da mai multă greutate vorbelor lui.

Gânditoare, Becka trasă conturul paharului cu un deget, încercând să găsească o cale pentru a întoarce roata în favoarea ei.

-Dar de ce să fii tu primul care pune întrebări și nu eu? îl privi ea brusc cu ochi agili.

-Bine, doamnele mai întâi, acceptă el cu generozitate, ca și cum i-ar fi făcut o favoare. Pune tu întrebări mai întâi, iar apoi voi dori și eu răspunsuri la întrebările mele, spuse Bryan hotărât, pe un ton care îi promitea că nu o va lăsa să scape fără a respecta învoiala.

Becka se gândi câteva clipe, dar apoi admise dezamăgită:

-Nu știu ce să te întreb sau cum să... întreb, spuse ea întorcându-și privirea spre el.

-Atunci nu știu ce răspunsuri ai vrea să-ți dau, mustăci Bryan, nedorind să dezvăluie nimic fără a fi întrebat în mod specific.

Ea se încruntă pentru o clipă, iar apoi zâmbi de parcă ar fi descoperit secretul vieții:

-Gata, știu ce vreau. Spune-mi totul despre tine.

-Ha, nu ceri prea mult, nu-i așa? râse el, remarcându-i ingeniozitatea.

-Cred că întrebarea mea acoperă absolut totul, așa că începe să vorbești, gesticulă Becka. Mi-e teamă că nu vei termina astăzi și va trebui să continui și mâine, și poimâine..., râse Becka, fericită că a găsit soluția perfectă de a evita întrebările lui.

-Chiar ești deosebită, spuse el râzând, iar apoi îi prinse mâna din nou.

Îi privi degetele, mângâindu-le ușor, până ce își dădu seama că fata tremura.

-Te fac să nu te simți în largul tău? întrebă el, ridicându-și privirea spre ochii ei.

-Nu... nu este vorba despre așa ceva. Numai că nu... sunt obișnuită... cu așa ceva, încercă ea să-i explice.

-Hmm, mă faci să mă întreb câţi prieteni ai avut şi cât de nepricepuţi au fost, spuse el pe sub barbă, dar cu toate acestea, ea îl auzi.

Se gândi câteva secunde, aplecându-şi capul pe o parte, un gest pe care el îl remarcase şi mai devreme şi pe care îl găsea încântător, iar apoi spuse:

-Cred că au fost patru şi, da, într-adevăr, erau nişte nepricepuţi şi au vrut să treacă la fapte imediat.

-Şi ce le-ai spus? o întrebă el, privind-o drept în ochi cu interes, închipuindu-şi micuţa lui diavoliţă strivind fără milă încercările unor adolescenţi excitaţi.

-Desigur că am refuzat, răspunse ea pe un ton plin de demnitate.

-Dar nu întotdeauna, trase el concluzia, pentru că, în fond, era un bărbat pragmatic.

-De ce nu? ridică ea din umeri. Crede-mă, nu ar fi meritat să accept, replică ea, încruntându-se în acelaş timp.

Becka nu înţelegea încotro se îndrepta el cu acele întrebări, dar ea, una, nu prea era în largul ei cu ele.

Privirea lui agilă i-o susţinu pe a ei câteva clipe înainte de a-i da drumul la mână. Lăsându-se pe spate în scaun, Bryan o analiză câteva momente. Neîncrederea sa era aproape palpabilă. Apoi o întrebă pe un ton plin de uimire:

-Vrei să îmi spui că nu ai mai fost niciodată cu un bărbat... sau un băiat?

-Nu e că aş vrea să spun asta, dar se pare că deja am spus-o. Este asta o problemă pentru tine, Bryan? Preferi femeile experimentate şi nu ieşi cu şoareci de bibliotecă ca mine? îl întrebă Becka pe un ton răstit pentru că ura etichetele, mai ales când îi erau ataşate.

-De unde ai tras concluzia asta? o întrebă el nedumerit de izbucnirea ei bruscă.

-Tu ai spus...

-O clipă, iubito! Nu am spus că ai fi un şoarece de bibliotecă, o întrerupse Bryan, ridicându-şi mâna pentru a o opri să vorbească peste el.

Ea îşi flutură degetele pentru a-i îndepărta cuvintele şi îi replică:

-Nu e o problemă. Au fost destui care au spus aşa ceva, aşa că nu mă mira că şi tu gândeşti la fel, ridică ea din umeri, neinteresată de scuzele lui.

-Nu mă pune în aceeaşi oală cu alţii, Becka, ai înţeles? se apleca el spre ea, accentuând cuvintele pentru ca ea să îi audă mesajul cât mai clar. Nu sunt un adolescent indiot care încearcă să înscrie pe răboj o nouă fată în fiecare seară. Iar pe deasupra, nu arăţi deloc ca un şoarece de bibliotecă, clarifică el, continuând să o privească cu ochi hotărâţi. Chiar deloc.

-Eh, să fiu cinstită, cam sunt un şoarece de bibliotecă, admise ea cu sfială, iar privirea îi alunecă într-o parte pentru a o evita pe a lui.

Deşi acela era adevărul, pentru ea era un subiect extrem de sensibil.

-Prefer să stau şi să citesc decât să petrec timp cu colegii mei. În mare parte, nu sunt prea străluciţi şi nu prea gândesc aşa că..., ridică Becka din umeri din nou. Uite care e treaba, am încercat, să ştii... dar este atât de plictisitor să fii cu ei tot timpul, protestă ea, gesticulând agitată.

Bryan izbucni în râs şi spuse:

-Să sperăm că nu sunt la fel de plictisitor ca şi ei şi nu te vei sătura de mine la fel de repede.

-Ştii că nu am spus nimic de genul ăsta, spuse Becka cu reproş, neliniştită că păreau să se bată cap în cap mai tot timpul.

Niciodată nu se răstise şi nu se comportase atât de contradictoriu cu cineva. Nu înţelegea de ce reacţiona atât de straniu când era vorba de Bryan.

-Nu, nu ai spus, recunosc, conveni Bryan cu o aplecare a capului. Oricum, sunt sigur că-ţi pot arăta unele lucruri pe care nici unul dintre copiii aceia nu le ştie, mai spuse Bryan cu acelaş zâmbet de lup care îi provocă din nou un frison pe şirea spinării.

Cuvintele lui, precum şi zâmbetul lui plin de înţeles, o lăsară fără cuvinte pentru câteva clipe.

Bryan era la fel de blond ca un viking sau, mai curând, aşa cum îşi imaginase ea vikingii. Ochii lui de gheaţă albastră păreau să-i arunce săgeţi uneori, iar ea simţea fiecare dintre acele săgeţi undeva în partea inferioară a abdomeniului. Le simţea ca un atac constant asupra simţurilor sale şi nu înţelegea de ce.

Ori de câte ori îi atingea el mâna şi îi mângâia pielea cu degetele acelea lungi, groase, cu pielea aspră, explodau scântei în terminaţiile ei nervoase, ceea ce o făcea să se simtă straniu. Descoperi că tânjea să obţină mult mai mult din partea lui, iar, în acelaş timp, îi era teamă de ce ar fi obţinut până la urmă.

Becka era conştientă că Bryan nu era genul de bărbat cu care se putea juca aşa cum dorea. Nu putea să spere că el s-ar fi oprit dacă ea ar fi spus nu până la urmă. Nu părea să fie un bărbat care să privească aşa ceva cu bunăvoinţă. Acesta era un bărbat mult prea intens şi experimentat pentru a încerca astfel de tactici cu el. Un lucru îi era Beckăi foarte clar: acea relaţie implica riscuri şi, cu toate acestea, nu voia să dea înapoi.

Becka avea de asemenea sentimentul neliniştitor că Bryan era foarte conştient de efectul gesturilor lui asupra ei şi chiar se bucura imens de acel efect. Din moment ce ea nu era sigură dacă el era serios sau numai se distra cu ea, detestă faptul că era atât de transparentă, oferindu-i-se pe un platou de argint.

Şi mai mult decât atât o deranja faptul că şi ea îşi dădea seama cu acuitate de ce se întâmpla. Aceasta nu însemna însă că era capabilă să facă ceva pentru a-şi schimba reacţiile.

Becka era pur şi simplu uluită că trăia astfel de senzaţii intense numai pentru că el îi alinta degetele. Nu era ca şi cum nu ar mai fi ieşit cu vreun bărbat înainte şi nu ar fi avut nici un fel de experienţă cu astfel de situaţii. În ciuda acelui fapt, era convinsă că nici măcar unul dintre cei cu care se întâlnise în trecut nu a reuşit să o facă să simtă a zecea parte din ceea ce simţea acum, iar aceasta fără prea mult efort din partea lui Bryan.

Tânăra femeie îşi ridică paharul şi sorbi din berea rece numai pentru a câştiga timp. Trebuia să găsească ceva să spună. Se gândi profund, dar nu găsi absolut nimic ce ar fi meritat menţionat.

În acelaş timp, se holba la faţa de masă, ca şi cum ar fi putut găsi inspiraţie acolo. Din păcate, mintea îi era efectiv goală de orice idee, iar aceea o făcu să se enerveze şi mai rău pe ea însăşi. Acţiona ca o idioată.

Nu putea concepe că un bărbat ar fi putut să o facă să uite totul în câteva secunde. Femeia aceea de la masă nu se comporta cum se comporta ea în mod obișnuit. Unde îi dispăruseră spiritul și abilitățile ei de deflecție?

Bryan îi atinse mând bland din nou, iar gestul lui o aduse înapoi la realitate și ea își ridică privirea spre el. Bryan îi zâmbea.

-Nu te strădui atât de mult, o sfătui el pe un ton bland. Nu este fizică cuantică până la urmă, este numai o întâlnire. Putem vorbi despre absolut orice. Depinde numai de tine. Nimeni nu te poate face să spui sau să faci ceva ce nu vrei, înțelegi, Becka? Hai să găsim un subiect neutru. De exemplu, de ce nu-mi spui despre cursurile pe care le urmezi? sugeră Bryan.

Becka își trase mâna dintr-a lui și și-o lăsă să cadă în poală pentru a întrerupe fluxul de senzații. Apoi își clăti vocea înainte de a spune:

-Urmez niște cursuri de artă vara aceasta. Sunt numai cursuri opționale, știi. Aveam nevoie să am ceva de făcut, spuse ea ridicând din umeri, iar Bryan observă că acel gest o definea.

Becka continuă, nedându-și seama de direcția gândurilor lui:

-Toată lumea este ocupată cu altceva acum și mă simțeam... cam lăsată la o parte, dacă înțelegi ce vreau să spun.

Bryan, care știa foarte bine cum era să fie lăsat la o parte, dădu din cap, iar apoi își aruncă privirea în stânga și spuse:

-Se pare că ne-a venit mâncarea.

Nici unul nu spuse nimic în timp ce chelneriţa aşeză mâncarea pe masă, iar apoi amândoi spuseră un politicos 'mulţumesc' şi îşi atacară farfuriile.

Fericită că în sfârşit avea ceva de făcut, Becka începu să-şi taie friptura cu entuziasm. Arăta exact aşa cum îi plăcea şi spera că va avea şi gustul la fel de bun precum arăta.

Nu mâncase prea mult pe ziua aceea. Îşi pierduse brioşa şi covrigul când s-a dus la magazin să-i cumpere cămaşa lui Bryan. Cu inundaţia pe care a avut-o în după-masa aceea în bucătărie acasă, nu avusese timp să-şi prepare nimic să mănânce. Acum îi era foarte foame şi nu era nici o nevoie să pretindă entuziasm pentru mâncarea din faţa ei.

-A fost o noutate pentru mine să aud că doreşti friptură şi nu o salată cu sosul alături, îi spuse Bryan după prima înghiţitură. Efectiv urăsc să văd cum se înfometează unele femei numai pentru că moda le spune că trebuie să fie slăbănoage şi fără curbe. Eu, unul, nu înţeleg de ce ar dori careva o femeie fără rotunjimi.

-Ha... pe mine nu o să mă vezi făcând asta, îi replică Becka aruncându-i o privire şi, în acelaş timp, mai tăind o bucată de de friptură. Vreau să spun că nu sar peste mese şi nu mănânc numai salată, preciză ea. Desigur, îmi place şi mie salata, ca oricui, nu mă înţelege greşit. Dar dacă nu am avut timp să mănânc toată ziua, ca astăzi, de exemplu, atunci chiar vreau o masă bună. Oricum, nu o să fiu niciodată slabă şi nu are sens să mă plâng de ceva ce nu este în cărţi pentru mine, spuse ea, iar în acelaş timp îşi ridică un umăr.

Ochii lui poposiră pe trupul ei câteva clipe, iar apoi el spuse pragmatic:

-Nu cred că ai de ce să te plângi. Ai măsura perfectă.

-Mulţumesc, eşti atât de amabil, i-o întoarse ea sarcastic.

Becka era convinsă că fie el încerca să fie politicos, fie făcea haz de ea pe ocolite.

-Nu, eşti, într-adevăr. Crede-mă, abia aştept să-mi plimb mâinile pe curbele trupului tău.

La cuvintele lui, ea pur şi simplu scăpă furculiţa pe farfurie, fără ca măcar să înregistreze zăngănitul ei, care a răsunat destul de departe şi a determinat pe câţiva oameni să-şi întoarcă capul spre ei. Gura ei formă un 'o' perfect, ceea ce îl făcu să râdă în hohote.

-Hai, nu-mi spune că nu te aşteptai să o iau şi în acea direcţie, spuse el pe un ton jucăuş, încercând să o facă să se simtă mai în largul ei, dar nu reuşi.

Becka încercă să spună ceva, înghiţi cu greu, iar apoi încercă din nou. Nici un cuvânt nu-i ieşi din gură. Rămăsese fără cuvinte.

-Eşti în regulă? o întrebă el, îngrijorat de-acum.

Dacă situaţia îl amuzase pentru câteva clipe, acum îl tulbura de-a binelea.

Bryan se temea că a mers prea departe şi prea curând, pentru că ea părea copleşită. S-ar fi detestat pe sine dacă ar fi alungat-o cu nerăbdarea lui. Era prima femeie de care se simţise atras de luni de zile şi nu şi-ar fi dorit să o piardă chiar înainte de a avea şansa de a începe ceva.

Becka dădu din cap cu ezitare, iar apoi se ridică de pe scaun brusc şi spuse:

-Mă scuzi pentru o clipă, te rog?

Se ridică şi el, lăsându-şi furculiţa şi cuţitul pe farfurie. Acum bărbatul era îngrijorat de-a binelea, iar gândurile i se oglindeau clar în încruntătura dintre sprâncene.

-Te întorci, nu-i aşa? nu se putu el stăpâni să o întrebe.

-Bineînţeles, că mă întorc. Unde crezi că plec? Mă duc doar până la toaletă, nu fug din restaurant, privi ea spre el, înclinându-şi capul.

Apoi, Becka se grăbi în direcţia toaletei, fără să mai privească în urmă. Înăuntru, cercetă să vadă dacă era singură, apoi se sprijini cu greutate de prima chiuvetă care părea uscată, şi se privi atent în oglindă.

Chipul îi era îmbujorat şi o nouă sclipire îi apăruse în ochi, ceea ce o îngirjoră puţin. Becka îşi închise ochii pentru o clipă, respiră profund, iar apoi reflectă: *"În regulă, acesta e bărbatul potrivit, cred. Poate nu în seara aceasta, dar curând, asta este sigur. Este chiar primul care m-a făcut să simt că aş vrea să fac dragoste. Are sens..."*

După ce a ajuns la acea concluzie, Becka îşi stropi faţa cu apă, iar apoi se îndreptă şi îşi uscă faţa şi mâinile cu grijă.

Îşi mai analiză hotărârea câteva secunde înainte de a părăsi toaleta pentru a se întoarce la masă, unde o aştepta Bryan, sorbind din berea lui.

Ochii lui o găsiră imediat, iar el o privi cum se îndrepta spre masă. Când era suficient de aproape, se ridică respectuos să o ajute să ia loc.

Ea nu mai văzuse gestul acela nicăieri decât în filme până atunci şi se simţi flatată că el făcea efortul să-l facă. Becka îi admiră de asemenea fluiditatea mişcărilor care îi arăta că era genul de bărbat care se antrena serios, probabil chiar zilnic.

Ea se aşeză pe scaun cu un zâmbet încurajator, iar apoi îşi luă propriul pahar de bere şi îşi înmuie buzele în lichidul amărui. Zâmbetul ei tot se vedea pe deasupra paharului, puţin mai îndrăzneţ acum, iar privirea din ochii ei îl atrase spre ea şi mai puternic.

Excitarea lui crescu şi îi atrase atenţia spre pantalonii săi care se simţeau incomfortabil de strâmţi acum. Bryan deveni conştient de două lucruri. În primul rând îşi dădu seama că era fericit pentru că se afla pe scaun şi că faţa de masă îi ascundea starea jenantă.

Nu i-ar fi plăcut ca ea să observe cât de mare îi era efectul asupra lui, mai ales pentru că reacţionase atât de timid mai devreme când el îi sugerase ceva care era departe de a fi inocent. Al doilea lucru de care îşi dădu seama era că trebuia neapărat să o aibă mai devreme sau mai târziu, iar Bryan îşi promise lui însuşi că o va avea. Nu era femeia pe care pur şi simplu să o lase să treacă prin viaţa lui fără a o opri.

Avea nevoie de ea la nivel visceral şi nu numai în pat. Simţea nevoia să petreacă suficient timp cu ea şi să vadă ce însemna acea atracţie dintre ei şi era hotărât să fure acel timp dacă ar fi fost necesar.

-Ai vrea să ne plimbăm pe malul lacului după ce terminăm masa? o întrebă el, arătând cu capul spre promenada înţesată de oameni. Nu bate vântul prea tare în seara aceasta şi este încă destul de cald pentru această oră.

Becka aprobă cu o înclinare a capului şi-i spuse pe un ton jucăuş:

-Sper, însă, că-mi vei comanda şi desert.

Bryan râse din toată inima şi îşi scutură capul de parcă nu i-ar fi venit să-şi creadă urechilor.

-Trebuie să spun că ești prima femeie în ani de zile care mi-a cerut și desert. Nici nu mai eram sigur dacă femeile mănâncă înghețată sau prăjituri.

-Această femeie mănâncă, îi spuse Becka, aplecându-se spre el de parcă i-ar fi mărturisit un păcat. Dacă e posibil să fie servite ambele în acelaș timp, cu atât mai bine. Știi tu, o prăjitură de ciocolată fierbinte cu o cupă sau două de înghețată deasupra... Oricum, pentru viitor, să știi că nu este o idee bună să-ți menționezi relațiile anterioare unei femei, îi făcu ea cu ochiul ca și cum i-ar fi dezvăluit un secret. Avem chestia asta, știi tu, își flutură Becka mâna. Poate că este capriciu, dar preferăm să credem că sântem singurele care au existat în viața unui bărbat.

-Am luat notă, îi replică Bryan cu amuzament și-i surâse. Mă voi abține de a face comparații de acum încolo, deși aș fi crezut că te-ai simți flatată de comparație.

Ea își scutură capul la el și cu un gest larg cu mâna, îi răspunse:

-Nu prea. Ești departe, foarte departe de adevăr. Vezi tu, aș putea crede că mă consideri lacomă, iar ideea asta chiar nu-mi place. Nu-mi place chiar deloc.

-Oh, nu, iubito, nu aș gândi așa ceva. Întotdeauna mi-am dorit să văd o femeie cu un apetit sănătos și uite, că te-am găsit pe tine. În sfârșit, am găsit una. Cred că ești absolut unică, i-o întoarse Bryan în timp ce se mai delectă cu o gură de bere, fără a-și lua ochii de la ea.

-Desigur că sunt unică. Fiecare este unic, Bryan. Nu există doi oameni la fel, spuse Becka puțin cam tare, iar un cap sau două se întoarse spre ei, dar nici Becka nici Bryan nu remarcară.

-Dacă ai știi tu..., spuse el pe un ton melancolic, scuturându-și capul. Prea mulți oameni încearcă să emuleze pe altcineva și, în final, ajungi să ai o mulțime de copii ale aceleiaș persoane, trase parcă la indigo, de ți-e și silă, continuă el, iar regretul i se auzi în voce.

-Oh, Bryan, nici nu vreau să știu cu ce fel de femei ai ieșit până acum, de ai o astfel de opinie despre sexul meu, îi spuse Becka cu uimire. Din fericire pentru tine, iată-mă-s aici. Așa cum ai menționat, sunt unicat, glumi ea.

-Da, ești, Becka, și intenționez să te păstrez, îi răspunse el pe un ton deodată serios.

Un fior i se strecură de-a lungul șirei spinării la cuvintele lui. Seriozitatea sa o avertiza din nou că nu era un om cu care s-ar fi putut juca.

-Ar trebui să mă îngrijorez? încercă Becka să glumească, dar o oarecare doză de îngrijorare îi luci în ochi ca rezultat al intensității declarației lui.

-Nu îmi stă în caracter să hărțuiesc femei, Becka, nu trebuie să-ți faci griji. Am vrut doar să spun că-mi doresc ca totul între noi să meargă bine pentru că îmi doresc mai mult timp cu tine, atâta tot, îi explică Bryan cu răbdare pentru a-i alunga neliniștea.

-Ah, atunci este în regulă. Vom vedea ce va fi, nu-i așa? declară ea pe un ton realist.

Bryan îi aprobă cuvintele cu o aplecare a capului și apoi, văzând că își terminase friptura, îi făcu semn chelneriței să vină la masa lor.

-Deci ce ai vrea pentru desert? o întrebă el, înmânându-i meniul de desert ce fusese lăsat pe masă.

Becka deschise meniul şi parcurse toate opţiunile pe îndelete, până ce găsi ceva care-i surâdea cel mai mult.

-Cred că negresa cu trei straturi de ciocolată şi îngheţată. Ţi-am spus deja. Sunt înnebunită după prăjitura cu ciocolată şi îngheţată. Este favorita mea. Tu?

-Decadent, îmi place. Voi lua acelaş lucru. mai vrei ceva de băut?

Becka aruncă o privire spre lac, apoi spre chelneriţa care se apropia, şi numai după aceea găsi curajul să se uite în ochii lui şi să spună:

-Eu, de fapt, nu prea beau, Bryan. Chiar şi berea aceasta a fost prea mult, cred.

-La naiba, ai numai nouăsprezece ani. Abia ce a devenit legal pentru tine să bei. Îmi pare rău, Becka, mi-a zburat din minte. Poate vrei o băutură răcoritoare? întrebă el, nemulţumit că nu a remarcat ceva atât de important.

Se şutui mental că a fost într-atât de preocupat cu ea şi a făcut o astfel de eroare. De obicei, nimic nu îi scăpa.

Bryan ştia că nu îşi putea permite să greşească dacă dorea ca relaţia aceea să reziste. Era convins că ea ar fi putut alege pe oricine. Probabil, el era numai unul într-un ocean cu mulţi alţii.

-Da, aş vrea o băutură răcoritoare sau poate apă minerală. Da, cred că apă minerală ar fi cea mai bună.

-Sigur?

Când ea aprobă aplecându-şi capul, el îi dădu comanda chelneriţei. După ce aceasta a plecat, îi luă mâna Beckăi şi îi sărută degetele. Părea obsedat cu degetele ei, iar ea nu ştia ce să creadă.

-Voi ţine minte să nu beau alcool când sunt cu tine, da?

Ea râse vesel şi îi alungă grijile.

-Fii serios, Bryan. Tu poți bea orice doreşti, nu e ca şi cum ți s-ar interzice să bei când eşti cu mine, râse ea din nou. Mie îmi place un pahar de şampanie când şi când, atunci când am ceva de sărbătorit. Nu îmi prea place altceva. Gustul nu e pentru mine.

-Atunci îți voi cumpăra doar şampanie, Becka. Cea mai bună, evident. Sunt sigur că mi-o voi permite dacă bei doar din când în când, la ocazii speciale, spuse el râzând.

Pe tot restul cinei, vorbiră despre multe lucruri, dar despre nimic în mod deosebit. După ce el plăti, o luă de mână şi o conduse pe malul lacului pentru o plimbare romantică.

Soarele apunea, dar promenada era tot plină de oameni, ceea ce îi displăcu profund lui Bryan. Voia să o aibă pe Becka numai pentru el însuşi, iar oamenii care tot treceau pe lângă ei îi furau din timpul pe care îl avea cu ea.

Becka simți când i s-a schimbat starea de spirit şi se întrebă ce s-a întâmplat de s-a schimbat atât de dramatic de la dispoziția mulțumită, pe care o afişase cu numai câteva minute în urmă. Părea de-a dreptul melancolic.

-S-a întâmplat ceva, Bryan?

-Prea mulți oameni, atâta tot, Becka. Aş vrea să fiu singur cu tine, recunoscu el deschis.

Becka părea să aibă un efect straniu asupra lui, făcându-l să dezvăluie lucruri pe care nu le-ar fi spus în mod normal, în special la o primă întâlnire. Avea simțul de conservare destul de puternic şi acela îl oprea în mod normal să facă astfel de greşeli.

-Păi, acest loc este aglomerat mai tot timpul, doar ştii, spuse Becka cu un gest larg din mână. Este unul din locurile favorite pentru plimbări, în special în cursul serii, spuse ea, încercând să-l împace.

-Desigur că ştiu. Dar asta nu înseamnă că trebuie să-mi şi placă, nu-i aşa? îi răspunse el pe un ton scurt, chiar dacă era conştient că nu era vina ei că locul era atât de popular.

-Ei bine, dacă mergem mâine pe lac, vom fi singuri o vreme, sublinie ea, încercând din nou să-l înveselească.

-Vom merge cu siguranţă, spuse Bryan. Sper că nu ţi-ai schimbat părerea, se întoarse el spre ea să-i vadă răspunsul în ochi.

Ea îşi scutură capul şi îi strânse degetele liniştitor, un gest care lui îi plăcu. Dintr-un impuls, se apleacă spre ea şi-i sărută buzele blând.

Acel prim sărut nu dură mai mult de câteva secunde, dar furnicăturile electrice plăcute pe care le simţi când îi atinse buzele au fost mai puternice decât s-ar fi aşteptat.

Amândoi s-au oprit, destul de aproape unul de celălalt pentru a simţi căldura buzelor celuilalt, iar Becka îl privi fix, cu ochii plini de uimire. Nu fusese decât un sărut mic, mai concret, numai o atingere a buzelor, dar ea simţise mult mai mult decât atât. Furnicăturile pe care le simţise mai devreme păreau să pălească pe lângă intensitatea celor de acum.

Când el o trase în braţele lui strâns, ea acceptă imediat. Nici nu-i trecu prim minte să-i reziste. Era nerăbdătoare să resimtă din nou acele vibraţii joase care îi făceau trupul să cânte.

Se pomeni complet întinsă de-a lungul trupului lui, fiecare suprafață tare a pieptului și abdomenului lui arzând-o prin rochie.

Bryan o ținu foarte aproape, ca și cum ar fi dorit să-și lase semnul pe ea, iar ei nu-i păsă. Buzele lui i le atinseră pe ale ei și trasară forma gurii ei fără grabă. Gura lui încerca să învețe textura fiecărei celule din pielea sensibilă pe care o gusta. Limba lui fierbinte îi atinse suprafața delicată a buzelor, alintând-o agale, ca și cum ar fi avut tot timpul din lume să se răsfețe unul pe celălalt.

Lumea din afară încetă să existe pentru amândoi. Scufundați profund în propria lor lume, nimic nu mai conta, decât ceea ce puteau oferi și lua unul de la celălalt.

Oamenii care se plimbau în jurul lor deveniră invizibili și toate zgomotele se estompară în fundal, în timp ce ei ascultau numai ritmul inimilor lor și pulsul sângelui care le răsuna în urechi.

Buzele li se atinseră mai apăsat și încercară să găsească o cale să devină un tot unitar. Limbile li se duelară și se alintară una pe cealaltă, uneori lent, fără grabă, gustându-se una pe cealaltă, explorându-se și dând naștere la senzații inedite. Alteori, se duelau violent, de parcă s-ar fi temut că le-ar fugi timpul printre degete și că fiecare secundă ar fi contat.

Bryan îi mușcă buza de jos brusc, iar ea expiră cu un scâncet. Apoi el îi supse buza abuzată în gura lui și i-o mângâie să i-o aline cu atingeri ale limbii sale, înghițându-i geamătul care îi scăpă Beckăi din gât și făcându-l parte din el însuși.

Degetele lui vorace se jucară cu pielea acoperită de materialul subțire al rochiei ei și apăsa puțin mai tare, ori de câte ori aștepta ceva mai mult de la ea.

Degetele ei săpau în mușchii tari ai umerilor lui, încercând să găsească suport și să-și păstreze echilibrul. Becka se găsea prinsă în mijlocul unei furtuni violente și se clătina pe marginea necunoscutului. Mintea îi era prinsă într-un vârtej de senzații care nu-i dădea voie să se mai gândească la nimic altceva decât la gura lacomă, care o învăța fără milă ce însemna cu adevărat un sărut.

Becka avu senzația că, în sfârșit, și-a lăsat adolescența în urmă și se afla pe pragul maturității. Era în brațele unui bărbat capabil să-i ofere ce-și dorise de multă vreme, de-a lungul anilor în care se simțise atât de neliniștită.

Aceasta nu avea nimic de-a face cu condițiile pe care străbunica ei le pusese în documentele trustului. Era mult mai mult decât atât.

Când într-un final s-au oprit pentru a respira, Becka gâfâia din greu și tremura toată. Chiar și Bryan se văzu nevoit să tragă adânc aer în piept. Apoi, el îi zâmbi lupește, cu acel zâmbet care părea să-i aparțină numai lui, iar apoi își aplecă capul și o mușcă la împreunarea dintre gât și claviculă. Îi linse pielea acolo când o auzi inspirând brusc din cauza durerii ascuțite. Îi supse pielea, făcând-o să uite de durerea resimțită, propulsând-o dintr-o lume a durerii și fricii, într-una de plăcere vrăjită.

Corpul Beckăi pulsa în întregime. Acum știa că-i dorea atingerea peste tot pe trupul ei. Simțea nevoia de-a avea gura aceea nemiloasă peste toată suprafața corpului ei, peste toate locurile ei sensibile.

Becka deschise gura să-i spună ce dorea, când Bryan îi puse un deget pe buze și o opri.

-Becka, avem audiență, spuse el și arătă spre stânga.

Își aruncă și el privirea din nou într-acolo, iar când ea își întoarse capul în aceeași direcție, observă mai multe adolescente adunate, privindu-i cu curiozitate și râzând de parcă nu mai văzuseră o femeie și un bărbat sărutându-se înainte.

Becka nu auzea ce-și spuneau, dar putea să-și dea seama că nu i-ar fi plăcut să le audă. Fără să știe ce să spună își ridică privirea spre Bryan, așteptând să-i afle părerea.

-Cred că trebuie să mergem mai departe, spuse el blând, iar după ce îi alintă obrazul cu degetele sale aspre, îi luă mâna într-a lui și o porni încet spre celălalt capăt al promenadei, unde lacul lucea în lumina apusului.

CAPITOLUL 3

BRYAN SOSI ÎN FAȚA casei Beckăi cu cinci minute mai devreme decât ora la care conveniseră să se întâlnească. Se hotărî să aștepte până la opt și jumătate înainte de a suna la ușă.

Își amintea foarte bine cât de pretențioasă a fost despre ora de întâlnire și cât de mult îi plăcea să doarmă. Presupuse, de asemenea, că avea nevoie și de timp să se pregătească și era decis să-i ofere tot timpul pe care și-l dorea.

Bryan nu dorea să-și înceapă ziua cu Becka pe o notă neplăcută. Faptul că putea petrece întreaga zi cu Becka și, în același timp, dezvolta o relație cu ea, i se părea ceva extraordinar și dorea să se agațe de orice pentru a-i oferi o zi deosebită.

Mai mult decât atât, avea și el propriile lui așteptări în ceea ce privea acea a doua întâlnire. Știa că probabil așteptările lui erau prea ridicate, dar tot dorea să și le îndeplinească sau măcar o parte dintre ele.

Exact la opt și jumătate, apăsă pe soneria de la ușă. Sunetul soneriei îi stârni fluturii din stomac la viață, iar ei fremătară din cauza anticipării și anxietății. În același timp, un rânjet îi apăru pe buze când tema muzicală din *Fălci* îi răsună în urechi.

Bryan nu s-ar fi așteptat să audă o asemenea melodie când a apăsat soneria. Dacă ar fi fost altceva, ca *Vă Urăm Un Crăciun Fericit* sau tema muzicală din *Pur Și Simplu Dragoste*, de exemplu, ar fi înțeles. Mereu descoperea că Becka era, în fapt, mult mai complexă decât părea, iar aceasta îl întări și mai mult hotărârea să nu o piardă din viața lui.

Bryan putea auzi ecoul muzicii tulburătoare umplând casa și deveni și mai nerăbdător să o vadă pe Becka deschizând ușa și să-l fulgere cu acel zâmbet strălucitor al ei, care îi încălzea mereu ochii de ciocolată.

Din nefericire, aceasta nu s-a întâmplat. Bărbatul își ciuli urechile și ascultă atent, donic să audă sunetul pașilor ei grăbiți spre ușă sau cel puțin zgomotul făcut de un pantof aruncat într-un perete cu mânie. Aștepta un sunet, oricare. Spre dezamăgirea sa, nu se auzi nimic din casă, iar speranțele lui se năruiră fără milă.

Bryan se încruntă și scrâșni din dinți când îi trecu prin minte gândul că probabil ea și-a bătut joc de el și că nu avea nici o intenție să-l mai vadă.

Era convins că a condus-o la ușa ei în seara precedentă. Chiar o privise intrând în casă. Nu a văzut-o folosind vreo cheie să deschidă ușa, dar ea i-a făcut semn de *la revedere* și a închis ușa după ea.

Doar nu o lăsase pe treptele unei case pe care o alesese ea, pentru ca apoi ea să poată merge la altă ușă după ce el a plecat.

Gândul că a fost înșelat era de nesuportat. I se mai întâmplase înainte și nu dorea să mai repete acea experiență. De data aceasta, însă, durerea era mai adâncă pentru că el chiar crezuse că s-au simțit bine împreună și acum se temea că probabil ea nu simțise la fel ca și el.

Bryan nu voia să-și lase gândurile să urmeze acel drum, dar totuși, trebuia să admită că deși ea intrase în acea casă noaptea trecută cu aerul că era a ei, aceasta nu însemna că nu cumva vizitase casa unui prieten care fie că a plecat mai devreme în acea dimineață, înainte ca el să vină, fie stătea liniștit în casă și nu scotea un sunet, așteptând ca el să renunțe și să plece.

Furia îi crescu și mai mult la gândul că ea și-a bătut astfel joc de el, iar Bryan aproape se sufocă din cauza presiunii mâniei sale. Nu era numai furios pe ea pentru că a făcut haz de el, ci și pe sine însuși pentru că s-a lăsat dus de nas cu ușurință.

Furios, dădu cu pumnul în cadrul ușii cu atâta forță că lemnul i-a zgâriat încheieturile degetelor care au început să sângereze.

Înjură și chiar se blestemă pe sine însuși cu mânie. La naiba, doar nu era un bărbat neexperimentat, netrecut prin viață. Ar fi trebuit să știe mai bine decât atât. Mult mai bine.

Becka păruse prea drăgălașă și frumoasă pentru unul ca el și nu ar fi trebuit să spere că ar fi ieșit ceva dintr-o relație cu ea, pentru că, de fapt, nici nu avea acel drept.

În fond, i se spusese acel lucru destul de des în viață și el avusese senzația că învățase acea lecție. Și cu toate acestea, se părea că el continua să se mintă pe sine însuși.

Bărbatul aruncă o privire la ceasul de la mână și observă că trecuseră aproape cinci minute de când apăsase pe butonul soneriei. Și cu toate acestea, nici un sunet nu venea din casă.

Aceea a fost ultima picătură. L-a convins că se înșelase amarnic și că cele mai mari temeri ale sale s-au dovedit a fi reale. Fusese păcălit.

Bryan își întoarse capul și privi spre mașina pe care o parcase pe alee în acea dimineață. Mai ezită câteva moment, dar apoi se gândi că era mai bine să plece din moment ce nu era nimic acolo pentru el. Dacă ea nu dorea să-l vadă, el nu putea să o forțeze.

În acel moment, ceva se înăspri în sufletul lui și, scuturând capul, decise cu încăpățânare să mai își încerce norocul o dată. Apăsă din nou pe butonul soneriei.

Ascultă din nou sunetul muzical care se lovea de pereții din casă, dar tot nu putea auzi nici un fel de mișcare venind din interior.

Acela a fost finalul. Bryan trebui să-și accepte înfrângerea. Se aplecă și își lipi capul de ușă într-un moment de slăbiciune. Umerii îi căzură.

O mână de fată l-a păcălit, iar el trebuia să trăiască cu acel gând. În fine, nu era prima oară și, probabil, nici ultima oară când pățea așa ceva. Slabă consolare!

Furios, scrâșni din dinți, își încleștă și își descleștă pumnii, iar apoi, într-un final, se întoarse și o porni spre mașina sa. Mersul îi era hotărât, iar furia îi era vizibilă în fiecare pas greu pe care-l făcea.

Tocmai își deschisese ușa de la mașină când o auzi stringând fără suflare:

-Bryan, așteaptă!... Doar dă-mi timp să ajung acolo... Nu pleca acum!

Bărbatul se întoarse imediat spre sunetul vocii ei, iar uimirea îi jucă în ochii duri. Nedumerirea îi crescu când o zări pe Becka venind în fugă pe stradă spre el.

Picioarele îi tremurau, iar fața îi era aproape albastră din cauza efortului. El își dădu imediat seama că era aproape extenuată. Aceea însă nu o opri și Becka chiar încercă să-i zâmbească.

Becka își ținea o mână pe partea dreaptă a abdomenului, unde avea o crampă care o deranja de vreo zece minute. Nu crezuse însă că va mai ajunge acolo la timp, chiar dacă a alergat pe cât de repede o țineau picioarele și energia.

El îi semnală să încetinească și să se oprească din alergat. Un zâmbet larg strălucitor i se urcă Beckăi pe buze pentru că era recunoscătoare că în sfârșit se putea opri din alergare. Acela era zâmbetul pe care el îl așteptase cu nerăbdare în dimineața aceea.

Ea se opri brusc și se aplecă, apăsându-și mâinile cu disperare pe genunchi. Apoi începu să gâfâie, trăgând aer în piept cu zgomot. Era clar că nu era antrenată pentru jogging.

Becka ajunsese la numai trei case mai încolo de a ei, dar Bryan se grăbi la ea imediat. Îngrijorat, își petrecu brațul în jurul taliei ei pentru ca să o suțină și îi îndepărtă părul des de pe chip.

-Ce ai încercat să faci? o întrebă Bryan pe Becka, observând urmele pe care efortul ei susținut le lăsase pe fața ei și simțind-o tremurându-i în brațe. Te antrenezi cumva pentru maraton sau ce? Și nu știi că trebuie să o iei treptat?

-Am... avut... ceva... de... făcut..., îi răspunse ea cu dificultate, spunând cuvintele printre gâfâituri din cauză că încerca să-şi regăsească suflul.

O lăsă să îşi revină şi nu o mai presă. Era mulţumit că o avea acolo cu el şi, pentru moment, acel lucru era suficient. În fond, era mult mai mult decât avusese cu câteva momente în urmă când crezuse că l-a amăgit.

-Când am văzut că eram în întârziere pentru întâlnirea noastră... a trebuit să alerg ca să ajung aici la timp, spuse Becka până la urmă când reuşi să respire mai uşor.

Cum efortul încă i se reflecta în voce, Bryan o opri, atingându-i buzele blând cu degetele.

-Este în regulă, iubito, îi spuse Bryan, respiră acum şi îmi spui totul după ce ţi-ai revenit.

Becka dădu din cap şi o porni spre uşa ei, dar picioarele ei aleseră exact acel moment să înceapă să tremure violent şi aproape căzu în faţă. Din fericire, Bryan era încă acolo cu ea şi avea un braţ în jurul ei. Reuşi să o oprească să nu cadă în nas pe trotuar.

El îşi scutură capul, iar apoi se grăbi să o ridice în braţe, şi fără să spună un cuvânt, o duse spre casă. Paşii lui mari acoperiră distanţa rapid. Când a ridicat-o, cu un strigăt uşor de surpriză, Becka îşi strecură braţele pe după gâtul lui.

-Cât ai alergat? o întrebă el după ce ajunse în faţa casei şi se opri să o privească.

Becka îşi cuibărise capul comfortabil pe umărul lui şi îşi îngropase nasul în gâtul lui. Tocmai se delecta cu mirosul pielii lui când l-a auzit vorbind. Vocea lui o făcu să tresară şi simți o urmă vagă de vină, dar o împinse la o parte imediat. Îi trebuiră câteva clipe să-i proceseze cuvintele după ce s-a trezit din visare.

-Cred că vreo zece străzi sau poate puțin mai mult..., îi răspunse ea nesigură, pentru că nu își amintea cu exactitate.

Bryan se uită în jos la chipul ei uluit.

-De ce naiba ai alerga o asemenea distanță? Mai ales dacă nu ai nici un fel de antrenament? Ce ți-a trecut prin minte?

-De unde știi că nu am antrenament? Se îmbufnă Becka, alegând să se agațe numai de una dintre întrebările lui.

-Ei bine, picioarele îți tremură, ai un junghi în partea dreaptă... Acestea sunt indicații clare, Becka. Nu trebuie să fiu expert ca să-mi dau seama că nu alergi astfel în mod obișnuit, îi replică el râzând, deși preocuparea lui nu era defel împăcată. Dacă cumva alergi, specifică el, sprânceana lui dreaptă sărindu-i sus pe frunte interogativ.

-Ah! Da... spuse ea și apoi nu mai continuă, ci se pierdu în gânduri.

-Mai ești cu mine, iubito?

Ea își ridică privirea la el și zâmbi.

-Desigur, doar mă gândeam.

-Da, am observat asta, îi replică Bryan amuzat, privind în ochii ei. La ce te gândeai?

-Bine, atunci, spuse Becka. Mă întrebam dacă să spun totul sau nu.

La replica ei, sprânceana stângă a lui Bryan se ridică. Nu se aștepta la o confesiune din partea ei. De fapt, nu se aștepta defel ca ea să aibă ceva de mărturisit.

-Nu m-am antrenat niciodată și de fapt urăsc să alerg, continuă Becka, făcându-l să izbucnească în râs.

Se aşteptase să audă cu totul altceva, iar inocenţa confesiunii ei era muzică în urechile lui.

-Nu, dar vezi, a trebuit să plec azi dimineaţă şi din moment ce nu ţi-am cerut numărul de telefon să te pot anunţa că nu voi fi acasă când vei veni, a trebuit să mă grăbesc să mă întorc, îi explică ea după ce îi plesni umărul pentru că râdea de ea.

-Asta a fost chiar foarte frumos din partea ta, îi răspunse Bryan încet după o secundă dc czitarc, nesigur de ce ar trebui să spună.

Era normal să fie uluit. Pentru prima dată în viaţa lui cineva se gândea la el. Oamenii fie se temeau de el şi îl ocoleau de departe sau nu dădeau nici un ban pe el. Indiferent de situaţie, nimeni nu-i luase sentimentele în calcul înainte de acea dimineaţă, şi gestul ei îl emoţionase.

Cinicul din el era încurcat şi nu ştia cum să reacţioneze. Se pomenise într-un teritoriu necunoscut şi avea sentimentul că trebuia să joace un rol într-o piesă de teatru, dar nu-şi cunoştea replicile.

-Dacă vrei, mă poţi pune jos ca să deschid uşa, auzi el vocea Beckăi şi îşi întoarse ochii la ea.

Ochii lui se opriră mai întâi peste părul ciufulit, apoi peste ochii strălucitori şi obrajii care erau încă stacojii.

-Dacă îmi dai cheia, pot deschide uşa fără să te las jos, îi spuse el pe un ton jucăuş şi un zâmbet îi apăru pe buze.

-Oh, dacă vrei tu, mie mi-e egal, răspunse ea. Dar nu este nevoie de nici o cheie. Uşa nu este încuiată.

Şocat, Bryan nu reuşi să facă altceva decât să se holbeze la ea. Nu putea să formeze o propoziţie coerentă şi nici nu putea să se mişte. Nu auzise niciodată de cineva care nu îşi încuia uşile.

-Ce s-a întâmplat? îl întrebă Becka. De ce te uiţi fix la mine? Am ceva pe faţă şi ar trebui să ştiu? întrebă ea şi-şi pipăi faţa pentru a verifica ea însăşi.

-Nu ţi-ai încuiat uşa, spuse el pe un ton plat, care transmitea cu claritate că el considera gestul ei prostesc.

-Nu, nu am încuiat-o. De ce ar trebui să o fac? întrebă Becka uimită atât de sugestia cât şi de reacţia lui.

-De ce ar trebui să o faci? întrebă el fără să-şi creadă urechilor, iar apoi repetă mai cu putere. De ce ar trebui să o faci?

-Nu este necesar să te superi pentru atâta lucru, îl bătu ea pe umăr şi continuă să vorbească pe un ton menit să-l calmeze. Crede-mă, nu este necesar să încui uşa, îl asigură femeia.

-Tu vorbeşti serios? strigă el. Acesta nu e un sat mic unde toată lumea cunoaşte pe toată lumea, Becka. Şi chiar şi în sătuce se întâmplă unele lucruri. Sântem într-un oraş mare, pentru numele lui Dumnezeu! îşi termină el discursul aproape strigând. Oamenii îşi încuie uşile, Becka.

-Fii serios, Bryan. Care este cel mai rău lucru care se poate întâmpla? Doar ştii că ce e scris să fie, o să fie, indiferent de ce faci tu, spuse ea pe un ton înţelept.

-Scuteşte-mă de porcăriile astea. Nu-mi cita mie idioţenii, replică el furios. Trebuie să fii mai grijulie şi să începi să-ţi încui nenorocita de uşă!

Furios din cauza neghiobiei ei, Bryan deschise ușa lovind-o cu piciorul, ca și cum ar fi vrut să sublinieze ceea ce spusese.

Becka îl privi în tăcere, nesigură de ce ar fi trebuit să spună, văzând că el efectiv clocotea de mânie. Se gândi să mai dezamorseze tensiunea și spuse calm, sperând să-l facă și pe el să se calmeze astfel:

-Ești supărat pentru că am spus ce am spus sau pentru că te temi că mi s-ar întâmpla ceva?

-Tu ce naiba crezi? lătră Bryan din nou. Dacă începi să încui nenorocita aia de ușă și ești mai atentă de acum înainte, poți să-mi citezi toate tâmpeniile pe care care le vrei și când vrei! se răsti Bryan la ea.

-Înțeleg... tărăgănă Becka cuvintele. Deci, să înțeleg din ce spui că ești îngrijorat din cauza mea?

-Ce fel de întrebare este asta, Becka? Evident că sunt îngrijorat. Ce e în neregulă cu tine, femeie? întrebă el mârâind și încruntându-se la ea.

-Nimic, nimic, spuse ea repede ca să-i ia gândul de la furia lui. Apropo, probabil că ai obosit să mă porți în brațe, Bryan. Nu sunt chiar așa ușoară. Așa că, fie mă pui jos dacă vrei să continuăm conversația pe scări, fie putem merge înăuntru... E alegerea ta, până la urmă, spuse ea privindu-l, ca și cum starea lui de spirit nici nu ar fi existat.

Bryan îngheță pe loc auzindu-i cuvintele, nevenindu-i să creadă că-i putea vorbi cu atâta frivolitate. Își scutură capul, închise ochii dându-se bătut în fața celei mai ciudate femei pe care o întâlnise vreodată, iar apoi o duse în casă, închizând ușa cu piciorul în urma lor.

Înăuntru, el o privi interogativ, aşteptând ca ea să-l direcţioneze.

-Presupun că putem merge la bucătărie mai întâi să bem o ceaşcă de cafea, răspunse ea întrebării lui mute. Mor după o ceaşcă de cafea după dimineaţa pe care am avut-o, gemu ea, iar apoi continuă. Înţeleg că nu vrei să mă laşi jos aşa că... Bucătăria este chiar în faţă, prin living. Este ultima uşă pe dreapta, îi arătă ea cu degetul.

Bryan dădu din cap scurt şi o duse în bucătărie unde o puse pe un scaun capitonat din colţul amenajat pentru micul dejun, care avea vedere spre grădină. Întregul perete dinspre grădină era numai geam de sus până jos, încadrat de perdele galbene legate cu fundiţe subţiri de mătase.

Grădina ei era dominată de o explozie de culori. Petice cu tot soiul de flori se îmbăiau în lumina soarelui dimineţii. Pur şi simplu, erau pline de veselie.

La prima vedere, lui Bryan i se păru că un nebun a proiectat acea grădină. Era cea mai bizară grădină pe care o văzuse. Nu-şi mai amintea să fi văzut atât de multe culori şi atâtea forme nedefinite într-o grădină.

Grădina mamei sale prezenta flori în straturi dreptunghiulare precise, fie cu petunii, fie cu trandafiri, fiecare având un loc bine stabilit.

Acel cadru strict era departe de grădina Beckăi, care părea dintr-o altă lume. Nu semăna deloc cu vârtejul acela de flori de tot soiul, care păreau să dea pe dinafară din ghivecele care erau împrăştiate peste tot prin grădină, fără nici un fel de ordine. Multe dintre specimene erau probabil flori sălbatice pentru că el nu le mai văzuse în vreo grădină înainte.

La început, își scutură capul, nevenindu-i să creadă că grădina putea arăta astfel, dar numai după câteva momente înțelese că acea grădină era oglinda fidelă a Beckăi. Arăta sălbatică, impredictibilă, cu stări de spirit bruște și surprize neașteptate.

-Deci ce părere ai despre grădina mea? îi auzi el vocea blândă venind din spatele lui.

Întorcându-se, o văzu stând în picioare la câțiva pași în spatele lui, lumina din ochii ei arătându-i că abia aștepta să-i audă părerea. El recunoscu curiozitatea din ochii ei, dar lumina ochilor de ciocolată îi dezvăluia și cât de atașată era ea de acea grădină.

-Cred că ți se potrivește, răspunse el cu sinceritate. Este exact ca tine, Becka.

-Nu crezi că este pur și simplu excentrică și că ar trebui să o schimb, poate să o domesticesc puțin? îl întrebă ea, fără să-și ia ochii de pe el.

Nu ar fi fost el primul care să-i spună că dezordinea micii ei grădini era neliniștitoare.

-De ce? Este exact cum ar trebui să fie, cred eu, îi răspunse Bryan ridicând din umeri. Nu cred că ar trebui să schimbi nimic, puiule. Chiar ți se potrivește, îi spuse el, alintându-i maxilarul cu degetul lui mare.

Ea îi dărui un surâs imens plin de fericire. Becka era încântată că și el vedea grădina în aceeași lumină ca și ea. Îi strânse mâna să-i mulțumească, apoi se duse spre contoarul din bucătărie unde începu să prepare cafeaua.

-Presupun că și tu ai dori să bei o ceașcă de cafea cu mine, spuse ea în timp ce își făcea de lucru cu ceștile și farfurioarele.

-Mda, mi-ar place o ceaşcă de cafea, replică el, privindu-i mâinile mici aranjând ceştile şi farfuriile pe o tavă. Becka, cine ți-a spus că ar trebui să schimbi grădina? întrebă el curios.

Inițial, Becka ridică din umeri ca şi cum problema nu ar fi fost importantă, dar apoi îi răspunse la întrebare ca să-i satisfacă curiozitatea. Îşi amintea că deciseseră să se cunoască mai bine, chiar în astfel de probleme mărunte.

-Păi, cam toată lumea în afară de tine. Cel puțin sora mea, Ariel, mă tot bate la cap în legătură cu grădina. Ea are talent la grădinărit şi consideră că ar trebui să-i accept toate sfaturile pe care mi le dă în legătură cu grădinăritul. Nu înțelege că vreau să mă exprim pe mine însămi, nu vreo carte cu reguli stricte. Nu vreau să am o grădină geometrică, cu rânduri drepte, aliniate ca soldățeii, şi cu răzoare de flori individuale... Oricum, acesta e un subiect de scandal între noi două aşa că prefer să-l evit.

Bărbatul veni în spatele ei, îşi petrecu brațele în jurul ei şi o trase cu blândețe spre el.

-Eşti o fată deşteaptă, Becka. Nu ar trebui să te schimbi pentru nimeni, spuse el sărutându-i creştetul capului mai întâi, iar apoi odihnindu-şi capul pe al ei.

Rămaseră astfel câteva momente care se întinseră în tăcere. Nici unul dintre ei nu dorea să se desprindă şi să strice momentul.

Becka se simțea mulțumită în brațele lui, ca şi cum ar fi aparținut în acele brațe puternice, care o duseseră tot drumul spre casă şi apoi înăuntru. Se întrebă dacă îl putea face să stea şi să-i ofere mai mult timp pentru a descoperi bărbatul contradictoriu care se ascundea în spatele acelor cuvinte uneori dure, dar care, în fond, era generos în acțiuni și care o făcea să se simtă mulțumită și prețuită.

Sunetul ascuțit al cafetierei îi făcu să tresară și să se despartă și amândoi izbucniră în hohote de râs la reacția lor prostească.

-Ei bine, se pare că amândoi ne-am cufundat în gânduri, încercă Bryan să glumească, dar umorul nu îi apăru și în privirea serioasă, pe care o avea ațintită asupra ei, și care era plină de un dor indescifrabil, ca și cum ar fi fost reticent să lase momentul să treacă.

Ea îi zâmbi, cu gândurile ei tot la îmbrățișarea comfortabilă, de vis, dar într-un final îl împinse la o parte.

-Du-te și ia loc. Voi aduce tava la masă.

-Nu, tu du-te și stai jos, iar eu o voi aduce la masă, refuză el, dându-i un ghiont blând ca să o facă să se miște. Tu tocmai ai alergat o bună parte din maraton, Becka, și trebuie să te odihnești. Te mai simți în stare să ieși pe lac azi? o întrebă el, îngrijorat de efortul fizic intens pe care-l făcuse în dimineața aceea.

Femeia dădu din cap că da și se îndreptă spre masă, bucurându-se că el nu se aștepta ca ea să îl servească. Încă îi simțea ochii pe ea și se întrebă ce vedea el în ea, dacă îi plăcea felul în care se mișca și cum arăta.

Dându-și seama în ce direcție se îndreptau gândurile ei, se mustră pe sine și aproape că scutură din cap. Niciodată nu se considerase o bleagă care punea bază pe felul în care arăta. Dorea ca lumea să o placă pentru mult mai mult decât atât, dar trebuia să admită că avea o oarecare vanitate care îi inspira nevoia de a fi apreciată şi pentru înfăţişarea ei, nu numai la nivel intelectual.

Sunetul distant al vorbelor lui Bryan o trezi din visare şi îşi dădu seama că aproape a pierdut ceea ce spusese.

-Vrei zahăr şi lapte la cafea, Becka?

-Oh, da, am uitat să pun bolul de zahăr şi laptele pe tavă, sări ea de pe scaun gata să se ducă şi să-şi corecteze greşeala, dar el o opri cu un gest.

-Nu este nevoie să te deranjezi pentru atâta lucru. Numai spune-mi unde pot găsi zahărul şi laptele şi mă ocup eu de tot, o asigură Bryan.

-Zaharniţa este în dulăpiorul de deasupra cafetierei, iar laptele este în latiera din frigider, îi spuse ea, fericită să rămână pe loc şi să-l lase să o servească.

Becka nu se putea opri să se gândească, fericită, că el era atât de atent să-i fie ei bine şi era dornic să pregătească cafeaua în casa ei. Un zâmbet i se cuibări în colţul gurii la acel gând.

Bryan deschise dulapul şi scoase zaharniţa. O examină pentru o clipă şi observă cât de mică şi delicată era, o piesă albă din porţelan fin cu flori albastre pictate ici colea, atât de bine surprinse încât păreau reale, dar în acelaşi timp erau uşor estompate ceea ce le făcea să pară o iluzie. Privind motivul floral, îşi scutură capul aproape imperceptibil.

Când a scos latiera din frigider, observă acelaş porţelan subţire şi delicat, cu acelaş motiv pictat, ceea ce îl făcu să zâmbească.

Avea sentimentul că descoperise o nouă dimensiune a Beckăi, care aparent înclina spre fragil și artistic când venea vorbă despre veselă. Deja văzuse marginile dantelate ale ceștilor de cafea și farfurioarelor, precum și motivul pictat cu zâne ce dansau cu voalurile zburând în vânt.

Lui Bryan îi plăcea acea latură a Beckăi. De fapt, până în acea clipă, nu găsise nimic care să nu îi placă la ea. Chiar și dispoziția ei schimbătoare era înviorătoare.

Grădina sălbatică nu putea fi la un pol mai opus de seturile elegante de ceai din dulap, dar nu se putea opri să simtă că acea contradicție era perfectă pentru Becka, care nu putea fi încadrată într-o singură categorie. Era un spirit liber, gata să-și exprime opiniile și nu lăsa pe nimeni să o intimideze. Cel puțin, nu îl lăsa pe el să o intimideze și acel lucru spunea ceva despre ea, deoarece el știa că avea un talent real să intimideze femeile.

Becka era proaspătă și tânără, dar nu trăncănea la infinit despre lucruri neimportante, care îl făceau să se simtă nelalocul lui sau care îl adormeau din cauza plictiselii. Se temuse că Becka îl va plictisi seara trecută și a fost surprins să vadă că nu s-a întâmplat.

Fusese atât de vioaie și interesantă, încât el nu mai dorea ca seara să se încheie. Singurul regret pe care l-a avut a fost că a trebuit să o lase să intre în casă și să închidă ușa în spatele ei când a condus-o acasă în seara de dinainte.

Îi plăcea enorm faptul că nu încerca să pară o zână care numai gusta puțin din niște frunze de salată, atât cât să nu-și piardă cunoștința. Nu era obsedată să ajungă la măsura dictată de moda timpului și aceea era de asemenea un lucru deosebit.

El, unul, întâlnise acea calitate rară numai în unele femei trecute de vârsta de șaizeci de ani. Toate celelalte erau hotărâte să se încadreze în măsura doi, iar pentru ca să ajungă acolo erau capabile să facă orice, inclusiv să flămânzească.

El nu putea pricepe ce era în neregulă cu o mărime șase sau opt sau chiar doisprezece. Nu era ca și cum măsura era cea care conta. Ce se găsea în interiorul pachetului era mult mai important.

O privi pe Becka și o evaluă o mărime zece, dar aceea însemna că era numai așa cum natura o crease. Era grațioasă, dar avea rotunjimi exact unde ar fi trebuit, în special în zonele pe care el le aprecia cel mai mult.

La început, Bryan fusese atras de înfățișarea ei, dar acum tot descoperea noi lucruri și atracția pentru ea i se adâncea. Îi plăcea acea Becka care era atrasă spre fantastic și care alesese tema din *Fălci* ca temă muzicală pentru soneria ei, dar îi plăcea și Becka care crease o grădină desprinsă dintr-un basm.

Bryan aduse tava la masă și o plasă în fața ei. Degetele lui îi îndepărtară o șuviță rebelă de pe chipul ei, iar apoi luă și el loc.

-Mă gândeam să fac un duș după ce bem cafeaua, iar apoi putem pleca în aventura noastră pe apă. Ce spui? îl întrebă ea, zâmbind cu entuziasm și turnând cafeaua în ceștile ei fanteziste.

-E perfect pentru mine, ridică el din umeri.

După câteva clipe de tăcere comfortabilă, el o întrebă:

-Unde a trebuit să pleci azi dimineață?

La început, ea îşi flutură mâna ca şi cum nu ar fi fost important, dar apoi îşi dădu seama că era important pentru el şi decise să-i spună adevărul.

-Ţi-am spus că am nişte veri... Ei bine, vărul meu Jay este un fel de... cartofor, ai putea spune, mărturisi Becka ezitant. Noaptea trecută s-a implicat într-un joc cu nişte indivizi mai dubioşi şi, aparent, ei au crezut că trişa, aşa că l-au bătut zdravăn.

Bryan o privi cu uimire.

-Nu este chiar aşa, explică ea văzându-i gândurile reflectate în ochi. Jay nu trişează, dar are... un anumit talent, să spunem, explică ea cu gesturi largi.

-Ce fel de... talent? o întrebă Bryan privind-o cu intensitate.

-Ei bine... ştie ce cărţi are oponentul în mână, se grăbi Becka să treacă prin explicaţie, sperând că nu va trebui să spună mai mult decât era pregătită să divulge.

-Deci, numără cărţile, începu Bryan să spună, dar ea îl întrerupse cu un scuturat al capului. Nu?

-Nu, răspunse ea.

-Atunci ce?

Ea ezită câteva moment, iar apoi replică nu prea în largul ei:

-El doar ştie ce cărţi ai în mână. El nu trişează, dar... nu ai avea nici o şansă cu el.

-Nu este posibil, Becka, i-o întoarse Bryan. Fie numără cărţile, fie trişează.

Ea îşi scutură capul viguros din nou.

-Nu, nici una, nici alta. Îmi pare rău, nu e locul meu să spun ce face, dar numai nu juca cărţi cu el, da?

Bryan ridică din umeri, convins că ea nu dorea să admită că vărul ei era un trişor care fusese bătut pentru că fusese prins.

-Deci te-ai dus să ai grijă de el sau ce? întrebă el gustând cafeaua.

-Păi, am ajuns acolo pe la trei dimineaţa. Era în stare foarte proastă şi nu voia să meargă la spital... Dumnezeule, el urăşte spitalul chiar mai mult decât mine.

-Deci ai făcut pe Florence Nightingale pentru el sau ce?

Ea aprobă înclinând din cap şi îşi mai turnă puţină cafea in ceaşca ei, adăugând mult lapte şi zahăr, ceea ce îi aduse un zâmbet lui Bryan pe buze. Aceea numai cafea nu mai era. Arăta mai curând ca lapte cu o picătură de cafea.

-Deci ai dormit numai câteva ore noaptea trecută, trase omul concluzia.

Becka iar aprobă dând din cap, dar se grăbi să spună:

-Nu te teme, Bryan, tot vreau să merg pe lac. Poate voi dormi un pic pe punte... Cine ştie? ridică ea din umeri.

Bryan nu spuse nimic câteva momente. Continuă să soarbă din cafea, privind-o şi analizându-i cearcănele de sub ochi.

-Putem merge pe lac altă dată, Becka, dacă nu te simţi destul de bine. Eu unul sunt mulţumit numai să văd că vrei să mergi.

-Nu, nu, nu, sări ea de pe scaun. În nici un caz! Mi-ai promis că mergem azi, strigă ea la el.

-Uşor, iubire, uşor! Desigur că vom merge dacă vrei să mergem. Mă gândeam numai că arăţi prea obosită, spuse Bryan, dar se opri când o văzu scuturând din cap. Mergem, mergem. Du-te şi fă duşul acela de care vorbeai, iar apoi mergem, se grăbi el să o împace.

Becka îi sărută buzele cu entuziasm şi se grăbi să iasă din cameră, dar el o opri cu o întrebare.

-Becka, ai vreun termos sau ceva? Ai o cafea grozavă şi cred că ar trebui să luăm nişte cafea cu noi.

-Oh, da, este unul, cred... Ştii ce, tu verifică acele dulapuri acolo, îi arătă ea cu degetul spre un rând de dulapuri. Poate că reuşeşti să îl găseşti. Când mă întorc, aş putea pregăti ceva de mâncare să luăm cu noi, îi spuse ea veselă.

-Nu este nevoie, Becka, îşi scutură el capul hotărât. M-am ocupat deja de mâncare. Ţi-am spus deja că vom avea un picnic pe lac aşa că am tot ce este nevoie în portbagaj.

-Bine, atunci. Tu ocupă-te de cafea, iar eu mă duc să fac duş. Ne vedem în zece minute? spuse ea, iar el simţi bucuria din vocea ei.

El începu să râdă din toată inima.

-Ce e aşa de amuzant? îl întrebă Becka.

-Tu eşti amuzantă, Becka. Zece minute? Hai să fim serioşi. Nu am văzut niciodată o femeie să fie gata să părăscască casa în zece minute şi tu mai ai de făcut şi duş.

-Da? Bine, hai să facem un pariu, îl provocă ea, punându-şi mâinile pe şolduri.

El surâse şi îi acceptă provocarea.

-Deci îţi place să pariezi chiar şi atunci când nu este cel mai inteligent lucru?

-Vei vedea, domnule, pufni ea. Pariez zece dolari că mă
întorc aici în zece minute, gata de plecare.

El se holbă la ea, gândindu-se că gluma a ținut destul, dar
îi văzu expresia rebelă de pe chipul ei și se trezi dând din cap.

-Accept pariul atunci, Becka. Acum fugi, roiul, o
împinse Bryan, zâmbind când o văzu fugind din încăpere pe
cât de repede putea.

CAPITOLUL 4

BRYAN MANEVRA IAHTUL cu grijă, privind atent peste lac, unde mai multe pânze se înțesau la orizont. Dorea să evite orice fel de probleme sau întâlniri neplăcute din cauza neatenției.

În acelaș timp, era atent și la Becka, care dormea profund sub umbrela pe care o montase pe punte în dimineața aceea înainte de a ridica ancora.

O briză blândă îi ostoia pielea fierbinte. Soarele era sus pe cer, iar aerul era încins. Când și când, un ecou al unui strigăt sau hohot de râs traversa lacul și-i ajungea la urechi. Altfel, totul era tăcut. Avea senzația că se afla în altă lume, doar el singur. Întotdeauna când ieșea pe lac se bucura de fiecare clipă.

Când au părăsit portul, au lucrat împreună, deși el nu avea nevoie de ajutorul cuiva ca să navigheze micul iaht. Cu toate acestea, a descoperit că îi plăcea să muncească cot la cot cu Becka, al cărui entuziasm era contagios.

Femeia chiar știa ce să facă pe un vas și nu se temea să-și murdărească mâinile și să-și folosească mușchii. Era ea mică, dar avea foarte multă energie.

Bryan îi admiră cunoştinţele pe care le avea despre pilotarea unui vas şi despre navigare, dar şi mai mult îi admiră hotărârea de a face totul, chiar dacă era o femeie micuţă. Pentru o mână de fată, avea suficientă putere în braţe. Şi chiar dacă era obosită din cauza a ceea ce se întâmplase în acea dimineaţă, avea încă destulă energie să muncească umăr la umăr cu el, înaine de a adormi în culcuşul din umbră pe care el îl aranjase pentru ea.

Navigau deja de două ore, iar el tot se gândea la pariul pe care îl făcuse cu Becka şi pe care îl pierduse. Oricum, nu avea prea multe de făcut în timp ce ea dormea. Iahtul nu reprezenta o provocare prea mare din moment ce ştia deja totul pe de rost şi putea şi să cârmuiască vasul şi să-şi lase mintea să cutreiere pe unde dorea, în acelaş timp.

Pariul acela tot îl sâcâia şi nu pentru că a trebuit să-i dea banii Beckăi. Suma era ridicolă, chiar dacă Becka a sărit în sus şi în jos de bucurie când i-a luat banii. Bryan chiar zâmbi când îşi aminti. Fusese un moment pe care l-a gustat din plin.

Bărbatul nu-şi putea explica motivele, dar ori de câte ori el era cauza acelui zâmbet larg pe chipul ei, simţea un sens de împlinire. Se părea că bucuria ei devenise şi a lui, iar el simţea nevoia să-i ofere şi mai multe motive să se bucure.

Ceea ce-l nedumerea era faptul că niciodată nu văzuse o femeie care să fie gata în mai puţin de zece minute, chiar dacă trebuia doar să meargă pe lac şi nu la un club sau altundeva.

Din experienţă, ştia că femeile aveau nevoie de mult mai mult timp pentru a se pregăti înainte de a pune piciorul afară din casă. Avusese parte de multe ore de aşteptare de-a lungul anilor şi, evident, de frustrarea care mergea mână în mână cu acea aşteptare.

Spre mirarea lui, Becka nici măcar nu a avut nevoie de toate cele zece minute pe care i le ceruse. Terminase totul în exact opt minute. Bryan i-a măsurat timpul, ceea ce părea extrem de prostesc acum. În exact opt minute, ea deja coborâse de la etaj, pregătită să iasă pe ușă.

Era adevărat că părul îi era încă ud de la duș. Becka nu pierduse prea mult timp, ci numai își pieptănase în grabă părul des și trăsese o pereche de pantaloni kaki și un tricou pe ea. La atât s-au rezumat eforturile ei. Nu risipise nici măcar o secundă din acele opt minute meschine.

Bryan era confuz. Tânăra femeie avea darul de a-l surprinde constant și era convins că ar fi continuat să-l surprindă până la adânci bătrâneți, chiar dacă ar fi petrecut o întreagă viață alături de ea.

Becka era un mănunchi de contradicții. Întru totul, era și timidă și îndrăzneață, și visătoare și pragmatică, cu o înclinație spre filme de groază, în timp ce trăia un basm în grădina ei excentrică cu răzoare fără formă și explozii de culori și flori sălbatice.

Tot descoperea noi lucruri despre ea și absolut totul îl făcea să-și scuture capul de uluire. Știa că mai erau încă multe alte straturi de descoperit, iar el spera să aibă la dispoziție toată viața să facă exact acel lucru.

Bryan era încântat la culme că avusese norocul ca Becka să dea peste el și să-l stropească cu cafeaua ei. Aceea era o șansă pe care nu ar fi avut-o a doua oară. Nu se temea s-o recunoască față de el însuși, în ciuda disperării care i se strecura din când în când în suflet, pentru că trăia cu teama constantă că ea va dispărea într-o bună zi, iar viața lui s-ar fi întors la ceea ce a fost înainte de a o fi cunoscut. Știa că viața îi va fi posomorâtă din nou şi el nu ştia dacă ar fi putut să facă ceea ce a făcut în trecut ori de câte ori s-au întâmplat anumite lucruri, iar drumul vieţii lui s-a schimbat încă o dată.

Era un lucru să nu fie conştient de ceee ce îi lipsea, iar altul să aibă parte de ceva nemaipomenit numai pentru a-l pierde ulterior. Bryan era convins că pe Becka nu o va putea uita la fel de uşor cum a uitat şirul de femei care trecuseră prin viaţa lui înaintea ei.

În mai puţin de douăzeci şi patru de ore, Becka îl marcase cum nu reuşise să o facă nimeni înainte, iar aceasta îl speria. Bryan era un om realist şi nu putea să lase la o parte posibilitatea că ceva atât de bun nu putea dura o veşnicie.

Era Bryan adâncit în gândurile sale, dar tot era el atent la fiecare mişcare a Beckăi. Nu putea să-şi ia ochii de la ea pentru mult timp, aşa că a observat imediat când s-a trezit.

Becka se frecă la ochi ca un copil, iar gestul ei îl făcu să surâdă. Femeia arăta foarte inocentă şi tânără. Nu se machiase deloc şi astfel nu se vedeau nici un fel de urme sub ochii ei, ceea ce lui îi plăcu. Pur şi simplu detesta să vadă urmele de fard sub ochii unei femei la prima oră dimineaţa.

Părul Beckăi stătea în toate direcţiile şi îi dădea alura unui porc spinos. Bryan se văzu nevoit să-şi înnăbuşească râsul, temându-se că ea ar putea să-i interpeteze greşit amuzamentul pentru că era foarte tânără şi sensibilă.

Bărbatul încetini viteza iahtului şi îşi păstră ochii pe ea. Observă că avea o privire absentă şi că neştiind unde se afla, încerca să-şi aducă aminte.

Observă imediat când Becka și-a dat seama unde se găsea și și-a adus aminte ce căuta acolo. Apoi, se întoarse să-l privească, iar când îl văzu, chipul i se lumină de parcă ar fi fost cu adevărat fericită să-l vadă.

Acel zâmbet fericit de pe buzele ei îl emoționă profund. Era complet neașteptat. Inima i se strânse și el începu să spere lucruri imposibile.

Bryan avea impresia că ei îi plăcea să fie cu el, cel puțin pentru o vreme, pentru că acțiunile ei o demonstrau cu claritate, dar, cu toate acestea, tot nu îndrăznise să spere că ea i-ar zâmbi cu atât de multă bucurie numai pentru că se afla acolo. Mulțumirea pe care o citea în gestul ei îl lovi zdravăn în piept și aproape că îl lăsă fără răsuflare.

Dorea să spună ceva, să recunoască cât de mult însemna totul pentru el, dar cuvintele nu treceau de nodul pe care îl avea în gât.

Dacă nu ar fi fost suficient de puternic, ar fi plâns de bucurie, iar aceea chiar ar fi stricat totul. Nici unei femei nu-i plăcea un bărbat plângând, indiferent de ce ar fi spus ea. Și de ce naiba se simțea astfel? Se înghionti mental ca să se adune.

-Ai dormit bine, Becka?

Becka se ridică cu o înclinare a capului și se îndreptă spre el cu o lumină visătoare în ochi. El îi privi mersul leneș și-i admiră picioare lungi și goale care parcurgeau puntea.

Când au ajuns pe iaht, ea își scosese pantalonii trei sferturi și tricoul și rămăsese numai în costumul de baie de două piese. Bryan nu se putu opri să nu remarce din nou cum costumul acela îi îmbrățișa curbele ademenitor. Își simți pantalonii strângându-se pe el puțin mai mult.

Nu era deloc înaltă. Îi ajungea numai până la piept şi aceea cu pantofii în picioare. În ciuda staturii, picioarele îi erau lungi, iar gleznele suple şi graţioase, chiar dacă coapsele nu îi erau tocmai subţiri.

După părerea lui Bryan, nu ar fi avut de ce să se plângă. Întregul pachet era perfect şi îngrozitor de tentant pentru un bărbat care îşi pierdea controlul tot mai mult pe măsură ce trecea timpul.

Becka se opri lângă el şi se sprijini de el. Îşi petrecu un braţ în jurul lui şi îşi lăsă capul să cadă pe pieptul lui cu un gest fluid, de parcă ar fi făcut acel lucru ani de zile.

Bryan privi spre creştetul capului ei câteva momente, iar apoi îndepărtă câteva şuviţe de păr, încercând să aducă o oarecare ordine în părul ei ciufulit. Renunţă până la urmă şi-i ridică bărbia cu degetul mare. O privi câteva clipe, iar apoi, se aplecă şi o sărută.

Zăbovi la distanţă mică de buzele ei câteva secunde. Dorea să-şi ofere timpul să-i inhaleze mirosul dulce şi proaspăt, care clar o definea pe Becka.

Numai după ce a aşteptat câteva clipe, i-a luat Bryan gura într-un sărut mistuitor. Bărbatul puse în acel sărut tot dorul care îl măcinase de-a lungul celor două ore în care a privit-o dormind în cuibul pe care el l-a creat pentru ea pe punte şi în care s-a gândit la cum s-ar fi simţit să o aibă în braţe şi să ştie că-i aparţinea numai lui.

Când Bryan i-a ridicat capul şi a privit-o, ochii ei erau tot închişi. Becka se agăţa în continuare de el, ca şi cum nu şi-ar fi putut găsi echilibrul.

Gura îi era rozalie și buzele ușor umflate, iar pieptul lui Bryan se umflă de satisfacție. Îl mulțumea să vadă că avea un astfel de efect asupra ei pentru că, trebuia să recunoască, micuța femeie îi ținea gândurile și inima în pumnul ei mic.

Gura ei îl tot atrăgea, iar el descoperi că era incapabil să-i reziste. Bryan se aplecă din nou și își trecu buzele peste ale ei ca o părere. Apoi, îi mușcă buza de jos ușor, și ea gemu, iar dorința lui pentru ea crescu în intensitate. Mintea lui deja se gândea să o facă a lui chiar acolo pe punte, când îi auzi șoapta.

-Mi-e foame, Bryan.

Cuvintele ei avură darul să-l lovească cu leuca în cap. Bărbatul doar clipi și se holbă la ea. Becka nici măcar nu deschise ochii, iar degetele încă îi săpau în brațele lui.

Bryan ardea de dorință, iar Becka părea să nu observe absolut nimic. El își scutură capul pentru că nu-i venea să creadă că se întâmpla așa ceva.

-Ești sigură? o întrebă Bryan, strângându-i șoldul, fără să-și dea seama că degetele lui săpau adânc în rotunjimea moale și îi marcau pielea.

Nasul ei tresări din cauza acțiunii lui, iar ochii i se deschiseră larg. Gura îi formă un 'o' perfect și ea numai îl privi în tăcere câteva secunde. Becka păru incapabilă să spună ceva, dar își regăsi tupeul destul de rapid.

-Am spus că mi-e foame, iar aceasta înseamnă că sunt destul de sigură, Bryan, se încruntă ea la el.

-Tocmai ne sărutam, Becka..., începu Bryan să spună cu reproș, dar ea îl întrerupse, apăsând un deget blând pe buzele lui.

-Şi ce dacă? Nu te pot săruta şi să îmi fie şi foame în acelaş timp? Sau absolut totul trebuie să se întâmple conform unui orar specific pentru tine? îşi ridică ea vocea cu câţiva decibeli, iar el o privi cu ochi uluiţi.

-Uau, asta este o cale sigură să ucizi orice romantism, puiule, o mustră Bryan.

Se simţea ofensat pentru că sperase că şi ea va simţi la fel ca şi el, iar reacţia ei îi călca în picioare sentimentele.

Becka ridică din umeri cu indiferenţă, iar apoi îi dădu drumul la braţe. Făcu un pas în spate şi îl privi drept în ochi.

-Romantismul este super, Bryan, chiar şi pentru mine, dar chiar dacă mă simt romantică, tot pot să mănânc, să ştii, îi replică ea pragmatică.

-În regulă, Becka, ai numai puţină răbdare, vom mânca curând, cedă Bryan resemnat.

Îşi îndepărtă visurile de a face dragoste cu ea pe punte. Becka era plină de surprize, iar el trebuia să-şi ajusteze maniera de a gândi dacă dorea ca relaţia lor să supravieţuiască, iar el chiar dorea acel lucru.

-Curând? De ce nu acum? Acum mi-e foame, să ştii, insistă ea cu sfidare în voce.

-Pentru că mă gândeam să îndrept iahtul acolo, îi explică el răbdător şi îi arătă o insulă nu prea departe. Mă gândeam că am putea avea picnicul pe ţărmul acelei insule. Sunt sigur că ţi-ar place mai mult să mănânci acolo decât aici pe punte, continuă el pe un ton sec. Mie, unul, mi-ar place, mormăi el pe sub barbă.

Becka privi spre insulă umbrindu-şi ochii cu palma. Apoi, privi la puntea iahtului cu nehotărâre.

-Este tentant, nu spun nu, murmură ea, privind înapoi spre el, dar nu vei putea să acostezi acolo, aşa că discuţia nu are sens, spuse ea mai tare. Aşa că putem mânca aici, chiar dacă nu este la fel de idilic, trase ea concluzia, nerăbdătoare să mănânce.

Nu mâncase nimic din seara precedentă şi deja îşi folosise prea multă energie.

-Nu chiar, îi spuse Bryan, continuând să cârmească vasul la viteză maximă spre insulă. Este un doc acolo, aşa că pot acosta iahtul fără probleme.

Vocea continua să îi fie uscată, semn că era cam necăjit de scena făcută de ea. El înţelegea că Becka nu luase micul dejun şi că deja făcuse destul de mult efort în dimineaţa aceea, dar era sigur că nu va muri de foame dacă mai aştepta câteva minute.

Femeia ridică din umeri din nou. Se părea că acela era unul din obiceiurile ei, iar el îl găsea atrăgător. Apoi se duse şi se aşeză pe banca de lângă cârmă, privind orizontul.

-Eşti supărată sau ce? întrebă Bryan cam deconcertat de brusca ei schimbare de atitudine.

Nu se prea descurca el cu schimbarea de dispoziţie a femeilor şi de obicei încerca să iasă din linia de foc ori de câte ori aşa ceva se întâmpla. De data aceasta, însă, simţea nevoia să înţeleagă ce nu mergea. Investise enorm din el însuşi în acea relaţie fragilă şi nu dorea să o piardă.

-Nu, de ce întrebi? întrebă Becka, făcându-şi de lucru cu pătura de pe banchetă, pretinzând că se concentra pe împachetarea ei, pentru a putea să-i evite ochii lui Bryan.

-Nu ştiu, îi răspunse Bryan pe un ton la obiect. Pari pur şi simplu supărată. Nu mai arăţi fericită cum ai părut mai devreme şi pari să ai o dispoziţie proastă. Plus, ai ridicat vocea, sublinie el.

Becka îl privi şocată. Nu reuşi să-i răspundă câteva secunde, dar apoi spuse:

-Nu am o dispoziţie proastă.

Bryan nu mai spuse nimic. Se gândi să o lase în pace, sperând că va fi ea însăşi din nou după ceva vreme.

-Bine, bine, sări ea de pe bancă necăjită. Acum ştii! îşi aruncă ea mâinile în aer dramatic, iar apoi se îndreptă cu paşi apăsaţi spre cealaltă parte a iahtului, unde el nu mai putea să o vadă la fel de bine.

Bryan privi după ea cu uluire, ba chiar îşi lungi gâtul să o vadă mai bine, iar după câteva secunde de gândire, îndrăzni să întrebe:

-Să ştiu ce?

Becka se întoarse cu paşi mici şi ezitanţi. Mâinile îi erau prinse la spate şi capul îi atârna în jos. Îşi muşca buza inferioară, preocupată, încercând să-şi formuleze răspunsul.

-Nu sunt în cea mai bună formă când mă trezesc, Bryan. Trebuie să-mi dai puţin spaţiu câteva minute, iar apoi totul este din nou bine, mărturisi ea pe o voce mică, ca şi cum ar fi admis că a comis un păcat capital.

Bryan surâse, uşurat că nu era altceva la mijloc şi că el se îngrijorase, de fapt, pentru nimic. Întinse mâna să o tragă pe Becka spre el.

-Haide, pui, nu este cine ştie ce. Atâta timp cât ştiu despre ce este vorba, nu este o problemă. Îţi pot da cât de mult spaţiu ai nevoie.

Ea îi luă mâna şi se apropie de el.

-Ştiu că sunt ca un porc spinos când mă trezesc, Bryan. Nu că vreau să fiu, doar ştii, dar... aşa sunt.

-În mai multe feluri, nu numai unul, spuse Bryan pe sub barbă, dar ea îl auzi şi privi în sus la el încruntată.

-Ce vrei să spui?

El încercă să evite să mai spună altceva. Nu dorea să o irite mai mult decât o iritase deja, dar ochii ei se fixaseră pe el şi cereau un răspuns.

Bărbatul se foi câteva clipe, încercând să câştige timp şi să găsească ceva mai puţin jignitor de spus, dar nu găsi nimic altceva, aşa că decise să-i spună adevărul.

-Părul tău, îşi flutură el degetele în jurul capului ei. Arată ca... arăţi ca un porc spinos, spuse el într-un final.

Becka icni de necaz şi încercă să-şi netezească părul cu ambele mâini, dar nu reuşi.

-La naiba, nu ar fi trebuit să sar peste balsam azi dimineaţă, se plânse ea.

Bryan râse când îi auzi jalea din voce. Beckăi chiar îi plăcea să reacţioneze dramatic. Aceasta, în mod normal, ar fi trebuit să-l facă să fugă în direcţie opusă, dar surprinzător, el o găsea din ce în ce mai interesantă şi demnă de iubit pe măsură ce trecea timpul, iar aceasta chiar părea ciudat.

Nu era el însuşi, cel care a fost înainte de a o întâlni, iar aceasta era neliniştitor. Îşi scutură capul şi abandonă acel gând, temându-se de concluziile la care ar fi ajuns.

-Deci, dacă înţeleg bine, ai sărit peste folosirea balsamului ca să ajungi jos la timp? remarcă el şi nu fără maliţiozitate.

-Bine, râzi cât de mult vrei, i-o întoarse ea cu mâinile pe şolduri. Nu eram sigură că voi termina în zece minute, recunosc. Balsamul necesită trei minute să-l aplici, se răsti ea, încercând în acelaş timp să-şi netezească coama de păr sălbatec.

-Mda, ai fi fost un minut în întârziere, replică Bryan, continuând să zâmbească. Ar fi fost chiar atât de dramatic? se interesă el.

Pentru o clipă, Becka îşi opri gesturile agitate şi îşi ridică privirea la el. După câteva secunde, îi replică, ochii ei privindu-l cu seriozitate:

-Da, Bryan, foarte dramatic. Nu-mi place să pierd, îşi încreţi ea nasul, iar apoi se gândi să mai adauge ceva. Cred că mai bine afli că nu ştiu să pierd, Bryan... Tot mai vrei să ai acel picnic cu mine? întrebă ea pe o voce mică.

Bryan se întinse şi o prinse de mână din nou. O trase apoi într-o îmbrăţişare de urs, iar ea icni surprinsă. Nu îi dădu drumul, ci o adună mai aproape de el, şi îi şopti în păr.

-Eşti perfectă, Becka, chiar perfectă. Desigur că vreau să merg la picnic cu tine, puiule, continuă el, capul lui atingându-l pe al el.

Îi inspiră aroma proaspătă a părului şi se mulţumi să lase timpul să treacă pe lângă ei.

Dar Becka abia putea respira. Bryan nu părea să-şi cunoască puterea, iar îmbrăţişarea lui era foarte strânsă. În ciuda acelui fapt, Becka începu să zâmbească în cutele cămăşii lui, fericită că nu fusese deranjat de toanele ei sau de confesiunea pe care tocmai o făcuse.

Bryan o mai ținu strâns la piept încă câteva momente, până ce găsi puterea să îi dea drumul și să se întoarcă la cârmă. Ea primi cu bucurie răgazul oferit pentru a-și umple plămânii cu aer.

-În câteva minute vom fi acolo, Becka, arătă el spre docul care acum părea foarte aproape.

Becka privi peste suprafața apei și observă că se îndreptau spre un doc care părea în foarte bună condiție. Din ce putea ea vedea, cineva avusese mare grijă de el. Nu era unul dintre docurile lăsate să putrezească în soare și sub ploi.

-Cred că acel doc îi aparține cuiva, Bryan. Nu se vor plânge dacă acostăm acolo? își aruncă ea privirea spre el interogativ.

El își flutură mâna pentru a-i îndepărta orice grijă și îi spuse că de fapt docul îi aparținea unui prieten de-al lui care îl lăsa să-l folosească ori de câte ori dorea.

-Și mai bine de atât, nici măcar nu este aici, așa că avem locul în întregime pentru noi. Nimeni nu ne va deranja toată ziua.

Își întoarse apoi atenția la manevrarea iahtului pentru că țărmul era aproape acum.

-Mă lasă și să-i folosesc casa din când în când, așa că dacă te saturi de soare și de lac, putem merge acolo să stăm pe verandă sau putem merge înăuntru să ne întindem într-un pat.

Becka îl privi cu îndoială în ochi, dar se mulțumi doar să dea din umeri. Hotărâse să-l lase să-și păstreze iluziile. Nu-i plăcea să distrugă speranțele nimănui, dar cu toate acestea era sigură că nimeni nu ar fi fost într-atât de generos încât să își lase prietenul să vină și să plece de la ei de-acasă când și-o doreau.

Ea era destul de apropiată de verii ei, dar nu credea că vreunul dintre ei ar fi fost bucuros să le treacă prin casă oricând și-o dorea ea, dacă nu erau și ei acolo, de asemenea. Era mai mult ca sigură că s-ar fi supărat dacă ar fi adus un prieten cu ea și l-ar fi invitat în patul lor.

-Crezi că ar trebui să mă îmbrac? îl întrebă Becka, pentru că nu știa la ce să se aștepte când ar fi coborât de pe vas.

Bryan își scutură capul. O asigură din nou că erau singuri acolo și că nu trebuia să se teamă că vor întâlni pe careva.

Încetini când se apropie de doc pentru a acosta și mânui iahtul cu ușurință profesională, ceea ce o făcu pe Becka să zâmbească cu mândrie. Lui îi surâse gestul ei. Îi plăcea să vadă că ea era mândră de ce făcea el, chiar dacă era ceva atât de nesemnificativ ca acostarea vasului.

Lui Bryan îi plăcea atitudinea ei față de el. Prețuia până și momentele când ea se supăra pe el, pentru că, în mintea lui, aceea însemna că femeia într-adevăr se obosea să-l vadă pe el, bărbatul, oricât de ciudat suna acel lucru chiar și în urechile lui.

CAPITOLUL 5

BRYAN O AJUTĂ PE BECKA să coboare de pe vas, cărând în acelaș timp un coș de mâncare și un mic răcitor în cealaltă mână. Nu era un coș prea mic, iar gândurile Beckăi începură să clocotească în momentul în care l-a văzut, încecând să ghicească ce lucruri delicioase ascunsese el înăuntru.

Becka abia aștepta să ia parte la picnicul pe care el îl pregătise, dar tot se întreba de ce Bryan nu o lăsa să ducă nimic. După cum se vedea, el avea deja prea multe lucruri de făcut în acelaș timp.

Omul chiar își drapase o pătură pe umăr, iar cu cealaltă mână plasată pe partea de jos a spatelui ei, o ghida înspre un pâlc de copaci aflat la o distanță mică de țărm.

-Îmi amintesc că este o pajiște plăcută acolo, chiar în fața acelor copaci, îi explică el. Este o zonă bună pentru un picnic, Becka, vei vedea. Putem vedea și lacul de acolo și, dacă îmi amintesc bine, ție îți place să privești bărcile, deși trebuie să-ți spun că, din păcate, nu trec prea multe bărci pe aici. Insula este destul de retrasă. Nu se află în zona cu mult trafic. De asemenea, vom putea sta și la umbră. Uite, copacii aceia de acolo oferă umbră așa cum trebuie, își luă el mâna de la spatele ei și arătă în depărtare. Cred că acela este locul perfect pentru picnicul nostru. Iar mai târziu, dacă nu vrei să mergi în casă, ne putem întinde pe pătură acolo și nimeni nu va știi nimic, continuă el să trăncănească.

Becka îi ascultă cuvintele și zâmbi. Nu putea însă să nu se minuneze că el vorbea atât de mult. Nu părea genul de bărbat căruia să-i placă să tot trăncănească despre lucruri mici, insignificante. Părea să fie nervos, iar ea nu înțelegea de ce.

Bănuia ea că ceva nu era exact ce părea să fie. Dar cu toate acestea, nu se simțea în nici un fel de pericol, așa că împinse gândul la o parte.

Bryan nu o lăsă să-l ajute cu întinsul păturii sau cu aranjarea mâncării. El pur și simplu a invitat-o să se așeze în umbra unui copac și să aștepte ca el să pregătească totul.

În momentul în care a început să despacheteze mâncarea, papilele ei gustative se treziră la viață. Îi plouă în gură la mirosul puiului suculent înconjurat de un munte de cartofi prăjiți și ea oftă din cauza anticipării plăcerii. Salata Caesar, care ieși din coș după aceea, arăta destul de gustoasă, dar nu putea să se compare cu acea caserolă care conținea puiul pregătit în casă și cartofii prăjiți acoperiți de brânză rasă. Bărbatul se întrecuse pe sine.

Bryan râse când ea își linse buzele cu entuziasm, privind la toate mâncărurile etalate.

-Hai să mâncăm, iubito, și ține minte că am și desert, așa că în mod sigur trebuie să păstrezi loc și pentru el. Îți va place, Becka, îți promit, spuse el și o luă de mână.

Becka se așeză pe pătură și îi lovi mâna jucăuș. Apoi se întinse și luă una din farfuriile de plastic pe care el le pusese lângă coș pe pătură și își umplu farfuria vârf cu pui și cartofi.

Tocmai terminase să-şi umple farfuria, când el scoase capacul de pe un recipient care conținea salată grecească, care era salata ei favorită. Uită de salata Caesar imediat.

-Oh. Nu am lăsat nici un pic de spaţiu pentru asta pe farfuria mea, şi chiar vreau din ea, se bosumflă ea din cauza dezamăgirii, uitându-se la salata care îi tot făcea cu ochiul.

-Nici o problemă, putem amândoi să mâncăm de aici, nu-i aşa? o asigură el şi puse salata între ei doi.

Îşi încrucişă picioarele, copiându-i poziţia, iar apoi puse şi el nişte pui din caserolă pe farfuria lui.

Becka dădu din cap şi atacă mâncarea cu ardoare. Aromele îi amplificaseră foamea. Bryan o privi mâncând câteva momente, iar apoi, cu un zâmbet plin de sine pe buze, începu să mănânce şi el.

-Tu găteşti? îl întrebă ea, gustând din puiul pregătit cu unt, lămâie şi nişte ierburi pe care nu se obosi să le identifice.

Gustul era excelent şi aceasta era tot ce conta. Era curioasă unde îl găsise, dar se decise să meargă cu prima ei supoziţie că el l-a pregătit.

-Da, gătesc. A trebuit să învăţ să gătesc din moment ce îmi place să mănânc şi m-am săturat de mâncarea la pachet, replică el dând din cap. Îţi place? o întrebă el mai apoi.

-Oh, este fantastic. Chiar uimitor... Eu nu pot găti, Bryan, spuse ea brusc cu regret.

Bryan îşi aruncă privirea spre ea surprins oarecum de confesiunea ei bruscă. Becka părea într-adevăr supărată de ceea ce mărturisise. Acea dezamăgire sinceră pentru ceva atât de neimportant îi aduse un zâmbet pe buze.

El îi mângâie braţul şi o consolă.

-Nu este o problemă, Becka. Probabil că poți face alte lucruri. Nu e ca și cum te-aș dori în fața sobei gătind..., spuse el, iar cuvintele lui rămaseră suspendate între ei doi. Oricum, te vreau altundeva, mormăi el, dar auzul ei fin o ajută și de data aceasta și Becka izbucni în râs, plesnindu-l peste braț cu inima ușoară.

-Ești un băiat tare obraznic, Bryan, reuși ea să spună printre hohote de râs.

Bryan privi la ea și decise să-și încerce norocul:

-Obraznic, obraznic, dar ai ceva împotrivă la ceea ce gândesc?

Ea îl privi câteva moment, părând să se gândească la întrebarea lui, iar apoi își scutură capul. O roșeață ușoară îi coloră obrajii și el surâse. Îi plăcea să o vadă roșind. Candoarea ei era înviorătoare și îl făcea să se simtă mai viril, ceea ce nu-l deranja defel.

După o scurtă pauză, conversația se îndreptă spre lucruri nesemnificative, împletită cu lungi perioade de liniște. Acea liniște nu părea să-l deranjeze pe nici unul dintre ei. Se simțeau destul de bine unul cu celălalt și nu simțeau nevoia să umple tăcerea cu trăncăneală fără sens.

Faptul că erau împreună, împărțind mâncarea gustoasă între ei doi și bucurându-se de aerul de pe lac părea să fie suficient și pentru Becka și pentru Bryan. Se simțeau bine unul în compania celuilalt și acesta era lucrul care conta.

Ziua devenea din ce în ce mai fierbinte, dar umbra copacilor le oferea o oază departe de aerul fierbinte. Briza care sufla din când în când îi răcorea și mai mult.

În depărtare, pânzele ambarcațiunilor presărau suprafața lacului, dar zgomotul orașului nu ajungea la ei. Aveau impresia că se găseau în izolare, în propriul lor paradis, doar ei doi, liberi să vorbească despre tot și nimic, liberi să se sărute, ori de câte ori simțeau nevoia, sau să-și ofere unul altuia bucăți de pui suculent din când în când, râzând ori de câte ori unul dintre ei scăpa mâncare pe jos.

După ce s-au săturat de felul principal, Bryan scoase capacul de la un recipient cu două felii mari de prăjitură cu trei straturi de ciocolată, iar ochii Beckăi se lărgiră. Avea o slăbiciune pentru prăjitura de ciocolată, în special când venea în trei straturi groase de ciocolată.

Atacă prăjitura cu entuziasm chiar dacă era deja sătulă. Becka nu fusese niciodată capabilă să refuze o prăjitură de ciocolată. Era blestemul vieții ei sau cel puțin unul dintre ele. Nu putea trece pe lângă un asemenea desert desăvârșit și își exprimă aprecierea pentru gustul lui în organizarea picnicurilor.

După o vreme, Bryan se sprijini de trunchiul unui copac cu ea cuibărită strâns în brațele lui, bărbia lui odihnindu-se pe creștetul capului ei.

Becka își închise ochii și cu un oftat de mulțumire adormi din nou, simțindu-se protejată în brațele lui puternice care o țineau strâns la pieptul lui.

Bryan îi simți pieptul ridicându-se și căzând sub brațele lui, iar respirația ei ușoară îl ademeni la somn, de asemenea, făcându-l să uite de mâncarea lăsată afară pe pătură.

O veveriță neagră privise festinul întins pe pătură de ceva vreme, de pe o creangă aflată deasupra capetelor lor. Când consideră că drumul era liber, iar ea era în siguranță pentru că fiinţele umane nu mai erau conştiente de ce se întâmpla în jur, coborî din copac şi fură o bucată de pui şi fugi cu ea. Nimeni nu remarcă.

BECKA DORMI VREO ORĂ şi jumătate şi se trezi revigorată şi gata să atace lumea din nou. Îşi dădu seama că se găsea tot în braţele lui Bryan şi îşi întoarse capul pentru a privi în sus spre el. El era deja treaz şi o privi direct în ochi.

Schimbarea din respiraţia Beckăi îl trezise şi pe el, iar Bryan aştepta acum să vadă ce dorea ea să facă. De asemenea, îşi amintea ce se întâmplase pe iaht mai devreme, şi nu dorea o repetare a certii aceleia stupide pe care o avuseseră.

Nici una dintre certurile lor nu aveau substanţă. În mare parte, nu erau decât rezultatul unor interpretări greşite, iar el le considera numai o pierdere de timp şi îşi propuse să evite astfel de certuri pe cât posibil. Miza era prea mare pentru el şi nu dorea defel să-şi piardă şansa ce i se dăduse când o întâlnise.

Becka îşi ridică mâna şi, ezitând, îi atinse chipul cu degetele. Degetele ei trecură peste barba care îi umbrea faţa, iar apoi îi atinse cicatricea. Îl simţi încordându-se pentru o clipă, dar când degetele ei continuară să-i traseze conturul feţei, el se relaxă. Apoi ea se întoarse în braţele lui şi se aşeză în faţa lui în genunchi.

Amândoi se priviră intens. Nu schimbară nici un cuvânt. Becka se aplecă uşor în faţă şi îşi puse mâinile pe pieptul lui, iar degetele ei începură să-l exploreze.

Bryan îşi lăsă mâinile să i se odihnească pe şodurile ei, aşteptând să vadă ce avea ea de gând, chiar dacă degetele ei cutreierătoare aveau un efect înnebunitor asupra sistemului său şi deja simţea cum focul se încingea înlăuntrul lui.

Ezitant, Becka se aplecă în faţă şi îşi lipi buzele de ale lui pentru un sărut scurt, iar apoi îşi ridică privirea spre ochii lui. El o privea la rândul lui, iar genele coborâte îi acopereau ochii aproape pe jumătate.

Ea decise să fie mai îndrăzneaţă şi îl sărută din nou. De data aceasta, limba ei trasă conturul buzelor lui temeinic, învăţându-le gustul şi forma.

Acel gest a pus capăt iniţiativei ei. Bryan îşi pierdu răbdarea şi o trase în braţele lui brusc, iar apoi o coborî pe pătură. Îi acoperi trupul cu al lui şi o sărută cu tot dorul ce i se adunase în piept încă din ziua precedentă.

Era pentru prima dată când era atât de excitat la gândul de a avea o femeie în braţele sale şi când simţea atâta nerăbdare să o posede. Nici măcar ca adolescent nu fusese atât de înfierbântat la ideea de a face dragoste cum era acum.

La început, Bryan încercă să se controleze şi se concentră să exploreze buzele Beckăi cu ale lui. Numai după ce lă memoră textura şi le simţi tremurând sub ale lui, merse mai departe şi începu să-i exploreze întreaga gură.

Limba lui se strecură încet printre buzele ei depărtate şi dansă peste a ei, iar el se lăsă invadat de savoarea şi textura ei unică.

Bryan nu se grăbi defel, ci o gustă pe îndelete. Dorea să se bucure de fiecare secundă şi să se scufunde în plăcerea pe care ea i-o oferea.

Gesturile lui erau măsurate și încete, menite să ademenească și să seducă. Degetele lui bătătorite îi alintară chipul, iar apoi i se împletiră în coama ei care tot mai stătea în toate părțile într-o frenezie de culoarea mierii.

El își împinse pelvisul în ea cu putere, iar ea icni din cauza șocului mișcării lui, dar sunetul se pierdu în gura lui vorace.

Departe de a fi satisfăcut, el continuă să facă dragoste cu buzele ei în timp ce mâinile îi alunecară de-a lungul gâtului și brațelor ei, lăsând în urma lor mici șocuri electrice și frisoane.

Mângâierile lui Bryan o tulburau pe Becka în profunzime. Tremura lângă el, iar într-un moment de luciditate, Bryan își ridică capul și o privi.

-Dacă nu vrei să continui, spune-mi acum. Nu știu dacă voi fi capabil să mă opresc mai târziu, Becka, recunoscu el pe o voce aspră.

Becka dădu din cap ca să-i confirme că dorea ca el să continue cu torturarea simțurilor ei. Timiditatea îi străluci în ochi și atinse o coardă ascunsă în inima lui Bryan.

Tânăra femeie nu găsea cuvintele să-i spună ce dorea. Becka nu era nici măcar sigură dacă mai existau cuvinte pe undeva în mintea ei. Pur și simplu, se scufundase într-o mare de senzații. Chiar dacă ar fi vrut să spună ceva, nu ar fi putut pentru că își simțea gâtul strâns. Nu putea decât să geamă incontrolabil, deși acele sunete nici măcar nu se înregistrau în urechile ei.

Ceva ciudat se întâmpla înlăuntrul trupului ei, dar era ceva ce se simțea minunat, iar Becka dorea ca el să continue să o atingă cu acea pasiune intensă pe care i-o putea vedea în ochi.

Ochii lui Bryan își pierduseră acea strălucire de gheață pe care o observase ea mai înainte. Acum, irișii de un albastru rece se închiseseră la culoare și o lumină neobișnuită mocnea în pupilele lui. Becka se simți mândră de sine pentru că ea era cea care pusese acea lumină fierbinte în ochii lui.

Bryan o privi fix încă o clipă, pentru a se asigura că se simțea în largul ei cu ceea ce urma să se întâmple între ei, iar apoi o adună în brațele lui. Voia ca și ea să-i simtă dorința crescută pentru ea și să îi permită tensiunii care-i copleșise trupul să se strecoare în corpul ei.

El îi sărută din nou buzele, iar apoi le ronțăi de câteva ori înainte de a-și adânci sărutul pentru a-și satisface nevoia copleșitoare de a deveni una cu ea.

Becka își înconjură brațele în jurul gâtului lui și primi cu bucurie fierbințeala trupului lui. Pielea o furnica peste tot, iar ei îi era dor de atingerile lui. Când dinții lui îi mușcară pielea fină a gâtului, ea oftă și renunță la orice gând coerent.

Becka uitase complet că se găseau afară, întinși pe o pătură, și că era posibil ca o barcă să treacă destul de aproape de țărm, iar ei ar fi putut fi văzuți. Era numai conștientă de nevoia ei tot mai puternică ca acel bărbat să-i îndeplinească toate fanteziile și să pășească alături de el în viața de adult. Abandonă totul în mâinile experte ale lui Bryan și îi permise să îi modeleze trupul cu atingerile lui.

Bryan îi scoase partea de sus a costumului ei de baie și își umplu mâinile cu sânii ei rotunzi. Îi ținu în palme câteva clipe, iar apoi își frecă obrazul de pielea fină a unuia dintre ei, degetele lui săpând îi pielea mătăsoasă.

Becka se înfioră când îi simţi asprimea bărbii. Se arcui pentru că nevoia de a-l avea mai aproape devenise şi mai intensă, iar mişcarea ei îl încurajă şi pe el să fie mai îndrăzneţ.

Limba îi trecu peste sfârcul ei, care se ridică timid sub atingerea lui. Bryan îl linse lent, tachinându-l, iar ea îşi simţi trupul în flăcări. Becka gemu şi închise ochii. Satisfăcut cu răspunsul ei, îi luă sfârcul în gură flămând, dornic să se sature cu aroma şi gustul ei.

Prima atingere a limbii lui îi declanşă vibraţii profunde în partea inferioară a corpului ei. Trupul i se încordă ca un arc, iar fiecare fibră nervoasă din trupul ei strigă, nerăbdătoare să fie eliberată de acea tensiune.

Senzaţiile pe care le trăia erau ascuţite, iar durerea era însoţită de plăcere. Dorinţa îi crescu înzecit. Când începu să-i sugă sânul mai puternic, ea strigă tare, incapabilă să mai controleze tensiunea adunată în interiorul ei.

Toate senzaţiile care îi asaltau simţurile erau puternice şi copleşitoare. Nu mai avea nici un control asupra lor şi avea senzaţia că a fost aruncată în ochiul unei tornade.

Bryan îi eliberă sânul, iar ea respiră uşurată. Tensiunea deveni mai suportabilă, dar uşurarea ei dură numai o clipă. El se mută la celălalt sân, iar agonia dulce începu din nou.

Acum degetele lui se jucau şi cu sfârcul extrem de sensibil pe care deja îl torturase cu gura lui. Îl învârtea între degete, iar din când în când degetele i se strângeau pe el mai tare şi trăgeau brusc de el.

Becka nu mai era capabilă să-şi dea seama de ce i se întâmpla. Nu mai putea să se concentreze pe o senzaţie anume. Pielea o furnica peste tot, iar oceanul de senzaţii din partea de jos a abdomenului devenise deja o furtună volatilă care o rupea în bucăţi. Ceea ce simţea devenise atât de intens încât acum gemea constant şi începuse să se zvârcolească incontrolabil sub trupul lui.

Nu ştia dacă dorea ca Bryan să continue sau dacă dorea ca el să se oprească, pentru ca ea să poată evada din multitudinea de senzaţii ce o bombardau din toate părţile, transformând-o într-o masă de emoţii care îi îndepărtase orice gând raţional din mintea ei.

După ce i-a supt sânul până ce ea a ajuns aproape de delir, buzele lui începură să cutreiere în jos pe trupul ei, iar limba lui atingea câte un loc sau se învârtea peste altul, dinţii lui muşcându-i pielea uşor, provocând frisoane cutremurătoare prin tot trupul ei.

Becka îşi împleti degetele în părul lui pentru că avea nevoie de susţinere ca să treacă prin furtuna de senzaţii care îi devastau corpul.

Când şi-a scufundat limba în buricul ei, ea aproape că sări de pe pătură. Imediat, degetele lui săpară în şoldurile ei pentru a o ţine pe loc, prizonieră a acţiunilor lui, incapabilă să refuze ceea ce el îi oferea.

Deja Becka se pierduse complet într-o mare de senzaţii ascuţite, iar ochii îi erau închişi. Se mişca sub el ritmic fără ca măcar să-şi dea seama. Mişcările ei făceau totul mult mai dificil pentru el. Abia se controla să nu plonjeze înăuntrul ei şi să ia ceea ce dorea cel mai mult.

Când ajunse la marginea bikiniului ei, îl coborî încet şi alintă cu generozitate şi pasiune fiecare milimetru de piele descoperit. Limba i se învârtea în locuri pe care ea nu le-ar fi crezut sensibile la atingerea lui.

Becka îi dădu drumul la păr şi se ridică, proptindu-se în coate. Cu ochii largi, şocaţi, îl privea atent, muşcându-şi buzele cu nervozitate. Nu dorea ca el să se oprească, dar nu era nici sigură că dorea ca el să-şi continue călătoria spre sud.

Bryan îi observă mişcarea şi crezu că probabil ea a decis să nu meargă mai departe. Becka era excitată, aceasta era adevărat. Dar, totul era nou pentru ea şi ea era copleşită de nesiguranţă.

Bryan îi scoase bikiniul cu o mişcare grăbită, iar apoi privi spre ea, ochii lui întrebând-o ce dorea.

La început ea nu spuse nimic, ci numai se uită fix la el. După câteva secunde de ezitare, dădu din cap ca să-i arate că era de acord ca el să continue, iar ca răspuns primi un zâmbet lipsit de orice milă. Acel zâmbet al lui îi provocă teama şi nesiguranţa pentru ceea ce urma.

Nu era ca şi cum nu ştia ce urma să se întâmple. Avea o idee generală despre ce implica actul în sine, dar nu ştia la ce să se aştepte cu exactitate. Dar ştia cu siguranţă că nu îi putea spune 'nu' lui Bryan.

Becka într-adevăr voia să facă dragoste cu el. Luase deja acea hotărâre cu o zi înainte, iar trupul ei i-a urmat exemplul în momentul în care Bryan a sărutat-o în acea după-masă.

Bryan a împins-o cu blândeţe înapoi pe pătură şi îşi coborî capul peste locul intim pe care abia îl descoperise. Când i-a simţit faţa atingându-i coapsa, deveni conştientă că acum el îi putea mirosi excitarea, iar Becka se înroşi violent.

Era fericită că el nu îi putea vedea chipul. Îi era jenă că se comporta cu o asemenea lipsă de sofisticare, dar erau anumite lucruri pe care chiar nu le putea controla.

Degetele lui Bryan se plimbară peste trupul ei de-a lungul câtorva secunde pline de tensiune. Mâinile îi alunecară în sus și în jos pe coapsele ei, într-o mișcare înceată și înnebunitoare, degetele lui cercetătoare lăsând în urmă o dâră de frisoane, ori de câte ori îi strângeau sau alinau mușchii.

Când simți că excitarea ei a crescut, îi desfăcu picioarele cu blândețe, iar apoi îi mângâie interiorul coapselor, începând de la genunchi, mâinile lui alunecând înfiorător de încet în sus, până ce degetele i-au atins partea de jos a abdomenului. De-acolo, degetele îi alunecară peste punctul ei focal ca o iluzie, iar ea se cutremură din nou.

De data aceasta, nevoia ei avea și o tentă de urgență. Becka îi prinse capul cu mâinile, gata să-l tragă în sus la ea.

Cu toate acestea, el avea altceva în minte. Lui Bryan nu-i păsă de intenția ei de a-l trage înapoi spre gura ei, ci își îngropă nasul în acel loc pe care își dorise să-l atingă de-a lungul întregii zi, și îi inspiră aroma. Limba lui se afundă în ea și începu să facă dragoste cu ea, făcând-o să își piardă ultima rămășiță de rațiune.

Becka simțea deja că aluneca într-un abis. Avea senzația că șocuri electrice îi excitaseră fiecare terminație nervoasă din piele, iar fiecare trecere a limbii lui peste punctele cele mai sensibile făcea totul și mai greu de suportat.

Încă o dată, Becka pierdu orice gând coerent și mai putu doar să repete fără răsuflare:

-Te rog, te rog, te rog!

Nici măcar nu îşi dădea seama că îl implora. Becka nu ştia dacă dorea ca el să înceteze cu acele atingeri înnebunitoare, pentru că nu îi mai suporta asaltul, sau dorea ca el să continue cu tortura lui excitantă.

Ea deja atinsese un punct unde nu mai era capabilă să facă nimic decât să simtă. Nu mai putea gândi defel. Instinctul şi plăcerea înlocuiseră raţiunea şi, undeva în subconştient, se temea că se pierdea pe sine în acea masă de emoţii pe care nu o putea stăpâni.

Ori de câte ori limba lui talentată atingea acel punct sensibil, pe care degetele sale îl mângâiaseră şi rotiseră pentru o vreme ce părea o mică eternitate deja, Becka simţea explozii peste tot înlăuntrul abdomenului ei.

Degetul mare al lui Bryan atinse pe neaşteptate un ghem de terminaţii nervoase, şi în acelaş timp gura lui se concentră pe acel loc atât de sensibil, aruncând-o în vâltoarea unor noi senzaţii orbitoare.

Când exploziile din ea deveniră prea violente, ea strigă şi degetele i se înfipseră în părul lui şi traseră cu putere. Partea inferioară a corpului i se ridică complet de pe pătură, căutând să întâmpine atenţiile lui generoase

Bryan îşi ridică capul şi o privi. În acelaş timp, degetul lui mare apăsa în interiorul ei, iar satisfacţia îi umplu sufletul când observă că ea se abandonase complet plăcerii pe care el i-o putea oferi. Cu acelaşi zâmbet nemilos pe buze, se întoarse la acel punct atât de sensibil şi îl alintă tandru cu limba, până ce ea se calmă.

Când a simţit că tensiunea i-a părăsit corpul, Bryan privi chipul înroşit al Beckăi şi buzele care îi tremurau. Nu încetă însă să-i atingă coapsele şi abdomenul cu atingeri lungi şi liniştitoare, degetele lui masându-i trupul sau săpând în muşchii ei din când în când.

Bryan îşi mai coborî o dată capul, iar buzele lui presărară săruturi blânde pe trupul ei, iar dinţii i se înfipseră uşor în câteva locuri bine alese. Îi prinse unul dintre sânii ei sensibili cu buzele, iar apoi i-l trase în gură, în timp ce degetele i se jucară cu vârful celuilalt.

Ea expiră prelung şi gemu. Ochii ei se lărgiră la şocul noilor senzaţii. Bryan continuă să se desfete la sânul ei puţin mai mult timp, iar ea îşi arcui spatele pentru a ajunge mai adânc în gura lui.

Îi trase sânul mai adânc în gură, iar degetele lui aspre îl modelară şi îl împinseră mai sus spre gura lui. După câteva momente, îi eliberă sânul şi briza răcoroasă trecu peste sfârcul sensibilizat şi umed, iar Becka se înfiora.

Bryan presără mai multe săruturi pe pieptul ei, până ce buzele lui fierbinţi îi ajunseră la gât, unde se el se decise să se oprească pentru câteva momente şi să se joace cu pielea ei care era deja suprasaturată de şocuri şi senzaţii.

Ea se cutremură din nou, dar el tot continuă cu săruturile lui senzuale spre ureche, din când în când prinzându-i pielea între dinţi. Când îi linse curbura urechii, nodul din ea se tensionă din nou.

Becka îşi întoarse capul să-l sărute şi fu surprinsă să se guste şi pe sine pe buzele lui, nu numai pe el. Cele două arome amestecate îi amplificară excitarea, deşi nu crezuse că ar fi fost posibil să simtă mai mult decât simţise deja.

Îi sărută buzele mai întâi, iar apoi cu curaj i le ronțăi așa cum făcuse și el cu ale ei, și se bucură când îl simți fremătând. Era doar corect să i-o plătească.

Becka îi mângâie brațele puternice și încercă să învețe forma mușchilor lui tensionați. Se lipi de el cu un sens de posesiune pe care nu și-l cunoștea. Un zâmbet malițios i se formă pe buze, iar acel zâmbet atât de neobișnuit pentru ea îl incită și pe el să surâdă, de asemenea.

Bryan îi luă gura din nou într-un sărut fierbinte pe care ea îl simți și în degetele de la picioare. Se frecă de ea, bucurându-se de felul în care se simțea pielea ei pe a lui.

-Să-mi scot hainele, iubito? o întrebă el șoptit pe un ton răgușit.

-Da, te rog, Becka gemu și-l bătu pe braț, mai mult ca să se încurajeze pe sine decât pe el.

În nici o secundă, Bryan se ridică și cu mișcări grăbite, își smulse hainele de pe el. Nu mai putea aștepta și nu își putea lua ochii de la trupul ei.

Becka rămăsese întinsă pe pătură și aștepta nerăbdătoare ca el să o atingă din nou. Pielea îi purta urmele bărbii și a degetelor sale lacome, iar buzele îi erau roșii și umflate de la sărutările lor fierbinți.

Becka arăta ca și cum ar fi fost iubită temeinic, dar el tot dorea să-i ofere mai mult și să-și ia și el propria lui plăcere în același timp. Bryan se lăsă în jos pe pătură și îi acoperi trupul.

Se sprijini în cotul stâng, iar degetele de la mâna lui dreaptă trecură peste pielea ei mătăsoasă. Își coborî capul, iar buzele lui se jucară cu gura ei înainte de a-și face drum spre gâtul ei, unde o însemnă din nou cu o mușcătură blândă. Geamătul ei îi amplifică și lui dorința.

Bryan nu crezuse că ar fi fost posibil să dorească o femeie mai mult decât o dorea deja, dar tensiunea din abdomenul lui crescu, iar durerea plăcută atinse un nou nivel. Era înfiorător de excitat și nevoia de a se scufunda în ea îl copleșea. Cu toate acestea, nu dorea să o grăbească.

Degetele i se strânseră pe unul dintre sânii ei, jucându-se cu el, gata să o tachineze mai mult, când ea își înfășură brațele în jurul lui și îl trase peste ea cu o putere pe care el nu i-o ghicise. Bryan îi înțelese mesajul mut de a se grăbi și a face dragoste cu ea, dar nu dorea să-i răpească nimic din acea primă experiență.

Hotărât să o facă să-i placă să facă dragoste cu el pe cât de mult îi plăcea lui să o iubească, Bryan se aplecă și începu să-i sugă sânul din nou, mâna lui alintându-i trupul în călătoria sa spre sud, pentru a o mângâia din nou între coapse, în acel punct deja plin de tensiune.

-Acum, acum, Bryan! strigă ea. Te vreau acum. Destul cu tortura aceasta, ceru ea, în același timp trăgându-i capul spre ea salbatic.

Bryan râse și o îmbrățișă, adunându-i trupul lângă al lui. Apoi, o acoperi, împingându-i picioarele deoparte pentru a se putea cuibări lângă ea. Îi sărută buzele cu o tandrețe complet diferită de sălbăticia săruturilor pe care i le dăduse înainte.

-Nu am fost niciodată cu o virgină, Becka, iubita mea, așa că nu prea ai noroc cu mine acum, șopti el. Voi încerca să fiu blând, dar...

-Faci totul perfect, îi șopti ea liniștitor, dar grăbește-te acum, Bryan. Am nevoie de tine acum, continuă ea, pe o voce tensionată.

El râse nervos şi îşi găsi calea înăuntrul ei, ridicându-i şoldurile cu mâinile. Începu să se împingă lent pentru că ea era foarte strâmtă, dar Becka îşi pierdu răbdarea brusc şi împinse cu forţă împotriva lui, numai ca să strige când el se îngropă complet în ea.

Becka simţi că o întindea dincolo de orice limită. Presiunea pe care o simţea înlăuntrul ei era dureroasă şi minunată în acelaş timp.

-Eşti în regulă? o întrebă Bryan îngrijorat.

Se temea că fusese rănită din cauza invaziei bruşte.

-Totul e perfect, şopti ea şi îi zâmbi, ochii ei lărgindu-se de uimire. Sunt aproape sigură că ar trebui să fie ceva mai mult de-atât, spuse ea pe un ton conspirativ şi îşi flexă muşchii interni.

Replica ei îi provocă râsul lui Bryan, dar când îi simţi muşchii strângându-se în jurul lui, râsul i se transformă în mârâit.

-Da, puiule, mai este, spuse Bryan printre dinţii încleştaţi.

Apoi începu să se mişte înlăuntrul ei cu mai multă forţă, acum făcând dragoste cu ea în mod serios.

Becka icni când îi simţi mişcările în interiorul ei. Se întindea în jurul lui, iar senzaţia era dureroasă, dar şi agonizant de plăcută în acelaş timp. Se agăţă strâns de braţele lui, temându-se că se va pierde în furtuna de senzaţii.

Lui Becka îi plăcea să-i simtă greutatea pe ea. Îi plăcea că el era parte din ea. O duruse câteva secunde, dar durerea era complet uitată acum.

Se delecta în tensiunea şi plăcerea pe care i-o dăruia cu trupul lui. Fără să-şi dea seama, începu să se mişte urmându-i ritmul. Când îşi ridica şoldurile pentru a-l întâlni, senzaţiile din interiorul ei se înteţeau şi deveneau mai intense.

Îşi lăsă degetele să alunece pe spatele lui până ce ajunse la coapsele lui şi amândoi gemură, chiar dacă din motive diferite.

Bryan îi ridică unul dintre picioare şi îl trase în jurul taliei lui. Îi mângâie coapsa de la genunchi la şold, numai cu vârful degetelor, trezind din nou la viaţă terminaţii nervoase care se relaxeseră. Palma lui cu pielea aspră alunecă pe rotunjimea fundului ei, iar acolo apăsă şi îi aduse pelvisul mai aproape de al lui. Schimbarea în poziţie aprinse scântei în venele ei, iar ea simţi cum tensiunea se încolăcea în interiorul ei şi devenea aproape insuportabilă.

Acum Bryan se putea împinge mai adânc în ea, iar ea avea senzaţia că erau conectaţi într-un fel pe care nu îl crezuse posibil. Bryan îşi aplecă capul şi-i muşcă sfârcurile blând, unul după altul.

Becka ţipă când pielea începu să o furnice peste tot. Apoi Bryan îi trase un sfârc în gură şi-l supse cu putere. Tensiunea din ea explodă şi, pentru o clipă, simţi că se sfărâma şi era propulsată într-o multitudine de direcţii numai pentru a se desface într-o sferă de senzaţii care-i trimiteau limbi de foc peste întreaga suprafaţă a pielii.

Becka ţipă din nou, mai tare de data aceasta. Înainte de a cădea într-un abis de senzaţii şi a-şi pierde toate funcţiile cognitive, Becka îl simţi pe Bryan cedând complet plăcerii finale. Ea se prăbuşi având sentimentul că l-a auzit gemând, dar sunetul fusese prea îndepărtat şi nu era sigură că a auzit corect.

Când Becka îşi reveni, simţi buzele lui Bryan plimbându-se de-a lungul gâtului ei cu tandreţe. Bryan respira cu greutate şi mâinile îi tremurau, dar cu toate acestea, el continua să aibă grijă de ea şi o mângâia cu dragoste.

-Eşti bine, puiule? îi şopti el în ureche, iar apoi îi luă lobul urechii între dinţi şi-l muşcă delicat.

Becka se înfioră. Trupul ei încă pulsa din cauza senzaţiilor, iar muşcătura lui le intesifică. Încercă să spună '*da*', dar se părea că tot nu reuşea să-şi găsească vocea. Aceasta rămăsese blocată undeva în gâtul ei, iar ea nu putea rosti nici un cuvint. Atunci se mulţumi să aprobe dând din cap şi-l strânse în braţe mai tare.

Bryan se întoarse pe o parte cu ea cuibărită strâns în braţele lui şi îi sărută creştetul capului. Îi acoperi picioarele cu unul de-al lui, nedorind încă să-i dea drumul şi să se tragă la o parte. Continuă să-i mângâie spatele şi partea de sus a coapselor, în timp ce-şi freca bărbia de vârful capului ei cu afecţiune.

-A fost bine pentru tine sau...? o întrebă fără ca măcar să se gândească despre ce dorea să spună.

Nu voia să o întrebe, de fapt. Nu voia să audă că nu a fost bine pentru ea şi că el s-a comportat ca un bărbat egoist care se gândea numai la plăcerea lui şi nu i-a dat ei nici o atenţie. Nu voia să o audă minţind, dacă ea ar fi spus '*da*', dar de fapt nu a simţit nimic.

Bryan nu înțelegea de ce se simțea atât de nesigur când era cu Becka. Poate din cauză că dorea mult mai mult de la ea decât dorise de la alte femei sau poate pentru că avusese șansa sau ghinionul, în funcție de cum se simțea și gândea ea, de a fi primul bărbat care să facă dragoste cu ea.

Bryan nu se putea plânge în ceea ce îl privea. Niciodată nu fusese cu o femeie care să-i fi aparținut numai lui. Îi plăcuse să creadă că era mai presus de astfel de gânduri demne de un om al cavernelor, dar trebuia să recunoască că se simțea bine știind că el era singurul bărbat pe care ea îl cunoscuse în sens biblic.

Indiferent de motiv, Bryan era extrem de mânios pe el însuși, mai ales pentru că știa că nesiguranța lui putea distruge cel mai bun lucru care i s-a întâmplat vreodată.

Becka nu spuse nimic la început și îi sărută pieptul în timp ce își trecu degetele prin părul creț și aspru cu care acesta era presărat. Apoi, își ridică ochii la el cu o expresie visătoare și dădu din cap, privindu-l fix.

Un zâmbet începu să-i apară timid pe buze, iar dulceața momentului avu asupra lui efectul unui pumn în stomac. Bryan o strânse mai puternic în brațe, iar ea protestă.

-Este prea strâns, Bryan. Nu pot respira, spuse ea pe o voce mică.

Bryan își dădu seama că a fost prea brutal cu ea și își slăbi strânsoarea pentru ca ea să poată respira mai ușor, dar nu îi dădu drumul complet. Tot mai simțea nevoia de a avea trupul ei lipit de al lui.

De fapt, iar aceasta era chiar uimitor, o dorea din nou. Bryan chiar se gândi la posibilitatea de a mai face dragoste cu ea încă o dată, dar decise împotrivă. Fusese prima dată pentru ea și nu dorea să o rănească. Ar fi putut să o aibă din nou mâine dacă și ea o dorea.

Rămaseră înlănțuiți, amândoi mulțumiți să se afle unul lângă celălalt și să se odihnească unul în brațele celuilalt.

CAPITOLUL 6

BRYAN ÎI ÎMPINSE BĂRBIA în sus cu degetul său mare şi o sărută.

-Putem merge în casă să ne curăţăm dacă vrei, îi şopti el în ureche.

Ea îşi aruncă ochii spre vârful dealului unde, printre copaci, se zărea casa mare albă cu tocul ferestrelor vopsite în albastru şi îşi scutură capul.

-Nu, nu cred. Nu vreau să deranjez.

-Despre ce vorbeşti? se încruntă el neînţelegând la ce se referea.

-Ştiu că prietenul tău a spus că poţi folosi casa, dar aceasta nu înseamnă că ar fi dorit să-ţi şi aduci prietenii aici. Putem să ne curăţim când ajungem la mine acasă, bine? spuse ea.

Ea îl bătu pe mână fără ca măcar să-şi dea seama de gestul ei. Era genul de mângâiere folosită pentru a calma un copil dezamăgit că nu a primit îngheţată.

Bryan ştia că ea se îndoia că cineva l-ar lăsa să-i folosească casa astfel, dar el decisese să nu îi spună că de fapt casa îi aparţinea. Alesese să păstreze secrete pentru că dorea ca ea să-l placă pe el şi nu ceea ce poseda.

Avusese parte de prea multe femei care fuseseră interesate numai în avantajele lui materiale şi era sătul de ele. Toate îl voiau pentru ceea ce posibilităţile lui financiare le-ar fi oferit, iar dacă el le refuza, imediat îl părăseau.

Bryan spera ca Becka să nu fie astfel şi dorea să o impresioneze cu alte lucruri, nu cu mărimea contului său în bancă sau cu bunurile pe care le poseda. Dorea să îl placă pentru el însuşi şi el simţea că femeia îl plăcea.

Dar în ciuda a tot, el ştia din experienţe dureroase cât de mult se puteau schimba lucrurile cât ai clipi din ochi. Întâlnise două sau trei femei care păreau să îl placă cât de cât, dar imediat ce au aflat cât de mulţi bani avea, se îndrăgostiseră până peste cap de el. Dar nu a durat prea mult pentru că ele i-au dovedit că erau interesate numai în buzunarele lui, nu în ce avea în minte sau în suflet.

Becka era mult prea importantă pentru el şi nu voia ca acelaş scenariu să aibă loc, aşa că Bryan nu ştia ce să facă şi nu spuse nimic câteva clipe. Se simţea vinovat pentru că era vina lui că ea simţea că trebuia să aştepte să meargă până acasă pentru a se spăla.

Câteva secunde a fost tentat să lase lucrurile cum erau. Simţul lui de conservare îl sfătui să nu-şi deschidă gura lui mare şi să spună ceva care nu s-ar fi dovedit în interesul lui. Şi totuşi, se gândi mai bine şi decise să recunoască tot.

-Becka, trebuie să îţi spun ceva.

Tonul lui serios o făcu să-şi ridice privirea spre el din nou. Beckăi nu-i plăcea direcţia acelei discuţii. Tonul lui o făcea să se teamă de ce era mai rău, iar după tot ce se întâmplase între ei, spera să nu se fi înşelat în privinţa lui.

FAMILIA WINSTON CARTEA ÎNTÂI TREZIREA
BECKĂI & DILEMA LUI MATT

De obicei, Becka putea spune imediat ce fel de persoană avea în fața ochilor. Acela era unul din talentele ei unice, chiar dacă era în formă brută și nerafinat.

Până atunci, Bryan nu acționase în așa fel încât să o determine să creadă că era un ticălos. Nici una dintre acțiunile lui nu i-a trezit îndoiala.

Bryan observă incertitudinea din ochii ei și nu se simți prea bine. Dorea să-i alunge temerile pentru că ghicise la ce se gândea și, totuși, ezită câteva clipe pentru că ceea ce avea de spus era în completă contradicție cu ceea ce decisese pe iaht. Dar ea merita să știe adevărul, iar până atunci, nu-i arătase defel că ar fi avut vreo pasiune pentru lucrurile materiale.

Bryan se gândi că ar putea încheia acea relație imediat dacă se dovedea că ea era interesată numai de bani și simți cum i se strânge inima în piept la acel gând. În acel caz, el ar fi suferit mai mult decât în trecut.

Tocmai își dăduse seama că o dorea mai mult acum după ce a avut-o decât înainte. Era aproape sigur că era femeia perfectă pentru el, dar era decis să nu mai accepte o altă relație bazată numai pe statutul lui material.

Bryan admitea că poate nu era mare lucru de capul lui, dar tot se mai agăța cu încăpățânare de gândul că merita să fie cu cineva care îl dorea pe el, bărbatul.

-Uite cum stă treaba, începu el, dar nu mai putu continua, brusc temându-se mai mult de ce ar fi avut ea de spus despre minciuna lui decât de lucrurile la care se gândise.

Se gândi să găsească o cale pentru a-i explica motivele lui de a o minți în primul rând.

-Ce este, Bryan? se interesă Becka calm, ca și cum furia ce îi acapara mintea nici nu ar fi existat.

Avea prea multă mândrie şi nu voia să-i arate cât de mult i-ar fi păsat dacă el ar fi părăsit-o după ce i-a căzut în braţe ca o bleagă, după nici douăzeci şi patru de ore din momentul în care l-a cunoscut.

-Poţi să-mi spui orice, nu e o problemă, să ştii. Pot să fac faţă la orice.

-Ei bine, este o problemă, totuşi... te-am minţit..., începu el, dar nu mai putu continua pentru că ea sări în sus la propriu şi acum stătea deasupra lui ca o zeiţă cu gânduri de răzbunare.

-La naiba, Bryan, eşti însurat sau ce? ţipă ea.

Ochii i se îngustaseră din cauza furiei, iar acum arătau la fel de ameninţători ca fantele înguste ale unui şarpe, gata să-l ucidă numai cu o privire.

Ochii lui se lărgiră şi pentru câteva momente îndelungate, el nu reuşi face altceva decât să se holbeze la ea. Era pur şi simplu magnifică.

Se aşteptase ca ea să se supere, dar nu se aşteptase la acea manifestare puternică de mânie şi nici nu se aşteptase ca ea să sară la concluzii nefondate în numai câteva secunde.

Becka îşi dădu seama că el îi considea întrebarea ei nebunească şi că de aceea nu-şi găsea cuvintele. Se plesni mental pentru că a spus ce a spus, dar nu ştia ce altceva să mai spună ca să îndrepte lucrurile.

El avu nevoie de mai mult decât câteva clipe pentru a-şi reveni destul ca să-i răspundă. Se ridică şi el, la fel de furios din cauza acuzaţiilor ei, precum era şi ea din cauza lui. O privi cu uluire punându-şi pumnii strânşi pe şolduri.

-Bineînțeles că nu sunt, i-o întoarse el furios când își regăsi vocea. Nu m-aș culca cu o altă femeie dacă aș fi căsătorit. Ce fel de monstru crezi că sunt? se răsti el la ea, chiar dacă avea unele dificultăți să se concentreze din cauză că acum observă cum i se ridica pieptul femeii din cauză că respira cu greutate.

Era dificil să privească în altă parte pentru că bustul ei generos îi atrăgea privirile. Știa însă că era important să se uite numai în ochii ei dacă nu dorea ca ea să-și facă o impresie greșită, dar era foarte dificil s-o facă.

La cuvintele lui, ea s-a calmat.

-Deci atunci care este problema dacă nu asta?

-Te-am mințit în legătură cu casa, spuse el, arătând spre casa de pe deal cu un gest nervos.

Ea aruncă o privire spre casă, iar apoi își întoarse ochii spre el, ca și cum nu ar fi înțeles despre ce era vorba.

Ce vrei să spui? l a întrebat ea după ce s a gâdit la declarația lui câteva clipe, fără să ajungă la nici un fel de concluzie.

-Aceea este casa mea, Becka. Nu a unui prieten, ci a mea. Te-am mințit când ți-am spus că un prieten mi-a dat voie să o folosesc, îi explică el pe larg pentru ca ea să-l înțeleagă pe deplin.

-Oh, bine atunci, spuse ea, împăcată de cuvintele lui, iar apoi se întoarse să-și caute costumul de baie, mulțumită că problema nu era legată de ea și că el nu intenționa să îi facă vânt.

Brusc, Becka se întoarse spre el. Acum ochii îi scânteiau atât de tare din cauza mâniei că el, fără să vrea, făcu un pas în spate. Dacă mai devreme crezuse că femeia arătase majestuous în furia ei, acum mânia ei depășea tot ce văzuse până atunci.

Se părea că declarația lui i-a penetrat gândurile și ea și-a dat seama în sfârșit ce voia el să spună. Un lucru era sigur: nu îi plăcea defel. Implicațiile cuvintelor sale erau prea urâte pentru ca ea să le accepte.

Cu o voce foarte calmă, care contrazicea mânia din ochii ei, ea îl întrebă:

-Și de ce ai considerat că era mai bine să mă minți? De ce era atât de important ca eu să nu știu că acea casă îți aparține?

Bryan era conștient că tonul ei calm era în fapt înșelător și se aștepta ca ea să-l lovească curând cu toată furia ce mocnea în ochii ei. Atmosfera se încărcase cu curenți electrici, iar el putea simți tensiunea pocnind în aer.

-M-am gândit, vezi tu... începu el, dar se opri când îi văzu postura rebelă.

Becka chiar arăta splendid în ochii lui. Acea furie ce îi strălucea în ochi, spatele drept ca o lumânare, mâinile mici strânse în pumni pe șolduri, toate o transformau într-o adevărată operă de artă.

El știa că ea uitase că nu avea nimic pe ea și el aprecia acel lucru. Ochii lui îi dezvăluiră dorința aprigă pentru ea, când trecură peste trupul ei amplu, admirându-i sânii grei și talia îngustă, șoldurile și coapsele bine rotunjite.

-Te-ai gândit, repetă ea, dar de data aceasta vocea ei mustea cu sarcasm.

Ochii lui se întoarseră imediat la ei, brusc devenind conştient că se afla în mijlocul unei certi şi că nu era o idee bună să uite acel lucru, dacă dorea să rezolve problema şi să părăsească câmpul de bătaie într-o singură bucată. Femeia părea suficient de furioasă să muşte o bucată din el.

-În regulă, înţeleg de ce te-ai supărat, dar şi tu trebuie să înţelegi că şi eu am avut motivele mele... spuse el, dar nu mai încheie fraza când văzu că ea nu dădea nici un semn că furia i s-ar fi domolit ca urmare a tentativei lui de a se explica.

-Desigur că ai avut motive, se răsti ea, aruncându-şi mâinile în aer. Cum aş putea uita asta? Şi crezi că faptul că ai avut motive face ca totul să fie bine, nu-i aşa?

-Becka, haide, doar ascultă-mă. Nu îmi este uşor să-ţi explic ce am avut în minte, încercă Bryan să raţioneze cu ea.

Becka îl privi drept în ochi şi spuse cu tot sarcasmul pe care-l putea aduna:

-Îţi spun eu ce ai crezut, Bryan. Este doar la mintea cocoşului. Ai crezut că sunt o târfuliţă proastă, interesată într-un bărbat cu bani şi nu ai vrut să-mi vâr mâinile lacome în buzunarele tale. Asta ai crezut, îşi încheie ea tirada cu un strigăt.

Asta nu suna deloc a bine. Felul cum i-a formulat ea procesul lui de gândire suna foarte urât. Bryan se simţi vinovat pentru că era ceva adevăr în ceea ce spunea ea, deşi ea exprimase ideea lui într-o manieră oribilă.

-Nu-i chiar aşa, Becka. Dar am avut partea mea de femei care au arătat că sunt interesate de mine numai pentru că aveam bani şi...

Becka își lovi piciorul de pământ și gemu, iar comportamentul ei îl opri să continue. Bryan așteptă să vadă ce altceva voia ea să facă.

Ea îi aruncă o privire, iar apoi își luă ochii de la el, ca și cum nu mai putea să-l vadă în ochi. Se apucă să adune bucățile costumului ei de baie și pe o voce liniștită spuse:

-Vreau să mă duci acasă acum.

-Te rog, iubito...

-Am spus acum, repetă ea, accentuând cuvintele. Nu mai vreau să petrec o secundă cu tine. M-ai mințit! Ai gândit lucruri oribile despre mine! strigă ea și își întoarse spatele la el pentru a se îmbrăca.

El simți o fărâmă de vină săcâindu-l din nou, dar apoi alt gând îi răsări în minte brusc. Luându-și pantalonii să se îmbrace, de asemenea, el spuse sarcastic:

-Iar tu ai fost foarte deschisă cu mine, nu-i așa? Tu ai fost domnișoara carte și inimă deschisă, nu-i așa?

-Ce vrei să spui? se întoarse Becka spre el, uimită să-i audă cuvintele. Eu nu te-am mințit deloc.

-Ba da. Ai spus unele lucruri ieri și nu ai vrut să le explici. Nu-ți amintești? Când mi-ai spus că nu mă sfătuiai să te supăr și când mi-ai spus că sunt unele lucruri pe care nu mi le poți spune... Ei bine, și eu am avut lucruri care nu am putut să ți le spun, așa că sântem la egalitate în privința asta, trase el concluzia.

Ea îl privi, fierbând pe dinăuntru. Își simți mânia crescând ca magma în interiorul unui vulcan și nu mai putu să și-o controleze și își aruncă mâinile în aer.

O pală de vânt puternică se învârti în jurul lui și el simți țurțuri de gheață pe spate. Coșul zbură în cel mai apropiat trunchi de copac, iar răcitorul îl urmă imediat după aceea, de parcă o mână nevăzută le-ar fi ridicat și le-ar fi aruncat cât colo.

Bryan avea senzația că se găsea în mijlocul unui uragan și o privi pe Becka cu ochii uluiți. Nu putea crede ceea ce vedea.

Buzele ei începură să tremure și ochii i se umplură de lacrimi într-o clipă. Când închise ochii și își coborî brațele tremurânde, totul reveni la normal. Vântul se opri iar căldura zilei alungă frisoanele pe care le simțise el pe spate.

Ea nu se uită spre el, iar el nu putea face altceva decât să se holbeze la ea șocat. El refuză să se gândească la ce se întâmplase sau să caute un răspuns, dar știa că ea se afla în centrul lucrurilor și nu se mai simți comfortabil în prezența ei.

Părea ceva ieșit dintr-un film de groază, iar el nu putea găsi o explicație rezonabilă pentru ceea ce trăise și simțise. Ideea ce îi răsări în minte nu făcea prea mult sens, ba chiar îl înspăimânta și mai mult.

-Cred că acum te duc acasă, spuse el pe un ton liniștit, nedorind să discute chiar atunci despre tot ce s-a întâmplat și cum de s-a întâmplat.

Becka aprobă cu o înclinare a capului, cu un aer pierdut, iar apoi începu să se îmbrace în tăcere. Când termină, se duse să ia coșul și răcitorul. Vocea lui rece, venind din spate, o opri.

-Nu-ți fă nici un fel de griji în legătură cu ele. Voi avea grijă de toate când mă întorc.

Becka dădu din nou din cap, cu supunere, simțindu-se respinsă, și apoi se îndreptă cu pași mici spre doc. Nu știa ce să-i spună lui Bryan și își dădea de altfel seama că el nu voia să audă absolut nimic în acel moment.

Era foarte tristă pentru că petrecuse o zi superbă cu el, dar acea zi fusese clădită pe minciuni și amăgire, iar acum nu mai știa ce simțea.

Complet detașat, de parcă ar fi fost o femeie pe care abia o întâlnise și cu care era doar politicos pentru că așa era normal, Bryan o ajută să urce pe puntea vasului. Orice fel de apropiere pe care o simțiseră între ei doi înainte dispăruse acum. Se simțeau ca doi străini, ba chiar mai mult, ca doi străini care nu erau în largul lor.

După ce a ajuns pe vas, Becka se duse sub umbrelă și își îmbrăcă tricoul și pantalonii, în timp ce el se îndreptă spre cârmă și porni iahtul, mărind viteza imediat ce a fost posibil.

Bryan simțea că nu mai voia să fie cu ea, cel puțin pe moment, dar își imagină că sentimentele lui pentru ea vor reveni în forță după ce ar fi avut timp să se gândească mai bine la tot ce s-a întâmplat.

Bărbatul se simțea vinovat din cauza omisiunilor lui, dar considera că vina ei era mult mai mare în acea situație decât a lui.

Nu dorea să analizeze ce se întâmplase pentru că nu îi plăcea ce îi spuneau faptele. În ciuda a tot, el simțea și regret pentru că nutrise sentimente tandre pentru ea, chiar dacă relația lor se dezvoltase numai de-a lungul unei singure zi. Se gândise că ea era femeia menită să-i fie alături și era greu să creadă acum că totul a fost o iluzie. Avea însă nevoie de timp ca să se gândească la tot.

Becka era supărată atât pe el cât şi pe ea însăşi. O necăjea faptul că el a considerat necesar să-şi păstreze bunăstarea secretă, temându-se că ea ar fi fost atrasă mai mult de banii lui decât de el. I-ar fi plăcut ca el să fi avut încredere în ea şi să fi gândit diferit despre ea.

Putea să înţeleagă că anumite experienţe pe care el le trăise în trecut au avut probabil darul să îl facă să se teamă de motivele oamenilor. Cu toate acestea, ea considera că fusese destul de deschisă şi, de fapt, nu era obişnuită ca oamenii să gândească despre ea că ar fi fost o persoană care ar profita de un bărbat. Nu arăta ca o femeie cu mâini lacome, gata să înşface absolut tot ce avea în faţa ochilor.

Becka era de asemenea furioasă pe sine însăşi pentru că nu avea nici un control asupra puterilor ei. Ori de câte ori se înfuria foarte tare, le dezlănţuia şi nu le mai putea opri până ce mânia i se stingea.

Becka ştia că oamenilor nu le prea surâdea ca cineva să arunce lucruri în aer sau să producă vârteje de vânt în jurul lor. Mama ei i-a tot explicat acel lucru mereu de când era foarte mică. Din fericire, ea îşi învăţase lecţia înainte de a ieşi în lume. Dar din nefericire, uitase toate acele lecţii astăzi.

Nu a reuşit să dea înapoi în cearta cu Bryan, iar astfel a arătat cine era ea şi ce putea să facă. Era clar că îl alungase pe Bryan. Ar fi fost imposibil ca el să nu se fi speriat şi, evident, acum nu mai nutrea nici cea mai mică dorinţă să rămână cu ea.

Nu îi plăcea cât de rece şi detaşat se comporta Bryan. După acea după-masă plină de revelaţii, în care au împărtăşit acele momente preţioase împreună, momente pe care ea le tot așteptase de foarte mult timp, atitudinea lui avea efectul unui duș rece asupra ei. Atitudinea lui prezentă strica absolut tot.

Beckăi nu îi părea rău că a făcut dragoste cu Bryan. S-ar fi mințit pe sine dacă ar fi spus așa ceva. Dar cu toate acestea, îi părea rău că totul s-a înnegurat după aceea și a golit-o de orice sentiment.

Becka nu și-a dat seama că plângea deja, dar Bryan îi auzi hohotele de plâns și se întoarse spre ea. O gheară nemiloasă îi strânse inima.

Pentru o clipă trecătoare, s-a gândit să își vadă de ale lui și să o lase să plângă. Nu prea știa el ce să facă atunci când o femeie plângea. Ar fi fost poate mai bine să o lase să se gândească și să ajungă la propriile ei concluzii și numai după aceea să o abordeze, dar nu putea.

Acea femeie avusese deja un impact enorm asupra lui și indiferent de ce simțea el în acel moment, nu putea să stea deoparte și să o lase să plângă fără a-i oferi nici un pic de consolare.

Când îi simți mâna pe umăr, Becka își ridică privirea spre el și Bryan îi văzu lacrimile curgându-i pe obraji. I le uscă cu degetele, iar apoi o trase în brațele lui, frecându-i spatele. Își odihni capul pe al ei și numai o ținu strâns la pieptul lui, mângâindu-i spatele cu tandrețe pentru a o calma și a o face să se simtă mai bine.

-Este în regulă, puiule, nu trebuie să plângi. Nu e sfârșitul lumii, să știi, murmură el.

Cuvintele lui o făcură să plângă și mai cu foc și priuntre sughițuri îi spuse:

-Este sfârşitul a ceea ce era între noi, Bryan, iar asta înseamnă sfârşitul lumii acum.

El îi zâmbi uşor amuzat şi îi ridică capul pentru a o privi drept în ochi. Îi sărută buzele uşor, dorind să o simtă aproape de el din nou.

-Nu ştiu dacă e finalul a ceea ce este între noi, dar cred că amândoi ar trebuie să reflectăm pentru o vreme, Becka, iar apoi vom vedea, spuse el pe un ton egal.

-Vrei să îţi explic? îl întrebă ea ezitant.

El îşi scutură capul.

-Nu, nu chiar acum. Trebuie să reflectez la tot mai întâi, iar apoi putem vorbi. Este mai bine să nu vorbim despre nimic acum.

-De ce trebuie să se desfăşoare totul conform unui orar stabilit de tine? se răsti ea la el, uitând de tristeţea ei pe moment.

-Nu e vorba de orarul meu, încercă el să fie rezonabil. Dar trebuie să reflectez totuşi. Nu-ţi poţi imagina că voi împinge totul la spate şi voi continua această relaţie fără nici un fel de întrebări, iubito, pentru că, crede-mă, nu merge aşa, continuă el pe un ton egal, deşi simţea impulsul să o strângă de gât pentru că era atât de densă.

Nu era ca şi cum tot ce se întâmplase ar fi fost ceva banal. El deja găsise o explicaţie, dar nu îi plăcea, deşi acea posibilitate părea din ce în ce mai reală.

Mai mult decât atât, nu ştia dacă sentimentele lui pentru ea erau destul de puternice pentru ca să continue o relaţie cu o femeie care putea crea furtuni, chiar dacă de dimensiuni mici. Îi plăcea ca în orice să existe un anumit echilibru, iar relaţia lui cu Becka nu părea deloc echilibrată.

Becka se trase deoparte şi îi întoarse spatele. Înţelegea că spectacolul pe care i l-a oferit l-a înspăimântat, dar nu înţelegea de ce nu dorea să discute despre ce s-a întâmplat.

I se spusese ca niciodată să nu-şi dezvăluie talentele în faţa străinilor, dar crezuse că avea o şansă reală să construiască o relaţie cu el şi oricum tot trebuia să îi arate de ce era capabilă la un moment dat. Se întâmplase mai devreme decât ar fi dorit, dar nu credea că era un lucru rău, chiar opusul. Încercă să se consoleze că cel puţin nu investise foarte mult într-o relaţie care nu avea nici un fel de şanse să supravieţuiască.

-Becka, începu Bryan să spună, dar ea îşi ridică mâna să-l oprească.

Nu se întoarse spre el, dar spuse:

-Totul este bine, Bryan, nu îţi fă griji. Îţi înţeleg reticenţa. Hai să mergem acasă şi să uităm că ne-am cunoscut.

Vocea ei arăta mult mai multă hotărâre decât simţea, dar nu voia ca el să rămână cu ea numai pentru că se simţea prost pentru că a făcut-o să plângă. Dacă nu era capabil să fie cu ea pentru ceea ce era ea, nu vedea nici un motiv pentru a mai continua acea şaradă.

-S-ar putea să nu fie atât de simplu, Becka. Nu am spus că ar fi cazul să uităm că ne-am cunoscut. Am cerut doar puţin timp pentru a putea reflecta la ce s-a întâmplat. Poate că acel timp îţi va folosi şi ţie.

-Cum vrei tu, ridică ea din umeri şi se duse în cealaltă parte a vasului pentru a scăpa de el.

Într-un fel, Becka știa că Bryan avea dreptate. Nu era ca și cum el ar fi trebuit să treacă peste un obicei prost, cum ar fi vorbitul cu gura plină. Dar se simțea înșelată pentru că sărise într-o legătură de dragoste cu el fără a se gândi mai bine.

Nu-i plăcea nici că el a mințit-o. Totul era prea mult pentru ea pe moment ca să-l ierte chiar atunci. Nici măcar nu credea că merita efortul.

Au făcut restul călătoriei în tăcere totală. Își aruncau priviri pe furiș, dar nici unul nu dorea să mai vorbească.

Când au ajuns în port, au ancorat iahtul și s-au îndreptat spre parcarea unde Bryan își lăsase mașina de dimineață.

Tensiunea se intensifică și mai mult în timpul călătoriei cu mașina, pentru că aceasta era prea mică pentru a face față tuturor resentimentelor și mâhnirii lor. Începuseră să se displacă unul pe celălalt imens și abia așteptau să ajungă la destinația lor și să se despartă.

Abia și-a oprit Bryan mașina, că Becka a și sărit din ea, aruncând un *la revedere* grăbit peste umăr, și alergă în casă. După ce a intrat, a închis ușa în spatele ei cu o bubuitură zgomotoasă.

Bryan privi în urma ei și chiar cinci minute mai târziu tot acolo era, în fața casei ei, privind ușa închisă. Acea bubuitură îi răsunase în urechi ca fiind de rău augur.

Bryan nu se simțea ușurat, așa cum crezuse înainte. În timp ce erau pe iaht, întorcându-se spre oraș, nu dorise altceva decât să o conducă pe Becka acasă și să încheie absolut totul pe ziua aceea. Acum, însă, avea senzația că Becka a trântit ușa peste cel mai bun lucru care s-a întâmplat în viața lui.

Bărbatul consideră ideea de a se duce la uşa ei şi de a-i cere să îi vorbească, dar înnăbuşi ideea imediat. Nu era momentul potrivit pentru aşa ceva. Chiar şi el, cu abilităţile lui sociale limitate când venea vorba de relaţiile de dragoste, ştia asta.

Bryan trebuia să-i dea spaţiu ca să se răcorească şi avea şi el nevoie de timp să reflecteze la tot ce avusese loc şi să găsească o cale mai bună să facă faţă la ce s-a întâmplat. Acea hotărâre îl făcu să întoarcă cheia în contact şi să plece.

CAPITOLUL 7

BECKA SE AFLA ÎN GRĂDINĂ privind fără să vadă în depărtare. De câteva zile nu își mai găsise pacea acolo, cu toate că grădina fusese tărâmul ei de liniște înainte.

Nici măcar nu se mai dusese la cursuri și nu părea să fie capabilă să facă nimic. Nu putea nici citi una din cărțile pe care le iubea atât de mult și nu putea nici discuta cu verii săi. De obicei, vorbea cu ei cel puțin o dată pe zi, iar acum trecuse deja o săptămână și jumătate și tot nu se simțea capabilă să ridice telefonul ca să-l sune pe vreunul dintre ei.

Becka evitase să vadă pe oricine de-a lungul ultimei săptămâni și jumătate de când se despărțise de Bryan. Nu se simțise în stare nici să meargă la cina obișnuită cu părinții ei și inventase o petrecere de la care nu putea lipsi, numai că să nu fie obligată să se ducă la ei acasă.

Tatăl ei nu a fost prea fericit să audă că nu vine, dar mama ei a exultat de bucurie auzind că fiica ei avea în sfârșit o viață socială cum era normal pentru o fată de vârsta ei. Ea întotdeauna considerase că Becka era prea introvertită când venea vorba de a-și face prieteni și nu-i plăcea acel lucru.

Era din nou vineri și de data aceasta știa că în ziua următoare nu va mai putea evita cina la părinții ei din nou. Străbunica ei urma să fie acolo și nici măcar mama ei nu ar fi găsit cuvintele pentru a scuza absența Beckăi. Când străbunica ei venea la cină, toată lumea trebuia să participe. Singura scuză valabilă ar fi fost să zacă pe patul de spital.

Becka nu știa ce ar fi trebuit să facă. Era convinsă că imediat își vor da toți seama că ceva s-a întâmplat cu ea și că avea inima frântă. Doar își vedea chipul în oglindă când își peria dinții în fiecare zi și știa că arăta exact așa cum se simțea, ca și cum i s-a stins orice vioiciune din trup.

Becka nu putea trece peste ce se întâmplase cu Bryan. Se îndrăgostise de el și încă bine și, indiferent de cât de mult a raționalizat ce simțea pentru el, tot nu putea să-și înnăbușească acele sentimente.

Știa că trecuseră mai puțin de două săptămâni, dar se temea că mereu se va gândi la el și îi va fi dificil să găsească un alt bărbat care să o completeze atât de bine.

Acum, cu mintea limpede, își dădea seama că izbucnirea ei legată de casă nu ar fi trebuit să aibă loc. Se cunoscuseră numai de o zi, iar el avea dreptul să se protejeze, mai ales dacă se arsese în trecut. Dacă nu ar fi reacționat atât de puternic la acea minciună, totul ar fi fost bine și ea ar fi putut să-i dezvăluie adevărul despre ea mai târziu când el ar fi putut să accepte ce era ea.

Din păcate, era prea târziu să se gândească la așa ceva acum. Reușise să găsească un bărbat deosebit și să-l piardă în nici două întâlniri, ceea ce era un fel de record, probabil.

BRYAN SUNĂ LA SONERIE și așteptă ca Becka să-i deschidă ușa. El unul trăise în iad de când se despărțiseră din cauză că el a spus câteva cuvinte idioate și ea a creat puțină magie.

Alesese să se gândească la ce a făcut ea în termeni de '*puțină magie*' pentru că părea mai ușor de înțeles și acceptat. Bryan știa că vor trebui să discute și despre aceea, dar el deja se hotărâse să își păstreze mintea deschisă și să nu renunțe la ea doar din cauza a ceea ce era ea.

Inițial, bărbatul a încercat din greu să o uite. Faptul că poseda un dojo l-a ajutat să-și petreacă zilele făcând efort până la epuizare. A încercat să se antreneze și să ridice greutăți. Apoi a progresat la box. Unul din punctele importante ale programului său a fost să-și dea întâlnire cu sacul de box pentru mai multe ore în fiecare zi, dar nu a funcționat.

După primele câteva zile, și-a lăsat prietenul la conducerea sălii și el a trecut la băutură. După prima mahmureală, și-a amintit de ce ura atât de mult să se îmbete. Niciodată nu i plăcuse să nu fie în total control, iar prea multă băutură avea puterca de a-i răpi acel control. După prima sticlă de whiskey, reacțiile îi încetineau și el se ura pe sine.

Până la urmă, nu a făcut decât să risipească ore întregi gândindu-se la Becka și la ce ar fi trebuit să facă diferit decât a făcut sau cum ar fi trebuit să reacționeze pentru a obține un rezultat diferit.

Chiar dacă relația lor a fost de scurtă durată, îl marcase profund. Îi auzea vocea în urechi tot timpul și nu o visa decât pe ea când în sfârșit reușea să adoarmă.

După o săptămână şi jumătate, Bryan a decis că i-a ajuns. Trebuia să meargă la ea acasă şi să încerce să repare totul pentru a o aduce din nou în viaţa lui. Ştia că nu putea continua astfel. Devenise prea importantă pentru el şi nu putea să o uite pur şi simplu.

Bryan era sigur că ea avea o legătură cu magia, dar în marea schemă a lucrurilor, nu prea mai conta pentru el. Accepta să aibă de-a face şi cu aşa ceva dacă o putea convinge să găsească mărinimia în inima ei să-l accepte înapoi.

De aceea, acum aştepta răbdător pentru ca ea să vină şi să-i deschidă uşa. Ecoul soneriei deja se estompase şi ea tot nu venise la uşă.

În ciuda acelui fapt, Bryan era destul de încăpăţânat şi apăsă din nou pe sonerie cu hotărâre. Se resemnă să aştepte cu mâinile în buzunare şi balansându-se pe picioare.

Când au trecut câteva minute şi tot nu veni nici un semn de la Becka, Bryan ridică din umeri şi instinctiv încercă clanţa de la uşă. Desigur, cum era de aşteptat, uşa nu era încuiată. Înjură pe sub barbă, gândindu-se la ce era mai rău şi intră în casă, închizând încet uşa după el.

Bryan se simţi ca un hoţ pe moment şi se gândi la consecinţele îndrăznelii sale. Cu toate acestea, era hotărât să aibă un rezultat fericit în întreprinderea lui, aşa că o strigă.

Tăcerea casei îl apăsa. Nu auzi nici un fel de paşi venind în jos pe scări şi se decise să se îndrepte spre bucătărie. Încăperea era goală, dar o putea zări pe Becka prin fereastră, aşezată la umbră sub marchiză, la celălalt capăt al grădinii.

Femeia părea mică şi pierdută în gânduri, iar mâinile îi erau adunate în poală. Părea absentă şi tristă, iar inima lui se strânse.

Fericit că a găsit-o, Bryan ieşi în grădină şi se îndreptă spre ea.

Becka nu dădu semne că ar fi remarcat că nu mai era singură. Când se apropie de ea, îşi dădu seama că ea plânsese şi se simţi ca un ticălos.

Părea obosită şi înfrântă, iar inima i se chirci mai mult ştiind instinctiv că el pusese acea expresie pe faţa ei.

-Becka, îi strigă el numele uşor când păşi în marchiză.

Ea oftă, dar nu spuse nimic şi nici nu îl privi. Acela nu era un semn bun. Pe Bryan îl cuprinse panica gândindu-se că ea a decis să-l ignore complet, să-l alunge din viaţa ei şi să nu îi mai vorbească.

-Becka, o strigă el mai tare şi numai atunci, ea se întoarse spre el cu un icnet uşor.

Ochii ei se măriră şi el îşi dădu seama că nu-i venea să-şi creadă ochilor că se găsea acolo.

-Am sunat la sonerie de două ori, spuse el pentru a-şi explica prezenţa în grădina ei. Am încercat uşa numai pentru că am văzut că nu răspunzi şi m-am gândit că nu ai încuiat-o.

-Nu aud soneria de aici, spuse ea liniştit. Nu am intenţionat să nu-ţi deschid, continuă ea. Vreau să spun că nu a fost ca şi cum nu aş fi vrut să-ţi deschid uşa.

El îşi scutură capul pentru a-i alunga îngrijorarea, iar apoi spuse:

-Nu m-am gândit la aşa ceva, iubito. Ţi-am spus de ce am intat ca să nu crezi că sunt un nenorocit de hărţuitor.

Becka îi zâmbi uşor, dar chipul ei nu mai străluci cum se întâmpla înainte, iar aceasta nu-i plăcu lui Bryan.

-Dar de ce eşti aici, Bryan? Nu s-a schimbat nimic de săptămâna trecută, din câte ştiu eu. Tu tot crezi că sunt materialistă, eu ştiu că tu eşti un mincinos şi amândoi ştim ce pot eu face.

Lui Bryan nu-i plăcu tonul ei resemnat şi nici tristeţea care i se citea pe chip. Nu-i plăcu nici acuzaţia ei. Se lăsă pe un genunchi în faţa ei şi îi luă una din mâini în amândouă ale lui şi i-o mângâie cu blândeţe.

-Nu cred că eşti materialistă, puiule, şi niciodată nu am crezut asta. Poate că a fost prosteşte din partea mea să aştept să văd mai întâi dacă mă placi din cauza mea, dar chiar am avut nişte experienţe urâte în trecut şi cred că... aveam nevoie de nişte asigurări. Sper că-mi poţi ierta prostia.

-Şi ce părere ai despre ce s-a întâmplat când ne-am certat? îl întrebă ea cu ezitare în voce pentru că îi era teamă să îi audă răspunsul.

Bryan se ridică şi se aşeză pe bancă, iar apoi o trase în poala lui.

-Ei bine, Becka... Chestia aceea a fost cu totul... altceva, trebuie să mărturisesc... Nu am văzut niciodată nimic asemănător, cu siguranţă. Poate îmi poţi explica pentru că... m-a speriat, Becka, admise el pe un ton grav. Nu am văzut niciodată ceva de genul ăsta şi, bineînţeles, primul lucru la care m-am gândit a fost că eşti... o..., începu Bryan să spună dar nu mai putu să continue şi să-i mărturisească exact ce a crezut.

-O vrăjitoare? îl întrebă ea pe un ton realist.

Bryan nu-i răspunse imediat. Reflectă mai întâi la ce i-a zburat gândul în acea zi.

-Nu știu... Am crezut că ești poltergeist sau ceva similar, mărturisi el în final, uitându-se fix la ea.

-Oh, Doamne, nici nu m-am gândit că ai crede așa ceva, exclamă ea. Nu sunt nimic de genul acesta, Bryan, fii serios.

Bryan își îngustă ochii și întrebă:

-Atunci, ce ești de fapt? Nu că ar conta, să fiu sincer, se grăbi el să adauge.

-La ce te referi când spui că nu ar conta?

El reflectă câteva minute asupra răspunsului pe care voia să i-l dea. Privi spre grădină, mângâindu-i absent șoldul.

-Bine, voi fi sincer cu tine, spuse el într-un final întorcându-și privirea spre ea. Nu pot funcționa. Nu pot dormi și nu pot face absolut nimic, de fapt. Am încercat și nimic nu merge. Mă gândesc numai la tine. Așa că, indiferent despre ce e vorba, vreau să fiu cu tine. Asta ca să știi.

Văzând că îl privea fix, el își rectifică declarația.

-Dacă vrei același lucru, evident. Nu te pot forța, știu asta. Dar sper că și tu mă vrei pe mine.

Becka îi mângîie chipul cu tandrețe, iar apoi se aplecă și îi sărută buzele.

-Vreau și eu, dar chiar cred că ar trebui să știi totul înainte de a merge mai departe, spuse ea cu tristețe.

-Doar spune-mi, spuse Bryan. Sunt convins că nu este atât de dramatic precum sună și oricum, cred că pot supraviețui cu ceea ce ești. Considerând că nu pot trăi fără tine în viața mea, nici nu merită discutat subiectul. Știu că sună cam pretențios, dar trebuie să știi că aceste zile când am fost departe de tine au fost iadul pe pământ pentru mine.

-Bine, Bryan. Atunci îți spun, începu Becka dar apoi se opri.

Nu reuşea să spună cuvintele, fiindu-i prea teamă că el va fugi de ea din nou.

-Haide, puiule, doar spune-mi. Îţi promit că totul va fi bine.

-Ha! îl luă ea peste picior.

Neîncrederea ei era evidentă şi el ştia că o merita. Deja fugise de ea o dată. Decise să se uite insistent la ea ca să o facă să vorbească. Ea îi susţinu privirea, dar, în sfârşit, îşi continuă explicaţia.

-Deci cum să-ţi spun asta, Bryan? Cred că ar trebui să fiu directă, murmură ea, iar el făcu eforturi să îi audă cuvintele. În regulă, uite cum stă treaba, reîncepu ea. Sunt vrăjitoare şi din păcate nu una foarte bună. Încă mai am de învăţat pentru a-mi controla darul. Ai văzut ce se întâmplă dacă mă înfurii, spue ea, iar el aprobă înclinând din cap. În general, din cauza aceasta, încerc să evit confruntările plecând, dar cu tine atunci nu am avut unde să mă duc. Vezi tu, când mă enervez foarte rău toate acele sentimente intense se transformă în izbucniri de vânt îngheţat şi lucrurile încep să zboare în jur, iar acestea sunt lucruri pe care nu le pot opri. Nu am cunoştinţele necesare să o fac, îi explică el ca să înţeleagă.

-Bine, de acord, spuse el. Ce altceva poţi face? întrebă el pe un ton conversaţional, deşi nu se simţea în largul lui auzind-o dând voce celor mai rele temeri ale lui şi ştiind că nu avea nici un fel de alegere.

-Nu multe. Acel lucru şi... pot spune dacă oamenii sunt buni sau nu. Nu pot să văd dacă sunt ucigaşi sau ceva de genul acesta. Dar cu toate acestea, pot spune dacă emană unde bune sau nu, spuse ea ridicând din umeri.

-Iar eu am o undă bună, înțeleg, Bryan presupuse, iar ea îl aprobă dând din cap. Hai să rezumăm, Becka. Tu ești vrăjitoare, iar eu sunt bogat. Mai e altceva ce ar trebui spus?

Ea ridică din umeri din nou și își scutură capul. Rămaseră tăcuți o vreme, iar apoi ea se decise să vorbească din nou.

-Ar trebui să-ți spun că toți din familia mea sunt vrăjitori?

El o privi surprins și spuse:

-Pe bune? Toată lumea? Și toți pot face aceleași lucruri ca tine?

Ea râse când îi văzu uluirea și răspunse.

-Nu, nu toată lumea poate face aceleași lucruri. Unii pot citi gândurile, alții pot vindeca. Fiecare are propriul lui dar. Desigur, toți putem face chestii de bază, dar unii dintre noi au ales să nu le mai facă. Eu nu o fac. Nu e ca și cum pot ajunge prea departe acum, așa că...

-De ce? întrebă el complet surprins de tot ce avea ea de spus.

-Aceasta este partea despre care nu-ți pot spune... Sau cel puțin nu acum... Nu pot dacă există vreo șansă să fim împreună... Și dacă sântem predestinați să fim împreună, vei afla când este timpul. Sper să înțelegi și să nu încerci să mă presezi să...

Bryan o opri punându-i un deget pe buze.

-Nu trebuie să-mi spui nimic acum dacă nu poți. Am trecut peste primul obstacol, hai să lăsăm lucrurile așa. Când vei fi gata și vei putea, îmi vei spune, da?

Becka îl privi cu speranţă, dar de fapt nu îndrăznea să spere ea la prea multe. Încă o mai durea inima şi nu ştia cum va supravieţui dacă el o va respinge din nou. Prima dată fusese mai mult decât destul.

-Vom fi împreună, Bryan?

Bryan o strânse mai aproape de el şi o îmbrăţişă. Ea simţi că bărbatul nu mai voia să îi dea drumul.

-Da, dacă vrei să fii cu mine şi mă poţi ierta pentru cum am recaţionat în ziua aceea la lac, da, putem fi împreună, iubito.

Ea aprobă dând din cap şi, zâmbind, îl îmbrăţişă la rândul ei cât de tare putea. Se strânse la pieptul lui şi oftă cu satisfacţie.

Fericirea îl inundă pe Bryan când văzu că era dornică să treacă peste cearta pe care o avuseseră şi să fie din nou împreună. Era mulţumit numai să stea acolo cu ea în braţele lui şi să asculte liniştea grădinii.

Lumina s-a schimbat, iar seara veni cu un vânt uşor, care şoptea prin multitudinea de flori care populau grădina Beckei. Ei tot cuibăriţi împreună erau, nici unul dintre ei nedorind să-i dea drumul celuilalt.

Capul Beckăi se odihnea pe pieptul lui Bryan, iar Bryan o ţinea strâns la pieptul lui. Îşi odihnea bărbia pe creştetul capului ei şi se bucura de mirosul neobişnuit al părului ei.

-Vrei să vii înăuntru cu mine? şopti Becka după ceva vreme. Poate chiar să petreci noaptea cu mine?

Bryan zâmbi şi îi ridică capul să vadă dacă s-a înroşit. Nu a fost dezamăgit. O roşeaţă uşoară îi pudrase obrajii, iar ochii îi străluceau în lumina amurgului.

Nu rezistă şi o sărută cu toată dorinţa ce o nutrise pentru ea de-a lungul acelor zile în care nu putuse să o vadă.

Continuând să o sărute, se ridică cu ea bine cuibărită în braţele lui şi o porni înspre casă. Numai când ajunse la uşa bucătăriei îşi ridică capul şi o privi din nou, apoi balansând-o pe o coapsă, deschise uşa şi o purtă înuntru, închizând uşa în urma lor cu piciorul.

-Deci care e dormitorul tău? o întrebă el, traversând bucătăria.

-La etaj, ultima cameră pe stânga, răspunse ea aproape fără răsuflare.

Nu îi venea să creadă că intenţiona să o ducă în braţe tot drumul până la etaj. Era atât de romantic că inimioara îi cântă.

O sărută din nou, iar apoi o duse în dormitor. După ce a ajuns acolo, a lăsat-o jos şi a căutat întrerupătorul ca să aprindă lumina, dar ea a fost mai rapidă decât el. Lumina puternică îi arse ochii şi el clipi de câteva ori.

După ce i s-au obişnuit ochii cu lumina, Bryan mătură încăperea cu privirea şi trebui să surâdă. Acea cameră vorbea clar despre Becka.

Era un dormitor care amintea de pragul dintre secolul nouăspreze şi secolul douăzeci, înţesat cu perne şi fotolii comfortabile pe o parte a încăperii. Pe partea cealaltă a camerei se găsea un dulap cu sertare mare şi antic care lua aproape tot peretele şi era acoperit cu poze înfăţişând grupuri de oameni, unii tineri, alţii mai în vârstă, şi bibelouri, toate reprezentând zâne, eterice şi fanteziste.

În spatele fotoliilor, o fereastră largă dădea spre grădina pe care el tot mai putea să o zărească deși era aproape întuneric afară. Pervazul ferestrei forma o bancă largă, care era acoperită cu perne groase colorate, iar el și-o putea imagina pe Becka întinsă acolo ca să citească.

Se întoarse spre Becka și văzu că îl observa cu atenție ca și cum încerca să ghicească ce gândea.

-Îmi place dormitorul tău, Becka. Te reprezintă întru totul. Prea multe perne pentru gustul meu, dar, ce naiba, ți se potrivește.

Ea îi zâmbi strălucitor și avansă spre el cu mersul ei leneș. Rochia de vară îi acoperea picioarele numai până la genunchi, iar el se delectă cu priveliștea picioarelor ei bine formate de-a lungul scurtei ei călătorii spre el.

Cele două bretele care îi țineau rochia pe umeri nu acopereau prea mult, iar el o găsi mai ademenitoare decât dacă ar fi fost îmbrăcată într-o cămașă de noapte sexi.

Când ajunse la el, Becka se întinse și-l sărută ușor pe buze. Acel sărut de-o clipă îl făcu să ardă și mai tare pentru ea.

O trase în brațe și o sărută zdravăn, modelându-i buzele după ale lui și ronțăindu-i buza inferioară, iar în tot acel timp, îi mângâie umerii și spatele.

Se uită în ochii ei din nou ca să se asigure că și ea dorea să facă dragoste cu el. Trebuia să se asigure pentru că nu mai putea trece printr-o altă ceartă și altă despărțire.

Când văzu că amândoi se aflau pe aceeași pagină, îi desfăcu fermoarul de la rochie și apoi îi coborî bretelele pentru a-i descoperi bustul generos. Își linse buzele dorind să-i simtă sfârcul în gură și își coborî capul pentru a-și satisface pofta puternică. Ea oftă şi încercă să-şi păstreze echilibrul când el începu tortura dulce care-i plăcea ei atât de mult.

O conduse cu spatele spre pat şi o ajută să se întindă, iar apoi îi arătă cât de multă nevoie avea să facă dragoste cu ea.

CAPITOLUL 8

BRYAN IEŞI DIN DUŞ fluierând. Era într-o dispoziţie foarte bună în ziua aceea. Împărtăşise o noapte minunată cu Becka şi se bucurase de lipsa ei de timiditate în pat, deşi era încă timidă atunci când părăsea patul.

Tânăra femeie era cu adevărat ceva deosebit. Se dovedise a fi exact ce avea el nevoie de-a lungul nopţii lungi pe care o petrecuseră împreună, dar şi de-a lungul primei părţi a duşului care se sfârşise cu pasiune împărtăşită.

Bryan îşi dădu seama că era fericit, iar acela era un sentiment pe care nu-l mai încercase de atât de multă vreme că nici măcar nu-şi mai amintea când fusese fericit înainte, dacă a fost vreodată.

Nu era numai felul cum făceau dragoste, deşi era o experienţă interesantă să facă dragoste cu Becka. Era deschisă şi dorea să înveţe cum să facă dragoste cu el şi cum să savureze plăcerile pe care i le oferea el.

Dar în afară de aceasta, lui îi făcea plăcere să vorbească cu ea. Nu era genul de femeie care să trăncănească despre modă sau alte lucruri pe care bărbaţii nu le înţelegeau. Era capabilă să discute despre o largă varietate de subiecte şi îl surprindea mereu cu punctele ei de vedere.

Bryan i-a povestit unele lucruri pe care le trăise în trecut. Desigur, nu scosese un cuvât despre cele mai rele dintre ele pentru că nu dorea să o sperie şi să o alunge. Spera că va fi capabil să-i împărtăşească şi restul în timp. Dar i-a povestit despre unele lucruri pe care le făcuse pentru că dorea ca ea să ştie că nimic nu era doar alb sau negru când venea vorba despre el.

Bryan considera că femeia trebuia să-l cunoască pe bărbatul cu care se implicase, pentru că, până la urmă, toate experienţele pe care le trăise îl transformaseră în bărbatul care devenise şi pe care ea îl iubea.

I-a spus despre dojo-ul său, iar ea s-a arătat interesată să-l vadă şi chiar şi-a exprimat dorinţa să se antreneze cu el, aşa că el i-a promis să o ia cu el acolo săptămâna viitoare.

Şi ea i-a dezvăluit ce vise avea şi i-a spus poveşti despre copilăria şi adolescenţa ei. A aflat lucruri interesante despre fraţii şi verii ei şi tot ce-a auzit l-a făcut să înţeleagă că familia ei era era o familie cu legături foarte strânse.

Ei erau foarte legaţi unul de celălalt, spre deosebire de membrii familiei lui. El îi povestise că nu-şi mai văzuse tatăl de peste douăzeci şi cinci de ani, de când plecase definitiv din viaţa lui.

Omul nu mai putuse convieţui cu mama lui. Limba ei ascuţită îi slăbise dorinţa de a-şi păstra căsnicia intactă şi îi întărise dorinţa de a trăi cât mai departe de ea. O dată ce a plecat nu a mai privit în urmă, nici măcar pentru a vedea ce-i mai făcea fiul.

Mama lui era cu totul altă poveste. Ea era încă prezentă în viaţa lui, chiar dacă numai pentru a-i face viaţa iadul pe pământ ori de câte ori se întâlneau. Ea considera că era de datoria lui ca fiu să o viziteze o dată pe lună și în timpul acelor vizite, găsea o mare plăcere să-l aducă cu picioarele pe pământ ca să-și vadă lungul nasului după cum spunea ea.

Acum Becka știa că el nu-și mai iubea mama. Probabil dragostea lui pentru ea dispăruse când avea vreo cinci ani. Era genul de femeie care abuza pe toată lumea cu o plăcere ciudată și considera că toți erau sub nivelul ei. Fiul ei fusese bun pentru diverse lucruri de-a lungul anilor, dar nu fusese suficient de bun pentru a fi iubit.

Și cu totae acestea, el a avut grijă de ea. Avea propria ei casă și primea de la el o pensie pentru a putea trăi comfortabil ca el să nu se simtă vinovat că nu-i stătea în apropiere să aibă efectiv grijă de ea, chiar dacă ea făcea tot posibilul să-l facă să se simtă astfel ori de câte ori avea posibilitatea.

Bryan se uscă cu prosopul și se se îmbrăcă în grabă. Știa că Becka se dusese la bucătărie. Îi promisese să îi pregătească micul dejun și era puțin îngrijorat. El propusese să gătească el pentru amândoi, dar ea insistase. Îl asigurase că era singura masă a zilei pe care o putea găti, și ardea de nerăbdare să-i arate talentele ei culinare.

Bryan zâmbi când își aminti tonul pe care îl folosise și și-a promis să îi laude eforturile chiar dacă gătitul ei era lipsit de orice aptitudine.

Coborî scările continuând să fluiere și se îndreptă direct spre bucătărie. Dulcea lui Becka înjura cu voce tare. O auzi încă de pe hol și înjurăturile ei l-au făcut să surâdă. Nu ar fi crezut că ea ar fi știut asemenea expresii.

Se părea că ceva se întâmplase cu ouălele. Becka vrusese să facă ochiuri, dar ouălele au refuzat să coopereze cu ea.

Zâmbetul de pe buzele lui se lărgi. Lui Bryan nu-i păsa dacă mânca jumară sau ouă ochiuri sau indiferent ce altceva. Îi păsa numai că ea s-a obosit să să îi pregătească micul dejun. Nu-şi putea aminti de nimeni altcineva care să-i fi pregătit micul dejun înainte.

Bryan intră în bucătărie, iar pentru o clipă nu reuşi să-şi ascundă şocul. Priveliştea era copleştioare. Din fericire, Becka era întoarsă spre maşina de gătit şi bodogănea aşa că nu-l auzise intrând.

Bucătăria era un adevărat dezastru. Cu o mână pe inimă, el îşi jură să nu o mai lase niciodată în bucătărie chiar dacă acel lucru însemna că el ar fi trebuit să gătească şi când era bătrân şi decrepit.

Femeia transformase încăperea aceea într-un haos complet, şi asta în mai puţin de cincisprezece minute. Bucătăria imaculată din seara precedentă arăta de parcă un uragan trecuse pe acolo şi răsturnase totul cu susul în jos.

Acum şi-a dat el seama de ce bucătăria ei părea neatinsă noaptea trecută. Probabil că nu gătea deloc.

-Pot să te ajut, Becka? o întrebă el, iar ea ţipă şi scăpă spatula din mână. Fusese atât de concentrată pe ce făcea, încât vocea lui o înspăimântase.

-Îmi pare rău, puiule, se grăbi el spre ea. Am crezut că m-ai auzit venind. Fluieram aşa că..., spuse el şi se aplecă să ridice spatula de pe jos, pe care apoi o aruncă în chiuvetă.

-Nici o problemă, Bryan. Numai că mi-ai dat un atac de cord, spuse ea cu tot flerul dramatic pe care îl poseda, apăsându-şi mâna ei mică peste inimă. Tocmai terminam de pregătit micul dejun. Cafeaua este deja pe masă. Du-te şi toarnă-ţi o ceaşcă şi aduc eu restul, bine?

El aprobă dând din cap, dar în momentul în care ea se întoarse spre mașina de gătit își scutură capul. Nu putea crede că o singură persoană putea face un asemenea dezastru numai pregătind micul dejun. Era de neimaginat.

În graba ei de a face totul, aruncase cojile de la ouă pe contoar lângă pachetul de bacon și cartonul de ouă, de asemenea uitate acolo. Firmituri zăceau peste tot.

Ceva se ardea, iar el presupuse că era pâinea părjită. Avusese dreptate. Alarma de incendiu se porni imediat, iar el se grăbi să deschidă ușa de la bucătărie spre grădină ca fumul să se disipeze mai repede. Apoi se îndreptă spre prăjitorul de pâine în grabă și scoase pâinea.

Becka deja începuse să plângă. Încercase să facă totul cât putea ea mai bine și nu făcuse decât să dea greș. Știa că nu avea nici un fel de aptitudini în bucătărie, dar se gândise că măcar micul dejun putea să-l facă fără ca totul să meargă prost și, mult mai important, fără ca să pornească alarma de incediu.

Micul dejun era singura masă pe care avea cât de cât curajul să încerce să o pregătească. Becka se temea că dacă ar fi încercat ceva mai elaborat de atât, bucătăria ei ar fi fost mistuită de flăcări.

Dar astăzi vrusese să-l impresioneze pe Bryan. Ei bine, l-a impresionat cu singuranță, nu era nici cea mai mică îndoială, dar nu în felul cum dorise să îl impresioneze.

Becka plângea de-a binelea acum, dar oricât de mult ar fi dorit, Bryan nu se putea duce la ea să o liniștească. Nu era timp pentru așa ceva pentru că avea probleme mai presante de care să se ocupe.

După ce a închis prăjitorul de pâine şi a scos pâinea prăjită, Bryan se grăbi la maşina de gătit unde ouălele deveneau treptat o masă informă neagră-roşiatică. Era sigur că alarma de incendiu va trezi întregul cartier în curând.

Cu gesturi eficiente şi măsurate, luă tigaia de foc şi o aruncă în chiuvetă. După ce a aruncat o singură privire spre ouă şi-a dat seama că nu le mai putea salva. Scuturându-şi capul, se întoarse la maşina de gătit şi o închise şi pe aceea.

Bryan se uită în jur şi adună pe pe contoar cojile de ouă abandonate şi le aruncă în coşul de gunoi. Îşi şterse apoi mâinile pe un prosop de bucătărie şi puse baconul înapoi în frigider.

După ce a mai aruncat o privire prin bucătărie, Bryan se spălă pe mâini şi apoi, în sfârşit, se îndreptă spre Becka. Îşi petrecu un braţ pe după ea şi o adună la pieptul lui, sărutându-i colţul gurii tandru. Îi împinse blând capul în sus şi îi şterse lacrimile cu degetul mare.

-Totul este bine, puiule, nu este sfârşitul lumii, să ştii. Haide, opreşte-te din plâns şi hai să mâncăm baconul şi pâinea prjită. Cred că acelea se pot încă mânca. Vom bea şi cafea şi totul va fi bine. Dacă tot vei mai fi flămândă după ce terminăm micul dejun, putem să mergem la Timmie's şi să mâncăm acolo, da?

-Am vrut să fie totul perfect, se văită ea, făcându-l să zâmbească şi să o mai sărute o dată.

-Totul este perfect, draga mea, o asigură el şi o îmbrăţişă din nou.

-Cum poţi spune asta? strigă ea. Ouălele au fost un fiasco de la început, iar alarma aia de incendiu nu se mai opreşte...

-Uite, tocmai s-a oprit. Nu se mai aude nici un sunet. Încăperea s-a aerisit, vezi. Fumul s-a dus. Uite s-a oprit, o consolă el din nou după ce ultimul bip al alarmei se stinse.

-Doream să fac ceva frumos pentru tine, plânse ea în hohote.

Becka nu înțelegea de ce era atât de emoțională și de ce nu se putea opri din plâns. Dacă se gândea bine, niciodată nu plânsese astfel înainte de ultimele zile și nici nu mai simțise masa aceea de emoții contradictorii.

-Haide, Becka, oprește-te din plâns, o scutură el cu blândețe. Ai făcut-o. Ai făcut ceva frumos pentru mine. Nimeni nu s-a obosit să-mi facă măcar o ceașcă de cafea vreodată așa că ai făcut pentru mine mai mult decât a făcut oricine în viața mea. Acum, oprește-te din plâns, te rog. Totul este în regulă, o bătu el pe spate liniștitor.

Becka sughiță de câteva ori și apoi îl lăsă să o conducă la masă și să o ajute să ia loc. Bryan turnă cafeaua și amândoi începură să ronțăie pâinea prăjită, care era complet înnegrită, și baconul, care, din fericire, era doar parțial ars.

Amândoi încercară să ignore sunetele de ronțăială care umpleau bucătăria. Era ca și cum un batalion de șoareci luau masa în același timp.

-Chiar îți apreciez efortul, iubito, dar de acum încolo, eu gătesc, da? îi spuse Bryan între două îmbucături. Și chiar vreau să-mi promiți că nu vei mai încerca niciodată să gătești. Vrei o mâncare făcută în casă, sunt disponibil. Oricând, zi sau noapte, voi fi aici pentru tine. Doar să nu mai încerci să gătești din nou. Nu vreau să aud că ți s-a mistuit bucătăria în flăcări, îi ceru el insistent, când mintea îi alergă la tot felul de scenarii oribile.

Becka îi promise cu o înclinare a capului, dar continuă să-şi ţină ochii aplecaţi şi nu spuse nimic. Se simţea înfiorător gândindu-se la nereuşita ei şi nici că putea să i se uite în ochi.

Niciodată nu îi păsase despre nepriceperea ei de a găti înainte, dar acum acea lipsă de aptitudini în bucătărie o resimţea ca un eşec şi îi părea rău că nu acceptase oferta mătuşii ei Marjorie să o înveţe să gătească.

Bryan îi împinse capul în sus şi îi zâmbi. Se aplecă şi o sărută, iar apoi îi spuse:

-Crede-mă, iubito, eşti o comoară. Nu ai de ce să te simţi ruşinată. Sunt convins că poţi face lucruri pe care eu nu le pot face, aşa că totul este perfect. Sântem pe picior de egalitate.

Ea aprobă dând din cap din nou, dar tot nu spuse nimic. Continuară să-şi mănânce micul dejun în tăcere.

-Ai vreun plan pentru astăzi? o întrebă el.

-Nu am făcut nici un plan de zile în şir, mărturisi ea, scuturându-şi capul. Nu m-am simţit în stare.

-Îmi pare foarte rău că te-am supărat atât de tare, se scuză el, dar ea îşi flutură mâna să-i îndepărteze îngirjorarea.

-A fost şi vina mea, aşa că... Oricum, diseară sunt obligată să merg la o cină în familie. Ai vrea să mergi cu mine?

Brusc, Bryan simţi că se sufocă. Era un pas mare să meargă la o cină în familie cu ea. Nu putea spune că era prea devreme pentru că deja ştia ce simţea pentru ea, chiar dacă se cunoscuseră de foarte puţin timp.

Acea săptămână şi jumătate fără Becka era o perioadă pe care nu mai dorea să şi-o amintească sau să o trăiască din nou. Şi cu toate acestea, nici măcar nu-i trecuse prin minte să-i cunoască familia.

FAMILIA WINSTON CARTEA ÎNTÂI TREZIREA
BECKĂI & DILEMA LUI MATT

Bryan privi spre Becka și îi văzu speranța din ochi. Se simți ca un căpcăun pentru că dorea să o refuze. Așa că acceptă să meargă cu ea.

Auzindu-i răspunsul, Becka sări de pe scaun direct în poala lui, presărându-i chipul cu săruturi și făcându-l să râda. Era mulțumit că era atât de fericită cu decizia lui.

CAPITOLUL 9

BRYAN STĂTEA ÎN MAȘINA oprită în fața casei Beckăi. Se afla acolo de aproximativ un sfert de oră deja și tot nu găsea curajul să coboare și să sune la ușa ei pentru a-i spune că a ajuns.

Purta pantalonii de la constum și o cămașă albă, deși nu era prea sigur că era ținuta corectă pentru a-i întâlni întreaga familie. Se gândise inițial să poarte cel mai bun costum, dar seara era mult prea caldă și nu credea că ar fi putut purta o haină. Mai mult decât atât, pur și simplu ura să poarte cravată. Se simțea de parcă cineva l-ar fi strangulat, iar el deja avea impresia că gâtul îi era prea strâns. Nu dorea să se simtă și mai inconfortabil.

Acea seară reprezenta o premieră pentru el. În nici una din relațiile lui anterioare nu ajunsese atât de departe. Bryan nu se întâlnise niciodată cu părinții femeilor cu care se întâlnea, poate din cauză că nu îl interesa femeia prea mult sau poate pentru că simțea că momentul nu era potrivit. Mereu găsise motive și întotdeauna refuzase să apară la astfel de adunări.

De data aceasta, știa că nu mai putea refuza. Bărbatul o dorea pe Becka în viața lui. Era absolut convins de aceasta și știa că dacă dorea să aibă o relație reală cu ea, atunci aceasta implica, din păcate, să-i întâlnească și pe părinții ei, indiferent cât de neplăcut i se părea.

Din tot ceea ce auzise de la Becka, trăsese concluzia că familia reprezenta un pilon central în viața ei și el nu putea să trateze acel lucru cu indiferență.

În afară de gândul că urma să-i întâlnească familia, ceea ce ar fi neliniștit orice bărbat care s-ar fi întâlnit cu părinții unei femei pentru prima dată, el de asemenea era îngrijorat pentru că urma să pășească direct într-un cuib de vrăjitori.

Niciodată nu se gândise la vrăjitori înainte de a fi martor la ceea ce putea face Becka. Întotdeauna considerase că astfel de lucruri nu erau decât bazaconii.

Însă în acea zi la lac, a fost obligat să-și reconsidere părerile. Nimic altceva nu ar fi explicat ce se întâmplase.

Dacă nu ar fi fost acele vârtejuri de vânt înghețat care l-au înconjurat, ar fi presupus că Becka avea aptitudini pentru telekinezie, iar aceea ar fi fost pe undeva mai aproape de un fapt științific. S-ar fi gândit și la hipnoză, ceea ce părea o teorie mai validă, dar luând în calcul circumstanțele, nu se prea potrivea. Se aflau în mijlocul unui argument așa că Becka nu ar fi putut să-l hipnotizeze, indiferent cât de bună ar fi fost.

Când nimic altceva nu s-a potrivit, a trebuit să accepte ceea ce părea a fi nerezonabil, dar cu toate acestea, unica posibilitate.

Becka i-a spus câte ceva despre membrii familiei ei ca să nu aibă impresia că este aruncat efectiv în necunoscut fără nici un fel de informaţie, dar cu toate acestea, efortul ei nu l-a liniştit.

Ideea că cineva ar putea să-i citească gândurile sau ar putea transforma întreaga masă într-o grămadă de broaşte avea puterea de a-l face cam sceptic despre înţelepciunea lui de a le face acea vizită. Un bărbat sănătos la minte nu s-ar fi vârât în aşa ceva dacă nu ar fi fost mai întâi lovit în cap zdravăn cu ceva, iar apoi ar fi fost târât în bârlogul lor.

Pe de altă parte, nu ar fi putut să-i refuze Beckăi invitaţia dacă ar fi vrut să continue să o vadă şi să o aibă în viaţa lui, iar el chiar dorea acel lucru.

Bryan îşi aruncă privirea la ceasul de la bordul maşinii şi văzu că era aproape timpul să se ducă şi să sune la sonerie. Sosise mai devreme pentru că ştia că va avea nevoie de timp să se gândească din nou la tot şi să se hotărască ce să facă sau, mai precis, să pretindă că trebuia să ia o hotărâre. Hotărârea sa fusese luată cu o zi în urmă când venise să o convingă pe Becka să-i mai dea o şansă.

Cu un oftat profund, ieşi din maşină şi, cu paşi hotărâţi, dar şi resemnaţi, foarte asemănători cu paşii celor care se aflau pe drumul spre ghilotină, se îndreptă spre uşa Beckăi să-i sune la sonerie.

Bryan era convins că uşa ei nu era încuiată, considerând ce ştia despre ea, dar nu voia să o facă să creadă că el avea impresia că putea veni şi pleca după cum îi venea.

Tema din *Fălci* îl făcu să zâmbească din nou şi se simţi mai în largul lui cu alegerea lui decât se simţise cu câteva minute în urmă. Paşii ei grăbiţi răsunară pe podeaua de lemn din hol, iar el şi-o imagină alergând să-i deschidă uşa. Acea imagine din mintea lui avu darul să-i facă inima să crească un pic.

Nu greşea în ceea ce-şi imagina. La sunetul soneriei, Becka se grăbise în jos pe scări, lăsându-şi părul desfăcut. De vreun sfert de oră tot încercase să se decidă cum să-şi aranjeze părul. Ştia că în ochii familiei ei nu conta cum arăta, dar dorea să arate perfect pentru Bryan.

Becka crezuse că avea sentimente puternice pentru el înainte ca el să se întoarcă la ea cu o zi înainte, dar apoi, după ce a petrecut toată noaptea şi jumătate din acea zi cu el, sentimentele ei au devenit şi mai puternice.

Era decisă să facă tot posibilul ca relaţia cu el să reziste pentru că fără el se simţise mizerabil, iar viaţa ei păruse fără nici un fel de culoare. Nu dorea să mai treacă prin aşa ceva din nou.

Becka deschise uşa, aproape fără răsuflare, şi îi zâmbi larg. Bryan o trase în braţele lui şi o sărută cu foc, de parcă nu o văzuse de zile în şir, chiar dacă nu trecuseră decât câteva ore de când şi-au luat la revedere unul de la celălalt.

Ea îi înconjură gâtul cu braţele şi se lăsă în voia pasiunii lui. Sărutul lui o făcu să uite complet de cina cu familia ei şi de orice altceva mai avea în minte.

Nici măcar nu îi păsa dacă cineva i-ar fi văzut din stradă. Conta doar că se afla în braţele lui şi că el părea să o iubească şi să o dorească suficient de mult.

Bryan nu se simţea în stare să-i dea drumul. Avu nevoie de câteva săruturi lungi înainte de a fi capabil să se tragă înapoi. Abia atunci, îi zâmbi şi el. Fiecare fibră din trupul lui se trezise la viaţă, cu o nevoie aprigă pentru ea.

Nu înțelegea cum de se îndrăgostise de acea femeie într-o perioadă atât de scurtă de timp, dar era îndrăgostit, până peste urechi, iar acela era un sentiment pe care nu-l mai încercase niciodată. Brusc, un gând straniu îi răsări în minte și el se încruntă.

-Care e problema? îl întrebă Becka văzându-i posomăreala și îngrijorarea care-i umbreau chipul.

Bryan o privi fix, gândindu-se cum să își formuleze întrebarea, iar după numai câteva secunde de gândire, își găsi curajul să o întrebe despre ceea ce îl nedumerea.

-Uite, Becka, nu mă interpreta greșit, dar trebuie să știu ceva... Ceea ce simt pentru tine, este rezultatul unei vrăji sau... este real?

Becka se încruntă brusc la el și se trase înapoi cu un icnet. Apoi se aruncă spre el și îl pocni în piept cu pumnul folosindu-și toată puterea.

-Cum poți să mă întrebi așa ceva? Tu... tu... ești un ticălos.

Îl mai pocni încă o dată, doar că să se asigure că și-a exprimat sentimentele cât mai clar, iar apoi încercă să-i trântească ușa în față, dar brațul lui îi blocă mișcarea.

-Becka, fii rezonabilă, puiule.

-Îți arăt eu rezonabil... tu... tu... măgarule! strigă ea, întorcându-i spatele, și, ieșind ca o furtună din hol, se îndreptă spre living cu furie.

În spatele ei, debaraua din hol se deschise cu un zgomot puternic și toate hainele care se găseau înăuntru zburară afară și se învolburară spre podea într-o ploaie de culori.

Bryan doar îşi scutură capul resemnat şi o urmă în încăpere, trecând fără nici un fel de mustrări de conştiinţă peste hainele care zăceau împrăştiate pe podeaua din hol.

De data aceasta, era pregătit sufleteşte pentru furtunile ei şi nu îl deranja defel să pătrundă în culcuşul leului. Îşi imagina că se afla în siguranţă pentru că ea îl plăcea suficient de mult şi se gândi că nu-i va face nici un rău.

El chiar spera că nu se înşela din moment ce nu ştia ce putea face o vrăjitoare cu adevărat. Îi trecu prin minte că ar fi trebuit totuşi să fi cercetat puţin subiectul acela pentru a fi mai informat şi pregătit, dar era puţin cam prea târziu pentru asta acum.

O găsi la fereastra din living cu lacrimi în ochi şi simţi un junghi în inimă să o vadă atât de mâhnită. Se urî pe sine însuşi pentru că din nou el era motivul pentru lacrimile ei.

Cu o zi în urmă îşi promisese că va face tot posibilul să nu o mai facă să plângă şi iată că, nici o zi mai târziu, o făcuse din nou.

-Iubita mea, o strigă el pe o voce blândă. Haide, nu mai plânge, îi puse el o mână pe umăr.

Încercă să o aline, dar nu avea prea mare experienţă în a alina pe cineva. El pur şi simplu pleca ori de câte ori o femeie începea să plângă. De data aceasta, să plece nu era o opţiune.

Becka îi scutură mâna de pe umărul ei şi îşi trecu degetele peste faţă pentru a-şi usca lacrimile. Apoi, se întoarse spre el şi îl privi cu tristeţe, dar şi cu hotărâre.

După ce îl privi câteva momente, spuse:

-Mai bine pleci acum, Bryan. Dacă asta crezi tu despre mine, atunci este clar că nu există nici măcar o șansă pentru noi doi să fim împreună, așa că nu ar trebui să ne mai irosim timpul.

Bryan simți un zid înghețat ridicându-se între ei și pentru prima dată în viață se simți cu adevărat speriat. Mintea lui căută febril o cale să o convingă că tot mai aveau o șansă, dar după ce se zbuciumă câteva moment, consideră că era mai bine să îi spună adevărul.

-Uite, iubita mea, cam așa stă treaba.

La cuvintele lui, Becka își ridică privirea spre ochii lui, dar nu spuse nimic, permițându-i să continue. Cu toate acestea, se gândea în mod serios să-l pună la pământ dacă mai spunea ceva care s-o rănească. Cel puțin putea încerca.

-Te vreau prea mult, puiule, și sunt convins că faptul că te plac atât de mult înseamnă că te iubesc. Sentimentul este mult prea puternic ca să fie altceva. Acum, gândindu-mă că niciodată nu am fost îndrăgostit în viața mea, și chiar niciodată, își accentuă el cuvintele, și considerând că totul s-a întâmplat atât de rapid, a trebuit să mă întreb dacă ar fi putut fi la mijloc ceva ce ai făcut tu, pentru că nu par a fi eu însumi, pledă el.

Ea își îngustă ochii de furie, lucru ce prevestea o nouă furtună, așa că el se grăbi cu explicația sa.

-Acestea fiind spuse, nu înseamnă defel că am vreun gând rău despre tine. Departe de mine un asemenea gând. Voiam doar să mă asigur că eu sunt cel care s-a îndrăgostit de tine. Fără nici un fel de interferență din afară. Îțelegi?

Becka nu-i răspunse, ci continuă să-l privească și să reflecteze la cuvintele lui. Putea înțelege de ce el ar interpreta lucrurile în acel fel. Un bărbat de vârsta lui care nu a iubit niciodată s-ar fi simțit obligat să pună sub semnul întrebării validitatea sentimentelor lui, mai ales pentru că totul se întâmplase atât de repede. Era de înțeles. Cu toate acestea o durea că el, chiar și numai pentru o clipă, s-a gândit că sentimentele lui fuseseră determinate de o vrajă.

Ea dădu din cap pentru a-i arăta că înțelegea că argumentul lui avea substanță, iar apoi spuse:

-Înțeleg ce vrei să spui. Este un raționament valid. Dar aceasta nu înseamnă că nu mă doare, Bryan, pentru că mă doare al naibii de rău... Ascultă, Bryan. Fiind o vrăjitoare nu înseamnă că automat poți face ce vrei. Există unele limite, niște hotare. Nu poți trece peste acele hotare pentru că mereu există consecințe. Iar pe lângă asta, cine naiba ar vrea să facă o vrajă ca cineva să se îndrăgostească de ea și să trăiască apoi cu acea persoană știind că dragostea aceea nu este reală? Spune-mi! îl întebă ea și-l plesni peste piept.

El o trase în bațe și îi sărută creștetul capului, iar apoi îi șopti:

-Nu am vrut să te rănesc. Am vrut doar să fiu sigur că eu eram cel care s-a îndrăgostit de tine în mod real.

-Bine, atunci. Și acum ce urmează? Vrei să te desparți de mine sau ce? Pentru că nu cred că există vreo cale să ți-o dovedesc. Pot să strig că nu am făcut nimic de pe acoperișurile caselor, dar asta nu dovedește nimic.

El o împinse la distanță de un braț și o privi cu nedumerire.

-Eşti serioasă? Cum crezi că ar fi mai bine dacă ne-am despărţi? Nu există nici o îndoială că vreau să fiu cu tine. De unde Dumnezeu scoţi ideile astea?

Becka ridică din umeri din nou şi el se gândi că într-adevăr găsea că acel obicei al ei era fermecător. Arăta ca o şcolăriţă pusă pe şotii, iar pentru o clipă gândul că era mult prea tânără pentru el îi răsări din nou în minte şi el se luptă să-l înnăbuşească.

Bryan nu voia ca ceva să stea în calea relaţiei lor, dar cu toate acestea, se simţea ca un hoţ într-un fel, care îi fura ei tinereţea. Se gândi să-i mărturisească acel gând, dar mai apoi decise că nu ar fi fost prea înţelept. Femeii chiar îi plăcea să fie dramatică şi el nu dorea să-şi epuizeze toate resursele ca să o calmeze din nou. Ştia că va avea nevoie de ele atunci când îi va vizita familia.

Nu era ca şi cum el nu i-ar fi apreciat dramatismul. Becka avea un fler înnăscut pentru o scenă bună şi arăta foarte autentic. Era ceva inerent firii ei.

Acum, că se gândea la asta, şi-a dat seama că ea era prima femeie a cărei înclinaţie spre dramatism o gusta. În trecut, ieşea imediat pe uşă atunci când o femeie devenea teatrală cu el. Dacă acela nu era un semn că era îndrăgostit până peste vârful urechilor, el unul nu mai ştia unde să se uite.

Bryan îşi trecu privirea peste ea de la creştetul capului şi până la vârful picioarelor. Îi plăcea enorm felul în care rochia albă îi îmbrăţişa curbele. I se oprea o palmă deasupra genunchiului ceea ce lăsa o bună parte a picioarelor ei la vedere.

Aprecia şi că ea purta alb. Marea parte a femeilor încercau să poarte doar negru sau alte culori închise numai pentru că aveau impresia că arătau mai suple.

Bărbatul o admira pe Becka din cauză că originalitatea ei era atât de înviorătoare. Îi plăcea că se simţea bine în propria ei piele şi era capabilă să se vadă la fel de frumoasă cum o vedea el.

-Apropo, arăţi fantastic, puiule. Familia ta va fi şocată să te vadă cu mine. Ar fi trebuit să port cravată sau ceva. Rochia ta este elegantă, iar eu arăt atât de neglijent. De fapt nu prea am eu cunoştinţele necesare despre modă sau cum să-mi aleg hainele, îşi scutură el capul cu regret.

-Fii serios, Bryan, îşi fluturã ea degetele pentru a-i îndepărta temerile. Arăţi exact aşa cum trebuie. Ţi se potriveşte şi eu te vreau pe tine, nu replica unui playboy. Oricum, unii dintre verii mei vor purta blugi, chiar dacă numai ca să o înnebunească pe străbunica. Toţi avem un motiv de discordie în ceea ce o priveşte, iar aceasta este metoda lor de a se revolta, ştii tu, îi surâse ea.

-Dar tu nu?

-Şi eu am acelaş motiv să fiu supărată pe ea, nici o grijă, aprobă ea din cap. Cu toate acestea, am descoperit că dacă port blugi la cina de familie o supără şi pe mama aşa că..., ridică ea din umeri. Oricum, arăţi foarte bine, iar dacă Matt nu vine îmbrăcat într-unul dintre costumele pe care le poartă la întâlnirile lui de afaceri, vei fi unul dintre cei mai bine îmbrăcaţi bărbaţi de la masă, aşa că nu ai nici cel mai mic motiv să-ţi faci griji, îl bătu Becka liniştitor pe braţ.

Bryan dădu din cap și o împinse spre hol ca să poată pleca. Când Becka își văzu toate hainele de toamnă și iarnă pe podea, gemu. Nu își dăduse seama ce se întâmplase mai devreme când a părăsit holul furioasă. El numai surâse la ea și o mângâie pe umăr pentru a-i arăta că nu era o problemă pentru el.

-Nu este nici o problemă, Becka. Cel puțin acum că sunt pregătit să văd lucruri zburând în jur, nu mai este un șoc prea mare pentru sistemul meu, îi spuse el cu același surâs pe buze.

Ea își îngustă din nou ochii. Încercă să determine dacă el făcea haz de ea sau nu, dar alese să nu spună nimic. Se apucă să adune hainele de pe podea. Bryan o ajută și terminară în câteva clipe, așa că putură în sfârșit să plece.

BECKA ÎI ADMIRĂ MANIERA de a conduce. Bryan era sigur pe sine, dar nu era deloc agresiv. Nu voia să dovedească nimic nimănui și nu îi păsa când alții încercau să-l depășească.

-Le-ai spus părinților tăi că mă aduci la cină? întrebă el aruncând o privire spre ea și admirându-i postura.

Ea arăta ca o Madonă, toată în alb, cu mâinile încrucișate în poală cu grijă, iar chipul îi era senin.

Ea aprobă dând din cap.

-Le-am spus că vin cu prietenul meu, dar nu le-am dat nici un fel de detalii.

El o privi surprins. Din câte știa el, femeile obișnuiau să dea toate detaliile, inclusiv cele care ar fi trebuit să le păstreze secrete. Atitudinea aceea era extrem de nouă pentru el.

-Nu-mi spune că nu ţi-au pus întrebări, îşi arătă el scepticismul.

Becka se agită în scaunul ei câteva secunde, dar se decise să fie sinceră cu el, aşa că spuse:

-Ei bine, văd că ştii deja. Mama a fost foarte încântată să audă că am un prieten, pentru că nu mai spera să am vreodată vreunul. Ştii tu, aveam prostul obicei să gonesc toţi tipii... Erau fie prea plictisitori, fie prea supărători, aşa că... nu e mare lucru... Oricum, ea a pus doar câteva întrebări, iar eu i-am dat numele tău şi o descriere generală. Atâta tot. Tata voia mai multe amănunte, dar i-am tăiat-o scurt. El este exagerat de protectiv şi are talentul să mă înnebunească. Plus că l-ar fi trimis pe fratele meu la tine să se asigure că totul este bine cu fetiţa lui şi asta ar fi fost mult prea stânjenitor.

Bryan râse când îi auzi tonul îmbufnat şi îşi aruncă privirea la ea tocmai la timp să o vadă ţuguindu-şi buzele. Avea momente când părea o adolescentă, dar nu îl deranja, chiar dacă până la ea niciodată nu îşi aruncase ochii spre adolescentele care îi tăiau calea.

-Nu ai mai râde dacă l-ar trimite pe Alex la tine, îl avertiză ea. Alex este un frate dulce, dar poate fi o durere în fund în acelaş timp.

Bryan râse şi mai tare. Niciodată nu şi-ar fi imaginat că dulcea Becka ar folosi astfel de cuvinte şi era încântat să vadă că îl putea surprinde mereu. Nu i-ar fi surâs o relaţie liniară defel.

CAPITOLUL 10

BRYAN SE SIMŢEA CA un idiot ţinând un buchet mare de trandafiri în mână şi aşteptând în faţa casei părinţilor Beckăi.

Becka insistase că puteau pur şi simplu să meargă înăuntru, dar el refuzase propunerea ei şi îi ceruse să sune la sonerie, cum făceau oamenii obişnuiţi când vizitau pe cineva. Becka îi făcu semn că este nebun, dar observând cât de decis arăta, a cedat dorinţei lui.

Femeia a apăsat butonul soneriei şi acum aştepta cu anxietate lângă el să se deschidă uşa. Se întreba ce va spune mama ei văzând-o în faţa uşii din moment ce ea niciodată nu sunase la acea sonerie. Obiceiul ei era să intre năvalnic în casă.

Becka fusese impresionată când Bryan a luat un buchet uriaş de trandafiri de pe locul din spate după ce s-au oprit în faţa casei părinţilor ei. Nu ar fi crezut că acel tip dur s-ar fi gândit la flori.

Acum, se amuza pentru că putea să remarce că nu era în largul lui stând acolo cu acele flori în mână. Era adevărat, nu arăta ca un bărbat obişnuit să aducă flori. Nu era genul lui. Brusc un alt gând îi răsări în minte şi se încruntă, întorcându-se spre el.

-Mie nu mi-ai adus niciodată flori, îl acuză ea bosumflată.

La izbucnirea ei neașteptată, Bryan își întoarse ochii spre ea de parcă i-ar fi crescut un corn chiar în mijlocul frunții. Acea izbucnire venise de nicăieri.

Pentru o clipă nu a înțeles de ce s-a supărat, iar abia apoi ceea ce spusese i se înregistră în minte. O privi, iar de nedumerire sprâncenele i se adunară.

-În primul rând, întâlnirile noastre au fost cam neconvenționale, puiule. Nu mi se prea părea oportun să-ți aduc flori când am venit să te iau pentru a ieși pe lac sau când am venit să îmi cer scuze... Okay, poate când am venit să-mi cer scuze, spuse el după ce se opri o secundă pentru a regândi ceea ce spunea.

Brusc, Bryan își dădu seama că exact când a venit să-și ceară iertare ar fi fost momentul potrivit să-i aducă flori, dar nici măcar nu se gândise la așa ceva. Pentru a-și acoperi gafa, continuă în forță:

-În al doilea rând, ce flori aș putea să-ți aduc când tu ai grădina aceea? Cum aș putea eu să concurez cu așa ceva?

-Nu e vorba despre a concura, Bryan, îi îndepărtă ea explicația șubredă cu o fluturare a degetelor. Uite, i-ai cumpărat flori mamei mele, iar mama mea are și ea o grădină, deci... întrebarea rămâne aceeași. De ce nu mi-ai aduce și mie flori? îl întrebă ea, demonstrându-și încăpățânarea, deși știa bine că alesese un bărbat care putea să fie romantic cu ea pe alte căi, dar care nu i-ar fi luat niciodată o floare. Nu îi era felul, iar acela era norocul ei.

Bryan îşi scutură capul ca şi cum ar fi avut nevoie să şi-l limpezească, iar apoi decise să-i răspundă. Exact când îşi deschise gura să-i dea replica, uşa se deschise şi o femeie în jur de cincizeci de ani le zâmbi la amândoi, salvându-l de la necesitatea de a-i da Beckăi un răspuns care probabil ar fi supărat-o şi mai mult.

O privi pe femeia din cadrul uşii şi remarcă imediat că Becka era replica aproape exactă a mamei sale. Bryan zâmbi şi se gândi că Becka va arăta fantastic şi când va fi de vârstă medie, considerându-i zestrea genetică.

-Oh, iubito, eşti aici în sfârşit, femeia gânguri şi o îmbrăţişă pe Becka, sărutând-o pe ambii obraji după moda europeană.

O mai strânse câteva clipe în braţe, iar apoi, în sfârşit, îşi întoarse ochii strălucitori spre Bryan.

-Pe cine avem aici, draga mea? întrebă ea.

Auzind-o vorbind, Bryan îi mulţumi cerului că Becka nu moştenise şi vocea mamei sale. Era una dintre acele tipuri de voci pe care nu le suferea. Îi reamintea de văicăreala şi învinuirile constante ale mamei lui.

Dar cu toate acestea, cum nu putea face altfel, continuă să zâmbească. Ştia că nu putea nici măcar să dea un semn de crispare. Trebuia să-şi păstreze acel zâmbet fals pe buze chiar dacă aceea necesita un efort uriaş din partea lui. Dacă s-ar fi crispat, ar fi însemnat să nu-şi înceapă vizita foarte bine şi ar fi putut avea consecinţe pe termen lung.

El îşi întinse mâna şi îi spuse:

-Eu sunt Bryan, doamnă.

Îi strânse mâna scurt şi îi înmână florile, care încă erau un motiv de nemulţumire pentru Becka. Îşi făcu imediat o notă mentală să-i cumpere flori cât mai curând posibil.

Femeilor le plăceau florile, îşi aminti el, şi le asociau cu romantismul, deşi el nu înţelegea de ce. El credea în a arăta ce simţea prin ceea ce făcea, iar gestul de a aduce flori unei femei nu prea se afla în capul listei sale.

Emilie, mama Beckăi, îi zâmbi şi îi invită pe amândoi în casă, trăncănind constant şi făcându-l să nu se simtă în largul său. Dar Bryan se găsea acolo pentru Becka şi era hotărât să facă tot ce putea pentru a nu o supăra sau stânjeni în faţa familiei ei. Dacă trebuia să o asculte pe acea femeie vorbind toată seara, era dispus să o facă.

Părinţii Beckăi trăiau într-un adevărat conac, dacă era să se ia după mărimea clădirii. Şi casa lui era mare, conform standardelor lui, dar aceasta era mult mai mult decât atât. De afară, arăta destul de impresionant şi oarecum intimidantă, dar interiorul casei era mult mai impunător.

Mărimea holului de la intrare era foarte generos. Acesta era acoperit cu dale pictate cu motive florale. Uimit, observă lângă zidul din stânga o masă frumoasă, care pur şi simplu ţipa că a fost creată undeva în secolul optsprezece. Nu ar fi fost tipul de masă pe care el ar fi ales-o pentru holul de la intrare şi era convins că locul acelei mese ar fi fost într-un muzeu.

Holul conducea spre o încăpere circulară unde remarcă aceleaşi dale, dar cu un motiv geometric de data aceasta. Şi această încăpere părea să fie un hol, iar aceasta chiar îl nedumeri. Nu vedea necesitatea a două holuri.

Imediat după ce au intrat în acea încăpere circulară, a auzit mai multe voci venind dinspre stânga. Vocile se amestecau în conversație, dar el nu putea distinge nici un cuvât. Era doar o cacofonie de sunete.

Acum, văzând casa părinților ei, Bryan era absolut convins că Becka niciodată nu a avut nici un fel de intenții privind averea lui, iar mânia ei de la lac părea mult mai de înțeles. Acuzațiile lui trebuie să fi venit ca o lovitură pentru ea. Își imagină că s-a simțit ofensată și rănită în acelaș timp, și avea tot dreptul să se simtă astfel.

Nu putea fi sigur că ar fi putut compara ceea ce poseda el cu averea familiei ei. Se vedea de departe că acea casă aparținea unei familii foarte bogate și se minună că era posibil ca Becka să trăiască în căsuța aceea mică în oraș când părinții ei trăiau astfel, pentru că din ceea ce văzuse până atunci, nu se părea că nu-și iubeau fiica.

Cu toate acestea, Bryan nu era deloc dezamăgit din moment ce îi plăcea să creadă că era la fel de nerăsfățată și reală pe cât părea. Nu observase că ar fi suferit de sindromul fetei bogate.

Becka nu era pretențioasă și nu cerea să fie scoasă la cluburi sau restaurante scumpe și fusese încântată de mâncarea pregătită de el, care nu se compara deloc cu ceea ce se găsea în restaurantele la modă.

Emilie îi conduse în linvingul care era de cel puțin de zece ori mai mare decât al Beckăi. Era un spațiu vast acoperit de mai multe covoare Aubusson, dar cu toate acestea, părea în dificultate să adăpostească toți oamenii din interior.

Bryan avu impresia că a pășit în mijlocul unei petreceri. El înțelesese că fusese invitat la o cină de familie, totuși.

Privind în jur, el remarcă unele din chipurile pe care noaptea trecută le văzuse în pozele afișate în dormitorul Beckăi.

Becka își dădu seama că el nu era în largul lui și îi luă mâna, strângându-i-o ușor pentru a-l încuraja. Bărbatul privi spre ea cu întrebări în ochi, iar ea îi strânse mâna din nou pentru a-l liniști și a-i spune că totul va fi bine. Dar, cu toate acestea, se înșela.

-Ți-am spus că am o familie mare, Bryan. Cel puțin, așa îi întâlnești pe toți în același timp și gata. Văd că toată lumea este aici, îi zâmbi ea, iar zâmbetul ei, ca întotdeauna, avu darul de a-l face să se relaxeze.

Un bărbat de vârstă mijlocie, aproape de aceeași înălțime ca și Bryan, veni spre ei cu pași supli și o îmbrățișă pe Becka.

-Cum o mai duci, iubito? Nu cred că am auzit prea multe de la tine de-a lungul ultimelor două săptămâni, își formulă el reproșul cu blândețe.

-Oh, tati, sunt bine. Și am vorbit cu tine, cum poți spune că nu? replică ea, iar vocea ei îi dezvăluia dragostea pe care o nutrea pentru tatăl său.

-Am spus 'nu prea mult', Becka, nu că nu ai vorbit cu noi defel, o corectă el cu blândețe, iar apoi ochii i se îndreptară spre Bryan.

Bryan remarcă imediat că bărbatul mai în vârstă l-a displăcut pe loc. Nu era prea dificil de văzut deoarece neplăcerea lui era clar înscrisă pe chipul lui și toată lumea putea să o remarce. Cum nu dorea ca ceva să-i strice seara Beckăi, încercă să nu arate nici un fel de expresie pe față. Becka era o femeie inteligentă și ar fi văzut imediat că ceva era în neregulă.

-Deci pe cine avem noi aici? întrebă Gabriel pe un ton grav.

-Tati, acesta este prietenul meu, Bryan, interveni Becka, vocea ei răsunând de fericire.

Bryan îi strânse mâna bărbatului mai în vârstă şi îşi aplecă capul cu respect. Nu ştia ce să îi spună şi nu dorea să intre în nici un fel de argument dacă ar fi fost posibil să-l evite.

Din nefericire, şi Bryan greşea în estimarea lui la fel de mult ca Becka. Indiferent de ce îşi dorea el, lucrurile aveau felul lor de a evolua şi nu se prea oboseau să-i ceară şi lui părerea.

Mai mulţi oameni veniră în jurul lor şi el începu să se simtă înghesuit. Deşi toţi se purtau frumos cu Becka, aproape toţi aruncau priviri urâte în direcţia lui, de parcă s-ar fi târât de undeva dintr-un canal. Aparent, nu le plăcea deloc gustul ei în prieteni.

Bryan îşi spuse că nu-i păsa şi că, până la urmă, vor trebui să-i accepte prezenţa în viaţa Beckăi, pentru că el, unul, nu avea nici cea mai mică intenţie să-i lase să-l alunge.

Gabriel, tatăl Beckăi, decise să fie el primul care să înceapă atacul împotriva lui.

-Deci ce crezi tu că faci cu fetiţa mea?

-Tati! icni Becka şocată de ieşirea tatălui ei şi se întoarse spre el cu ochii mari şi gura ei mică arcuită deschisă întru-un 'o' perfect.

-Poftim? întrebă Bryan pe un ton calm, deşi întrebarea îl mâniase.

Îşi dăduse el deja seama că nu făcea parte din clasa lor socială, dar aceasta nu însemna că era un gunoi.

-M-ai auzit foarte bine, tinere, repetă Gabriel. Ce crezi că faci cu fata mea? În primul rând ești mult prea în vârstă pentru o fată ca ea, îi explică tatăl ei de ce avea sentimente negative față de el.

-Tată, cred că pot alege pe cine doresc, începu Becka pe un ton certăreț, dar nu reuși să mai continue pentru că a fost întreruptă imediat.

-Da, iubito, poți, dar alege pe cineva de vârsta ta, îi spuse tatăl ei pe un ton conciliatoriu.

-Și poate nu un criminal, dacă este posibil, Becka, decise Ariel să intervină, întorcându-și nasul de la cicatricea care marca obrazul lui Bryan.

Deja chipul lui Bryan arăta de parcă ar fi fost tăiat în piatră. Se gândise destul la acea întâlnire și știuse că acelea vor fi argumentele lor, dar acum că totul devenise real, se simțea înghețat până la oase.

Bărbatului nu îi plăcea cum evoluau lucrurile pentru că se părea că relația lui cu Becka se găsea în discuție.

Nu se obosi să-i răspundă surorii Beckăi, dar o judecă într-o clipă. Era una dintre acele femei crispate care au avut nenorocul să aibă numai neplăceri în viață și, de aceea, se răzbunau pe toți ceilalți.

-Becka știe ce face, vărul ei Jay se implică în discuție și-i câștigă recunoștința lui Bryan. Doar toți știți că este cea mai inteligentă dintre noi când vine vorba de oameni. Și eu nu aș vorbi dacă aș fi în locul tău, se întoarse el spre Ariel.

Lui Bryan îi plăcea bărbatul. Era în fond de partea lui și chiar dacă știa că Jay era cartofor, acel lucru tot nu conta deloc pe moment. Era important doar că îi lua apărarea Beckăi și îi scurtase nasul lui Ariel un pic.

-Cum îndrăznești? începu Ariel să strige. Cum îndrăznești să-mi spui mie așa ceva? Este sora mea și trebuie să am grijă de ea.

-Da, se implică Alex în discuția generală.

Bryan știa că era fratele Beckăi pentru că ea îi arătase poza lui noaptea trecută.

-Tu trebuie să o lași pe Ariel în pace. Iar tu, Becka, ar trebui să te gândești mai bine la tipul de oameni cu care te implici.

-Ar trebui? Ar trebui să mă gândesc mai bine? crescu vocea Beckăi în intensitate. Cum îndrăznești să vorbești astfel despre Bryan, idiotule? Este de zece ori mai bun decât tine.

De-acum Becka striga de-a binelea, iar Bryan observă că unele dintre bibelouri o luaseră din loc și acum cădeau la pământ într-un vârtej, urmate de câteva perne ce se aflau pe sofa. Nimănui nu părea însă să-i pese, deci probabil astfel de scene erau obișnuite pe-acolo.

-Becka, puiule, îi atinse el brațul și încercă să o aline, dar ea nu accepta să se calmeze.

Se întoarse spre mulțimea adunată cu mâinile strânse în pumni pe șolduri, și spuse:

-Acesta este prietenul meu. Și accentuez: *prietenul meu*. Luați seama la cuvintele mele: fie începeți să-l tratați așa cum merită și să-l primiți în familia noastră sau eu am plecat de-aici.

Jay interveni imediat:

-Nu-ți fă probleme, Becka, eu sunt de partea ta. Te susțin până la final. Hei, omule, spuse el și îi întinse mâna lui Bryan. Sper că ești bine. Știu că sântem o gloată dusă cu pluta. Tu numai nu da nici o atenţie nimănui, iar totul va fi foarte bine. Becka ştie ce face, îşi repetă el comentariul de mai devreme şi-l bătu pe Bryan pe umăr.

Bryan îi strânse mâna zâmbind. În afară de Emilie, care probabil doar îşi juca rolul de gazdă bună, aceasta era prima faţă prietenoasă pe care o vedea în acea casă.

Bucuria i-a fost însă de scurtă durată pentru că o femeie bătrână, care avea cel mai alb păr pe care-l văzuse vreodată, se apropie de ei cu paşi apăsaţi. Toată lumea se dădu imediat din calea ei să-i facă loc să treacă.

Părea că femeia reprezenta o parte extrem de importantă a familiei. Toată lumea părea să ţină cont de părerea ei. Bryan îi analiză figura şi îi admiră postura.

Era ea foarte în vârstă, dar mergea ca un general. Liniile de pe chipul ei stăteau mărturie tragediei care îi marcase viaţa. Nu părea defel o femeie plăcută, dar în tot cazul, era cu adevărat formidabilă pentru o femeie atât de în vârstă.

-Deci tu eşti vânătorul de averi, din câte văd, spuse ea într-o voce răsunătoare, străpungându-l cu cu ochii.

Timp de o clipă, tăcerea domni în încăpere. Marea parte dintre cei de acolo se gândiseră la aceasta, dar, până atunci, nici unul nu a îndrăznit să aducă acel subiect în discuţie. Se priviră unul pe celălalt în şoc, dar în afară de câteva sprâncene ridicate şi câteva guri rămase deschise, nici unul nu s-a mişcat şi nu a spus nimic.

Becka şi Bryan au privit-o cu ochi uluiţi, iar apoi s-au privit unul pe celălalt. Ironia era pierdută pentru ceilalţi, dar nu pentru ei doi. Amândoi izbucniră în râs, iar Becka căzu în braţele lui râzând de parcă şi-ar fi pierdut minţile.

Toți se uitau la ei, gândindu-se că au înnebunit. Nici unul nu vedea ce era atât de amuzant în a acuza pe cineva că ar fi un vânător de zestre.

Becka se trase puțin înapoi și, privindu-l pe Bryan jucăuș, îl întrebă printre hohote de râs:

-Cum te simți când ești tu ținta?

Bryan râse din nou și o sărută zdravăn pe gură, ceea ce provocă câteva icnete de la mulțimea din jur. Se părea că o astfel de purtare nu era acceptată în acea casă. Lui Becka și lui Bryan nu părea să le pese, însă.

Toată tensiunea pe care Bryan o simțise înainte dispăruse acum. Becka mereu avea acel efect asupra lui. Îi înconjură umerii Beckăi cu un braț și apoi amândoi confruntară audiența.

-Ei bine, doamnă, spuse el politicos, privind-o pe femeia mai în vârstă direct în ochi și aplecându-și capul pentru o secundă, ca un semn tardiv de respect, sunt aici. Nu ca un vânător de zestre, dar tot sunt aici și intenționez să stau. Nu neapărat în această casă, se gândi el să menționeze pentru ca nimeni să nu l înțeleagă greșit, dar alături de Becka.

Bătrâna femeie își îngustă ochii periculos la el și spuse pe o voce aspră:

-Nu-mi place de el, Becka. Aruncă-l înapoi în lac.

Becka se uită fix la străbunica ei șocată, iar apoi își scutură capul. Se așteptase ea la ceva opoziție, dar nu se așteptase la astfel de lucruri. Nu se așteptase defel să audă astfel de lucruri. Orice simț de decență dispăruse și toți îl atacau pe Bryan de parcă ar fi fost un nimic.

-Nu este un peşte pe care să-l arunc înapoi în lac şi nu este un obiect, spuse ea pe un ton oţelit pe care Bryan nu-l mai auzise niciodată de la ea.

Se gândi că acum avea ocazia să vadă o altă latură a Beckăi, iar aceasta era la fel de fascinantă ca şi toate celelalte.

-Este o fiinţă umană, un bărbat şi este al meu, indiferent dacă tu îl placi sau nu. Nu tu decizi pentru mine. Eu îl iubesc şi el mă iubeşte şi asta este tot. Cazul s-a închis, declară ea cu hotărâre, fluturându-şi mând şi lovind şi podeaua cu piciorul drept pentru a pune punctul pe i.

Un bărbat tânăr, apropiat ca vârstă de el, înaintă şi îi strânse mâna lui Bryan.

-Bun venit în tribul nostru, omule, chiar dacă este un spital de nebuni. Eu sunt Matt. Cred că Becka a ales bine, spuse el pe un ton serios.

Bryan îi strânse mâna. Sinceritatea din vocea lui Matt îl impresionase. În sfârşit, mai era cineva care îl primea în mijlocul lor, fără să încerce să îl jignească mai întâi.

-Mulţumesc, Matt, spuse el. Este o plăcere să te cunosc. Pot să te asigur de asta, spuse Bryan zâmbindu-i larg.

-Nonsens, bătrâna vrăjitoare i-o întoarse, înaintând. Becka, încheie această relaţie prostească imediat. Acesta nu este genul de bărbat cu care să te asociezi. Dacă ai nevoie de careva, îţi vom găsi un bărbat drăguţ dintr-o familie bună.

Vocea ei ajungea departe. Era genul de femeie care îşi exprima opiniile cu zgomot şi, de obicei, toată lumea o asculta. Nu de data aceasta, însă.

Becka îi luă mâna lui Bryan şi spuse:

-Plecăm, Bryan. Dacă familia mea nu înțelege să te accepte, atunci vom pleca și asta este. Nu voi mai veni la cinele viitoare, mamă, sper că înțelegi, îi spuse ea mamei sale peste umăr, îndreptându-se spre ușă și trăgându-l pe Bryan după ea.

Emilie era șocată. Scânci și își acoperi gura cu o mână tremurătoare. O cunoștea pe Becka și îndărătnicia ei. Când ea decidea ceva, atunci nimic nu o mai putea face să-și schimbe părerea, iar ea nu dorea să-și piardă mezina.

-Becka, te rog, pledă ea, dar Becka nu dădu nici un semn că ar fi auzit-o și continuă spre ușă.

-Dacă părăsești această casă cu el acum, voi avea trustul schimbat luni dimineață. Nu vei primi nimic, spuse străbunica ei pe un ton categoric. El te va părăsi atunci pentru că nu vor mai fi bani din care să se înfrupte, dar va fi prea târziu pentru tine să-ți primești banii, pentru că eu nu voi mai reveni asupra acestei hotărâri.

Toată lumea îngheță. Nici unul dintre ei nu crezuse că Rebecca ar fi în stare să facă așa ceva. Nu îl amenințase pe Matt când venise cu Velma sau pe Jay când a încercat să o înșcle. De asemenea, știau bine că dacă ea lua vreo hotărâre în legătură cu ceva, nu mai revenea asupra ei.

Becka se opri și se întoarse spre ea, mereu trăgându-l pe Bryan în urma ei. El o putea simți tremurând de furie și era convins că în scurt timp totul va începe să zboare prin jur.

Becka se opri în fața Rebeccăi și, pe un ton dur, i-o întoarse:

-Nu am nevoie de banii din trustul tău. Vin cu condiții atașate, iar mie nu-mi plac acele condiții. Poți să îi iei și să faci ce vrei cu ei.

-Hmm, replică bătrâna vrăjitoare, privind-o atent. Şi cum vei trăi? Şi ce crezi despre ăsta? arătă ea spre Bryan. Crezi că va sta cu tine când rămâi fără un chior? spuse ea privindu-l pe Bryan cu dispreţ.

-În primul rând, dragă străbunică, spuse Becka pe un ton dulce fals, oamenii lucrează în zilele noastre şi câştigă banii de care au nevoie ca să trăiască. Foarte puţini au nevoie de bani puşi în trusturi pentru a putea plăti pentru cheltuielile zilnice. Sunt tânără şi pot munci. Şi dacă vrei, putem face şi pariu că Bryan nu mă va părăsi, încheie ea pe un ton triumfător, iar Bryan o iubi şi mai mult în acel moment.

-Aşa crezi tu, fată? Atunci, continuă, părăseşte această casă. Să vedem noi cine îţi va mai plăti pentru şcoală şi pentru casă şi haine şi mâncare. Crezi că te va întreţine el? îşi înclină ea capul cu dispreţ spre Bryan.

-De fapt, da, interveni el în discuţia lor pentru prima oară, iar vocea lui era calmă şi practică. Îmi pot permite să plătesc şi pentru şcoala ei şi pentru casa ei. O merită, în fond. De fapt, merită mult mai mult decât atât şi intenţionez să am grijă să primească tot ce-şi va dori, încheie el.

Marjorie veni în faţă şi vorbi pentru prima dată.

-Bunico, ne-ai făcut tuturor o mulţime de lucruri de-a lungul anilor şi nimeni nu a spus absolut nimic. Cred că e timpul să te gândeşti şi la alţii nu numai la ce vrei tu şi la cum crezi tu că ar trebui să fie lucrurile, pentru că trebuie să îţi spun că nu ai dreptate întotdeauna. Becka e o fată deşteaptă, poate mai deşteaptă decât mulţi din acest grup, spuse ea, privind o clipă în jur la oamenii care îi înconjurau, iar apoi continuă. A găsit pe cineva pe care-l iubeşte, şi mie îmi este foarte clar că şi el o iubeşte. Cred că mai bine îi laşi în pace.

Gabriel privi spre soţia lui şi văzu cât de abandonată se simţea la gândul că îşi va pierde copilul. Nici el nu se simţea prea în largul lui la ideea de a-şi pierde fiica. Becka era lumina ochilor lui şi el nu luase în calcul faptul că o va pierde din cauza încăpăţânării lui.

Tot mai credea că Bryan era cam prea în vârstă pentru ea şi era şi îngrijorat de acea cicatrice de pe faţa lui. Cicatricea putea să fie rezultatul unui simplu accident, nu avea de unde să ştie cu siguranţă, dar putea la fel de bine să fie rezultatul unei vieţi în afara legii şi aceasta îl îngrijora teribil.

-Fiule, i se adresă el lui Bryan, văd că fiica mea este hotărâtă să fie cu tine şi ştiu foarte bine că nu pot să fac absolut nimic în legătură cu asta. Trebuie să-şi trăiască viaţa aşa cum doreşte şi, probabil, să facă propriile ei greşeli. Nu vreau să-mi pierd mezina, aşa că... Cred că va trebui să îţi urez bun venit în casa mea, spuse el întinzându-i mâna lui Bryan .

Bryan îi strânse mâna, înţelegând cât de dificil era pentru Gabriel să-l accepte. Într-un fel îl admira pe bărbat că era capabil să-şi pună fiica pe primul loc şi să-şi dea deoparte propriile lui sentimente.

Bryan nu era un bărbat naiv şi nu credea că omul a început brusc să-l placă. Ştia foarte bine că el mereu va fi un măr al discordiei în familia lor.

Emilie a fost atât de fericită că soţul ei a decis să nu o lase pe Becka să plece, că acum începu să plângă de-a binelea. Se duse şi o îmbrăţişă pe Becka de parcă s-ar fi întors dintr-o călătorie foarte lungă şi ar fi fost plecată ani de zile. După ce o înnecă pe Becka cu lacrimile ei pentru câteva clipe, se duse şi-l îmbrăţişă şi pe Bryan, care a fost efectiv uluit să vadă o expresie atât de plină de afecţiune pe chipul ei.

Cu toate acestea, nu toată lumea era fericită. Putea auzi murmure în jur şi remarcă şi câteva chipuri neprietenoase. Bâtrâna vrăjitoare, Rebecca, privea totul cu ochi răi.

Cea mai neprietenoasă faţă, în afara Rebeccăi, era a lui Ariel. Nu-i plăcea cum evolua povestea şi se decise că era deja timpul să facă ceva în legătură cu aceasta.

-Tată, nu poţi accepta aşa ceva. Becka este un copil şi nu are nici cea mai mică idee despre ce face. Trebuie să îi arăţi cât de mult se înşală.

-Iar eu spun că ştie foarte bine ce face, interveni Matt. Poţi să-ţi laşi amărăciunea şi gelozia la o parte pentru o clipă, Ariel, şi să te bucuri pentru ea? Este evident că ea îl iubeşte şi el o iubeşte pe ea, iar dragostea nu este un lucru cu care să te joci, o mustră el.

-Nu poţi să ştii dacă îl iubeşte, i-o întoarse ea. Darul tău nu este suficient de rafinat ca să fii sigur de asta, iar dacă îmi spui că poţi să-i citeşti gândurile, atunci minţi, strigă ea îndreptându-şi un deget spre el.

-Ştiu ce sime şi nu pentru că i-am citit mintea, replică Matt pe o voce calmă. Nici măcar nu am încercat. Dar este evident. Chiar nimeni nu vede acest lucru? se întoarse el în jur şi îşi trecu privirea peste ceilalţi pentru că nu putea să creadă că toţi ceilalţi erau orbi.

-Ce vrei să spui? bunicul său, Adam, îl întrebă. Dacă nu i-ai citit mintea, atunci nu poţi fi sigur că îl iubeşte cu adevărat. Nimeni nu poate ştii. Poate că vrea doar să se revolte împotriva familiei, ceea ce este perfect normal la vârsta ei, adăugă el scuturându-şi capul.

-Era furioasă acum câteva clipe, explică Matt. Doar cu toţii aţi putut vedea cum tremura de furie. A văzut vreunul dintre voi ceva zburând prin aer? Aţi văzut? repetă el cu mai multă putere, privind de la unul la celălalt.

Toată lumea era uimită, inclusiv Becka. Nici măcar nu-şi dăduse seama că în ciuda faptului că fusese foarte furioasă, nimic nu se întâmplase. Fără să realizeze, îşi controlase darul din subconştient. Era atât de fericită că a fost capabilă să-şi controleze darul, că sări în sus, aruncându-şi un braţ în aer şi strigând:

-Ura pentru mine, iar apoi îl îmbrăţişă pe Bryan, care râse văzând-o atât de lipsită de orice grijă, chiar dacă nu prea înţelegea de ce era fericită şi despre ce vorbea Matt.

-Am făcut-o, Bryan, am reuşit!

-Da, puiule, ai reuşit. Eşti cea mai tare, replică el, încă râzând, şi apoi o ridică în braţe şi o învârti, sărutând-o cu foc.

Ceilalţi îi priveau nevenindu-le să-şi creadă ochilor. Unii dintre cei din tânăra generaţie erau geloşi că mica Becka a fost prima să învingă blestemul şi să capete control asupra puterilor ei. Jay şi Matt erau fericiţi pentru ea şi, pur şi simplu, priveau cuplul cu zâmbete uriaşe pe faţă.

Când în sfârşit Bryan a pus-o jos, Matt a îmbrăţişat-o.

-Ai reuşit fetiţo. Îţi urez să ai parte şi de mai multă putere, spuse el, sărutând-o zgomotos pe obraz.

Marjorie o îmbrăţişă pe Becka şi se întoarse spre bunica ei.

-Becka şi-a făcut partea. Acum va trebui să ţi-o faci şi tu pe a ta. Va trebui să-i dai banii din trust. Aşa este corect.

Rebecca afişă un surâs afectat şi replică:

-În visele tale! L-o iubi ea pe el şi i se dăruie complet, dar în mod sigur el nu o iubeşte pe ea. Ne vom întâlni cu adminsitratorii trustului şi ei vor vedea despre ce este vorba.

Se auziră câteva expresii zgomotoase de complet acord cu ea din partea celorlalţi cărora nu prea le convenea să fie lăsaţi în urmă de cea mai tânără din grup.

Becka se întoarse spre Rebecca şi îi spuse:

-Am fost foarte serioasă când ţi-am spus că nu am nevoie de banii tăi, aşa că întâlnirea cu administratorii nu este necesară.

-Hmm, văd că ţi-e teamă de ce vor spune. Vor vedea imediat că el nu te iubeşte şi tu nu poţi face faţă adevărului, râse Rebecca, satisfăcută că s-a demonstrat adevărul celor spuse de ea.

-Nu, nu este asta. Nu mi-e teamă pentru că eu ştiu adevărul şi nu am nevoie de confirmarea nimănui. Nu văd care ar fi scopul de a-l plimba pe Bryan prin faţa lor numai pentru a-ţi satisface ţie plăcerile sadistice, replică ea.

-Aiurea, interveni, Alex sarcastic. Dacă nu vrei să vă întâlniţi cu administratorii, înseamnă că ştii că nu te iubeşte şi ţi-e teamă de ce o să auzi.

-În regulă, toată lumea să se calmeze, spuse Bryan cu autoritate când observă că Becka se mânia din ce în ce mai mult.

Considera că a avut parte de suficientă trăncăneală în seara aceea şi dorea să încheie discuţia o dată.

-Despre ce este vorba, iubito? o întrebă el.

-Pe bune, nu are nici cea mai mică importanţă pentru că oricum nu-i vreau banii, răspunse ea cu încăpăţânare.

FAMILIA WINSTON CARTEA ÎNTÂI TREZIREA BECKĂI & DILEMA LUI MATT

-Nu ai nevoie de banii ei, Becka, și dacă nu îi vrei, atunci nu îi iei, nu asta este problema aici. Dar înțeleg că e ceva mai mult de-atât, Becka. Deci despre ce este vorba?

Becka își lăsă privirea în jos și nu dori să răspundă. Nu știa ce să facă, de fapt. Nu era ca și cum nu ar fi avut încredere în sentimentele lui și nu se temea că cei doi administratori îi vor spune că Bryan nu o iubea. Dar cu toate acestea, nu știa cum ar fi reacționat Bryan la acea întâlnire și prefera să nu afle.

-Îi spun eu, iubito, puse Matt o mână liniștitoare pe brațul Beckăi. Deci, ca să înțelegi mai bine, străbunica, aici de față, spuse el arătând spre Rebecca, s-a gândit că ar fi amuzant să se răzbune pe soțul infidel punând un blestem pe capul generațiilor viitoare.

Rebecca icni la tonul lipsit de respect al lui Matt.

-Am crezut că mă iubești, îl acuză ea pe Matt.

Matt își flutură mâna pentru a-i da la o parte îngrijorarea.

-Te iubesc, nu asta este problema aici. Faptul că te iubesc nu înseamnă însă că nu mă supără să fiu porcușorul tău de Guinea pentru teste, buni, îi spuse el, iar apoi se întoarse spre Bryan. În fine, Bryan, iată cum stau lucrurile. Nici unul dintre noi nu își poate cultiva sau controla puterile până ce nu se îndrăgostește la modul serios și se dăruie complet persoanei pe care o iubește. Acum, dă-mi voie să-ți explic cum este cu banii din trust. Putem accesa acei bani, numai dacă și persoana pe care o iubim ne iubește la rândul ei și ni se dăruie complet. Iar acest lucru este determinat de o pereche de administratori care citesc gândurile omului, își termină Matt explicația.

-Oh, înţeleg acum, spuse Bryan dând din cap. Deci aceşti administratori vor fi capabili să spună dacă eu o iubesc şi mă dăruiesc Beckăi, de asemenea. Acesta este subiectul de dezbătut aici, spuse el şi se întoarse spre Becka. Înţeleg că nu-i vrei banii şi sunt de acord cu tine. Nu îi vreau nici eu. Cu toate acestea, este acesta singurul motiv pentru care nu vrei să ne întâlnim cu administratorii? se interesă el.

-Păi, nu chiar... Doar că nu ştiu cum vei reacţiona dacă cineva ar vrea să-ţi citească mintea, admise ea.

-Deci nu e pentru că nu ai încredere că te iubesc, specifică el, uitându-se fix în ochii ei.

-Evident că nu, se răsti ea la el.

-Bine, atunci, spuse el şi se întoarse spre Matt. Această citire a minţii, există consecinţe la aşa ceva?

-Consecinţe? întrebă Matt nedumerit.

-Da, ştii tu. De exemplu să-ţi pierzi unele din abilităţile mentale sau să fi convins să faci ceva ce nu vrei să faci..., explică Bryan.

-Oh, la asta te referi, spuse Matt, iar apoi se decise să-i alunge îngrijorarea. Nu, nimic de genul acesta, nu te teme. Singura chestie este că văd ceea ce gândeşti.

-Ei bine, dacă pe ei nu-i deranjează că s-ar putea să-i înjur, nu îmi pasă, spuse el, iar apoi se întoarse spre Becka. Iubito, ştiu că nu vrei banii ei şi eu te sfătuiesc din toată inima să nu îi accepţi. Am destul pentru amândoi. Nu vom muri de foame şi nici nu va trebui să renunţăm la multe lucruri. Dar, dacă această întâlnire cu administatorii le oferă părinţilor tăi linişte, atunci sunt dornic să o fac, de acord?

Toată lumea se holbă la el cu uluire. Timp de câteva clipe nimeni nu păru capabil să spună sau să facă ceva.

Numai Becka îl îmbrățișă și îi șopti:

-Pentru ei ar fi nemaipomenit. Dar nu trebuie să o faci dacă nu vrei. Am încredere în tine, și acest lucru e cel mai important.

-Știu, puiule, îi șopti și el. Dar dacă îi putem ajuta să se simtă în largul lor, de ce nu?

Becka aprobă cu o înclinare a capului și îl îmbrățișă și mai puternic. Nu îi venea să creadă că ar face așa ceva pentru ea și îl iubi și mai mult pentru că era atât de plin de considerație.

-Crezi că îi poți păcăli? îl întrebă Ariel cu dispreț. Jay a încercat și nu i-a mers, așa că nici tu nu vei reuși, îi spuse ea.

Bryan o privi de parcă ar fi considerat că femeia își pierduse uzul rațiunii pe moment, dar apoi ochii săi trecură pur și simplu peste ea, de parcă nici nu ar fi existat, iar gestul lui o înfurie și mai mult și părăsi încăperea furioasă.

-De ce nu i-am chema pe administratori aici, acum? întrebă Rebecca dulce. Nu este nici un moment mai bun decât momentul prezent. Sunt doi dintre cei mai buni prieteni ai mei și nu mă vor refuza... Nu vreau să aștept până luni ca apoi să aud că s-a întâmplat ceva și nu poți ajunge la întâlnire, i se adresă ea lui Bryan.

-Nici o problemă în ceea ce mă privește, îi spuse el. Invită-i să vină. Poate am putea bea ceva în timp ce așteptăm, i se adresă el lui Emilie. Mi s-a uscat gâtlejul de atâta vorbit.

Își dădea seama că probabil părea nepoliticos, dar chiar avea nevoie de un pahar cu ceva tare. Nu or fi fost nici un fel de vrăjitorii făcute, dar el unul tot se simțea cam obosit după toată acea comoție.

-Îşi aduc un whiskey, spuse Matt. O să torn unul şi pentru mine. Chiar am nevoie după tot tărăboiul ăsta, continuă el şi se îndreptă spre o masă unde se găseau câteva sticle de alcool.

Becka îl luă pe Bryan de mână şi îl trase spre o sofa de două persoane. Nu intenţiona să lase pe nimeni să se aşeze în apropierea lui după ce s-au comportat atât de oribil cu el. S-au aşezat, iar Bryan i-a alintat braţul să o liniştească.

-Se va termina curând, iubire, iar apoi putem merge acasă, spuse el.

-Unde este acasă, Bryan? îl întrebă ea cu ochii mari.

El se gândi o clipă, dar de fapt nu prea avea la ce să se gândească. Ştia că avea nevoie de ea tot timpul şi chiar dacă relaţia lor era foarte proaspătă, el nu avea nevoie de mai mult timp ca să vadă unde va duce, pentru că oricum nu intenţiona să o lase să plece din viaţa lui.

-Depinde numai de tine, răspunse el. Eu ştiu ce vreau, iar ce vreau este să fiu cu tine. Acum dacă vrei să aştepţi să vezi cum va merge, putem aştepta o vreme şi ne putem vedea zilnic. Dacă însă simţi ca şi mine, atunci putem alege să locuim împreună fie în casa ta sau în casa mea. Desigur, casa mea este acolo pe insulă, iar aceasta va însemna să luăm iahtul spre oraş în fiecare zi dacă ai nevoie să vii în oraş...

Becka îi strâse mâna şi replică:

-Aş spune că oriunde vrei tu este bine şi pentru mine, dar aş minţi.

Bryan îngheţă când îi auzi răspunsul. Nu îşi putea crede urechilor. Speranţele lui erau pur şi simplu strivite, iar expresia din ochii lui deveni oţelită.

-Știam că nu vei continua cu șarada asta, Becka, spuse Ariel cu bucurie.

Se concentraseră unul pe celălalt atât de mult încât nu o auziseră strecurându-se în apropierea lor. Auzindu-i vocea, și-au ridicat privirea spre ea. Chipul ei strălucea de bucurie și ea îl privea pe Bryan cu triumf în ochi.

-Ce se întâmplă? întrebă Matt revenind cu băuturile.

-Nu prea multe, mormăi Bryan. Probabil că va tebui să plec acum, zise el și încercă să se ridice, dar Becka îl trase înapoi lângă ea.

-Despre ce vorbești? De ce ai vrea să pleci? îl întrebă ea, iar în ochii îi lucea durerea.

-Ai spus că..., începu Bryan să spună, dar ea îl întrerupse.

-Am spus că prefer să locuiesc în oraș. Știi doar că nu îmi place să mă trezesc devreme dimineața și ca să vin tot drumul de la insula ta în oraș devreme de dimineață, ar fi înfiorător. Evident, putem să petrecem sfârșiturile de săptămână acolo. Este un loc minunat, dar nu mă văd trăind acolo permanent. Asta este ce am spus.

-Nu, nu este, se răsti Ariel. Ai fost foarte clară că nu vrei să trăiești cu el, explică ea.

-Nu, nu am fost. Poate că nu mi-am formulat gândurile corect, dar ceea ce am vrut să spun era că vreau să locuiesc în oraș, așa că poți înceta să mai fi atât de încântată, se răsti și Becka la ea.

Ariel își puse mâinile pe șolduri și repetă cu încăpățânare:

-Nu, Becka, ai spus că...

-Taci pentru o clipă, lătră Bryan la ea şi ea se opri, prea uluită de asprimea din vocea lui pentru a mai spune altceva. Acum, hai să clarificăm lucrurile, Becka. Vrei să locuiesc cu tine în casa ta?

-Da, bineînţeles, asta este ce vreau. Iar tu ai spus că pot alege, replică ea cu îndărătnicie.

-Da, poţi alege, nu aceasta este problema. Atâta timp cât nu îmi ceri să plec din viaţa ta, voi accepta orice, spuse el, luându-i mâna cu tandreţe.

Blocul de gheaţă care mai devreme începuse să se formeze înlăuntrul lui, se topea încet. Era uşurat că nu s-a înşelat asupra ei.

Becka îl îmbrăţişă şi îi sărută buzele, iar apoi îi şopti:

-Nu fii fleţ. Cum să vreau ca tu să pleci când eu nu pot funcţiona fără tine?

Fericit, Bryan o strânse la piept şi îi sărută părul cu uşurare. Nici nu remarcă când Ariel plecă îmbufnată şi chiar nici nu îi păsa de ce făcea ea. După ce o ţinu pe Becka strâns la pieptul lui pentru o vreme, îi dădu drumul cu regret şi luă paharul din mâna lui Matt.

-Nici nu ştii cât de multă nevoie am de asta acum, omule, îi spuse el lui Matt.

-Îmi pot imagina, mustăci el. Chiar că arăţi ca un bărbat care are nevoie de ceva puternic, într-adevăr.

Bryan îşi luă paharul şi înghiţi jumătate din băutură imediat, simţindu-se mai puţin încordat după aceea. Îl bătu pe Matt pe umăr şi spuse:

-Mulţumesc, prietene. Bună băutură, apropo.

-Da, unchiul Gabriel mereu scoate la inveală băutura bună. Este cel mai generos dintre unchi, spuse Matt, lovindu-l cu cotul pe Bryan. Să ții minte chestia asta. Dacă te duci să-l vizitezi pe unchiul Michael, eh, atunci nu mai ai noroc. El nu scoate băutura bună pentru musafiri. Este numai pentru el.

Bryan râse și se simți inclus în secretele de familie. Matt era într-adevăr omul cumsecade pe care i-l descrisese Becka. Bryan se gândi că Matt îi va fi un prieten bun, pe lângă faptul că era unul dintre puținii aliați pe care îi avea în acea casă.

Au stat și flecărit pentru o vreme, iar în cea mai mare parte a timpului, a avut-o pe Becka lângă el, atârnată de brațul lui. Uneori însă, ea o mai lua din loc și se ducea să vorbească cu unii dintre verii sau mătușile sale.

Matt se amuza văzându-l pe Bryan, care arăta chiar impresionant, fiind atât de înalt și într-o formă fizică atât de bună, privind în jur pierdut, încercând să o găsească pe Becka în mulțimea de oameni care se îngrămădea în livingul mătușii sale.

Când cei doi administratori sosiră, ceea ce nu surprinse pe nimeni, pentru că ei știau foarte bine reputația Rebeccăi, discuțiile s-au oprit complet și familia privi de la Becka și Bryan la administratori. Toți erau nerăbdători să audă verdictul.

Iar acum, Bryan începu să năduşească. Un gând îi trecuse prin minte mai devreme și acel gând tot îl sâcâia. Se întrebase dacă nu cumva bătrâna vrăjitoare îi avea pe administratori în buzunar, pentru că, în acel caz, probabil că ei vor spune ce voia ea să audă, iar el era convins că Becka i-ar fi crezut pe ei. Doar erau vrăjitori şi puteau şi citi mintea oamenilor. Cuvântul lui împotriva cuvântului lor probabil că nu avea nici cea mai mică însemnătate.

Gabriel veni la Bryan cu cei doi administratori să îi prezinte.

-Acesta este Domnul Thompson, iar acesta este Domnul Jones.

Bryan le strânse mâinile, iar apoi aşteptă să vadă ce aveau de spus. Becka venise lângă el şi îşi petrecuse braţul în jurul lui, ca şi cum ar fi dorit să-l consoleze. Îşi petrecu şi el braţul în jurul umerilor ei şi privi întrebător la cei doi bărbaţi în vârstă.

Nimeni nu mai vorbea. Bryan privi în jur şi văzu privirile expectative ale tuturor. Numai Rebecca nu arăta nimic. Chipul ei nu avea nici un fel de expresie, deşi tot mai încerca să-l intimideze cu privirea.

Bryan ridică din umeri şi se întoarse spre cei doi bărbaţi să vadă ce doreau de la el. Când şi-a oprit privirile pe ei din nou, a simţit o uşoare sondare a minţii lui şi se încruntă.

-Poate să simtă, domnul Jones îi şopti domnului Thompson. Ai văzut?

-Da, văd că simte, replică acesta. Ei bine, se întoarse el spre Rebecca, ştii că nu voi minţi, Rebecca. Ştiu ce ai vrea să spun, dar adevărul este că într-adevăr el o iubeşte şi chiar este complet implicat în această relaţie.

Domnul Jones aprobă de asemenea cu o înclinare a capului, iar Rebecca se încruntă. Toată lumea aştepta să vadă ce va face acum, dar nu avură de aşteptat prea mult timp.

-Foarte bine, Becka și Bryan, spuse ea, dacă așa stau lucrurile, atunci aveți felicitările mele. Nu voi minți și nu voi spune că te plac, îi spuse ea lui Bryan direct, dar cu toate acestea, te voi primi cu bucurie în familie atâta timp cât îi ești credincios Beckăi.

Bryan aprobă aplecând capul. Îi înțelegea sentimentele chiar dacă nu era de acord cu ea. Își imagină că nu îi era ușor să accepte ca un bărbat ca el să se întâlnească cu o femeie la fel de tânără ca Becka.

-Luni dimineață, vino în biroul meu și voi face transferul banilor, i se adresă domnul Thompson Beckăi.

Bryan interveni imediat, amintindu-și de refuzul ei încăpățânat de a primi banii.

-Vrei banii aceia, Becka? Pentru că eu chiar am suficient pentru amândoi.

Becka se gândi o clipă. Într-un final, își scutură capul.

-Nu, nu îi vreau. Nu-mi place ce s-a întâmplat aici în seara aceasta din cauza acelor bani și nu vreau să am nimic de-a face cu ei.

-Oh, Dumnezeule, ești idioată? strigă Ariel. Cum poți respinge atât de mulți bani? Nu voiai tu să-ți deschizi tâmpenia aia de magazin?

-Calmează-te, o mustră Matt. Becka, îți înțeleg sentimentele în această problemă, dar banii sunt ai tăi și ar trebui să îi iei.

Becka își scutură capul, iar Bryan o adună lângă el.

-Dacă Becka vrea un magazin, atunci mă voi ocupa eu de asta, spuse el. Cred că putem sări cina în seara aceasta, Becka, ce părere ai?

Ea îl aprobă cu o înclinare a capului, iar apoi spuse:

-Mami, tati, noi plecăm acum şi vorbim mai încolo, da?

Emilie începu să plângă din nou când şi-a îmbrăţişat fiica. Era fericită că Becka şi-a găsit iubirea, dar era de asemenea tristă că fiica ei nu mai era mică. Îl îmbrăţişă şi pe Bryan, iar acesta îi întoarse îmbrăţişarea cu stoicism, deşi nu prea le avea el cu astfel de gesturi.

EPILOG

-GABRIEL, TREBUIE SĂ vii acum. Acum, am spus, strigă Bryan în telefon.

-Ce naiba ți s-a întâmplat de ești într-o asemenea stare? vocea lui Gabriel bubui de la celălalt căpăt al liniei.

-Este nebună, asta s-a întâmplat. Și-a pierdut mintea, urlă Bryan din nou.

-Despre ce vorbești? Ce se petrece acolo? se răsti Gabriel îngrijorat pentru fiică lui cea mai mică.

-M-a mințit, ai auzit? M-a mințit iar acum nu mai știu ce să fac, strigă Bryan.

-Bine, fiule, calmează-te și spune-mi care este problema. Ce a putut face Becka de ți-ai pierdut calmul în halul acesta?

-Dă naștere acum!

-Ce vrei să spui cu *acum*? socrul lui îl întrebă speriat complet.

-Nu a spus nimic toată ziua și acum câteva momente mi-a spus că este gata. I-am cerut să mergem la spital și mi-a spus că nu mai este timp. Că a planificat totul să fie așa, în mod special. Mi-a zis să o sun pe Marjorie, dar nimeni nu răspunde la telefon la ei acasă, iar eu nu știu ce să mai fac. Nu am asistat niciodată la o naștere. Nici măcar într-un film nu am privit o naștere. La naiba! Întotdeauna am ieșit din sală când era o astfel de scenă. Ce naiba o să fac acum? își pierdu el controlul complet.

-Bine, bine, o să vedem. Mai întâi calmează-te! Marjorie este aici. Venim imediat. O voi pune să te sune din mașină să te asiste prin telefon dacă... dacă... Știi tu, încheie Gabriel pe o voce slăbită.

-Nu, nu știu. Nu vreau să știu. Vorbim de Becka aici și eu nu mai știu nimic.

Câteva murmure ajunseră la urechile lui prin linia telefonică. Gabriel vorbea cu cineva.

-În regulă, Bryan, Marjorie a spus să te calmezi și te va suna din mașină.

-Dar...

-Nici un dar, omule, doar așteaptă, îi replică Gabriel și închise telefonul, lăsându-l pe Bryan înconjurat de tăcere.

-O FATĂ ȘI UN BĂIAT, Bryan, spuse Marjorie. Felicitări la amândoi. Și tu ai făcut o treabă excelentă ajutând-o pe Becka să aducă băiatul pe lume. V-ați gândit la nume deja?

Becka dădu din cap extenuată, iar Bryan îi mângâie fruntea cu dragoste. El se întoarse spre Marjorie și îi spuse cu mândrie:

-El este Sean, iar fiica noastră este Lea.

Își întoarse privirea spre soția lui din nou și o sărută.

-Trebuie să te odihneşti, puiule.

Ea aprobă cu o înclinare a capului şi închise ochii. Cei mici dormeau profund, de asemenea, doar Bryan se simţea ca şi cum ar fi escaladat Everestul.

DILEMA LUI MATT

CAPITOLUL 1

-BECKA, MIȘCĂ-ȚI FUNDUL sus, acum, bubui vocea lui Bryan, ceea ce îl făcu pe Matt să zâmbească.

Matt cunoștea politica Beckăi de a nu încuia ușa de la intrare. Știa, de asemenea, că Bryan nu avea prea mult succes să o facă să-i asculte sfatul de a o încuia.

De aceea Matt nu se obosea niciodată să le sune la ușă. El doar intra în casă. În fond, se simțea acolo ca la el acasă. Becka și Bryan erau unii dintre cei mai cumsecade din familie, chiar dacă cuplul lor era destul de ciudat.

-Am crezut că-ți place fundul meu, strigă Becka din birou, iar apoi ieși val vârtej din încăpere.

Trecu la mică distanță de Matt și nici măcar nu îl remarcă. Începu să urce scările, luând câte două trepte în același timp.

-Îți iubesc fundul și o știi. Dar în momentul acesta, adu-l aici sus. Levitează, la naiba, și nu vrea să mă asculte, veni vocea hărțuită a lui Bryan de undeva de sus, iar Matt izbucni în râs.

Imaginația lui Matt nu era foarte dezvoltată, dar cel puțin putea să-și imagineze cât de stresant era pentru Bryan să aibă doi copii cu talente speciale.

Venind din afara familiei Winston, Bryan a trebuit să accepte multe lucruri. Şi cu toate acestea, nimeni nu putea spune că nu-şi respecta responsabilităţile.

Chiar dacă uneori nu avea nici o idee despre ce ar trebui să facă în anumite circumstanţe, îşi înfigea picioarele în pământ şi lua lucrurile aşa cum erau. Totuşi acum, părea copleşit din cauza fiicei sale de o lună şi jumătate, care moştenise abilităţile familiei mamei sale.

Cum nu veneau decât şoapte de la etaj, Matt se decise să se ducă acolo şi să-i viziteze pe nepoata şi nepotul său.

Ştia că apariţia lui îl va face pe Bryan să-şi dea ochii peste cap. El va înţelege că Becka a uitat să încuie uşa din nou şi probabil că se va certa cu ea după ce Matt va pleca.

Bryan nu va spune un cuvânt în faţa lui Matt. Indiferent cât de supărat era, Bryan nu-i spunea nimic Beckăi în faţa celorlalţi. Se gândea că familia a judecat-o destul pentru că s-a măritat cu un bărbat care era cu doisprezece ani mai în vârstă decât ea şi nu mai avea nevoie să audă de la nimeni '*Ţi-am spus eu*'.

Matt bătu la uşa camerei copiilor, iar Bryan îşi ridică privirea. Pe chipul lui se zări îngrijorarea pentru un moment. Când ochii îi căzură pe Matt, tensiunea îi dispăru şi zâmbi, scuturându-şi capul.

-Din nou nu ai încuiat uşa, spuse el pe un ton resemnat, aruncându-i o privire Beckăi.

-Am uitat, ridică ea din umeri şi îl bătu pe mână. Nu te îngrijora, nimeni nu intră, doar Matt. Bună, Matt, ce mai faci?

Matt nu reuși să-și ascundă amuzamentul. Verișoara lui cea mai tânără era o constantă bucurie pentru el, și lui îi făcea plăcere să-l vadă pe Bryan luptându-se atât cu grija pentru ea, cât și cu inabilitatea lui de a o face să înțeleagă pericolele orașului.

-Doar treceam pe aici. Am o oră liberă și m-am gândit să vin să vă văd pe voi doi. Și pe maimuțici.

Matt intră în cameră și veni la Becka, care o ținea pe Lea în brațe. Îi sărută obrazul Beckăi, iar apoi îi alintă capul bebelușului și îi sărută vârful capului.

-Deja vă face probleme, înțeleg, se întoarse el spre Bryan, care își ridică o sprânceană interogativ. Te-am auzit când am intrat în casă, mărturisi Matt, iar un zâmbet obraznic îi apăru pe buze.

Becka se înroși. Își amintea ce strigase Bryan ca să o facă să vină la etaj. Îi aruncă o privire iritată, iar Bryan se mulțumi doar să surâdă.

Matt râse. Îi iubea pe amândoi, iar inima îi exploda de bucurie ori de câte ori se gândea cât de bine se potriveau împreună.

Dar cu toate acestea, uneori era și gelos pe ei doi, pentru că nu putea avea și el același lucru.

-Deci au început problemele, înțeleg, spuse el arătând spre ghemul din brațele Beckăi.

-Mă sperie înfiorător, să-ți spun drept. Mulțumesc lui Dumnezeu că Sean nu a manifestat nici un fel de puteri deocamdată, replică Bryan.

-O va face... în timp, îi spuse Matt, punând o mână pe umărul lui ca să-l liniștească. Te vei descurca, nu îți fă griji. Niciodată nu mi-ai dat impresia că ai fi un bărbat care să nu fie capabil să se ocupe de absolut tot.

Bryan îi aruncă o privire posomorâtă, dar nu spuse nimic. Își aruncă privirea spre Becka, gata să spună ceva, dar ea îl opri, punând un deget la gură.

-A adormit din nou, șopti ea, iar Bryan veni să își ia fiica și să o pună înapoi în leagănul ei.

Becka și Matt o porniră spre ușă, așteptându-se ca Bryan să-i urmeze. Când Matt privi în urmă, Bryan tot continua să-și privească fiica dormind, iar expresia de pe chipul lui era de neprețuit.

Lui Matt i-a plăcut Bryan din momentul în care s-au întâlnit. Cu toate acestea, pe măsură ce l-a cunoscut mai bine, respectul și sentimentele lui față de bărbat au evoluat foarte mult.

Bryan era un soț și un tată devotat și efectiv îi tăia răsuflarea lui Matt să-l vadă pe bărbatul acela uriaș atât de îndrăgostit de familia sa.

Matt o urmă pe Becka la parter și o găsi în biroul ei. Scria ceva la computer, verificând un teanc de hârtii pe care le avea lângă ea.

-Ce faci? o întrebă el.

-Trebuie să termin un eseu. Mai am două rânduri și am terminat, îi replică ea, fără să-l privească.

Matt se sprijini de tocul ușii, încrucișându-și gleznele, și păstră tăcerea ca Becka să poată să-și termine treaba. Un minut mai târziu, Bryan veni și el jos și îi făcu semn lui Matt să îl urmeze în bucătărie.

Încă înainte de a călca în bucătărie, aroma de tocană de vacă îi ajunse la nas, iar el inhală cu plăcere. Stomacul îi mormăi, iar Bryan, care era aproape de el, râse.

-Ești gata să iei prânzul? îl tachină el pe Matt.

-Presupun că tu ai gătit, se interesă Matt pe un ton sec.

-Presupui bine, replică Bryan. Nu aș lăsa-o pe Becka în bucătărie. Este un dezastru umblător, ridică el din umeri, iar apoi se îndreptă spre mașina de gătit și luă o lingură de lemn să amestece în tocană.

-Chiar asta sunt? se burzului Becka din spatele lui Matt, iar Bryan tresări.

-Haide, iubito, doar știi că nu poți nici măcar să fierbi un ou, îi replică Bryan, dar nu se auzea nici măcar o urmă de reproș în vocea lui. Și doar o ducem bine, nu-i așa? Nu este nevoie să gătești tu când eu pot să o fac foarte bine, adăugă el.

Veni spre ea, îi luă capul în căușul palmelor și îi sărută buzele tandru. Matt se întoarse să privească pe fereastră afară. Tandrețea dintre cei doi îi strecură un dor în suflet pe care crezuse că-l strivise cu mult timp în urmă.

-Vă este foame la amândoi? întrebă Bryan, întorcându-se spre sobă și luând castroane din dulap.

-Voi așeza eu masa, interveni Becka.

-Ce e de așezat, iubito? se miră Bryan. Stai jos și aduc eu totul la masă.

-Dar vreau să ajut, replică Becka cu supărare în voce.

Matt știa că nu voia ca el să creadă că ea nu făcea nimic prin casă, dar el oricum știa mai bine. Bryan nu o lăsa să facă prea multe.

-Ai avut destule de făcut pe ziua de azi, Becka, o mângâie Bryan pe față și îi sărută vârful nasului. A trebuit să mergi la școală – și ai uitat să închizi ușa de la intrare cu ocazia asta, se gândi el să adauge, și ai muncit la eseul tău de-a lungul ultimelor două ore...

-Da, și tu ai gătit, ai făcut curat și ai avut grijă și de copii, răspunse ea. Și peste două ore trebuie să te duci la dojo pentru clasele de după-masă și seară, așa că...

-Pot să mă ocup de toate astea, nu te îngrijora, își flutură Bryan mâna, îndepărtându-i îngrijorarea, iar în același timp, o conduse la masă și o ajută să ia loc. Tu ești proaspătă mămică și trebuie să te odihnești cât mai mult posibil, sublinie el.

-Am fost proaspătă mamă acum o lună și jumătate, Bryan. Acum sunt foarte bine, replică ea, cu încăpățânare.

-Și așa trebuie să și rămâi, îi împinse ea umărul în jos când ea încercă să se ridice. Haide, Becka, stai jos. Pot căra trei boluri la masă singur, spuse el cu frustrare în voce.

Becka doar ridică din umeri, dar nu mai încercă să se ridice din nou. Matt, căruia întotdeauna îi plăcea să-i vadă duelându-se, o privea. Becka își mușca buza inferioară, clar supărată.

-Care e problema, păpușă? o întrebă el pe un ton liniștit.

-Nu mă lasă să fac nimic, se răsti ea. De parcă sunt fragilă.

-Nu am spus niciodată că ai fi fragilă, veni vocea lui Bryan de la mică distanță.

Becka și Matt se întoarseră spre el, iar Matt imediat se ridică să-l ajute pe Bryan să pună tava grea pe masă. Bryan umpluse trei castroane cu vârf și tăiase felii de pâine caldă coaptă în casă.

-Pot să-ţi spun că găteşti la fel de bine ca mama, mirosi Matt tocana, iar apoi mormăi de satisfacţie.

Becka zâmbi, mândră de Bryan. Mătuşa Marjorie era cea mai bună bucătăreasă pe care o ştia, iar lauda lui Matt însemna ceva.

Îşi cufundă lingura în tocăniţă şi se agită un pic pe scaun, înainte de a duce lingura la gură.

-Spune ce gândeşti, îi ceru Bryan. Ceva te macină, spuse el, privind-o dintr-o parte.

Matt ştia că Becka nici măcar nu putea strănuta fără ca Bryan să se îngrijoreze.

-Ei bine, dacă vrei să ştii, începu ea să spună ezitant, nu cred că e corect ca tu să faci absolut totul. A trecut deja o lună şi jumătate de când am născut aşa că sunt perfect capabilă...

Bryan o opri, atingându-i mâna.

-Nu-ţi fă griji în legătură cu asta, Becka. Faci mai mult decât destul. Tu trebuie să te trezeşti noaptea să alăptezi copiii, şi...

-Ha! pufni ea fără pic de eleganţă, iar Matt se văzu nevoit să îşi ascundă zâmbetul.

-Ha? întrebă Bryan. Ce vrea să însemne asta?

-Ori de câte ori mă trezesc, te trezeşti şi tu, aşa că nu încerca să mă abureşti cu chestia asta, ridică Becka din umeri.

-M-oi trezi eu, dar nu alăptez, replică el, îmbufnat.

Matt nu se mai putu abţine şi izbucni în râs.

-Voi doi sânteţi comici. Sânteţi primul cuplu pe care l-am văzut certându-se pentru că celălalt face mai mult, scutură el din cap.

-Tu mănâncă şi taci din gură, se răsti Becka la el. Eu vorbesc serios aici. Da, alăptez şi, da, merg la şcoală. Asta este suma realizărilor mele, se îmbufnă ea.

-Nu aş spune asta, murmură Bryan. Tu mă faci fericit, Becka, spuse el, luându-i mâna şi strângându-i-o cu tandreţe. Şi nu te mai îngrijora atât de mult. Mâine, mama ta o va trimite pe fiica Rosei la noi. Ea va face curat şi va spăla rufele, aşa că nu voi mai avea multe de făcut.

-În sfârşit, spuse Becka uşurată. Cel puţin nu vei mai avea de făcut şi lucrurile acelea.

Matt surâse. Ştia că Becka nu va accepta ca Bryan să muncească atât de mult pentru o vreme îndelungată. Acum, cel puţin, ştia că mai era altcineva care să se ocupe de cea mai mare parte a treburilor domestice, pentru că Bryan nu ar fi acceptat niciodată ajutorul ei.

Din păcate, nu le era uşor să angajeze ajutor în gospodăriile lor. Aveau nevoie de oameni care să păstreze secretul familiei şi nu puteau să angajeze pe oricine.

Din fericire, oamenii pe care îi angajau lucrau pentru ei generaţie după generaţie. Rosa era menajera părinţilor Beckăi şi fiica menajerei unchiului Michael.

-Deci va începe de mâine? întrebă Becka.

Bryan se mulţumi numai să dea din cap şi mai luă nişte tocană. Matt ştia că bărbatul era extenuat. Începuse să facă totul în casă singur încă dinainte de naşterea copiilor şi, de asemenea, continuase şi cu programul lui de antrenament.

Au savurat tocăniţa de vacă în tăcere câteva minute, iar apoi Becka îl privi pe Matt interogativ.

-Ce este? o întrebă el.

-Mă întrebam dacă ai vești, ridică ea din umeri și mai luă o felie de pâine.

-Ce fel de vești aștepți? întrebă Matt și, urmându-i exemplul, se mai servi și el cu o altă felie de pâine.

Bryan chiar știa ce să facă în bucătărie. Își imagină că Bryan știa ce să facă în aproape orice fel de situație. Vărul său prin căsătorie era unul dintre bărbații cei mai plini de resurse și talentați din familie.

-Știi doar, Matt, insistă Becka. Este deja 19 mai.

-Și? întrebă Matt posomorât.

Știa el unde ducea acea discuție și nu îi făcea nici o plăcere. Doar Bryan privi de la unul la celălalt cu curiozitate.

-În iulie, este ziua ta de naștere, continuă Becka cu încăpățânare. Pe 27, se gândi ea să sublinieze.

-Și? întrebă Matt, pretinzând lipsă de interes. Ai de gând să planifici o petrecere pentru mine sau ce?

-Nu te gândi să te joci cu mine, Matt Winston, se răsti Becka și pumnul ei mic lovi masa, iar sprâncenele lui Bryan se ridicară pe frunte. Știi foarte bine despre ce vorbesc.

Matt scutură din cap, mai luă din tocăniță și mestecă.

-Nu, nu prea știu, replică el. Mă gândeam să fac o croazieră sau să merg undeva, asta este adevărat. Dar încă nu m-am decis, ridică el din umeri din nou.

Becka se holbă la el cu uimire. Apoi respiră adânc, gata să se lanseze într-o predică. Bryan îi atinse brațul și o calmă.

-Matt, spuse el. Văd că e o problemă la mijloc și nu vreau ca Becka să se enerveze. Deci, despre ce este vorba?

-De ce nu o întrebi pe ea? replică Matt cu îndărătnicie. Nu știu ce vrea de la mine, răspunse el cu indiferență și continuă să mănânce.

Nu prea regreta el că venise la ei acasă. Îi plăcea să-i vadă interacționând unul cu celălalt și îi iubea pe cei mici. Mai mult decât atât, mânca întotdeauna bine în bucătăria lui Bryan.

-Bine, iubito, despre ce este vorba? o întrebă Bryan când înțelese că Matt nu va spune nimic.

-Va avea treizeci și cinci de ani pe 27 iulie, sublinie Becka.

-Și? insistă Bryan, știind că discuția implica mai mult decât ziua de naștere a lui Matt.

-Atunci va pierde absolut totul.

-Ce va pierde? întrebă Bryan din nou, având senzația că îi smulgea cuvintele din gură cu cleștele.

-Puterile, banii din trust...

-Oh, înțeleg acum. Deci chestia aia are un termen limită, Bryan dădu din cap când înțelese cum stăteau lucrurile.

Se întoarse spre Matt și așteptă ca și el să spună ceva. Cu toate acestea, Matt doar continuă să mănânce. Nu părea interesat să adauge nimic la discuție.

-Haide, Matt, spuse Becka. Mai ai puțin mai mult de o lună și jumătate la dispoziție.

La cuvintele ei, mâna i se opri cu lingura la jumătatea distanței spre gură. Ochii lui șocați se fixară pe Becka. După câteva secunde de tăcere asurzitoare, puse lingura înapoi în bol și întrebă:

-Tu chiar vorbești serios?

-Acum ce mai e? își aruncă ea mâinile în aer.

Bryan mustăci. Uneori, Becka avea un talent real pentru dramă.

Matt împinse bolul la o parte cu regret. Chiar vrusese să mănânce tocănița aceea. O încruntătură îi apăru între sprâncene și o privi fix pe Becka.

-Nu am găsit o femeie de care să mă îndrăgostesc până acum și tu chiar crezi că aș putea găsi una în numai o lună și jumătate, observă el. Bryan, nevasta ta și-a pierdut mințile. Chiar îmi pare rău pentru tine, spuse el întorcându-se spre Bryan.

-Nu, îi replică Bryan. Becka e deșteaptă și ar trebui să o asculți. Nu întotdeauna ai nevoie de ani de zile pentru ca să te îndrăgostești. Mie mi-a luat o zi și jumătate, poate chiar mai puțin de atât. Iar tu ai mai mult de patruzeci și cinci de zile, cred, îl mustră Bryan, scuturându-și capul.

-Aha, acum înțeleg. Voi doi sunteți îngrozitor de fericiți și vedeți totul prin ochelari roz, trase Matt concluzia și începu să se ridice de pe scaun.

-Poate că da sau poate că nu, îi replică Bryan. Dar asta nu înseamnă că nu îți poți termina tocănița. Atât Becka cât și eu, spuse el aruncându-i Beckăi o privire plină de subînțeles, nu vom mai discuta despre problema aceasta. Corect, iubita mea? o întrebă el, iar ea aprobă, dând din cap fără tragere de inimă.

Nehotărât, Matt privi de la unul la celălalt, dar, până la urmă, foamea lui câștigă. Se așeză din nou pe scaun și trase bolul în fața lui.

-Deci cum mai este programul tău zilele acestea? îl întrebă Bryan. Ai spus că ai vrea să vii pe la dojo pentru antrenament, observă el.

-Nu astăzi, din păcate, spuse Matt cu regret. Am o conferință mai târziu. Un caz de divorț urât, preciză el. Ești acolo mâine? De exemplu de dimineață? Am câteva ore libere atunci.

-Da, sunt. Este ziua când Becka nu are cursuri și va sta ea cu pruncii. Vezi, iubito, chiar faci o mulțime de lucruri, așa că nu te mai plânge, se întoarse el spre ea.

CAPITOLUL 2

SALA DE CONFERINȚE mustea de tensiune, dar cu toate acestea Matt nu părea să fie afectat defel. Se lăsase pe spate în scaun, punându-și o gleznă peste genunchi, și își lăsase hârtiile uitate pe masă.

Nu avea niciodată nevoie să-și împrospăteze memoria. Dosarele aveau numai rol de recuzită pentru el. Le folosea ca să intimideze. Niciodată nu se uita prin ele, fie în sala de conferințe, fie la tribunal.

Bărbatul de lângă el, clientul lui, Paul Willow, era un bărbat lustruit, puțin peste treizeci de ani. Nu îl plăcea deloc, dar partenerul său, Joshua, îi acceptaze cazul și când Joshua s-a însurat brusc și apoi a plecat într-o lună de miere mai extinsă, cazul ajunsese în mâinile lui Matt.

Ceva nu părea chiar în regulă cu acel Paul Willow, dar cazul său de divorț nu prezenta nici un fel de dificultate pentru Matt, pentru că faptele nu lăsau nici un loc de manevră pentru avocatul părții adverse.

-Deci, haide să recapitulăm aici, se adresă el celuilalt avocat, Fred Rhoades. Doamna Willow a semnat un contract înainte de căsătorie. Este un document foarte clar, doar toți sântem de acord cu aceasta. Dacă ea își înșeală bărbatul, nu primește nimic. Avem patru bărbați doritori să depună mărturie că s-au culcat cu ea şi mai mult decât o singură dată. Nu sunt ei cetăţeni fără pată, dar reputaţiile lor proaste ne vor ajuta să avem un caz mai puternic. Mai mult decât atât, domnul Willow este dornic să plătească pentru testul ADN ca să demonstreze că fiul doamnei Willow nu este al lui, spuse el pe un ton foarte practic, iar apoi se opri pentru a evalua expresiile lor.

Avocatul părţii adverse părea supărat şi începuse să-şi şteargă ochelarii. Clienta lui, Nora Willow, care curând urma să devină Nora Barnes, se albise, iar umbrele de sub ochii ei aproape că-i înghiţeau jumătate de faţă.

Matt nu simţea nici un fel de milă pentru ea. Nu îi suferea pe cei ce-şi înşelau soţul sau soţia, după cum nu suferea nici vânătorii de bani, iar conform dosarului pe care îl avea pe masă, acea femeie era şi una şi alta.

Cu toate acestea, ceea ce părea şi mai interesant era faptul că, deşi chipul ei pălise şi degetele îi tremurau, ea nici măcar nu clipi sub privirea lui aspră. Îl privea drept în ochi, ca şi cum nu ar fi avut nici un fel de remuşcare sau ruşine.

-Acum, noi putem merge la tribunal. Noi nu putem pierde cazul pentru că totul este perfect clar. Desigur, până când se vor încheia toate procedurile, vom face tot posibilul ca reputaţia ta să fie în zdrenţe, doamnă Willow, iar fiul tău va afla adevărul despre mama sa, îi spuse el direct, cu dispreţ evident în voce şi privire. Sau putem ajunge la o înţelegere acum, se întoarse el spre celălalt avocat. Ea nu primeşte nimic, aşa cum o stipulează contracul prenupţial. Clientul meu nu îi va plăti pensie alimentară nici fostei soţii, nici copilului. Dar copilul tău nu va afla ce fel de femeie ești, încheie el, întorcându-și ochii spre ea. Deci ce alegi până la urmă?

Vocea lui Matt nu se ridică nici măcar cu o fracțiune de decibel, de parcă ar fi citit niște instrucțiuni plictisitoare. Terminase acum de prezentat alternativele și aștepta răbdător să audă care era decizia lor finală.

Rhoades încercă să îi șoptească ceva clientei sale, dar femeia își ridică o mână și îl făcu să tacă.

-Voi semna acordul, îi spuse ea lui Matt pe o voce foarte calmă.

Matt nu văzuse niciodată o femeie atât de liniștită într-un caz de divorț cum era femeia din fața lui. Nu reacționa verbal la nimic din ce se spunea. Nu își ataca viitorul fost soț și nici nu arunca vina pe umerii lui. Singurul semn că simțea într-adevăr ceva era acel tremurat al degetelor.

-Nu e ca și cum aș fi vrut vreun ban din averea lui oricum, continuă ea. Și, da, este adevărat, contribuția lui la cumpărarea casei a fost mult mai mare decât a mea, așa că, desigur, nu aș fi putut cere să-mi revină casa. Ar trebui însă să cer banii pe care i-am investit eu în casă, sublinie ea, iar privirea lui Matt se aținti și mai mult asupra ei.

Nu credea sub nici o formă că va renunța la acei bani dacă știa că avea dreptul la ei. Ochii lui se îngustară și încercă să-și folosească abilitățile mentale să îi citească mintea, dar nu reuși, ceea ce îl nedumeri. Puterile lui mentale nu se dezvoltaseră complet, dar totuși, în mod normal, tot mai putea citi câte un gând ici colea.

-Dar ceea ce vreau, iar aceasta *nu este negociabil*, avertiză ea pe un ton de oţel, este ca el să semneze un document prin care să renunţe complet la toate drepturile sale parentale. A declarat că fiul meu nu este al lui. În acest caz, trebuie să semneze documentele, încheie ea, iar inflexiunea vocii ei îl avertiză pe Matt că nu va putea să o convingă altfel în ceea ce privea fiul ei.

Matt îşi ridică sprânceana stângă gânditor. Femeia avea foarte mult tupeu pentru o femeie care a fost încondeiată drept târfă. Femia îl surprindea tot timpul şi nu-i plăcea acel lucru absolut deloc.

Se întoarse uşor spre clientul lui cu o privire interogativă. Bărbatul pur şi simplu ridică din umeri.

-Nu am nici un interes să joc rolul de părinte pentru puştiul acela. Poţi pregăti documentele, nu-i aşa? îl întrebă el pe Matt.

Matt aprobă înclinând scurt din cap şi se ridică de pe scaun.

-Mă voi întoarce în câteva minute. Pot să sper că nu veţi începe să vă certaţi cât timp sunt plecat? întrebă el.

Purtarea femeii nu era naturală. Nu reproşa nimic, nu acuza şi nici măcar nu implora. Se temea că ea va exploda în timp ce el era plecat din încăpere.

Nora se mulţumi să dea din cap, iar apoi, complet neinteresată de viitorul ei fost soţ sau de avocatul aflat pe scaunul de lângă ea, îşi scoase telefonul celular şi începu să verifice mesaje sau emailuri. Matt îşi scutură capul imperceptibil. Femeia aceea îl nedumerea enorm.

Apoi părăsi sala de conferințe pentru a-i cere juristului lui să pregătească documentele necesare și să le aducă în sala de conferință.

Nu îndrăznea să stea departe de sala de ședințe prea mult timp. Instinctele îi spuneau că ceva nu era în regulă și dorea să evite orice fel de evenimente urâte.

Se întoarse în sala de conferințe unde îl întâmpină tăcerea. Numai clientul său bătea darabana cu degetele pe masă. Fred Rhoades își verifica agenda, iar Nora stătea în picioare la fereastră admirând scuarul din spatele clădirii.

Ea își întoarse capul când el s-a întors, dar când Matt le-a spus că documentele vor fi gata curând, ea preferă să rămână lângă fereastră.

Următoarele cincisprezece minute au trecut la fel de greu de parcă ar fi fost ore. Matt a încercat să facă puțină conversație cu colegul său avocat, dar răspunsurile monosilabice ale lui Rhoades l-au enervat.

Clientul lui începuse să texteze cu cineva și se părea că se distra nemaipomenit. Viitoarea lui fostă soție nu părăsi deloc fereastra până ce juristul veni în încăpere cu documentele.

Apoi se apropie de masă, își scoase ochilarii de citit din geantă și, după ce a citit documentele cu atenție, le-a semnat cu demnitate.

Când a terminat, și-a strâns lucrurile în tăcere, pregătindu-se să plece.

-Doamnă Willow, o opri Matt, dar când îi văzu strălucirea batjocoritoare din ochi, se corectă imediat. Îmi cer scuze, am vrut să spun doamna Barnes. Juristul meu a adus aceste hârtii pentru tine. Ai aici informațiile necesare pentru ca să-ți schimbi numele și absolut tot ce mai ai nevoie să știi. Cum domnul Willow a renunțat la drepturile sale parentale, poți de asemenea să-i schimbi numele fiului tău dacă dorești, îi explică el.

-Trebuie să i-l schimb? întrebă ea, iar pentru prima oară, păru temătoare.

-Nu, nu ești obligată să i-l schimbi, îi răspunse Matt cu bândețe.

-Mulțumesc, spuse Nora și îi întinse mâna.

Matt îi scutură mâna scurt. Pielea ei se simțea înghețată, dar aceasta nu-l deranjă. Îl deranjă, însă, șocul eletric scurt pe care-l resimți. Cum ochii lui erau fixați pe chipul ei, surpriza din ochii ei îi spuse că și ea l-a simțit.

Matt păși în spate, își aplecă capul spre ea și apoi începu să-și strângă dosarele. Ușa se închise cu un clic în urma ei, dar el nici măcar nu-și întoarse capul.

CAPITOLUL 3

CÂND ÎI SUNĂ TELEFONUL, se opri sub straşina de la magazinul cu reviste. Avea un ziar sub braţ, iar în mâna sa stângă ţinea o umbrelă.

Canalul de ştiri meteo anunţase duşuri de ploi frecvente şi furtuni cu tunete şi fulgere pentru ziua aceea, iar el părăsise casa pregătit pentru ele. Meteorologii nu greşiseră în estimările lor. Turna cu gâleata, iar fulgerul lumina cerul acoperit de nori grei.

Matt îşi scoase telefonul celular din buzunar şi verifică ecranul. Se încruntă. Becka îl suna rar în timpul dimineţii, iar el se temu că s-a întâmplat ceva rău. Îi văzuse numai cu două zile în urmă şi totul păruse în regulă.

-Hei, păpuşică, este totul în regulă? o întrebă Matt pe Becka.

-Am nevoie de ajutorul tău, spuse ea aproape pe nerăsuflate de parcă ar fi alergat să-şi protejeze viaţa.

-Ce s-a întâmplat? întrebă Matt, inima bătându-i nebuneşte, iar degetele i se crispară pe mânerul umbrelei.

Probabil că panica din vocea lui a ajuns la urechile Beckăi pentru că ea se grăbi imediat să îi spună:

-Oh, nu, Matt, nu s-a întâmplat nimic. Am fugit doar să găsesc un adăpost. Toarnă cu găleata, să știi. Iar eu nu pot să te sun de acasă. Am nevoie de ajutorul tău să-i cumpăr un cadou lui Bryan. Desigur, nu puteam să sun când el m-ar fi auzit, îl admonestă ea.

Matt răsuflă ușurat. Nici măcar nu-și dăduse seama că-și ținea respirația.

-Mulțumesc lui Dumnezeu, Becka. Mă speriasei, recunoscu el. Când vrei să cumperi acel cadou?

-Ești liber acum? Sunt în oraș și nu prea departe de biroul tău, îi răspunse ea.

-Nu sunt în birou. Știi magazinele de vis a vis de biroul meu? Acolo sunt. Am venit să-mi cumpăr un ziar și mă gândeam să merg să-mi iau o cafea sau ceva.

-Oh, Matt, este perfect. Poți ajunge la mall? Marea parte a magazinelor se vor deschide într-o jumătate de oră. Putem să luăm o gustare înainte de asta, spuse Becka cu entuziasm.

-Nu se va supăra Bryan dacă mănânci acum, iar apoi sari peste prânzul pe care l-a gătit? o întrebă Matt cu maliţiozitate, ochii lui cutreierând de-a lungul străzii.

-Nu. Va găti cina azi, dar nu prânzul. Se presupune că eu iau prânzul la Universitatea Toronto, iar el va fi la dojo. A venit mama azi de dimineață să petreacă timp cu bebelușii, până ce mă întorc eu la trei, îi explică Becka.

-Bine atunci, Becka, atunci ne vedem. Hai să ne întâlnim la Timmies, cam într-un sfert de oră, da? acceptă Matt.

-Nemaipomenit, Matty. Știam eu că mă vei ajuta, replică ea cu entuziasm și deconectă apelul.

Matt oftă și se resemnă să se meargă pe jos prin ploaie spre mall. Își deschise umbrela și o porni în josul străzii, fluierând o melodie veselă. La semafor, traversă pe cealaltă parte a drumului, ca să se poată îndrepta direct spre mall.

Puțini pietoni trecură pe lângă el. Marea parte a oamnilor găsiseră adăpost pe undeva, așa că putea să se miște în voie. În marea parte a timpului, acea parte a orașului era înțesată de oameni.

Brusc, vântul se intensifică și aproape îi smulse umbrela din mână. Strânse mânerul în mână mai bine, iar apoi aplecă ușor umbrela pentru a se feri de ploaia care acum venea dintr-o parte.

Continuă sa avanseze cu încăpățânare, cu capul aplecat în jos, mormăind pentru sine însuși. Becka nu alesese o zi bună să meargă la cumpărături.

Auzi un strigăt supărat și își ridică privirea. La câțiva metri depărtare, o femeie cu un copil mic în brațe se lupta cu vântul. Umbrela i se rupsese, iar pungile îi căzuseră pe trotuar. Își adăpostea copilul cât de mult putea și acum încerca să-și adune lucrurile.

Matt se grăbi și-i strânse pungile de pe jos rapid. Își întinse mâna să i le dea și numai atunci îi văzu fața și aproape înghetă.

Nora Barnes îl privea cu precauție. Ploaia îi lipise părul roșu de față, gât și umeri. Rochia ei de vară era udă și lăsa foarte puțin pe seama imaginației. Îi arăta fiecare rotunjime a trupului ei și îi dezvăluia lenjeria de corp. Cu brațele ocupate de copilul care se agita, Nora încercă să își găsească echilibrul.

-Deci ne întâlnim din nou, doamnă Barnes, spuse Matt pe un ton tărăgănat.

-Da, așa se pare, replică ea pe un ton indiferent, dar cu toate acestea, ochii ei îi trădau nervozitatea.

Încercă să ia pungile din mâna lui, dar el le trase înpoi spre sine. Ea se încruntă. Buzele i se despărțiră, iar fața ei arăta că gestul lui o nedumerea. Acțiunile lui păreau lipsite de sens.

-Ce faci afară în ploaia aceasta cu copilul? întrebă Matt, iar vocea lui era departe de a fi prietenoasă. Aceasta nu este acțiunea responsabilă a unui părinte, observă el.

El micșoră distanța dintre ei pentru a putea ține umbrela deasupra capului copilului. Fără nici cea mai mică plăcere, o protejă și pe ea de ploaie.

-Ei bine, părinții nu pot dicta vremea, domnule Winston, îi replică ea cu sarcasm. Și sunt părinți care chiar trebuie să meargă la muncă și să-și lase copiii la creșă dacă nu există cineva acasă care să aibă grijă de ei.

-Ha! Nu aș fi crezut că îți vei găsi o slujbă atât de repede, spuse Matt cu malițiozitate.

Nu credea că tipul acela de femeie ar fi căutat o slujbă. În general, cineva ca ea s-ar fi uitat imediat în jur pentru a găsi un alt fraier să-i plătească facturile.

-Nu că este treaba ta, dar am avut această slujbă de peste șapte ani, îi răspunse Nora iritată.

Ar fi preferat să-și țină gura închisă și să-l lase să creadă ce dorea, dar îi era teamă că el va considera că nu era o mamă bună și el chiar ar fi avut mijloacele și puterea de a o face să-și piardă copilul.

Matt se încruntă. Nu era posibil ca ea să fi avut un serviciu de-a lungul ultimilor şapte ani.

-Nu sunt unul dintre bărbaţii pe care i-ai vrăjit, doamnă Barnes, aşa că nu cred chiar tot ce-mi spui.

Ea doar ridică din umeri, iar apoi spuse:

-Acesta este prerogativul tău. Trebuie să mă scuz, domnule Winston, dar chiar trebuie să ajung cu Nathan la creşă. Am mai multe lucruri de care să mă ocup înainte să-mi înceapă schimbul astăzi, şi chiar nu îmi pot petrece toată ziua aici în stradă cu tine.

Gene lungi îi umbreau ochii verzi, iar picăturile de ploare ce atârnau de ele îl distrăgeau. Verdele irişilor îi aminteau de poienile bogate pe care le văzuse în Scoţia cu ani în urmă.

-Domnule Winston, repetă ea mai tare, chiar trebuie să mergem.

-Hmm, îmi cer scuze. Pur şi simplu m-am pierdut în gânduri câteva secunde. Încotro vă îndreptaţi?

-Tocmai ţi-am spus, la creşă, spuse ea printre dinţii strânşi.

Nora nu înţelegea ce se întâmpla cu el, dar nu avea timp să analizeze reacţiile lui bizare. Avea prea multe lucruri de făcut pe ziua aceea. Tocmai terminase cu programarea la doctorul lui Nathan pe care o avusese în dimineaţa aceea.

-Am priceput asta, se răsti el. Dar unde? În ce direcţie?

-Asta nu este treaba ta, replică ea.

-Mi-e teamă că este treaba mea, doamnă Barnes, îi răspunse el cu severitate, iar ochii lui o priveau fix, ceea ce o deconcertă.

Temătoare, arătă spre intrarea în mall.

-Trebuie să luăm trenul.

-Bine, te conduc acolo, spuse el.

Fără a da drumul la pungile ei, el îşi trecu un braţ pe după ei doi şi îi adună sub umbrela lui pentru a-i îndrepta spre intrarea mallului. Un fior uşor îi traversă femeii corpul şi el simţi vibraţia în palma care de asemenea ţinea umbrela deasupra capetelor lor.

Nora nu protestă, deşi era foarte furioasă. Era mânioasă din cauza ploii, dar şi din cauza lui. Era furioasă pentru că-i era teamă prosteşte că el va face ceva să-i ia fiul de lângă ea.

-De ce faci asta? îl întrebă ea pe un ton frustrat.

-Pentru că pot, îi răspunse el calm, iar când ea se opri pe loc şocată de replica lui nonşalantă, el doar o împinse uşor înainte.

CÂND AJUNSE LA TIMMY'S, Becka se găsea deja la o masă din colţ. Cum ea avea deja două ceşti cu cafea şi două sendvişuri pentru micul dejun pe masă, Matt nu se mai opri la contoar. Tânăra femeie părea pierdută în gânduri şi nici măcar nu-i remarcă sosirea.

-Hei, păpuşică. Ce e cu faţa asta lungă?

-Ce faţă lungă? îi zâmbi ea, ridicându-se, şi îl îmbrăţişă cu căldură. Nu am nici un motiv să am o faţă lungă. Doar mă gândeam, îl asigură ea.

Îşi atacară sendvişurile, iar după prima îmbucătură, Becka începu să-l piseze cu întrebări.

-De ce ţi-a luat atât de mult să ajungi aici?

El ridică din umeri şi abia apoi îi răspunse:

-M-am întâlnit cu cineva cunoscut și am schimbat câteva cuvinte, atâta tot.

-Cum se face că nu ești ud? se minună Becka, privindu-l de sus până jos. Nu ai nici măcar umbrelă. Eu m-am udat și aveam și umbrelă, remarcă ea și îi arătă petele umede de pe bluza ei.

-Am avut o umbrelă, dar am dat-o acelui cuiva, își flutură el mâna pentru a-i îndepărta întrebarea ca și cum nu ar fi fost foarte importantă.

O obligase pe Nora să-i accepte umbrela. S-au luptat și au împins nenorocita aia de umbrelă de la unul la altul timp de câteva minute din câte își amintea el.

Pentru o femeie atât de mică, era foarte îndărătnică. Într-un fel îi amintea de Becka, dar Becka avea o anumită dulceață care îi lipsea Norei.

Matt nu știa dacă era din cauza diferenței dintre vârstele lor, dar femeia părea cumva înăsprită. Becka nu va ajunge niciodată să fie așa. Cu Bryan alături de ea, Becka își va păstra mereu seninătatea ei și o anumită inocență.

Becka sorbi din cafeaua ei, dar ochii ei stăteau fixați gânditori asupra lui Matt. Părul său negru, umbra bărbii lui și ochii săi de un albastru închis, precum și felul impresionant în care era clădit, întotdeauna îl făcuseră să fie favorizat de către femei. Cu toate acestea, în ultima vreme, nici măcar nu mai ieșea la întâlniri. Avea ea o idee de ce, dar spera că se înșela. Nu înțelegea de ce Matt s-ar sabota pe el însuși.

-Totul este în regulă, Matt? îl întrebă ea, atingându-i mâna cu a ei.

-Da, de ce? își ridică el privirea la ea.

Pentru un moment numai, se pierduse în propriile lui gânduri.

-Nu știu. Este ceva în legătură cu tine, știi. Și nici măcar nu te-ai bărbierit...

-Ah, asta, zâmbi el malițios. Nu trebuie să mă întâlnesc cu nici un client astăzi, păpușă, așa că am decis să nu mă mai obosesc. Nu citi mai mult decât ar trebui în toată chestia asta, o asigură el, bătând-o pe mână.

Își termină sendvișul, își băt cafeaua aproape dintr-o singură înghițitură, iar apoi o întrebă:

-Deci ce spuneai despre acel dar pentru Bryan? Care este ocazia?

-Ah, asta, spuse Becka, începând să strângă ambalajele. Pe 23, este ziua de naștere a lui Bryan. Am vrut să dau o petrecere pentru el, dar a refuzat. L-am întrebat dacă aș putea invita măcar câțiva veri, iar el a spus, da, desigur, dacă doream companie, dar nu pentru aniversarea lui. Nu pare prea în largul lui cu o asemenea idee. Cred că nimeni nu i-a celebrat aniversarea vreodată, știi? spuse Becka cu tristețe.

-Atunci ai putea tu să o sărbătorești cu el. Doar voi doi. O seară romantică, cu ceva de băut – oh, scuze, am uitat că tu nu bei, îi zâmbi el cu remușcare.

-Știu, dar aș putea doar sorbi un strop de șampanie, cred. Doar să toastez pentru el, spuse ea, pe o voce nesigură.

-Da, ai putea face asta. Nu le va face rău nici bebelușilor și nici ție, sunt sigur.

-Şi aş vrea să-i cumpăr un cadou. Mă gândeam la ceva practic, pe care el să-l folosească, şi ceva aşa mai fantezist, doar pentru amuzament. Dar nu vreau să-i cumpăr o cămaşă sau o cravată, se scutură ea. Oh, Doamne, imaginează-ţi-l pe Bryan cu o cravată!

Matt râse, deşi Becka avea dreptate. Bryan nu purta cravată. Niciodată. Vrusese să poarte una pentru nunta lor, dar Becka a refuzat pentru că nu voia ca el să nu se simtă în largul lui în acea zi. Bryan a fost, probabil, unul dintre puţinii miri care nu au purtat o ţinută formală la o nuntă mare.

Matt se gândi câteva minute, iar apoi îi spuse:

-Ştiu ce ai putea face pentru el. Ai putea să-i organizezi o mică sală de gimnastică la demisol. În încăperea aceea de lângă spălătorie. Ai putea pune un sac de box, o bandă de alergat şi un aparat complex pentru gimnastica acasă – am văzut eu unul. Oferă posibilitatea de a executa treizeci de exerciţii. O sală de genul ăsta ar fi perfectă pentru el în zilele în care nu se poate duce la dojo.

Eşti un geniu, Matty, sări Becka de pe scaunul ei şi îi dădu un pupic zgomotos pe obraz. Mă gândeam la ceva similar, dar nu ştiam exact ce să fac. Ştii doar că nu am nici un fel de experienţă cu aşa ceva, recunoscu ea.

-Mda, ştiu, surâse Matt.

Îşi amintea de una din vizitele Beckăi la el în casă cu câţiva ani în urmă. Vrusese să-i încerce banda de alergat. Pur şi simplu căzuse şi fusese aruncată cât colo. I-a fost destul de dificil să-i explice unchiului său toate vânătăile de pe trupul fiicei lui. Mai mult de jumătate de an nu i s-a permis să le viziteze casa.

-Ştiu unde ar trebui să mergem să cumpărăm tot ce ai nevoie. Acum, problema este cum instalăm totul fără ca să afle înainte de vreme, desigur, spuse Matt.

-Păi, dacă ne grăbim, spuse Becka verificându-şi ceasul, am avea la dispoziţie vreo cinci ore pe total. Aceasta înseamnă să cumpărăm totul şi să aranjăm şi sala de antrenament. Ar fi posibil? întrebă ea, fixându-şi ochii largi şi imploratori asupra lui.

-Desigur, putem să facem totul. Asta dacă nu risipim timp să căutăm acel lucru fantezist despre care vorbeai, specifică el, ridicându-se în picioare.

Becka îşi flutură mâna, iar apoi înhăţă tava înainte ca Matt să o poată lua.

-Am eu grijă de asta, Matt. Şi nu, nu voi cumpăra acel lucru fantezist astăzi. Pentru chestia aceea nu am nevoie de sfaturi, îi explică ea.

-Atunci putem să o facem, trase el concluzia, iar după ce ea se îngriji de tavă şi de ambalaje, îi luă mâna şi o conduse spre magazinul pe care îl avea în minte.

CAPITOLUL 4

CÂND ALARMA DE LA CEASUL deșteptător sună, Matt se trezi mormăind, apoi mârâi și o opri cu o plesnitură violentă. Se ridică în șezut și își frecă fața, încercând să scape de nisipul pe care-l simțea în ochi, iar apoi își ciufuli părul, trecându-și degetele prin el.

Aruncă o privire la ceas și se încruntă. Nu dormise decât trei ore și lipsa de somn îi înconjurase creierul cu o ceață densă.

Coborî din pat și se îndreptă spre baie, întrebându-se, în același timp, unde se duseseră zilele când nu avea nevoie de mai mult de o oră sau două de somn.

Se sprijini de lavoar și îndrăzni să arunce o privire la imaginea sa reflectată în oglindă, dar imediat își regretă gestul. *Oh, omule.* Aproape că nu se recunoscuse în bărbatul care îi întorcea privirea din oglindă.

Când naiba am îmbătrânit atât de mult? Fruntea îi era marcată de linii, iar umbre nergre îi încercuiau ochii. Barba lui de-o zi ascundea bărbatul civilizat pe care îi plăcea să-l arate lumii.

Îşi scutură capul cu nedumerire. Cu nici şase ani în urmă, putea petrece toată noaptea, iar apoi, putea merge la tribunal a doua zi, cu mintea limpede şi capabilă să se concentreze pe caz. Desigur, nu mai petrecuse în felul acela de atunci.

Reflectând la acel mister, deschise robinetul şi îşi luă periuţa de dinţi. Periându-şi dinţii, se gândi că era destul de norocos pe ziua aceea. Cel puţin nu avea o zi de petrecut în sala de judecată şi, dacă îşi amintea corect – ceea ce era cam sub semnul întrebării în acel moment, dacă era să ia în calcul ceaţa din mintea lui, nu avea nici un fel de întâlniri programate cu clienţii.

Ochii i se îngustară până ce ajunseră două fante înguste. *De ce naiba m-am trezit atunci? Aş mai fi putut dormi câteva ore.*

Cu o zi înainte, Bryan a fost atât de fericit din cauza cadoului Beckăi, încât a cedat şi a acceptat propunerea ei de a avea o petrecere de ziua lui. Nu au invitat prea mulţi oameni, doar pe Jay şi Matt, şi vreo doi dintre amicii lui Bryan.

Cu toate acestea, au petrecut până la patru dimineaţa, iar Matt a ajuns acasă şi în pat numai după patru şi jumătate, ceea ce explica de ce avea ochii congestionaţi şi de ce îi era gura uscată iască. Oglinda nu-l flata deloc în dimineaţa aceea, iar trupul lui de bărbat de peste treizeci de ani protesta la lipsa de odihnă.

Matt îşi aminti că se simţea astfel numai când avea o mahmureală. Cu toate acestea, ştia că nu băuse nimic altceva decât vreo două beri şi un pahar de şampanie în noaptea trecută. În mod obişnuit putea bea mult mai mult fără să se îmbete.

Periatul dinților i-a îmbunătățit destul de mult starea de spirit, așa că făcu un duș lung, care îl ajută să se simtă aproape el însuși din nou. Se gândi să se bărbierească, dar împinse gândul undeva în subconștient cu dezgust.

Nu trebuia să impresioneze pe nimeni și nu era prea entuziasmat să piardă zece minute numai pentru aceasta. Putea trăi cu barba aceea încă o zi. *Am auzit că iar sunt bărbile la modă, așa că ...*

Stomacul îi protestă și Matt deschise frigiderul, gândindu-se că i-ar face bine să mănânce un sendviș sau orice altceva. Ochii i se opriră pe roșia singuratică, uitată pe un raft. *Mai rău decât Sahara pe aici*, se posomorî el și trânti ușa de la frigider.

Nu-și amintea când s-a dus la cumpărături ultima oară. O căutare rapidă prin dulapurile de bucătărie îl deprimă și îl făcu să înșface cheile de la mașină, hotărât să se îndrepte spre primul Timmy pe care îl putea găsi.

DEJA STĂTUSE LA COADĂ de mai bine de un sfert de oră. Coada se mișca încet, iar nevoia crescută de cafeină îi aduse o lucire metalică în ochi. Cu ochii îngustați, îl îndemna mental pe casier să se miște mai repede.

Matt înțelegea că tipul era în perioada de instruire și că avea propriile lui limite, dar nu înțelegea logica de a folosi în orele de vârf un tânăr care abia învăța cum stăteau lucrurile.

Ce deștept a crezut că asta ar fi o bună mișcare pentru afaceri? Clar, aceasta este o locație pe care să o evit pe viitor. Putea găsi un Timmy nu departe de biroul său.

Toată lumea era nervoasă. Toți erau în grabă să ajungă la muncă și o mulțime de comentarii neplăcute zburau prin jur. Nemulțumirea escalada din ce în ce mai mult, dar cu toate acestea nu deranja pe nici unul dintre angajații care se plimbau de colo colo fără un țel specific.

Oboseala și foamea lui Matt îl făceau mai puțin binevoitor față de tânărul bărbat care se mișca cu viteza fulgerătoare a unei broaște țestoase. Matt mai avea încă doi clienți în față și începu să își zdrăngăne cheile de la mașină în buzunar cu nerăbdare.

După alte cinci minute pline de agonie și după un șirag de cuvinte dulci adresate mental tânărului angajat, Matt, în sfârșit, reuși să-și dea comanda și să-și ia cafeaua.

Se trase la o parte pentru a-și aștepta sendvișul și se bucură la gândul de a gusta cafeaua neagră pentru care așteptase atât de mult timp.

Matt abia sorbi din cafeaua sa când telefonul său celular îi vibră în buzunar. *Acum ce mai e?* mormăi el. Puteau să aștepte ca măcar să se fi bucurat de cafea mai întâi.

Cu resemnare, scoase telefonul din buzunarul său și verifică ecranul: Spitalul St. Michael's. Se încruntă mai întâi, dar apoi implicațiile îl loviră în piept cu putere. Cineva apropiat era rănit. Imediat uită de cafeaua lui.

-Alo, aici este Matthew Winston, vocea lui gravă anunță.

-Domnule Winston, sunt ofițerul James Preston. Cunoașteți o Nora Barnes, domnule?

Matt își încleștă degetele pe telefon. Da, o cunoștea pe Nora Barnes, dar nu înțelegea de ce poliția l-ar suna pe el.

-Domnule? se auzi vocea întrebătoare a ofițerului de poliție pe linie.

-Da, știu o Nora Barnes, își regăsi Matt vocea. De ce? întrebă el.

-Ați putea veni la spitalul St. Michael's? evită ofițerul să-i dea un răspuns direct. Voi fi la intrarea de la camera de gardă, specifică el.

Lui Matt îi displăcu maniera oarecum vicleană a polițistului, dar nu putea refuza să meargă la spital. Avea un presentiment neplăcut în ceea ce privea motivul acelui apel.

-Ar trebui să ajung acolo în maximum zece minute, confirmă el și deconectă apelul.

Uitând complet de sendvișul său, Matt era pe picior de plecare când i s-a strigat numărul. Ridică din umeri și își luă sendvișul și cafeaua, iar apoi părăsi cafeneaua.

Ezită în fața cafenelei pentru o clipă, reflectând dacă ar fi fost înțelept să-și ia mașina din parcare sau nu. Apoi, se gândi mai bine.

Mă îndoiesc că există vreun spațiu de parcare acolo. Mai bine o las aici, se gândi el și se duse să mai adauge bani în automatul de parcare.

MATT INTRĂ ÎN SPITAL plin de neliniște. Avea oroare de spitale și nu îi stătea în obicei să viziteze nici unul, dacă nu era internat unul dintre membrii de familie. Atunci nu avea loc de întors.

Ofițerul Preston, un bărbat solid, cam de peste patruzeci de ani, aștepta lângă intrare, vorbind cu paznicul. Probabil că făcuse vreo glumă, pentru că paznicul râdea tare, fără să arate nici un fel de respect față de oamenii bolnavi care așteptau la câțiva pași mai încolo.

-Sunt Matthew Winston, spuse el, parcurgând distanța dintre el și cei doi bărbați. M-ați sunat, îi spuse el ofițerului de poliție care îl privea de parcă ar fi fost un exponat de muzeu. *Cred că din cauza bărbii*, se gândi Matt.

-Oh, da, domnul Winston, îl salută ofițerul. Haide să megem în acel colț acolo să putem vorbi fără a fi auziți, propuse el, îndreptându-și degetul spre o parte a sălii de așteptare.

Matt scrâșni din dinți. El, unul, voia să audă de ce a fost chemat și nu-i păsa nici cât negru sub unghie că cineva i-ar fi auzit.

-Înțeleg că o cunoașteți pe doamna Barnes, declară ofițerul.

-Da, o cunosc. Deja am spus aceasta, replică Matt, iar degetele i se strânseră în pumni.

Lucrase cu poliția înainte, dar acest ofițer de poliție în particular nu avea nici un fel de remușcare că îi risipea timpul.

-Știți că este paramedic, presupuse ofițerul, iar Matt se mulțumi numai să dea din cap.

Nu știa nimic de genul acela, desigur. Nu fusese suficient de interesat ca să-i verifice trecutul, dar dorea ca ofițerul să continue cu relatarea sa și nu credea că dacă ar fi negat, ar fi câștigat timp.

FAMILIA WINSTON CARTEA ÎNTÂI TREZIREA
BECKĂI & DILEMA LUI MATT

-Am fost chemați la o scenă azi dimineață. Persoana care a sunat a spus că aveau nevoie și de poliție, dar și de o ambulanță pentru că erau oameni răniți, explică ofițerul și își frecă mustața. Doamna Barnes și colegul ei au ajuns acolo cu câteva minute înainte să ajungă mașinile de poliție. Cel care folosise pistolul nu părăsise încă scena, înțelegeți, continuă bărbatul, și amândoi au fost împușcați.

Lui Matt îi îngheță sângele în vene și își înfundă mâinile în buzunare. Mâinile îi tremurau, iar el își încleștă pumnii pentru a și le putea controla. Ochii săi de un albastru închis căpătaseră o tentă metalică.

-Acum, continuă ofițerul, Jack Nolan, partenerul doamnei Barnes, nu a fost rănit foarte rău. Glonțul nu i-a atins artera. Era încă conștient când am ajuns la locul faptei și încerca să ajungă la doamna Barnes. Ea nu a fost la fel de norocoasă, spuse ofițerul pe un ton plat. A fost lovită de două gloanțe în piept, unul în piciorul stâng și unul în brațul stâng. Cel care trăgea era furios din cauza unei femei. Acea femeie reușise să fugă, așa că el și-a exprimat furia pe doamna Barnes, spuse Preston fără nici un fel de inflexiune în voce.

Matt înghiți cu greu și își trecu degetele nesigure peste frunte. Nu i-o fi plăcut lui Nora Barnes prea mult, dar o văzuse numai cu două zile înainte și era bine. Nu-și putea imagina acea femeie atât de tânără și liniștită zăcând pe o lespede la morgă.

-A murit? reuși el să întrebe printre dinții strânși.

-Nu, nu vă îngrijorați încă. Este încă în viață. Este în sala de operații, dar în viață. Cu toate acestea, doctorii au fost cam rezervați în ceea ce privea prognoza, dar... În fine, am vorbit cu Jake Nolan şi el a menţionat două lucruri. Mai întâi că doamna Barnes are un fiu, spuse ofiţerul numărând pe degete.

-Da, Nathan. Este în jur de trei ani, replică Matt pe o voce răguşită, în acelaş timp masându-şi şaua nasului.

-Da, asta a spus şi Nolan, aprobă Preston dând din cap. Acum, se pare că doamna Barnes este o angajată preţuită şi din cauza aceasta există ceva îngăduinţă în ceea ce priveşte turele sale. Lucrează ture modificate sau cam aşa ceva. A aranjat cu directorul ei să poată pleca la opt şi jumătate să-şi ia fiul de acasă şi să îl ducă la creşă. Are o vecină pe care o plăteşte să stea cu copilul după ce ea pleacă la cinci treizeci dimineaţa, dar femeia aceea trebuie şi ea să plece la muncă la nouă şi un sfert sau cam aşa ceva, spuse el şi îi aruncă lui Matt o privire plină de înţeles.

-Înţeleg, replică Matt, pentru că ofiţerul de poliţie părea să aştepte un răspuns de la el.

-Nolan spune că ea nu are pe nimeni să o ajute. În trecut, ea i-a spus lui Nolan că trebuia să se grăbească spre casă pentru că vecina fusese foarte clară că nu o va aştepta. Nolan de asemenea spune că doamna Barnes este hotărâtă să nu aibă copilul luat de serviciile sociale, înţelegeţi, îi explică Preston.

-Da, înţeleg, replică Matt respectuos, întrebându-se încotro se îndrepta omul cu toată trăncăneala aceea.

-Am vorbit cu Nolan, care, apropo, este cu partenerul meu acum, se gândi el să precizeze, iar Matt doar se holbă la el.

De ce naiba ar crede el că mă interesează cine este cu Nolan? Nici măcar nu-l cunosc pe acel Nolan. Probabil una dintre cuceririle Norei, reflectă el cu răutate. Se simţea foarte crud şi răutăcios, în acelaş timp.

-Nolan ne-a implorat să nu lăsăm copilul să meargă la serviciile sociale, iar doctorul a spus că dacă doamna Barnes ar supravieţui, ar fi necesar ca ea să nu se îngrijoreze defel, iar acest lucru cu copilul ar îngrijora-o, cu siguranţă, garantat, ofiţerul aprobă dând din cap.

Matt continua să se holbeze la el. Chiar nu înţelegea ce dorea omul de la el.

-Deci? întrebă el, iar o migrenă începu să bată darabana în tâmplele lui.

-Nolan nu ştia pe nimeni apropiat de doamna Barnes. Înţeleg că părinţii ei au murit. Este complet înstrăinată de fostul soţ, care considera că pruncul nu era al lui şi de aceea nu voia să aibă nimic de-a face cu el.

-Da, şi? întrebă Matt cu şi mai multă forţă pentru că ajunsese deja la capătul răbdării.

-Păi, Nolan şi-a amintit că v-a menţionat pe dumneavoastră, Matthew Winston, acum două zile. Ne-a spus că ea s-a plâns de comportamentul dumneavoastră dominator şi i-a spus că aţi obligat-o să vă ia umbrela şi alte chestii de genul acesta. Aşa că Nolan a crezut că sunteţi prietenul ei, spuse ofiţerul, iar ochii lui Matt se lărgiră din cauza şocului.

-Am căutat prin geanta ei și am găsit niște hârtii cu antetul dumneavoastră, așa că am sunat la numărul de la biroul menționat acolo. Cei de la birou ne-au dat numărul dumneavoastră personal de telefon, înțelegeți, explică ofițerul.

-Da, înțeleg, spuse Matt cu o voce obosită. Deci acum ce vreți să fac eu? întrebă el pe o voce pragmatică.

Cu toate acestea, inima i se strânse în piept, iar deodată, i se păru că nu avea suficient aer.

-Știam eu că putem conta pe dumneavoastră, îl bătu Preston pe umăr, iar apoi râse.

CAPITOLUL 5

DE DATA ACEASTA, ÎN completă opoziție cu obiceiul său, Matt nu dădu buzna în casa Beckăi și a lui Bryan. Nici măcar nu i-a trecut prin minte să verifice dacă ușa de la intrare era încuiată sau nu. Era tot șocat și nu putea reacționa normal. Apăsă pe butonul soneriei, iar apoi așteptă răbdător ca cineva să vină și să-i deschidă ușa.

Mintea sa era într-un tumult continuu, iar el nu se putea concentra pe absolut nimic în mod specific. Lumea i se întorsese cu capul în jos în câteva ore, iar el nu putea face nimic altceva decât să încerce să mențină o fațadă de calm. Cu toate acestea, era departe de a fi calm.

Bryan deschise ușa cu un zâmbet pe buze. Zâmbetul îi dispăru imediat ce ochii îi căzură pe ghemul de om pe care Matt îl ținea în brațe.

Nu putea vedea nimic altceva decât un moț de păr castaniu-roșcat pe capul copilului mic. Părul aestuia îi stătea țepos în toate direcțiile, iar chipul îi era ascuns în cămașa lui Matt.

-Hei, îi salută Bryan pe amândoi cu o voce blândă și un zâmbet mic, deși deja observase furtuna care mustea în ochii lui Matt. Vreți să intrați? întrebă el când Matt nu-i răspunse.

Matt, care nu era încă capabil să vorbească, dădu scurt din cap şi, trecând pe lângă Bryan, intră în casă. Bryan îşi scutură capul, iar apoi, închise uşa în urma lui.

-Hai să ieşim pe terasă. Am decis să luăm un brunch azi, îi explică Bryan lui Matt doar ca să umple liniştea. Becka nu are cursuri pe ziua de azi, iar eu mi-am luat dimineaţa şi jumătate de după-masă liber, continuă el.

Matt nu părea să audă nici măcar un cuvânt.

Bryan îşi dădu seama de starea de spirit ciudată a lui Matt şi nu voia să-l împungă de la spate. Întotdeauna ştiuse că Matt era foarte profund, iar calmul său era o simplă ficţiune. El mereu fusese convins că Matt va exploda într-o bună zi, iar el îşi propusese să fie cât mai departe de el când acel lucru urma să se întâmple.

-Uite, cine a venit în vizită, Becka, îi spuse Bryan soţiei sale pe un ton vesel, oprindu-se lângă Matt.

Copilul continua să se ţină strâns de gâtul lui Matt şi nu îndrăznea să privească în jur. Bryan observă piciorul îndesat al unei jucării de pluş apărând dintre corpul copilului şi Matt.

-Bună, Matt, spuse Becka blând, ridicându-se de pe scaun şi venind spre el.

Îi atinse obrazul, îl privi drept în ochi şi îşi scutură capul.

-De ce nu luaţi voi doi loc? îi invită ea. Şi poate că poţi să ne prezinţi micului tău prieten.

Matt îşi aplecă capul şi luă loc, dar copilul rămase agăţat de el. După ce îi şopti câteva cuvinte, îl convinse pe băiat să stea în poala lui şi să se întoarcă cu faţa spre verii săi.

-Acesta este Nathan, pe scurt Nat, le spuse Matt. Nat, aceştia sunt verii mei, Becka şi Bryan. Sunt oameni buni, nu te teme, spuse el, mângâind capul copilului.

-Ţi-ar place o prăjitură? îl întrebă Becka pe Nat. Bryan coace cele mai bune prăjiturele din lume, continuă ea pe un ton vesel şi îl făcu pe copil să zâmbească timid.

Când îi prezentă o farfurie cu prăjiturele, Nat alese cu grijă şi începu să ronţăie prăjitura cu ciocolată imediat.

-Cred că ţi-ar place şi nişte lapte, ghici Bryan şi îi turnă o ceaşcă cu lapte pe care i-o înmână lui Matt.

Matt luă ceaşca, dar îngheţă pentru un moment. Bryan îi susţinu privirea şi, uşor, uşor, Matt îşi reveni cât de cât la normal şi îl ajută pe Nat să bea din lapte. Când băiatul împinse ceaşca la o parte, Matt râse – o mustaţă albă apăruse deasupra buzei superioare a copilului.

-Câţi ani ai? îl întrebă Becka pe Nat.

Băiatul o analiză cu grijă, iar apoi îi arătă trei degete.

-Oh, ai deja trei ani, exclamă ea veselă din nou. Eşti un băiat mare, nu mai eşti un bebeluş, spuse ea cu uimire exagerată.

Nat dădu din cap serios, iar Matt îl mângâie pe cap.

-Mai vrei lapte? îl întrebă el pe copilul care deja îşi terminase prăjitura.

Nat scutură din cap, iar apoi privi în jur.

-Ai vrea să alergi prin grădină? îl întrebă Matt. Nu este o problemă, nu-i aşa? o întrebă el pe Becka.

-Da, desigur că nu este o problemă, spuse ea. Este toată a ta, Nat, îl invită ea pe copil să ia control asupra grădinii.

Chipul băiatului se lumină de plăcere, iar el se agită în poala lui Matt ca să-i dea drumul. Matt îl coborî la pământ, iar el țâșni în fugă pe cât de repede îi permiteau picioarele lui scurte către prima grămadă de flori colorate. Ghemuindu-se pe vine, le atinse petalele cu uimire, dar, în ciuda acelui fapt, tot nu-i dădu drumul ursulețului de sub brațul său.

-Să discutăm acum sau...? îl întrebă Becka pe Matt.

Matt își scutură capul, cu ochii săi mereu pe băiat.

-Trebuie să se culce curând, cred. Copiii mici dorm în timpul zilei, nu-i așa? întrebă el, întorcându-se spre ei.

Bryan îi zâmbi și ridică din umeri.

-Nu e ceva ce aș ști. Nu am avut nici un fel de experiență cu alți copii, decât ai mei, iar ai mei mai au ceva vreme până ajung la vârsta lui.

-Putem să o sunăm pe mătușa Marjorie sau pe mama, propuse Becka, dar Matt își scutură capul.

-Nici gând. Nu vreau ca ei să știe despre el deocamdată. Dacă devine necesar mai târziu, le voi spune atunci, dar nu acum, repetă el cu încăpățânare.

-Atunci putem verifica pe internet, propuse Becka.

-Asta-i o idee bună, spuse Bryan. Mă duc să aduc laptopul, anunță el, intrând în casă.

Becka și Matt îl așteptară în liniște. Nat mormăia ceva către o floare, dar nici unul dintre ei nu înțelegea ce spunea. Respirația regulată a gemenilor se auzea prin monitorul pe care Becka îl pusese pe colțul mesei mai devreme.

Bryan se întoarse cu laptopul și cu un bloc notes să ia notițe.

-Îmi imaginez că ai vrea să știi mai mult decât dacă doarme în timpul zilei, explică Bryan prezența bloc notesului. Putem lua notițe pentru tot ce este mai important. Este o lecție bună și pentru Becka și pentru mine, de asemenea.

Becka și Matt aprobară amândoi dând din cap și cei trei adulți își începură cercetarea despre programul și rutina unui copil mic, tot timpul aruncându-și privirile spre copilul care se distra grozav vorbind cu florile și insectele peste care dădea.

O jumătate de oră mai târziu, Nat veni la Matt și îl înghionti.

-Da, amice, ce este? întrebă Matt.

-Tu citești, spuse băiatul.

Matt păru confuz câteva secunde, dar Becka interveni.

-Cred că Nat vrea să-i citești. Asta vrei, nu-i așa Nat? îl întrebă ea pe copil.

Nat dădu din cap viguros, întinzându-și brațele să fie luat în brațe, iar Matt oftă. Se ridică și îl luă în brațe, iar apoi le spuse Beckăi și lui Bryan:

-Mi-a cerut să iau câteva cărți cu noi. Sunt în mașină. Mă întorc imediat.

-Nu te mai obosi, îl opri Bryan. Dă-mi mie cheile, spune-mi unde sunt cărțile și mă duc eu să le aduc.

-Asta chiar că-i o idee mai bună, acceptă Matt și îi înmână cheile lui Bryan.

El se așeză înpoi pe scaun cu Nat în poala sa.

-Bryan va aduce cărțile, iar tu vei alege una. Dar numai una, spuse el pe un ton autoritar, când o lumină lacomă străluci în ochii copilului.

Ochii îi erau aţintiţi pe copil când râsul muzical al Beckăi îi ajunse la urechi. Se întoarse spre ea şi observă că se amuza pe seama lui.

-Becka! o avertiză el.

-Hai, Matt, eşti atât de amuzant. Şi chiar pot să văd că vei fi un tată bun, adăugă ea pe un ton serios, iar Matt se albi la cuvintele ei.

-Nici măcar nu glumi pe acest subiect, Becka. Acest subiect este interzis, argumentă el.

-Dacă spui tu, ridică ea din umeri.

CAPITOLUL 6

-ÎN SFÂRŞIT, A ADORMIT. Mulţumesc că mi-aţi împrumutat monitorul acela, spuse Matt arătând spre cel de-al doilea monitor de pe masa de pe terasă.

-Nu îţi fă probleme, răspunse, Bryan, nu e mare lucru. Am cumpărat patru ca să fim siguri că avem unul care funcţionează dacă s-ar fi întâmplat ceva, aşa că...

-Oricum..., începu Matt, dar Becka îl opri atingându-i mâna.

-Uită despre monitor, Matt, şi spune tot, insistă ea, iar Bryan zâmbi.

Îi plăcea să o vadă pe Becka comportându-se cu autoritate. Atitudinea ei era în atât de mare contrast cu silueta ei mică încât îl amuza nespus.

Matt le explică despre Nora şi ce s-a întâmplat în acea dimineaţă.

-A trebuit să merg să iau copilul. Femeia aceea nu are pic de conştiinţă, omule. Am ajuns acolo exact când ieşea pe uşă. Nici măcar nu îi păsa că-l lăsa pe băiat singur, spuse Matt, iar vocea îi tremură de furie. Şi evident mi-a şi cerut să o plătesc pentru timpul pe care l-a petrecut acolo. Ce fel de mamă îşi lasă copilul cu cineva ca ea?

-Probabil că o mamă care nu avea altă alegere, replică Bryan cu blândețe. Femeia aceea a maltratat copilul?

-Nu, dar...

-Și probabil că Nora inteționa să fie înapoi la timp, îi reaminti Becka. Înțeleg că și-a aranjat tura ca să aibă destul timp la dispoziție să se întoarcă acasă și să-l ia pe Nat, înainte ca acea femeie să plece.

-Dar ar fi trebuit să se gândească că ar putea fi rănită, insistă Matt cu încăpățânare. Cu tipul ei de slujbă...

-Nu în mod necesar, Matt, îl contrazise Bryan. Nu e ca și cum ar fi în linia focului tot timpul. Probabil că a fost prima dată când așa ceva i s-a întâmplat, să știi.

-Eu cred, spuse Becka gânditoare, că tu o displaci din cauza felului în care a înfățișat-o fostul soț în timpul divorțului.

Matt se uită la ea fix câteva secunde, iar apoi ridică din umeri.

-Era adevărat, să știi. Ea nu a contestat nimic, nu a spus că el mințea când spunea că era o adulteră în serie.

-Adulteră în serie? Pe bune? întrebă Becka, iar ochii i se îngustară. De ce? Pentru că fostul ei soț, care aparent are destui bani să cumpere martori, spune asta?

-Ea nu s-a apărat, Becka, replică Matt pe un ton foarte pragmatic.

-Care ar fi fost sensul? Are cumva banii să se lupte cu tine? se interesă Bryan pe o voce liniștită.

-Nu știu, admise Matt. Dar ar fi putut spune ceva.

-Nu ar fi avut sens, ridică Bryan din umeri. Eu înțeleg de ce nu a făcut-o. Ai verificat tu însuți faptele?

-Nu, desigur că nu. Totul se găsea deja în dosar când acesta mi-a aterizat pe birou.

-Atunci, spuse Becka, împungându-l cu un deget, nu poți știi ce este adevărat sau nu, așa că nu mai arunca pietre, Matt. Am crezut că ești mai etic decât atât, îi reproșă ea.

-Dar nu s-a apărat, urlă el, nu înțelegi?

-Trebuie să îți dai tu însuți seama despre ce este vorba, își scutură Bryan capul și îl plesni peste umăr. Putem vorbi până devenim stacojii la față, Matt, dar numai tu poți afla adevărul. Oricum, ce se întâmplă acum?

-Nu știu, admise Matt. Nu este nimeni care să se poată ocupa de copil. Dacă îl iau serviciile copilului, ea va avea probleme serioase să-l recupereze, spuse el și chipul i se înnegură.

-Deci? insistă Becka.

-Deci... Pe moment m-am înțărcat cu un copil. Problema este că ei locuiesc într-un apartament atât de mic... Un dormitor, un living mic și bucătărie. Baia are un duș mic. Nici măcar nu aș intra în el... Mă gândeam să-l mut pe el și lucrurile lui în apartamentul meu, spuse el gânditor.

Becka aprobă dând din cap. Bryan doar zâmbi, amuzat de procesul de gândire al lui Matt.

-Aș putea avea grijă de el, spuse Matt nu prea convins. Vreau să spun că am timp la dispoziție s-o fac. Avem câteva cazuri în judecată acum, dar am trei asociați tineri care se pot ocupa de ele... Le pot da o mână de ajutor când și când, fără a trebui să merg la birou... Ar trebui să îmi iau liber, doar știți, le spuse el, privind de la unul la celălalt. Nu știu unde este creșa lui așa că opțiunea aceea nu este validă... Va trebui să merg la cumpărături... Azi dimineață am descoperit că mai am o singură roşie în frigider şi o jumătate de cutie de cereale în dulap. Nimic altceva, nici măcar o cutie de cafea sau ceai, îşi desfăcu el braţele cu exasperare, iar ceilalţi doi zâmbiră.

El se opri din vorbit şi o încruntătură i se formă între sprâncene.

-Nu ştiu cum să fac cu gătitul, însă, admise el. Şi nu vreau să o implic pe mama. Ar fi rău dacă aş cumpăra fast food? întrebă el, iar atât Becka cât şi Bryan dădură din cap viguros.

-Nu-ţi fă griji, spuse Bryan. Mai întâi, le-ai verificat frigiderul?

Matt îşi închise ochii cu o încruntătură pe chip şi îşi pocni fruntea.

-Nici măcar nu m-am gândit la aşa ceva. Cred că ar trebui să merg şi să mă uit. Dumnezeu ştie cât timp va fi în spital. Nu cred că i-ar place să găsească fiinţe vii în frigiderul ei când se întoarce acasă.

-Asta în mod sigur, spuse Becka râzând.

-Mergem să verificăm amândoi, da? spuse Bryan. Şi atunci, ştiind ce este acolo, pot începe să vă pregătesc nişte mâncare. Nu este mare brânză, îşi ridică el mâna când Matt vru să-l întrerupă. Voi face destul pentru două sau trei zile. Când o termini, îmi spui şi pregătesc o nouă porţie.

-Oh, Dumnezeule, cât timp crezi că va fi în spital? Dacă supravieţuieşte, vreau să spun, că nu era foarte clar dacă va supravieţui sau nu, clarifică el pe un ton posomorât.

-Nu te teme, va supravieţui, îi mângâie Becka braţul.

-Băiatul ar trebui să mai doarmă cel puţin încă două ore, spuse Bryan. Hai să mergem să-i luăm lucrurile din apartamentul acela şi să verificăm frigiderul. Mergem la cumpărături pe drumul de întoarcere aici. Becka poate să se ocupe de el dacă se trezeşte, iar Marissa este aici, dacă Becka are nevoie de ajutor. Este bine şi pentru tine? îşi întrebă el soţia.

-Desigur, spuse Becka. Mă voi descurca, nu îţi fă griji. Hai, duceţi-vă, îi împinse ea să plece o dată din grădina ei.

-INTELIGENT DIN PARTEA ta să menţionezi frigiderul, îi spuse Matt lui Bryan. Toate legumele şi fructele acelea s-ar fi stricat.

-Ţi-am spus eu. Din ceea ce ai povestit, Nora pare să fie o mamă foarte devotată, Matt. Nu ştiu cum de nu poţi vedea aceasta. Oricum, am fost convins că trebuie să aibă multe alimente bune pentru copil. Avem nevoie să cumpărăm numai câteva lucruri pentru tine – cafea, ceai, lucruri ca acestea, şi eşti aranjat pentru câteva zile. Vă fac câteva caserole pentru azi şi mâine, cel puţin, iar tu trebuie numai să le încălzeşti la microunde.

Matt îşi scutură capul şi spuse:

-Nici nu-ţi poţi da seama cât de recunoscător îţi sunt în acest moment.

-Matt, eşti un tip deştept, care pe deasupra mai citeşte şi minţile oamenilor. Citeşte-mi gândurile o dată şi opreşte-te să mă mai baţi la cap cu gratitudinea ta nepotrivită. Sântem familie, omule. Tu ai fost alături de mine când eu am avut nevoie de tine. Acum, sunt eu aici pentru tine, spuse Bryan pe un ton liniştit, aranjând ultimele lucruri în portbagajul maşinii sale.

Insistase să ia maşina sa pentru că nu-i plăcea cât de zguduit părea Matt şi nu voia să îl lase să rişte conducând maşina.

Chiar dacă era zguduit, Matt decise să-i probeze mintea lui Bryan. Evita să o facă, în mod obişnuit, pentru că nu îi plăcea să intre nepoftit în minţile oamenilor. Cu toate acestea, nu reuşea întotdeauna să se ţină deoparte. Cum nu avea destul control asupra darului său, tot prindea un gând ici colea, chiar dacă nu dorea să îşi vâre nasul în gândurile altuia.

Cu toate acestea, de data aceasta, se simţi obligat să pătrundă în gândurile lui Bryan, iar acestea l-au umilit efectiv. Bărbatul chiar considera că Matt nu avea de ce să-i fie recunoscător şi era dornic să facă absolut tot ce putea să-l ajute.

Ziua aceea fusese un continuu rollercoaster de emoţii şi şocuri pentru Matt. Bărbatul îşi dădu silinţa să se adune când simţi lacrimile arzându-i în spatele ochilor.

Tânjea să fie din nou el însuşi, dar părea că acel obiectiv era din ce în ce mai îndepărtat şi greu de atins.

Cei doi bărbaţi se întoarseră acasă la Bryan chiar după ce Nat s-a trezit, iar lacrimi izvorau deja din ochii băieţelului.

Îl speriase gândul că şi Matt l-a părăsit. Nu înţelegea de ce mama lui nu venea să îl ia, iar acum se agăţa de Matt, ca şi cum ar fi fost ultima lui speranţă.

-Haide, maimuţică, hai să mâncăm o banană, spuse Matt. Hai, să ne oprim din plâns. Nu te voi părăsi. Nu scapi tu de mine aşa curând. Mergem acasă la mine să stăm împreună până ce mami se întoarce acasă, da?

-Mami spune să nu merg cu străini, replică băiatul şi apoi îl privi cu ochii mari.

-Sunt sigur că a spus, şi are dreptate, Nat, zise Matt, dar eu nu sunt un străin. M-ai văzut vorbind cu mămica ta.

Nat îşi frecă ochii şi se gândi la cuvintele lui, iar apoi aprobă cu o aplecare a capului.

-Banană? întrebă el.

-Da, vei mânca o banană, îi confirmă Matt şi îl aşeză pe o pernă umflată pe care o pusese puţin mai înainte pe unul din fotoliile din grădină.

-Vrei să ţi-o tai felii? îl întrebă el pe Nat după ce se asigură că băiatul era în siguranţă.

-Nu sunt un bebe, i-o întoarse Nat. Pot să mănânc o banană, adăugă el, iar expresia rebelă din ochii lui îi încălzi inima lui Matt.

Îi zâmbi şi îşi scutură capul:

-Da, nu eşti un bebe. Uite aici, îi înmână el banana, iar apoi îl privi cum o curăţa cu grijă.

Puştiul se concentra pe treaba lui şi nu le dădea nici o atenţie. Becka se aplecă spre Matt şi îi şopti:

-Ai observat că nu vorbeşte ca un copil mic?

-Asta este rău? se îndreptă Matt imediat, cu o licărire în ochi.

-Nu, nu fi bleg, râse ea. Este doar foarte inteligent. Cineva chiar s-a ocupat de educaţia lui. Îmi pare rău că trebuie să îţi atrag atenţia, Matt, dar femeia pe care ne-ai descris-o nu ar fi făcut aşa ceva. Chiar cred că ar fi bine să aduni mai întâi toate faptele, înainte de a o judeca, îşi scutură ea capul, cu dezaprobare.

Matt privi copilul şi se gândi că Becka avea dreptate. Ochii îi deveniră gânditori, iar Bryan îl plesni prieteneşte pe umăr.

-Vei îndrepta tot, contez pe tine.

Marissa ieşi cu o cafetieră cu cafea proaspătă pentru adulţi şi le umple ceştile discutând despre nimicuri cu ei. Îi lăsă cu cafelele lor, iar apoi se duse în casă, trecându-şi degetele prin părul lui Nat. Nat râse.

-Este un copil foarte sociabil, remarcă Matt. Mă aşteptam la unele probleme, să ştiţi. Mai ales pentru că nu m-a văzut decât o singură dată şi chiar şi atunci, m-am ciondănit cu mama lui.

Bryan gesticulă:

-Totul este bine, Matt, o să vezi.

Nici măcar nu a terminat bine să-l asigure pe Matt că totul va fi bine, că telefonul celular al lui Matt sună. Scoţându-l din buzunar, Matt verifică ecranul şi se crispă.

-Ce este? întrebă Becka.

-Spitalul, spuse Matt, iar apoi se îndepărtă câţiva paşi de copil ca acesta să nu audă ce se discuta.

-Matthew Winston la telefon, spuse el.

Atât Becka cât şi Bryan se concentrară pe el. Matt păşea în sus şi în jos, îşi trecea mâinile prin păr, iar apoi se trase de şaua nasului. Era frustrat şi supărat.

-Probabil că voi ajunge acolo în jumătate de ora, replică el, iar apoi mai ascultă puţin la ce i se spunea, dând din cap. Bine, înţeleg, desigur, voi veni, adăugă el şi închise telefonul.

-Auziţi, trebuie să plec la spital. S-a trezit şi e înnebunită de spaimă. I s-a spus că este la mine, spuse el, arătând spre Nat.

-Nici o problemă, spuse Bryan. El poate rămâne aici până te întorci, Matt.

Matt dădu din cap și-i mulțumi. Apoi, se duse, îngenuche lângă Nathan și îi spuse:

-Trebuie să merg să fac ceva, Nat. Tu vei sta aici cu Becka și Bryan, iar eu mă voi întoarce în foarte scurt timp.

-Nu, spuse copilul. Nu voi sta aici. Vin cu tine.

-Îmi pare rău, maimuțică, dar nu te pot lua la spital cu mine. Promit să mă întorc. Te vei distra aici. Poți face prăjituri cu Becka și...

Bryan interveni imediat:

-Doamne ferește, Matt. Becka are lumină roșie la făcut ceva în bucătărie. Dacă Nat face prăjituri, le va face cu mine.

Alarma din vocea lui Bryan nu îi prea conveni Beckăi:

-Haide, Bryan, chiar este necesar...

Bryan o opri cu un deget pe buzele ei:

-Iubito, știi că este necesar. Imaginează-ți alarma urlând, bebelușii trezindu-se... Nu, iubire, nu te vei atinge de nimic în bucătărie. Am crezut că avem o înțelegere, spuse el cu o voce serioasă, iar Becka fu de acord, deși cu reticență.

-Da, Nat, vei face prăjituri cu Bryan, iar apoi vom desena ceva, bine? îl întrebă ea.

Copilul îl privea pe Matt fix.

-Îți promit că mă întorc în după-masa aceasta, repetă Matt, văzând expresia rebelă a copilului. Nu te voi părăsi.

Copilul îl analiză încă câteva secunde, iar apoi acceptă cu o înclinare a capului. Matt îl îmbrățișă râzând, iar apoi se întoarse să plece.

-Ia un taxi, Matt, îi sugeră Bryan.

Se temea că vizita la spital îl va zgudui, iar Matt deja avusese aprte de destule șocuri pe ziua aceea. Bryan nu considera că ar fi fost înțelept să-l lase să conducă.

-Îți chem unul chiar acum, spuse el și intră în casă.

Matt trebui să accepte. Gândurile lui Bryan fuseseră prea zgomotoase și ar fi fost imposibil să nu le audă. Înțelese îngrijorarea bărbatului pentru el și nu dorea să-i răsplătească bunătatea cu nesimțire.

CAPITOLUL 7

ASISTENTA MEDICALĂ îi deschise uşa la secţia de terapie intensivă imediat după ce a sosit. Chipul ei sever şi plin de reproş îl făcu să nu se simtă în largul lui, de parcă ar fi fost din nou adolescent şi ar fi fost chemat la biroul directorului din cauza uneia dintre farsele pentru care fusese atât de renumit.

-Efectiv şi-a ieşit din minţi, dar a refuzat sedativul. Trebuie să o calmezi. I-a crescut febra mult şi asta nu este bine, i-a explicat ea lui Matt.

Matt aprobă dând din cap şi o urmă la camera Norei de terapie intensivă. O privi prin geam, înainte de a deschide uşa. Patul părea să o înghită cu totul, iar inima i se strânse.

-Încearcă să o calmezi, nu să o agiţi mai tare, îl avertiză asistenta medicală din nou, pe o voce autoritară.

-Desigur, replică Matt, deşi se îndoia că prezenţa lui nu o va agita.

Asistenta îl lăsă acolo, iar el îşi adună curajul şi deschise uşa. Ştia că era posibil ca vizita lui să-i producă femeii şi mai multă supărare şi chiar dacă nu o plăcea, nu dorea să-i cauzeze probleme mai serioase decât avea deja.

În momentul în care el intră în încăpere, ea îşi întoarse capul spre el, iar el simţi cum intensitatea din privirea acelor ochii verzi îl loveşte direct în piept. Femeia îl privea cu ceva apropiat de ură.

Se găsea la câţiva paşi depărtare, dar chiar de la acea distanţă putea zări lacrimile care încă îi atârnau de pleoape. Simţi impulsul să o consoleze şi îşi strânse mâinile în pumni pentru a nu face cumva vreo mişcare prostească.

Arăta mai palidă decât îşi aducea el aminte, chiar dacă febra, care îi strălucea în ochi, îi îmbujorase pomeţii. Umbrele întunecate de sub ochii ei se întinseseră şi îi înghiţiseră aproape jumătate de faţă.

Aflată sub cercetarea lui atentă, ea făcu efortul de a-şi şterge lacrimile de pe faţă, dar unul dintre braţele ei era conectat la o perfuzie şi ea nu îl putea folosi pe celălalt, dar nu pentru că nu ar fi încercat.

Părea însă hotărâtă şi temându-se că îşi va înrăutăţi situaţia şi mai mult, Matt se grăbi spre pat, îi linişti mişcările şi îi şterse lacrimile cu degetele sale mari. Gestul se simţea extrem de intim şi, nesimţindu-se în largul lui cu acea apropiere, se grăbi să păşească în spate.

Ea tremurase sub atingerea lui, iar ochii lui îi cercetară chipul pentru a vedea dacă se temea de el. Emoţiile pe care le putea zări pe faţa ei nu îl liniştiră.

-Îmi vreau fiul înapoi, spuse ea cu claritate, iar vocea îi era puternică, departe de forma slăbită pe care o prezenta.

-Nu îţi fă griji în legătură cu asta chiar acum, replică Matt liniştit. Numai...

-Îmi vreau fiul înapoi, aproape că strigă ea la el, întrerupându-l.

-Imediat ce ai ieșit din spital, îți vei primi fiul înapoi, spuse el, mereu pe acelaș ton răbdător. Acum, nu văd cum ai putea să îl ții aici cu tine, își flutură el mâna, arătând spre camera antiseptică de spital.

-Nu te voi lăsa să-l iei de lângă mine, spuse ea, ca și cum el nu ar fi spus nimic.

Matt oftă, își aplecă capul resemnat, și își trecu degetele prin păr. Avea nevoie de răbdare cu ea, indiferent cât de mult îl costa.

Asistenta medicală deja se uitase urât la el, iar el nu dorea să fie recipientul privirilor ei dacă nu reușea să o liniștească pe acea femeie.

-Uite, Nora..., începu el, dar desigur, ea îl întrerupse.

-Nu-ți voi permite, îl întrerupse ea pe o voce îndărătnică. Mi-ai atacat demnitatea, m-ai insulat în fiecare fel posibil și ai făcut tot ce ți-a stat în puteri să mă lași fără un ban – și vorbesc despre banii ce îmi aparțineau mie, nu acelei imitații de ființă umană reprezentată de fostul meu soț...

Matt observă că pe măsură ce continua cu tirada ei, aduna și mai multă furie, iar roșeața obrajilor ei se intensifica. Se îngrijoră că i-a crescut febra și decise să încheie acel duel verbal prostesc.

Păși lângă pat și se aplecă asupra ei. O opri să mai vorbească, punându-i palma lui mare peste gură, acoperindu-i astfel jumătate din față. Ochii ei se lărgiră și, din nou, el se întrebă dacă nu cumva o înspăimânta.

-Acum vreau să-ți ți gura închisă până ce termin ce am de spus. Nu vreau să aud nici măcar un cuvânt de le tine, Nora, o avertiză el pe un ton aspru. Înțelegi ce spun? o întrebă el.

Aşteptă câteva secunde, dar ea nu răspunse. Continua doar să se uite fix la el cu acei ochi verzi lucitori, care îl străpungeau direct în suflet.

-Te-am întrebat dacă înţelegi, repetă el, mai sever decât înainte, încercând să nu se gândească la ce simţea.

După o secundă, ea îi linse palma, iar el mai că sări de un cot în sus. Îşi luă imediat mâna de pe gura ei şi o privi şocat.

-Voiai un răspuns, spuse ea cu un gest indiferent. Ei bine, cu lopata aia peste gura mea nu puteam răspunde. Aşa că..., explică ea cu un zâmbet mic capricios în colţul gurii, iar Matt avu impresia că a întrezărit ceva din fata aceea obraznică care probabil că a fost Nora cu câţiva ani în urmă.

-Dar îţi vei ţine gura închisă şi vei asculta, trase el concluzia, după ce a tras adânc aer în piept pentru a-şi calma simţurile.

Acea atingere a limbii ei ajunsese undeva adânc în trupul lui, iar toate terminaţiile lui nervoase se treziseră la viaţă. Era convins că ea ar fi putut observa că era excitat dacă ar fi privit mai atent şi se rugă ca ea să nu vadă. I-ar fi fost foarte greu să-i explice acel lucru.

Încercă să pătrundă în gândurile ei, dar nu avu nici un succes, iar aceasta îl ului. Nu avea el ablităţi complete, dar tot putea citi câte ceva de la fiecare.

-Pentru moment, dădu ea din cap uşor. Dar explică-te rapid, îl avertiză ea, iar ochii i se îngustară. Dacă nu îmi place ce aud, întregul spital o să ştie asta, m-ai înţeles? încheie ea pe o voce ameninţătoare.

-Fetiţo, îi surâse el afectat, niciodată nu emite ameninţări dacă nu poţi să le duci la împlinire, spuse el şi o ciupi de vârful nasului.

Ea pufni de indignare și își deschise gura să-i replice. Matt doar își atinse un deget de buzele ei și își scutură capul, ceea ce o determină să tacă din nou.

-Acum poate că voi putea vorbi și eu în liniște o clipă sau două, spuse el. Deci, tipul acela, Nolan, era îngrijorat din cauza copilului. Apropo, Nora, ai găsit o persoană care să aibă grijă de copil *'fantastică'*. Când am ajuns acolo tocmai ieșea pe ușă și s-a oprit doar suficient de mult timp cât să-mi ceară bani. Ce fel de femeie lasă un copil mic singur într-un apartament, hmm? întrebă el și o încruntare îi apăru între sprâncene.

-Eu întotdeauna... începu Nora să spună, dar degetul lui Matt se întoarse înapoi pe buzele ei și o amuți.

-Eu vorbesc acum. Și nu vorbeam despre tine. Mi-am imaginat că ai fi ajuns acolo la timp dacă nu ar fi avut loc împușcăturile. Nu te acuzam pe tine, așa că lasă-mă să termin, îi ordonă el.

-Unde-i fiul meu acum? întrebă ea, ca și cum degetul lui nu i-ar fi atins buzele și el nu i-ar fi cerut să păstreze tăcerea.

Matt gemu și își aplecă capul cu resemnare prefăcută. Își scutură capul, iar apoi își întoarse privirea la ea, cu un zâmbet vag pe buze.

-Nu te poți opri să vorbești nici dacă ți-ar depinde viața de asta, hm?

-Unde este fiul meu? repetă ea cu încăpățânare. Văd că nu îl ai cu tine. L-ai dus la serviciile copilului? întrebă ea, iar vocea îi tremură. Acum frica îi era evidentă în voce.

-Nu, evident că nu. Dacă aș fi avut o asemenea intenție, aș fi lăsat poliția să cheme serviciile copilului azi de dimineață și m-aș fi spălat pe mâini de toată afacerea.

-Deci unde este? întrebă ea cu îndărătnicie.

-Este bine, replică Matt.

-Nu asta am întrebat, i-o întoarse ea cu mânie şi îl privi fix cu o lumină rea în ochi.

-Poate că nu, dar m-am gândit să-ţi spun că este bine. Este cu Becka şi Bryan, replică el.

-Nu cunosc nici o Becka şi nici un Bryan, remarcă ea şi îşi ridică o sprânceană interogativ.

-Sunt verii mei, răspunse Matt. Cel puţin Becka este verişoara mea, iar Bryan este soţul ei.

Făcu câţiva paşi spre fereastră ca să-şi adune gândurile. Avea câteva întrebări să-i pună şi nu ştia cum să le pună. Se întoarse înapoi şi observă că ochii ei nu îl părăsiseră defel.

-Nu am putut determina dacă ştii pe careva care ar putea avea grijă de Nat. O rudă sau un prieten... întrebă el pe un ton blând.

-Nu am rude, cel puţin nu în Toronto, recunoscu ea şi îşi mişcă degetele agitată. Am un văr şi o mătuşă undeva în Columbia Britanică... Prieteni..., începu ea să spună, iar apoi îşi coborî privirea spre pat.

Matt aşteptă câteva minute, dar ea nu mai continuă.

-Da, prieteni, Nora... Ai prieteni?

Ea îşi scutură capul, iar apoi îşi ridică privirea la el.

-Doar câţiva oameni la muncă, dar mai mult... cunoştinţe, ştii tu... Nu este suficient timp pentru prieteni... Cu munca şi un copil...

Matt observă că ea îi evita ochii şi îi împinse bărbia în sus cu degetul mare. Ea îl privi surprinsă, dar el deja observase cât de incomfortabil se simţea că trebuia să-şi admită singurătatea în faţa lui.

-Înțeleg lucrurile acestea, Nora. Nu trebuie să te simți jenată.

O umbră trecu peste chipul ei și, din nou, ea își coborî privirea.

-Acum ce mai este? o întrebă el, întorcâdu-i fața înapoi spre el.

-Nu e ca și cum m-ai crede, oricum, ridică ea din umeri, iar apoi respiră printre dinți.

Mișcarea umerilor îi trimisese unde de durere prin tot corpul, iar ea își mușcă buza de jos ca să nu țipe. Lacrimi i se adunară în ochi, transformând verdele lor într-o strălucrire intensă lichidă.

-Ușor, puiule, o alină Matt, mângâindu-i obrazul cu tandrețe.

Ochii ei nedumeriți reveniră asupra lui. Matt nu era conștient că folosise un alint, dar ea îi simțise tandrețea profund.

-Pentru o vreme, nu fă nici un fel de mișcări care nu sunt necesare, da? îi spuse el și se îndreptă.

Norei îi lipsi atingerea lui imediat și își întoarse ochii spre pătura utilitară, care o acoperea până la mijloc.

-Te cred că nu ai timp să socializezi, o asigură el dar observă că surâsul afectat și ironic apăru din nou pe buzele ei. Acum ce mai e?

-Domnule Winston, spuse ea tărăgănat, ai crezut că sunt o femeie fatală cu un șirag de iubiți care ar fi putut face de rușine o prostituată. Mă îndoiesc că ți s-a schimbat impresia despre mine într-o perioadă atât de scurtă.

-Numele meu este Matt, îi replică el pe o voce mai severă decât i-ar fi plăcut, dar cuvintele ei atinseseră o coardă sensibilă.

Bryan îi semănase dubii în minte despre dosarul care îi fusese înmânat când i s-a cerut să se ocupe de divorţul familiei Willows. Se gândea să verifice totul din nou, chiar dacă era prea târziu să mai facă ceva în legătură cu divorţul.

-Cred, spuse ea ezitând, că am pierdut firul conversaţiei. Îmi spuneai despre fiul meu...

-Da, hai să ne întoarcem la acel subiect, acceptă Matt.

Dorea să se întoarcă la un subiect pe care îl simţea mai sigur. Nu voia să discute problema divorţului ei în acel moment. Avea nevoie să găsească nişte răspunsuri mai întâi, iar apoi putea fie sa se scuze sau sa-i arate că nu era un tânăr naiv.

-L-am luat cu mine, spuse el şi îşi ridică mâna când ea îşi deschise gura. Aş fi preferat să nu îl iau din mediul lui, în special acum, când trebuie să se obişnuiască şi cu absenţa ta, de asemenea. Dar nu aş fi fost capabil nici măcar să fac un duş în apartamentul tău. Este ca o căsuţă de păpuşi, pentru Dumnezeu, exclamă el. Am petrecut ziua cu Becka şi Bryan, după cum ţi-am spus deja, dar vom merge la apartamentul meu diseară. Bryan m-a ajutat să adun lucrurile lui Nat şi să golesc conţinutul frigiderului tău, îi spuse el şi zâmbi. M-am gândit că nu ţi-ai dori să-l găseşti plin de fiinţe dubioase când te întorci de la spital, îi aruncă el o privire, căutând o confirmare din partea ei.

-Te-a gândit bine, îl aprobă ea.

-Asta-i bine, surâse Matt. Oricum, am făcut o oarecare cercetare...

-Ce cercetare? își îngustă ea ochii.

-Despre copii mici, desigur, răspunse el nedumerit. Nu e ca și cum am avut de-a face cu mulți, iar ei doi au doar bebeluși – gemeni, de numai o lună și jumătate.

-Oh, Dumnezeule, oamenii aceia sunt atât de ocupați și tu le-ai lăsat copilul meu pe cap...

-Cum am mai spus, calmează-te, Nora, se răsti el la ea. Sunt în regulă. Becka știe cum să interacționeze cu copiii, iar Bryan este răbdarea întruchipată. Mai mult decât atât, Bryan ne va găti destul pentru două zile...

-Bryan? întrebă, nefiind sigură că l-a auzit corect.

-Da, de ce? o privi Matt interogativ.

-Bryan va găti pentru voi, repetă ea ca să se asigure că l-a auzit corect.

-Da, mai specific pentru Nat. Cercetarea ne-a arătat că fast foodul nu este bun pentru el, iar eu nu știu să gătesc defel, îi explică, Matt.

-Dar cum se face că Bryan... Nu contează... se decise ea să renunțe la subiect.

Matt înțelese în sfârșit de ce era ea atât de uluită.

-Acum pricep, râse el. Te întrebi de ce nu va găti Becka. Este foarte simplu. Bryan nu îi dă voie să să calce în bucătărie... Nu, nu, nu este ceea ce crezi, se grăbi el să-i explice când o văzu încruntându-se. Numai că Becka este un dezastru ce așteaptă să se întâmple în bucătărie. Chiar dacă fierbe un ou, au loc accidente ciudate. Așa că, în familia lor, Bryan este bucătarul.

-Oh, este bucătar, spuse ea ușurată.

-Nu, nu este. Este antrenor de box și jiu-jitsu Brazilian, spuse Matt, iar când fața ei căzu într-un mod comic, el rânji.

-Îți bați joc de mine, îl acuză ea.

-Nici gând, îți spun adevărul. Bryan este... un personaj foarte interesant, aș spune. Îmi place, să știi... Și tu îl vei place, spuse el pe o voce liniștită, iar apoi o privi cu o intensitate ciudată, pe care ea o resimți în partea inferioară a abdomenului.

Matt o privi tăcut câteva secunde, iar apoi continuă:

-Uite, eu cred că ar trebui să procedăm astfel. Nu-l voi aduce pe Nat aici, spuse el și văzând că ea dorea să spună ceva, o opri. Nu, nu mă înțelege greșit. Nu îl voi aduce aici cât timp ești în terapie intensivă. Nu cred că vrei ca el să te vadă astfel, spuse el și o privi interogativ.

Nora își scutură capul:

-Desigur că nu. S-ar putea să nu înțeleagă și să se supere.

-Exact, aprobă Matt. Imediat după ce te mută într-o rezervă, îl voi aduce acolo să te vadă, este bine?

-S-ar putea să obțin o cameră semi-privată. Cred că asigurarea mea acoperă așa ceva, spuse ea gânditoare.

-Nu te gândi la asta acum, îi alungă el gândurile.

Deja se hotărâse să discute problema cu spitalul și să acopere el costul unei camere private din buzunarul său. Nu voia să-l aducă pe Nat într-o cameră unde se mai găsea altcineva pe care nu-l cunoștea și care putea înspăimânta copilul.

-Între timp, dacă vrei, ai putea vorbi cu Nat la telefon, se oferi el. Cred că asta ar funcționa pentru un maximum de două sau trei zile, dacă ești destul de cuminte și te faci bine, rânji el la ea, iar ca răspuns, Nora se încruntă la el.

-Nu depinde de mine, cap pătrat, observă ea.

-Oh, ba da, depinde, insistă Matt. Depinde de mintea ta. Știi tu, forța minții asupra materiei, îi explică el.

-Aceea este o aiureală și o știi foarte bine, replică ea supărată.

-Nu, de fapt nu este, răspunse Matt pe un ton serios. Starea ta mentală te va ajuta să te faci bine mai repede. Oricum, vrei să vorbești cu Nat acum sau nu? o întrebă el, iar în ochii ei izvorâră lacrimi. Acum ce mai este? întrebă el cu exasperare, deschizându-și brațele.

-Nimic, sunt doar fericită, răspunse Nora cu o voce tremurătoare. Deci nu-mi vei lua fiul, vru ea să se asigure din nou.

-Nu fi proastă, veni răspunsul sec al lui Matt, iar apoi își scoase telefonul și formă numărul lui Bryan.

Ascultă vag atent la conversația pe care o avea Nora cu fiul său. El se gândea acum cum să organizeze totul și își făcea note mentale ca să nu uite să ia legătura cu asistenta sa personală pentru ca să-și rearanjeze tot programul pentru o lună întreagă. Matt știa că avea câteva întâlniri pe care trebuia să le respecte, dar spera să se poată debarasa de tot restul.

Matt se văzu mai interesat de conversația Norei cu Becka și Bryan. Chiar îl surprinse, pentru că ea zâmbi de câteva ori, ba chiar râse din toată inima la ceva ce spusese unul dintre cei doi.

Când a terminat conversația, Nora i-a returnat telefonul.

-Mulțumesc, Matt. Nu voi uita niciodată asta, îi spuse ea, iar ochii îi străluceau de gratitudine.

-Nu e mare lucru, replică el cu nonşalanţă, deşi se îndoia că se va simţi vreodată în largul lui când ea îşi aţintea pe el ochii aceia mari.

Nu înţelegea cum de femeia aceea îl putea afecta atât de mult când nici măcar nu o plăcea sau respecta.

-Are Nat alergii sau ceva de care ar trebui să ştiu? o întrebă el.

-Nu, nu are nici o alergie. Este un copil foarte sănătos, îi zâmbi ea. În legătură cu creşa... Ştiu că îl poţi lăsa acolo, dar nu cred că ţi-l vor da înapoi, spuse ea cu o scurtă ezitare şi îşi muşcă buza. Poate dacă îi sun mâine... să văd de ce au nevoie...

-Nu-ţi bate capul cu asta, îi îndepărtă el oferta. Este important pentru dezvoltarea lui să meargă acolo? se gândi el mai bine.

-Nu, nu chiar... E adevărat că se joacă cu alţi copii...

-Dar nu aş putea să-l duc în parc să se joace cu alţi copii acolo? întrebă Matt, înfundându-şi maiinile în buzunarele de la pantaloni.

-Da, ai putea. Dar nu trebuie să mergi la muncă? îl întrebă ea, iar vocea ei îi dezvălui surpriza.

-Eu sunt şeful, replică el sec. Eu decid când şi dacă lucrez, îi explică el. Va trebui să merg la birou pentru unele întâlniri şi da, am şi vreo două programări la tribunal, dar Becka şi Bryan m-au asigurat că vor avea ei grijă de copil când nu pot eu, aşa că nu e nevoie să-ţi faci griji, continuă el, balansându-se pe picioare.

Se evaluară unul pe celălalt câteva secunde în tăcere, iar apoi, Nora spuse:

-Nici nu îţi pot mulţumi destul, Matt.

-Nu este nevoie să-mi mulţumeşti, spuse el pe acelaşi ton sec. Totul va fi cum trebuie, şi, nu, nu-mi datorezi nimic, se gândi el să adauge pentru a fi sigur că-l înţelege.

Ea îl privi cu neîncredere, iar apoi pufni.

-Da, sigur. Îţi rearanjezi întreaga viaţă în jurul copilului meu, iar eu nu-ţi datorez nimic...

-Nu, nu-mi datorezi, repetă Matt cu mai multă hotărâre. Deci acum totul este bine? Poţi să te culci ca să îţi revii mai rapid?

Ea îşi închise ochii, îşi scutură capul, iar apoi spuse:

-Da, de ce nu?

-Bine atunci, te văd mâine, se grăbi el să spună şi părăsi încăperea.

Ea privi după el uluită. *Ăsta-i un bărbat foarte ciudat, Nora. Ceva nu e tocmai în regulă cu el.*

MATT PĂRĂSI SPITALUL după ce discută posibilitatea de a acoperi costurile unui salon privat, pentru atunci când Nora va fi transferată într-o cameră de spital normală.

Se asigură că au înţeles că nu trebuia făcut nici un fel de tam-tam în privinţa persoanei care plătea factura şi a reuşit să îi convingă. Le-a explicat că Nora era o femeie mândră şi nu ar fi fost bine pentru sănătatea ei să se enerveze. Avu grijă să sublinieze faptul că aşa s-ar fi întâmplat dacă ei i-ar fi spus cine acoperea costurile.

Într-un taxi, pe drum înapoi spre casa Beckăi şi a lui Bryan, se întrebă care erau motivele din cauza cărora reacţiona în felul acela. Era un bărbat raţional şi nu făcea niciodată nimic fără să cântărească tot ce era pro şi împotriva a face ceva.

De data aceasta, însă, nici măcar nu se obosise să se gândească prea mult. Ceva îl împingea să facă lucruri pe care în mod normal nu le-ar fi făcut dacă s-ar fi gândit la ele un pic mai mult. Nu era vorba despre bani, desigur. Nu avea nici un motiv să-şi dorească mai mult decât avea.

Cu toate acestea, comportamentul lui era departe de înţelegerea lui. Nici măcar nu putea pretinde că a fost vrăjit pentru că ştia foarte bine ce însemna aceasta. Recunoştea o vrăjitoare când vedea una, iar Nora numai vrăjitoare nu era.

Acum, aceeaşi întrebare rămânea fără răspuns: ce era cu acea Nora? Se comporta complet necaracteristic când se găsea în apropierea ei.

Ce naiba? Mi-am schimbat viaţa complet pentru ea într-o singură zi şi încă din toată inima.

Când îşi dădu seama de aceasta, Matt îngheţă.

CAPITOLUL 8

MATT SE TREZI CU UN mic ghem sărind în sus și în jos pe stomacul lui. Îi plăcea să doarmă pe spate și să se bucure de patul său făcut pe comandă, de mărimea King. La aproape 1.90, Matt avea nevoie de tot spațiul de care putea beneficia.

Își frecă fața cu o mână și stabiliză copilul cu alta. Devenise deja rutină. În fiecare dimineață, de-a lungul ultimelor patru zile, se trezise cu Nat sărind în sus și în jos pe el, iar el se întreba dacă băiatul făcea același lucru și cu mama sa.

Matt se gândi la diferența în mărime și în mușchi dintre Nora și el. Se întrebă cum se simțea ea după un astfel de episod. Era o mână de femeie și clar nu era potrivită pentru țopăiala viguroasă și energică a copilului.

Orele lui de antrenament cu Bryan îi definiseră mușchii abdomenului mai mult și acum era într-o formă foarte bună, dar tot avea sentimentul că a fost pocnit în stomac cu copita de un cal.

-În regulă, maimuță mică, văd că te-ai trezit deja.

Nat dădu viguros din cap și îi arătă toți dinții lui de lapte. Matt observă că, luat în totalitate, Nat era un copil foarte echilibrat și fericit. Lua totul așa cum era și nu se supăra prea repede.

-Ce te-a făcut atât de fericit în dimineața aceasta? întrebă Matt, punând copilul deoparte și coborând din pat.

-Ai promis că pot merge la Becka, pronunță copilul corect, aproape sărind în pat. Ea a promis că mergem în parc. Ea a mai promis că mă duci pe lac sâmbătă. Și pot să o văd și pe mami din nou, vorbi copilul ca o moară stricată, iar Matt zâmbi.

-Văd că Becka a promis multe lucruri pe seama mea, glumi el.

Dar când copilul îl fulgeră cu privirea, se grăbi să adauge:

-Acum, nu îți fă griji că facem tot ce a promis ea, da?

Nat zâmbi fericit din nou și sări din pat. Îl urmă pe Matt în baie și, ca în fiecare dimineață, Matt îl ajută să își curețe dinții, să își spele fața și să își pieptene părul.

Matt aflase deja că puștiului îi plăcea să își aleagă singur hainele și să se îmbrace, așa că după duș, se duse în bucătărie să pregătească micul dejun pentru amândoi.

Avea o zi lungă în față, începând cu lăsatul lui Nat cu Becka, pentru ca el să poată merge la muncă. Avea o înfățișare la tribunal în mai puțin de două ore și nu se făcea să fie în întârziere.

DESTUL DE OBOSIT, MATT veni să îl ia pe Nat de la Becka puțin după ora trei. Până la acea oră, Nat trebuia să se fi trezit din somnul de după-masă și probabil că acum era gata de plecare.

Matt de asemenea spera ca Bryan să-i ofere prânzul pentru că nu mai avusese timp de-o îmbucătură de dimineață, iar stomacul îi tot mormăia de pe la prânz.

Nu se obosi să mai sune la sonerie. Se îndoia că Becka a încuiat ușa după el când a plecat de la ei de-acasă în dimineața aceea. Știa că Bryan nu avea nici un fel de planuri să iasă pe ziua aceea, așa că nu ar fi avut ocazia să descopere că soția lui a uitat iar de încuiatul ușii.

Intră direct în casă și, pentru o clipă, înghețà pe loc. Vocea ridicată a străbunicii lui venea din spatele casei. Când Rebecca dorea, vocea ei bubuia atât de tare că l-ar fi făcut de rușine pe un sergent major.

-Nu pot accepta așa ceva, tinere, strigă ea.

Matt imediat se grăbi să traverseze bucătăria și să iasă pe terasă. Nu ar fi fost prea greu de imaginat că Rebecca îl mustra pe Nat, iar el nu putca să accepte așa ceva. Copilul era în grija lui și nu intenționa să-i permită nimănui să strige la el.

Rebecca nu era o femeie rea și fără simțăminte, dar îi cam plăcea ca totul să fie așa cum dorea ea de fiecare dată. Dar, de data aceasta, Matt nu-i putea permite așa ceva.

După ce a ieșit în grădină, s-a oprit brusc. Uimit, se holbă la scena din fața ochilor lui, iar pentru o clipă fu convins că avea halucinații.

Rebecca îl ținea pe Nat în poală, cu un braț pe după mijloc, și avea un deget ațintit spre Bryan, care stătea pe un fotoliu de grădină nu prea departe de ea. Bryan încerca să păstreze un chip serios, dar un zâmbet îndărătnic se tot lupta să-i apară la colțul gurii.

-Ce se întâmplă? întrebă Matt pe o voce departe de a fi blândă.

Nat imediat se întoarse spre el și strigă:

-Matt.

Își ridică mâinile în sus, ca Matt să-l ia în brațe. Matt își dădea seama că devenise ancora copilului de când mama lui fusese împușcată, dar, destul de curios, nu îl deranja deloc. Chiar îi făcea plăcere să vadă bucuria pură pe chipul copilului ori de câte ori îl vedea.

-Taci acum, tinere, îi spuse Rebecca cu autoritate. Întâi trebuie să îți mănânci gustarea, iar apoi, da, poți merge la Matt.

Ascultător, Nat înhăță imediat un alt biscuite de pe masă și și-l înfipse în gură. Toată lumea zâmbi, iar Matt îi ciufuli băiatului părul.

-Unde este Becka? întrebă el, privind spre Bryan.

Străbunica lui își flutură mâna.

-Este în birou. A trebuit să vorbească la telefon cu mama ei, îi explică ea.

-Vezi tu, interveni Bryan cu malițiozitate, încrucișându-și mâinile peste piept nonșalant și întinzându-și picioarele în fața lui, Rebecca s-a gândit că un atac pe două fronturi ar rezolva totul. Mama Beckăi ar trebui să o cicălească pe Becka, în timp ce Rebecca ar urla la mine până mă supun.

-Să te supui la ce? întrebă Matt.

Nu auzise despre nici un fel de probleme sau plângeri referitoare la cuplul lui favorit din ultima vreme.

-Să ia banii din trust, se răsti Rebecca la el. Am aşteptat destul. Am sperat că-şi vor reveni în simţiri mai curând sau mai târziu, dar a trecut aproape un an. Nu îi voi accepta refuzul drept răspuns, îşi încheie ea tirada cu îndărătnicie, ţintindu-l pe Bryan cu acelaş deget osos.

-Dulcea mea străbunică, începu el, dar ea îl întrerupse cu un rânjet.

-Nu mă lua pe mine cu *dulce străbunică*, i-o întoarse ea. Ştiu că nu ai sentimente bune despre mine şi nu voi accepta să mă minţi.

-Nu am sentimente bune? se interesă Bryan cu nedumerire.

-Desigur că nu ai, pufni ea. Te-am văzut eu. Ştiu cum gândeşti. Mă urăşti şi de aceea nu o laşi pe Becka să îmi accepte banii, explică ea pe o voce amară.

-Aici greşeşti, să ştii. Chiar cred că eşti dulce în felul tău, îi replică Bryan.

Când văzu că ea voia să-l contrazică, el se ridică în picioare şi îşi puse o mână pe umărul ei.

-Nu o arăţi, Rebecca, dar nu eşti pe atât de rea pe cât vrei tu să te creadă lumea. Iar despre bani, îmi pare rău, dar eu nu am nevoie de ei, iar Becka nu îi vrea, atâta tot, spuse el, scuturându-şi capul. Nu o lua personal. Nu voi spune că-mi pare rău că ea nu vrea să ia banii, îşi mai scutură el o dată capul şi o bătu pe umăr, ca şi cum ar fi vrut să îndulcească lovitura.

Se gândi o clipă, iar apoi se aplecă deasupra ei şi îi sărută obrazul ca pergamentul, ceea ce o uimi. Apoi, se întoase să se îndrepte spe casă şi aruncă peste umăr:

-Presupun că eşti flămând, Matt. Îţi voi aduce ceva de mâncare, ia numai un loc.

Mulţumit, Matt îi zâmbi şi se aşeză alături de Rebecca. Bryan era mereu foarte atent, iar dacă i-ar fi spus cuiva cât de domestic devenise Bryan, nimeni nu l-ar fi crezut.

Matt îşi scutură capul, amuzat, iar apoi simţi ochii Rebeccăi asupra lui. Se întoarse spe ea şi o evaluă cu ochi ageri.

-Cum mai eşti, buni? o întrebă el politicos.

Trebuia să facă ceva conversaţie cu ea. Nu putea să o ignore la infinit.

-Nu mă lua pe mine cu buni, Matt, i-o întoarse ea. Ai explicaţii de dat, tinere, spuse ea privindu-l cu înţeles.

Matt îşi scutură capul şi spuse liniştit:

-Nu, nu trebuie să îţi explic absolut nimic.

-Trebuie să te contrazic, iar dovada este în poala mea, se răsti ea, iar Nat privi în sus la ea.

-Eu? se interesă el timid, iar Matt simţi nevoia să ţipe la străbunica lui pentru că nu era mai atentă la simţămintele copilului.

Nu era ceva nou pentru Rebecca, dar el tot mai spera într-o schimbare. Cel puţin, vârsta a fi trebuit să o mai înmoaie puţin.

-Tu eşti dovada, puştiule, dar în sens bun, îi ciufuli ea părul băiatului. Acum termină de mâncat dacă vrei să mergi la joacă, îi ceru ea pe un ton care nu mai permitea nici un fel de întrebări.

Nat imediat înşfăcă o felie de portocală şi şi-o înfipse în gură. Satisfăcută, Rebecca îi zâmbi şi îi mângâie capul.

-Deci când aveai de gând să îmi spui că ai un fiu? îl întrebă ea pe Matt brusc.

Matt pur şi simplu se holbă la ea. I-ar fi plăcut să spună ceva, orice, dar mintea i se golise complet din cauza şocului.

-Tu eşti tăticul meu, spuse Nat cu veneraţie, iar adoraţia din vocea lui îl umili pe Matt.

Strălucirea din ochii copilului îl zgudui pe Matt şi acesta se întoarse la realitate.

-Mulţumesc, buni, spuse el cu sarcasm. Acum cum pot eu să..., începu el să spună, dar nu mai apucă să şi termine ce avea de spus.

-Tu ai grijă de el, tu îi eşti tată. Nu îmi pasă cine l-a zămislit, îi replică Rebecca şi ridică din umeri, ca şi cum totul ar fi fost atât de simplu.

-Tu eşti tăticul meu, repetă copilul, iar Matt gemu.

-Ar trebui să te felicit? veni vocea seacă a lui Bryan din spatele lui.

Matt îşi ridică privirea şi remarcă expresia severă de pe faţa lui Bryan. Nu avea nevoie de talentul său de a citi minţi pentru a ştii ce credea prietenul său.

Îşi ridică mâinile neajutorat şi întrebă:

-Ce ar trebui să fac acum?

-Nu eu trebuie să ştiu asta, îi replică Bryan tăios, iar apoi aşeză o tavă cu un bol de supă şi un sendviş în faţa lui.

-Ce fel de întrebare este aceasta, Matt? pufni Rebecca, iar apoi puse copilul jos. Acum poţi merge să te joci, îi spuse ea lui Nat şi îl plesni peste fund în joacă, făcându-l să râdă.

Cu toate acestea, Nat nu plecă imediat. Îl privi pe Matt şi spuse:

-Ai promis că o pot vedea pe mami azi.

-Desigur că o vei vedea, răspunse Rebecca imediat. O vom vedea cu toții pe mami azi.

Matt se înnecă şi supa îi ţâşni din gură. Bryan sări în spate, dar Rebecca nu a fost atât de norocoasă. Se găsea chiar în calea lichidului şi atât faţa cât şi bluza ei s-au pomenit stropite.

-Matthew Winston! strigă ea, aruncându-şi mâinile în aer exasperată.

Nu se aşteptase la aşa ceva din partea lui Matt, nici într-un milion de ani. Întotdeauna, Matt se dovedise a fi cel mai echilibrat dintre nepoţii şi strănepoţii ei.

Nat şi Bryan începură să râdă ca hienele, dar Rebecca se uită urât la ei, pufnind. Nu a fost nevoie să facă mai mult decât atât, pentru că imediat le înnăbuşi ilaritatea.

Nat alese să alerge la florile Beckăi, care îl fascinau şi unde Bryan îi instalase diverse jucării de exterior, în timp ce Bryan adună şerveţele pentru a o ajuta pe Rebecca să se cureţe.

Matt nu putea decât să se holbeze la ea. Ochii i se lărgiseră de-a binelea. Nu putea crede că tocmai o stropise cu supă pe străbunica sa care era o femeie atât de pretenţioasă.

Pe de altă parte, nu-i putea crede tupeul. Tocmai ce se invitase undeva unde nu trebuia să-şi vâre nasul, iar el s-ar fi blestemat dacă ar fi acceptat pur şi simplu.

Rebecca pufni din nou şi smulse şerveţelele din mâna lui Bryan. Începu să-şi frece faţa viguros, încă încruntându-se.

În tot acel timp, mormăi:

-Niciodată nu... niciodată... niciodată nu aş fi crezut că îmi vei face aşa ceva... Cum naiba ies eu acum în stradă? Ha? îşi încheie ea mormăiala cu un ţipăt din toţi rărunchii şi se uită din nou urât la Matt.

Matt tot nu putea spune nimic. Limba îi era înnodată. I-ar fi plăcut lui să spună o mulţime de lucruri, dar nici unul dintre ele nu era potrivit pentru urechile străbunicii lui.

Bryan interveni imediat. Observase că Rebecca era pe punctul de a-l pocni zdravăn pe Matt. Deşi i-ar fi plăcut să vadă cum s-ar fi desfăşurat aşa ceva, considerând că Matt era mult mai înalt decât străbunica lui şi era mai greu decât ea cu cel puţin patruzeci de kilograme, nu credea că spectacolul ar fi fost educaţional pentru puşti.

-Sunt sigur că poţi împrumuta ceva de la Becka, încercă Bryan să o consoleze pe un ton liniştit. Nu este sfârşitul lumii, doar ştii. Ştiu, eşti mai înaltă decât ea, este adevărat, dar ea este mai rotunjoară aşa că se va compensa, explică el.

-Vrei să spui că arăt ca o sperietoare de ciori, tinere? îşi schimbă ea ţinta mâniei brusc şi îl atacă pe Bryan, adunând din ce în ce mai multă furie.

-Departe de mine acest gând, Rebecca, replică Bryan.

Vocea lui continua să fie calmă. Nu avea nevoie de un alt meci de strigăte pe ziua aceea. Rebecca îl bătuse destul la cap pentru o după-masă.

-Atunci vrei să spui că Becka este prea rotundă? se răsti ea la el, gata să-şi protejeze strănepoata.

-Este exact cum trebuie să fie, aşa că hai să nu începem un nou argument pe chestia aceasta, observă Bryan pragmatic.

-Cred că ar trebui să plec, îşi regăsi Matt în sfârşit vocea.

Se gândi să profite de duelul verbal dintre Rebecca şi Bryan şi să o tulească cu Nat. Dar, din păcate, speranţele lui nu contau prea mult.

Rebecca se întoarse spre el imediat şi lătră:

-Mănâncă-ţi prânzul şi ţine-ţi gura închisă. Şi poate, de data aceasta, poţi să-ţi mănânci supa fără să mă mai stropeşti.

Îngrijorarea lui Matt escaladă. Credea că o ştia bine pe Rebecca, dar nu îi înţelegea jocul pe moment. Ştia numai că va avea de luptat la modul serios dacă voia să o convingă să rămână acolo, la casa Beckăi, sau să plece acasă, oriunde, dar nu la spital cu el.

-Buni, începu el, dar ea nu avea de gând să audă nimic.

-Am spus să-ţi iei prânzul, se răsti ea cu mai multă forţă. Vei avea destul timp să vorbeşti cu mine în după-masa şi seara aceasta, observă ea.

Cuvintele ei avură efectul unui duş rece asupra lui Matt şi el deveni mai hotărât decât înainte.

-Ce vrei să spui? întrebă el pe un ton uscat, împingând tava la o parte, pentru că acum clar nu îi mai era foame.

-Am decis să împrumut o bluză de la Becka, aş că nu vei scăpa de mine aşa uşor, Matt, se încruntă ea la el. Voi fi gata imediat, o să vezi.

Matt se încruntă la Bryan pentru că el fusese cel care avusese ideea să-i ofere una din bluzele Beckăi. Bryan doar dădu din umeri, neinteresat de furia lui Matt.

-Aceasta este bătălia ta, Matt, spuse Bryan.

-Ce bătălie? veni vocea Beckăi din spatele lui, iar el îşi întoarse capul spre ea.

Îi zâmbi soţiei lui şi o informă:

-Rebecca are nevoie de una din bluzele tale, iubito. Matt a stropit-o cu supa, rânji el.

Rebecca îl plesni peste braţ, neamuzată de de cuvintele lui.

-Încearcă să găseşti una care să se potrivească cu fusta mea, îi ordonă ea Beckăi. Cum a fost discuţia cu mama ta? o întrebă ea cu şiretenie.

-Am avut o discuţie plăcută, buni, şi nu, nu am acceptat banii din trust, spuse ea. Cum se face că Matt te-a stropit cu supa? întrebă ea, aşezându-se în poala soţului ei cu mişcări fluide.

-Nu schimba subiectul, domnişorico, se răsti Rebecca la ea. Vreau să-ţi regândeşti decizia, lovi ea masa cu palma, vexată că tânăra femeie nu cedase.

-Îmi pare rău, buni, dar nu pot, ridică ea din umeri, iar vocea arăta clar că nu îi părea defel rău. Dacă nu ai fi pus acele condiţii pentru bani, lucrurile ar fi putut fi diferite, observă ea.

-Ştii de ce am făcut-o, îşi susţinu Rebeca hotărârea.

-Ştiu şi îţi înţeleg motivele, cu adevărat, replică Becka şi, aplecându-se în faţă, îi mângâie braţul străbunicii. Dar aceasta nu înseamnă şi că sunt de acord cu tine. Considerând felul în care l-ai tratat pe Bryan...

-Iubito, interveni Bryan, dar Becka îl făcu să tacă cu o scuturare a capului şi un deget pus ferm pe buzele lui.

-Ce te aşteptai să fac atunci când am văzut un bărbat ca el cu tine? contracară Rebecca, fluturându-şi mâna în direcţia lui Bryan.

-Un bărbat ca el? sări Becka din poala lui Bryan, gata de bătălie, iar aerul vibră în jurul lor.

Becka își controla furia acum și lucrurile nu mai zburau în jur tot timpul. Dar cu toate acestea, aerul tot mai vibra ori de câte ori se enerva, iar soțul ei știu că trebuia să facă ceva.

Bryan încercă să intervină și să o tragă înapoi în poala lui, dar ea îi plesni mâinile să o lase în pace.

-Nu, Bryan, nu o las să te mai insulte încă o dată, spuse Becka cu ferocitate. O dată a fost mai mult decât destul, observă ea, iar ochii ei o fulgerară pe străbunica ei.

-Dar eu nu l-am insultat, Becka, nu fi proastă, spuse bătrâna pe un ton lipsit de emoție, ceea ce contrasta cu furia albă a Beckăi. Am spus numai că este atât de impozant și de serios... nu te puteam vedea cu un bărbat ca el... atunci, se gândi să adauge când Becka mai că mârâi la ea. Am crezut că îți va înnăbuși exuberanța și tinerețea. Acum știu mai bine de atât, ridică ea din umeri. Nu este nevoie să te enervezi, domnișorico. Oamenii fac greșeli. Numai așteaptă și o să vezi când ajungi la vârsta mea. Atunci să-mi spui tu mie că nu ai făcut nici o greșeală, o provocă ea pe Becka.

Becka nu avu timp să-i mai răspundă pentru că Matt alese exact acel moment să se ridice de pe scaun. Se prijini cu mâinile pe masă și reclamă atenția Rebeccăi.

-Vreau să știu ce intenționezi să faci, îi ceru el autoritar și își privi străbunica cu ochii de oțel. Te-ai jucat destul cu mine deja, își ridică el vocea.

Plesni și masa, în sfârșit pierzându-și cumpătul și făcând câteva sprâncene să se ridice. Matt nu arăta niciodată că era supărat sau furios, iar acea ieșire era destul de necaracteristică pentru el ca să-i uluiască.

FAMILIA WINSTON CARTEA ÎNTÂI TREZIREA
BECKĂI & DILEMA LUI MATT

'*Acum am început să mă comport ca un nebun*', se gândi el, cu ochii fixați în continuare pe femeia în vârstă. Știa că urzea ceva și nu-i plăcea direcția acțiunilor ei.

Dacă ar fi putut să se întoarcă în timp la primele ore ale dimineții, ar fi făcut alte planuri pentru Nat pe ziua aceea. Nu ar fi riscat să o lase pe Rebecca să știe ce se întâmpla.

-Plănuiesc să o văd pe tânăra ta doamnă, Matt, spuse Rebecca direct, neimpresionată de mânia lui. Cu sau fără tine, sublinie ea.

Ochii lui Matt fulgerară cu furie. Chiar trebui să se dea un pas înapoi pentru a nu fi tentat să-și încolăcească degetele în jurul gâtului bătrânei.

-Nu există un asemenea lucru ca *tânăra mea doamnă*, buni, spuse Matt de-a dreptul, nevoind să atragă atenția lui Nat.

-Pe cine crezi că păcălești tu, Matt? îl luă Rebecca în râs, fluturându-și degetele în fața lui. Hm! Nici un bărbat nu ia un copil în grija lui numai din mărinimia inimii lui, dădu ea din mână din nou pentru a îndepărta o astfel de presupunere.

-Nu era altcineva disponibil, atâta tot, spuse Matt printre dinți.

-Aiurea! pufni Rebecca. Ai destui bani să plătești pe careva, Matty. Ești un om cumsecade, sunt de acord cu asta, dar și cumsecădenia are o limită. Deci vreau să o cunosc pe femeia care...

-Nu vei întâlni pe nimeni, se răsti el, întrerupând-o pe un ton nepoliticos. Vei sta aici sau vei merge acasă, cum vrei tu, dar nu te vei implica în treburile mele. Este clar? aproape că mârâi el la ea.

-Nu-ţi apreciez tonul, îşi îndreptă bătrâna spatele şi încercă să-l intimideze cu privirea.

-Nu îmi pasă, răspunse el. Nu ştii când să te opreşti. Ai încercat să controlezi viaţa tuturor de la început şi pur şi simplu te omoară faptul că nu ai putut s-o controlezi şi pe a mea. Ei bine, nu-mi pasă, lovi el masa cu pumnul. Nu accept aşa ceva, tună el la bătrâna femeie. Poţi face ce vrei, străbunico, dar fă-o cât se poate mai departe de mine şi de treburile mele, spuse el pe un ton de gheaţă acum, conştient că şi-a pierdut complet cumpătul şi că se dădea în spectacol.

Apoi, se întoarse spre Nat şi îşi întinse mâna spre el:

-Nat, mergem să o vedem pe mami acum. Vino, maimuţică.

Nat fugi spre el, uitând complet de jucăriile cu care se juca. Matt îi cumpărase o masă de nisip gen crab cu trei zile în urmă, iar Becka şi Bryan o instalaseră lângă rondul de flori pe care copilul îl plăcea cel mai mult.

-Ai promis că Becka şi Bryan pot veni şi ei, spuse el luând mâna lui Matt.

-Ştiu, dar au musafiri. Vor veni cu noi mâine, îi zâmbi Matt şi îi ciufuli părul.

-Nu este necesar, interveni Rebecca. Putem merge cu toţii chiar acum. Trebuie doar să-mi schimb bluza, Nat, iar apoi putem pleca.

Deja înţelesese că Matt nu voia să spună nimic greşit în faţa copilului, iar ea profită de slăbiciunea lui. Ştia cum să-şi joace cărţile şi să reuşească în planurile ei.

Nu avea nici o noțiune de milă. Uneori, oamenii aveau nevoie de un spate de fier pentru a supraviețui, iar ea învățase de timpuriu să nu arate nici un fel de milă când nu ar fi fost cazul și să nu dea înapoi dacă dorea ceva.

De data aceasta, Matt efectiv văzu roșu în fața ochilor. Îi dădu drumul mâinii lui Nat și se întoarse spre Rebecca. Expresia lui arăta clar că acum era gata să spună tot ce dorea să spună, fără să se mai rețină.

Becka îi șopti temător lui Bryan:

-Fă ceva.

CAPITOLUL 9

INTERVENŢIA LUI BRYAN i-a salvat pe amândoi, atât pe Matt cât şi pe Rebecca, de o scindare totală. Matt a părăsit casa lor împreună cu puştiul şi Becka, iar Bryan a rămas să se ocupe de bătrâna vrăjitoare, după cum o numea Matt în gând acum.

Rareori avea Matt gânduri urâte despre străbunica sa. Înţelegea de ce inima i s-a răcit şi de ce voia să controleze totul şi pe toată lumea, chiar dacă lui nu-i plăcea acel lucru.

S-au mai ciondănit ei de-a lungul anilor. Uneori mai mult, alteori mai puţin. Cel mai rău a fost când a adus-o pe Velma s-o prezinte familiei. Şi cu toate acestea, chiar şi atunci, Rebecca nu reuşise să-l facă să vadă roşu în faţa ochilor, pregătit să îşi dea drumul la gură şi să scuipe toate resentimentele pe care le-a adunat pentru ea de-a lungul timpului.

De data aceasta, ea nu numai că depăşise anumite limite. Pur şi simplu aruncase toate hotarele în aer.

Matt era şi mai furios pentru că ea făcuse toate acele comentarii în faţa copilului. Dacă acesta le-ar fi repetat mamei sale, ceea ce era mai mult decât posibil, Nora s-ar fi convins că el voia să-i fure copilul. Şi ca urmare, s-ar fi găsit cu ea din nou pe aceleaşi poziţii ca în prima zi.

De-a lungul ultimelor câteva zile, găsiseră cumva un teren comun. Nora era mai puțin circumspectă și se temea mai puțin de el, iar unele bariere fuseseră coborâte, ceea ce lui îi surâdea foarte mult.

Când au mutat-o într-o rezervă, l-a adus pe Nat în vizită. Copilul i-a ajutat să interacționeze și ea s-a deschis mai mult în fața lui Matt.

Îi dispăruse din ochi lucirea aceea plină de resentiment și ură, iar aceasta îl făcea să se simtă ușurat. Faptul că acum se simțea mai bine și era pe calea recuperării îl satisfăcea și mai mult.

Își spusese că era mulțumit pentru că își vor vedea fiecare de drumul său în curând, dar el știa că se mințea pe sine însuși.

Era ceva acolo între ei, deși încă nu știa ce. Niciodată nu fusese atât de confuz când venea vorba de o relație cu o femeie. Nu știa dacă dorea să o mai vadă în viitor sau nu.

Conversațiile lor deveniseră mai puțin tensionate, iar el aflase că era o femeie interesantă, departe de femeia materialistă și adulteră pe care o crezuse în trecut.

Tot nu putea să-și arunce privirea în mintea ei. Nu se îngrijora el prea mult pentru că nu era capabil să-i citească gândurile. A decis să vadă ce-o fi mai încolo.

Descoperise lucruri despre ea în același fel în care o persoană obișnuită, fără puteri paranormale, afla despre oamenii din jur și i se părea mult mai satisfăcător decât dacă pur și simplu i-ar fi citit mintea.

De asemenea, angajase un investigator pentru a săpa în trecutul și prezentul ei și al fostului ei soț. Nu putea uita ce îi spusese Bryan și voia să vadă dacă a fost înșelat.

L-a întristat să afle că, mai toată viața ei, nu a avut pe nimeni pe care să se sprijine. Părinții ei s-au mutat în Florida când ea nici măcar nu avea optsprezece ani. Muriseră acolo, într-o spargere, câțiva ani mai târziu.

Investigatorul a cercetat și dovezile aduse pentru divorț și nu a reușit să descopere că ar fi fost valide. Stabilise dincolo de orice îndoială că ar fi fost imposibil ca cei patru martori să fi avut vreo aventură amoroasă cu ea. Nu numai că nu o întâlniseră niciodată, dar la orele când presupusele întâlniri ar fi avut loc, Nora era întotdeauna la serviciu.

Cu toate acestea, ceea ce el găsise era dovadă împotriva fostului soț. Aparent, acesta avusese două iubite în afară de soție, iar aceasta de ceva timp deja.

Matt se jurase să nu mai accepte niciodată un dosar fără să verifice el însuși evidența. Știa că Nora a fost înfiorător de nedreptățită, iar el fusese instrumentul umilirii ei. Scrâșnea din dinți de frustrare ori de câte ori își amintea cum îi vorbise.

-Ești în regulă, Matt? îi atinse Becka brațul.

El îi aruncă o privire pentru o secundă, iar apoi verifică copilul de pe scaunul din spate.

-Da, sunt bine. Doar puțin furios după... Ei bine, după, știi tu.

Becka doar dădu din cap și privi pe fereastră.

-Știi, nu cred că i s-a împotrivit careva vreodată și de aceea crede că poate face absolut tot ce vrea ea, remarcă ea gânditor.

-Nu dau un... o smochină, îşi cenzură Matt limbajul, atât pentru Becka cât şi pentru Nat, chiar dacă se simţea mânios şi crud şi avea nevoie să înjure. M-am săturat de amestecul ei şi de cererile ei, îşi plesni el mâna de volan.

-Ştiu. Dar... este bătrână... şi... în felul ei, chiar ne iubeşte pe toţi. De fapt, toată lumea ştie că pe tine te iubeşte mai mult decât pe oricine, îi atrase ea atenţia.

-Ca şi cum mi-ar păsa, ridică el din umeri, iar chipul îi rămase tot încruntat. Aş prefera să nu mă iubească deloc.

-Mie îmi place, veni vocea lui Nat din spatele maşinii, iar sprâncenele lui Matt se ridicară pe frunte.

-Pe bune? Cum aşa? îl întrebă el pe băiat.

-Latră. Nu muşcă, replică Nat.

-Unde ai auzit aşa ceva? îl întrebă Matt, surprins că băiatul ar fi cunoscut acea expresie.

-Mami spuse aşa... despre tata...

-Tatăl tău ţipa şi el? îl întrebă Becka pe copil, întorcându-se în scaun ca să-l privească pe Nat.

-La mami, spuse copilul. Pe mine nu mă vede.

-Cum na... cum de nu te vede? întrebă Matt cu nedumerire, din nou editându-şi cuvintele.

-Spune că... eu nu exist, explică copilul, iar atât Becka cât şi Matt se încruntară.

-Poate că nu ai auzit corect, încercă Becka să-l consoleze.

-Nu, îi replică Nat. A spus aşa. De multe ori.

-Ticălosul, mormăi Matt. Cineva ar trebui să-l înveţe o lecţie. Cu pumnii.

Becka l-a auzit şi zâmbi. Întotdeauna Matt a fost dornic să îi protejeze pe cei mai slabi şi să împartă pedeapsa necesară.

-Mami are nevoie de flori, spuse Nat brusc.

-Poftim? Ce ai spus? întrebă Matt surprins, oprindu-se la stop.

-Flori. Are nevoie de flori, copilul insistă.

-De unde știi? întrebă Becka.

-Ieri am văzut oameni cu flori. Oamenii aduc flori într-un spital, repetă Nat cu încăpățânare.

-Bine, amice, nu te agita atât de tare, râse Matt. Vom cumpăra flori, puișor. Chiar de aici, spuse el, arătând spre o florărie, iar apoi semnală la dreapta și schimbă banda.

CUM MATT I-A PERMIS lui Nat să aleagă ce flori îi plăceau, și-au făcut intrarea în salonul Norei cu un coș mare. Spre încântarea Beckăi, copilul alesese un coș plin de Alstroemeria, care semnifică devotament, prosperitate și noroc.

Ochii Norei se lărgiră când îi căzură pe coșul de flori, pe care se presupunea că Matt și Nat îl cărau. Matt îl convinsese pe băiat că ar trebui amândoi să îl ducă. Se îndoia că puștiul ar fi avut puterea să-l țină în mânuțele lui mici.

Ea acceptă florile cu grație, deși își scutură capul către Matt, mustrându-l că a cheltuit atât de mult. Văzuse astfel de coșuri în timp ce privea în vitrine, și știa că depășeau 150 de dolari. Nu îi venea să creadă că bărbatul a putut cheltui atât de mulți bani numai pentru a face pe voia unui copil.

Abia apoi, o văzu pe Becka. Ochii ei fuseseră ațintiți spre Nat și Matt și aproape că nu o remarcase pe femeia scundă și blondă de lângă Matt. Timp de o clipă, i se strânse inima, dar după aceea își alungă tristețea și îi zâmbi larg însoțitoarei lui Matt.

-Eu sunt Becka, spuse ea, verișoara lui Matt. Aduc fructe, îi arătă ea o pungă pe care o umpluse cu câteva portocale, banane și mere. Doar câteva chestii pe care le poți mânca fără să ai nevoie de tacâmuri, preciză ea și puse punga pe noptiera de lângă patul Norei.

-Becka este prietena mea, mami, se lăudă Nat. Se joacă cu mine în fiecare zi. Mă lasă să-i ating bebelușii. Sunt haioși. Nu au păr deloc sau aproape deloc. Și dorm tot timpul sau plâng, se grăbi el să spună, aproape împiedicându-se în cuvinte.

Adulții zâmbiră indulgent, iar apoi, Nora se întoarse spre Becka.

-Nici nu îți poți imagina cât de recunoscătoare îți sunt pentru tot ajutorul...

Becka o întrerupse atingându-i brațul și scuturându-și capul.

-Nu este nevoie să îmi fii recunoscătoare. Este o experiență bună pentru soțul meu și pentru mine. Bebelușii mei nu vor fi bebeluși pentru totdeauna, doar știi, râse ea.

Nora dădu din cap și râse, de asemenea:

-Mie îmi spui! E ca și cum acum sunt în leagăn, doar dormind și cerând de mâncare la câteva ore o dată și, brusc, ai un mic taifun de controlat.

-Ar trebui să punem florile pe noptieră acolo? întrebă Matt, brusc, nedorind să fie lăsat pe dinafară în conversație.

-Da, cred că ar sta foarte bine acolo, replică Nora, cu o timiditate ciudată în voce.

Sprânceana stângă a lui Matt se ridică pe frunte. Niciodată nu o văzuse atât de timidă.

Nora îi invită să ia loc. Avea două scaune în cameră și ea îl luă pe Nat pe pat cu ea. Tot îl atingea și îi peria părul cu degetele, semn că îi dusese teribil dorul.

-Deci ești cuminte cu Becka, Nat, da? îl întrebă ea pe băiețel.

-Da, și cu Bryan. Am întâlnit-o și pe străbunica lor astăzi. Și este haioasă, anunță băiatul cu exuberanță.

Atât Becka cât și Matt îl priviră de parcă și-ar fi pierdut mințile. Se puteau spune multe despre Rebecca, dar nu că ar fi fost amuzantă. Nu era una dintre caracteristicile ei.

-Ce este? întrebă Nora, observându-le nedumerirea.

-Străbunica este orice, dar nu haioasă, replică Matt pe un ton uscat. Nici măcar când eram de vârsta lui Nat nu am gândit altfel, explică el.

Becka se mulțumi numai să dea din cap. Era de acord din toată inima cu tot ce spunea Matt.

Simțind ochii întrebători ai Norei asupra ei, ea explică:

-Străbunica este... hai să spunem, specială. Și este mai bine să o iei în doze mici. Astăzi, atât Matt cât și eu am avut parte prea mult de prezența ei, râse ea.

Matt doar mârâi și își ciufuli părul cu degete nervoase.

-A spus că Matt este tatăl meu, anunță Nat mândru, sărind pe pat.

Toți trei adulții înghețară. Matt se uită la el cu ochii măriți, Becka își acoperi gura – nu știa dacă voia să țipe sau să râdă, iar Nora îl privi pe Matt șocată.

-Ce a spus? întrebă Nora pe o voce mică, temându-se că va auzi acelaşi lucru din nou.

-Matt este tatăl meu, repetă Nat, dând din cap viguros. Iar eu sunt de acord, îi anunţă el pentru ca ei să înţeleagă că nu exista nici o îndoială în mintea lui în ceea ce privea identitatea lui Matt.

-Spune ceva, la naiba, se răsti Nora la Matt.

El ridică din umeri:

-Pur şi simplu nu am cuvinte.

-Cum să nu ai cuvinte? îl dojeni ea. Eşti avocat, pentru Dumnezeu. Nu faci altceva decât să vorbeşti cât e ziua de lungă.

El se încruntă la ea şi spuse printre dinţi:

-Asta crezi tu că fac avocaţii toată ziua? Şi ce naiba vrei să-i spun? Are doar trei ani. Ce va înţelege?

-Nu ştiu, îşi aruncă ea mâinile în aer, dar trebuie să spui ceva, şi curând, sublinie ea.

-De ce eu şi nu tu? i-o întoarse el furios, vorbind printre dinţii strânşi, iar deja ochii lui îi sclipeau de mânie.

Când Nora nu avu un răspuns pregătit, Becka interveni:

-Dacă voi doi nu aveţi nimic împotrivă, cred că este mai bine să lăsăm lucrurile aşa pe moment. Este suficient timp să...

-Când? După ce s-a convins că Matt este tatăl lui? se repezi Nora la ea.

-Hei, nu eu sunt inamicul aici, se gândi Becka să menţioneze şi îşi ridică mâinile în sus. Dar cu toate acestea, Matt tot mai trebuie să aibă grijă de Nat pentru o vreme şi nu cred că opunându-se...

-El este tatăl meu, o întrerupse Nat furios. Străbunica a spus așa, spuse el și toți îi observară lacrimile din ochi.

-Nimeni nu spune altfel, puștiule, replică Becka, ciufulindu-i părul. Este doar o discuție de adulți, râse ea.

-Becka, spuse Nora, privindu-l fix pe Matt. Te-ar deranja dacă l-ai lua pe Nat cu tine la cafeneaua de la parter și mi-ai cumpăra și mie un latte sau ceva? Îți rămân datoare.

-Ia-mi și mie unul, spuse Matt scoțând bani din buzunar. Și Nat, am auzit că au și prăjiturele. Vezi ce îți place.

-Am bani, Matt Winston, încercă Nora să-i împingă mâna deoparte ca Becka să nu îi poată lua banii.

-Și la fel și eu, spuse Becka și oftă zgomotos, iar apoi îi luă mâna lui Nat și îl trase cu ea. Vom cumpăra niște prăjiturele pentru tine și o ciocolată albă pentru mine, îi explică ea lui.

-Vreau și eu ciocolată albă, se încruntă copilul.

-Atunci vei avea una, râse Becka. Nu este nimic rău cu o ciocolată albă așa, din când în când, îi spuse ea pe un ton conspirativ și apoi părăsiră încăperea.

Nora privi după ei. Matt nu avea nevoie să fie un cititor de gânduri pentru ca să știe că era furioasă.

-Uite, începu el, dar ea îl opri scuturându-și capul.

-Trebuie să îndrepți lucrurile. Când se întorc, insistă ea.

-Ai dreptate, dar ai ales cel mai prost moment, îi explică el și ea se uită urât la el.

-Știu că ești supărată, dar copilul trebuie să trăiască cu mine pentru cel puțin încă o săptămână, dacă nu mai mult. Nu vreau să fie supărat. În timp, își va transfera dorința de a avea un tată asupra altcuiva sau... Nu știu, înțelegi? Știu numai că nu pot să-l supăr acum. Este destul că îi lipseşti tu, nu crezi? încercă el să o consoleze mângâind-o pe braţ, dar ea se trase la o parte, iar el îşi încleştă dinţii de frustrare.

-Da, dar când eu ies de aici şi nu o să te mai vadă, va considera că este vina mea, iar eu trebuie să trăiesc cu el pentru mult mai mult timp decât tine, spuse ea şi îl pocni cu un deget în piept.

-Chiar este absolut necesar să nu mă mai vadă? o întrebă el.

Întrebarea lui veni ca o lovitură şi o şocă. Nora pur şi simplu se uită la el.

Tăcerea se întinse aproape un minut între ei. Matt îşi trecu degetele prin păr agitat, iar apoi spuse sarcastic:

-Văd că nu mai poţi de bucurie auzindu-mi propunerea.

Ea îşi scutură capul, iar apoi replică:

-Tu... m-ai şocat numai. Am crezut că abia aşteptai să scapi de mine şi de Nat.

-Nat este grozav, sublinie Matt. De ce aş vrea să scap de el?

-De mine, atunci, spuse ea printre dinţi, rănită de cuvintele lui.

-Niciodată nu am spus asta. Eu... te plac... cred, ridică el din umeri. Am crezut că... ar trebui să încercăm cel puţin... Vreau să spun... ar trebui să vedem cum merge... dacă merge... Nu ne-am văzut unul pe celălalt în cea mai bună lumină până acum, doar ştii. Am putea să fim chiar uimiţi de ce ar fi... continuă el să-şi exprime dorinţa, iar ochii i se perindară peste trupul ei.

În ziua în care s-a mutat într-un salon privat, la cererea ei, el i-a adus un costum de trening. Atârna pe ea, dar nu putea ascunde prea mult din formele ei.

Ochii Norei luciră, privindu-l. Apoi, își închise ochii câteva secunde, își încleștă și descleștă mâinile de câteva ori, iar apoi îl privi drept în ochi.

-În acest moment, am o fobie despre orice fel de relații cu un bărbat.

-Știu că abia ai divorțat și nu vreau să te presez...

Matt făcu un pas în direcția ei, dar ea îi opri cuvintele și avansul cu un gest.

-Nu este vorba de divorț, Matt. Divorțul a fost finalul. Au fost câțiva ani de resentimente și supărări... și... știu că nu sunt tocmai corectă acum, dar pun toți bărbații în aceeași categorie – nevrednici, de neîncredere și cel mai bine, duși din viața mea.

-Înțeleg, spuse Matt liniștit. Cred... că nu te voi mai deranja atunci. Când ești din nou bine și poți avea grijă de Nat, voi ieși din viața ta, nu te îngrijora, îi replică el cu amărăciune.

Nora îl privi atent, iar apoi veni la el și îi atinse pieptul.

-Nu, nu cred că vreau asta cu adevărat. Poate... putem încerca să vedem unde duce totul... Dar știi că Nat merge oriunde merg eu... Nu am cu cine să-l las și...

-Nu îți fă griji, îi replică Matt, luându-i mâinile între ale lui.

Speranța îi strălucea în ochi, iar tonul lui nu mai suna la fel de resemnat și amar ca înainte.

-Nu mă deranjează să-l am pe Nat cu mine. Şi poate, din când în când, poate să stea cu Becka şi Bryan câteva ore, să ai şi tu un pic de pauză, îi zâmbi el.

-Asta cu siguranţă, veni replica Beckăi de la uşă.

Se întoarseră spre ea, amândoi surprinşi şi chiar un pic vinovaţi, iar Becka surâse cu afectare.

-Cred că este o idee fantastică, Matt, şi sunt sigură că şi Nat gândeşte la fel, nu-i aşa Nat? Nu-ţi place să-ţi petreci timpul cu mine şi cu Bryan?

Nat dădu din cap viguros, iar apoi spuse:

-Şi Bryan şi găteşte. Ca tine, mami. Mâncarea lui este la fel de bună ca a ta, spuse el, şi îşi linse buzele făcându-i să râdă.

-Deci eşti o bucătăreasă bună, trase Becka concluzia. Aceasta e chiar perfect. Matt nu poate găti nimic, ridică ea din umeri. Cam ca mine. Matt, crezi că este vreo genă care lipseşte din codul nostru genetic sau ce?

Matt râse şi-i împinse bărbia în sus cu degetul mare.

-Oh, eşti atât de glumeaţă, puştoaico.

-Apropo, îi spuse Becka Norei, sâmbătă Matt îl va lua pe Nat să navigheze pe lac.

Nora se încruntă şi se întoarse spre Matt.

-Nu cred că este prudent.

-Oh, da, este, o contrazise Becka şi o bătu pe umăr să îi domolească orice supărare. Matt este cel mai bun şi prudent marinar pe care o să-l găseşti vreodată, plus că însistă ca musafirii să poarte veste de salvare, aşa că Nat nu va fi în nici un fel de pericol.

Nora păru să cam şovăie, dar chipul fiul ei, care o implora, o determină să se întoarcă spre Matt şi să îl întrebe:

-Eşti sigur că poţi avea grijă de el în timp ce navighezi?

-Desigur că pot, răspunse el, ofensat de lipsa ei de încredere.

-Şi dacă o pot convinge pe mami să vină şi să aibă grijă de bebeluşi, Bryan şi cu mine îi putem însoţi atunci.

-Şi după-masă, vom veni la tine ca să vezi că Nat este întreg, glumi Matt, ceea ce regretă imediat când Nora se încruntă la el.

-Apropo, spuse Becka, îmi pare rău, dar Nat nu va putea veni mâine să te viziteze. Am cumpărat bilete la un spectacol cu marionete şi este chiar imediat după somnul lui de după-masă, se scuză ea. Am sperat să nu te superi...

Nora îşi scutură capul imediat.

-Nu este nici o problemă. Pot să supravieţuiesc fără vizitatori pentru o zi, zâmbi ea, chiar dacă zâmbetul îi era trist.

-Tot mă vei avea pe mine, se grăbi Matt să spună.

Becka izbucni în râs la expresia de pe chipul lui când şi-a dat seama ce a spus.

-Vreau să spun că eu voi veni, îşi reformulă el declaraţia, uitându-se urât la Becka.

CAPITOLUL 10

MATT ABIA AŞTEPTA SĂ aibă o vizită cu Nora doar pentru el însuşi. Îi plăcuse să o vadă interacţionând cu Nat şi fusese foarte mulţumit să o vadă pe Nora înţelegându-se cu Becka.

Şi cu toate acestea, îşi dorea foarte mult să fie singur cu ea. Îşi dorea să dezvolte acea relaţie de care îi vorbise, iar acel lucru nu mergea prea lin când mai erau martori în încăpere.

I-a condus pe Nat şi Becka la spectacolul de marionete cu maşina, promiţându-le să se întoarcă să îi ia înainte ca spectacolul să se încheie. Apoi s-a grăbit spre spital, iar pe drum acolo s-a oprit şi a cumpărat un ghiveci cu o orhidee.

Îşi amintea cuvintele lui Nat. Oamenii aduceau flori când vizitau pe cineva în spital.

Matt s-a gândit puţin mai departe şi a decis să-i cumpere şi nişte prăjiturele ca să aibă ce ronţăi, câteva reviste şi o carte nouă. Deja îi adusese vreo două cărţi cu o zi înainte, dar nu credea că găsea ea prea multe de făcut într-o cameră de spital. El, unul, s-ar fi căţărat pe pereţi dacă ar fi fost în locul ei.

Nu era prea sigur în legătură cu revistele, dar decisese că nu putea da greş cu un National Geographic şi un Reader's Digest.

UN CIOCĂNIT ÎN UŞA salonului îi aduse un zâmbet pe buzele Norei. Matt ajunsese mai devreme, dar ei nu-i părea rău că el era deja acolo.

Se gândise la acea vizită încă din ziua de dinainte. O dată ce el i-a plantat ideea în cap, nu se mai gândise la altceva.

Lăsă pe pernă cartea pe care o citea şi spuse:

-Intră.

Uşa se deschise şi, spre surpriza ei, nu era Matt cel care intră în salon. O femeie bătrână, undeva peste optzeci de ani dacă nu şi mai mult de atât, intră în încăpere cu mersul unui general. Părul ei alb făcea ca ochii ei negri să pară şi mai impunători, iar acei ochi se fixară pe Nora, imediat după ce a intrat în cameră şi a închis uşa în urma ei.

Deşi putea vedea ceva asemănare cu Matt, în special în felul drept în care se ţinea femeia şi în forma ochilor, nasului şi a gurii, Nora remarcă:

-Mi-e teamă că aveţi salonul greşit.

Femeia îi dădea frisoane. Privirea ei străpungătoare şi zâmbetul afişat pe buze nu o linişteau pe Nora deloc.

-Am camera corectă, spuse femeia şi avansă în încăpere. Sunt Rebecca, străbunica lui Matt. Cred că era deja timpul să ne întâlnim, observă ea, întinzându-şi mâna către Nora.

Nora îi strânse mâna politicos, dar replică:

-Nici măcar nu m-am gândit că era timpul să ne întâlnim. Nu sunt decât o cunoştinţă trecătoare a lui Matt şi...

-Aiureli, i-o întoarse Rebecca, iar ochii Norei se lărgiră. Cunoştinţă trecătoare, de parcă aş crede aşa ceva. Strănepotul meu nu are obiceiul să aibă grijă de copiii oamenilor. Nici nu cred că şi-a petrecut vreodată mai mult de două minute din viaţa lui cu un copil înainte de a te întâlni pe tine, îşi flutură ea mâna dispreţuitoare.

-Poate că a avut motivele lui, spuse Nora blând şi îi indică bătrânei femei un scaun să ia loc, chiar dacă ar fi preferat s-o trimită la plimbare.

Rebecca se aşeză pe scaun, în timp ce Nora luă loc pe marginea saltelei patului. Vizita Rebeccăi o neliniştea, iar nervozitatea îi creştea cu fiecare secundă.

Nora presupuse că bătrâna venise să-i spună '*dispari şi lasă-mi strănepotul în pace*', iar ea nu era sigură cam cum să reacţioneze la aşa ceva.

Încă din după masa din ziua precedentă, s-a tot gândit la toate cu mare grijă şi simţea că dorea să ajungă să-l cunoască pe Matt mai bine. Nu era prea încântată de imixtiunea Rebeccăi, dar pe moment, decise să aştepte înainte de a reacţiona.

-Ţi-am adus nişte ciocolate, spuse Rebecca şi scoase o cutie de ciocolate din geanta ei uriaşă.

Nora îi mulţumi cu jumătate de voce şi puse ciocolăţile pe noptieră, lângă florile pe care le primise de la Nat şi Matt.

Ambele femei se evaluară una pe cealaltă în tăcere câteva minute, iar apoi, Rebecca îşi începu atacul.

-Deci tu eşti femeia care mi-l-ai vrăjit pe Matt al meu, spuse ea, iar vocea ei sugera că deja o judecase pe Nora şi că nu considera că ar corespunde standardelor.

O lumină de avertizare luci în ochii Norei. Îşi propuse să fie politicoasă cu femeia – la o adică era o femeie bătrână şi, pe deasupra, străbunica lui Matt, dar nu voia să o lase să o umilească.

Ştia că era o femeie obişnuită. Părul ei era doar puţin cam prea roşu, pielea extrem de palidă, iar ochii ei verzi prea proeminenţi pe chipul ei din cauza palidităţii. Nici măcar înălţimea ei nu ieşea în evidenţă, abia 1.65 cm. Ceea ce nu era atât de obişnuit, poate, era rotunjimea şoldurilor şi coapselor ei şi mărimea bustului.

-Trebuie să spun că muream de curiozitate să te cunosc, continuă Rebecca, fără să-i pese de încercarea Norei de a o avertiza. Matt nu a fost niciodată un om nemilos, dar nici nu a dat atât de mult de la el pentru a mulţumi pe careva. Şi-a rearanjat viaţa personală şi profesională în jurul tău şi al fiului tău, remarcă ea.

-Hai să-l lăsăm pe fiul meu în pace, ceru Nora pe o voce calmă, dar cu toate acestea oţelul se simţea în tonul ei, iar Rebecca râse.

-Hai să nu, i-o întoarse ea, iar ochii Norei fulgerară furtunos. Îmi place micul diavolaş. Este inteligent şi plin de energie – un copil bun. Cineva a avut grijă cum trebuie de el, recunoscu ea aportul Norei. Dar cu toate acestea, îşi flutură ea mâna, ideea este că este ceva cu tine şi tu l-ai atras pe Matty al meu, continuă bătrâna.

Nora o privi cu neîncredere. Da, Matt arătase ceva interes, dar nu părea îndrăgostit de ea. Îşi exprimase numai dorinţa de a explora o posibilă relaţie între ei. Aceasta nu însemna că era vrăjit, după cum pretindea Rebecca.

-Nu e uita așa la mine, domnișorico, se răsti Rebecca. Îmi cunosc băiatul și știu că este înnebunit după tine.

-Dacă este doar înnebunit, nu aveți de ce să vă faceți griji, remarcă Nora foarte pragmatic.

Stătea cu spatele drept ca o lumânare și își ținea mâinile liniștite în poală. Cu toate acestea, pe dinăuntru clocotea.

Cum de îndrăznești să vii aici și să mă judeci? Ce te face să crezi că ești mai bună decât mine?

-Mă voi îngrijora dacă vreau. Acum, eu vreau ce este mai bun pentru băiatul meu, continuă Rebecca de parcă ar fi discutat vremea. Probabil că ești o fată bună, considerând felul în care a fost crescut Nat dar..., făcu ea o pauză pentru efect, nu ești cea mai bună.

Timp de o secundă, Nora avu senzația că nu mai poate respira. Știa că bătrâna cotoroanță va spune așa ceva, și cu toate acestea, tot a surprins-o.

-Din nou, de ce ai venit aici? întrebă ea cu nonșalanță de parcă nu fusese deja insultată.

-Este foarte simplu, fată, replică Rebecca. Ai nevoie de bani. Nu există nici o îndoială în privința aceasta, continuă ea, iar ironia i se simți în voce. Deja știu totul despre tine. Așa am și dat de urma ta aici, gesticulă ea, arătând salonul de spital. Acum, trebuie doar să-mi spui cât de mulți bani vrei ca să îi dai drumul lui Matt. Viitorul lui este în altă parte, încheie femeia pe o voce poruncitoare.

Nora o privi complet șocată. Se așteptase la morală, la mai multe insulte, probabil chiar niște amenințări, dar nu se așteptase să i se ceară să-și numească prețul.

În ciuda surprizei sale, nu avu nevoie decât de câteva secunde ca să-și revină, iar apoi sări din pat și începu să urle.

CAPITOLUL 11

O CEAȚĂ DE GHEAȚĂ I se strecură în mintea lui Matt când sora medicală i-a spus că o femeie bătrână o vizita pe Nora. Cam știa el cine putea fi acea femeie.

Avu nevoie de câteva minute să reacționeze și să-și adune gândurile. Apoi, în grabă, îi aruncă peste umăr un 'mulțumesc' surorii medicale și aproape că alergă spre salonul de spital al Norei.

Percepu o voce ridicată venind din încăpere chiar înainte de a deschide ușa. Nu mai pierdu timp să ciocănească la ușă, ci pur și simplu, deschise ușa cu forță. Se opri în prag, cu nările frcmătând și sprâncenele aproape înnodate pe frunte într-o încruntare amarnică.

Nora era în picioare deasupra străbunicii lui, iar el nu putu să nu o admire pentru că femeia arăta foarte bine cu acel aer războinic pe chip.

-Este clar? continuă ea fără să remarce sosirea lui. Nu am nevoie de banii sau de aprobarea ta. Poți să ți le bagi pe amândouă unde...

-Domnișorico, o întrerupe Rebecca. Limbajul ți se deteriorează din ce în ce mai mult, observă ea cu dispreț înghețat.

-Şi ce dacă? i-o întoarse ea. Nu îmi pasă de opinia ta despre mine şi nu mă poţi cumpăra.

-Desigur că nu, observă bătrâna. Nu e ca şi cum ai accepta să primeşti mai puţin când acum ştii care este valoarea financiară a lui Matt. Nu ai accepta, nu-i aşa? o privi ea dispreţuitor.

-Nu am nevoie de banii lui sau de banii tăi, sublinie Nora. Ceea ce am nevoie, câştig eu însămi. Dar ceea ce vreau de la tine este să ieşi din camera asta şi să nu te mai întorci, strigă ea.

Apoi, se întoarse spre uşă să o deschidă şi să o arunce pe bătrâna cotoroanţă afară. Când ochii îi căzură pe Matt, sângele îi îngheţă în vene.

Matt o privea cu ochi impenetrabili. Arăta bine, deşi părea uşor hărţuit, iar o urmă de regret îşi făcu cuib în inima ei.

Dar ea era o femeie practică, totuşi, aşa că strivi orice regrete şi sentimente şi spuse:

-Ai venit exact la timp să o conduci pe străbunica ta la uşă. Voi cere să fiu externată mâine dimineaţă, aşa că, da, îmi cer scuze, dar chiar am nevoie de ajutorul tău să mai ai grijă de Nat pentru mine în seara aceasta. Mâine, însă, îl voi lua din mâinile tale.

Spre sfârşit, vocea îi tremura, deşi îşi începuse discursul destul de calm.

Matt nu-i răspunse imediat. Vocea ei plată îi sunase încordată în urechi. O privi în ochi şi descoperi că şi ochii îi erau lipsiţi de orice strălucire. Lumina pe care o văzuse acolo ieri dispăruse.

-Da, o voi conduce pe străbunica la uşă şi da, dacă vrei să părăseşti spitalul şi eşti în siguranţă să faci asta, sunt cu totul de acord. Ceea ce nu o să se întâmple însă, este să mă determini să plec, îi preciză el.

Micşorând distanţa dintre ei, îi atinse obrazul înroşit cu degetele. Furia îi pudrase pielea, iar buzele îi tremurau.

Fără să se gândească, se aplecă şi îşi atinse gura de a ei uşor. Degetele îi zăbovira pe faţa ei încă câteva clipe, iar apoi se îndreptă.

Se mai uită la ea câteva momente, iar apoi îi înmână punga cu lucrurile care i le-a adus.

-Ţine asta, Nora. Eu trebuie să mă ocup de străbunica, menţionă el sarcastic.

Se întoarse spre Rebecca şi o întrebă pe un ton vag interesat:

-Ai de gând să ieşi pe propriile tale picioare sau ai nevoie de ajutorul meu?

Ambele femei icnirá. Nora nu-şi putea crede urechilor. Ea chiar crezuse că el va pleca şi că aşa se va încheia totul.

Rebecca era şi mai uluită. Nu-şi imaginase niciodată că Matt va acţiona efectiv împotriva ei. Da, presupuse că va mormăi el o vreme, dar că se va resemna şi va acţiona după cum voia ea.

Încercase să creeze o ruptură între Nora şi Matt cu o zi înainte când i-a spus copilului că Matt era tatăl său. Îi plăcea copilul destul de mult, dar nu credea că Matt ar trebui să fie cu cineva numai din cauza simţului său de datorie. Ea dorea ceva mai mult pentru el.

-Cum îndrăzneşti să-mi vorbeşti aşa? sări ea cu gura pe el.

-Am întrebat dacă pleci tu singură sau trebuie să te scot eu cu forța, își reformulă el declarația precedentă și o privi el pe Rebecca intimidant.

Bătrâna pufni și chipul i se coloră. Norei îi păru rău pentru ea când văzu că buzele îi tremurau.

-Matt, îi atinse ea brațul ezitând. Poate că ar trebui...

-Ar fi trebuit să o fac de mult timp, o contrazise Matt pe un ton de oțel. Scuză-mă, draga mea, spuse el și îi luă mâna de pe brațul lui.

Se apropie mai mult de Rebecca și, pe un ton descurajant, o întrebă din nou:

-Deci ce alegi, buni?

-Dacă tu crezi că Marjorie nu va auzi despre asta... începu Rebecca să-l amenințe, dar Matt își ridică mâna și o opri.

-Nu dau un... o smochină, își cenzură el limbajul. Mama va înțelege, ridică el din umeri. Acum, vreau ca tu să pleci, spuse el pe un ton și mai sever.

Rebecca consideră că suportase destul. Se îndreptă și pe cea mai autoritară voce pe care o putea găsi în acel moment, replică:

-Înțelegi că nu vei pune niciodată mâna pe banii din trust.

Nora icni ușor. Niciodată nu inenționase să-l facă pe Matt să-și piardă banii sau să-l facă să se certe cu familia lui din cauza ei.

Ea se grăbi spre el și îi atinse brațul din nou:

- Matt, nu vreau ca tu să...

-Dar eu vreau, îi replică el, continuând să o privească pe Rebecca cu ochi duri care nu lăsau loc la compromis.

Rebecca îşi dădu seama că el nu va da înapoi şi îl privi urât. Se întoarse pe tocuri şi, fără un cuvânt, părăsi încăperea.

Matt luă notă de privirea ei şi imediat îşi dădu seama ce va face ea mai întâi. Se întoarse spre Nora, îi mângâie faţa cu degetele, iar apoi îi spuse:

-Îmi pare rău, dar trebuie să o anunţ pe mama că Rebecca va parca pe scările de la uşa ei.

-Oh, Doamne, mama ta mă va urî, chiar dacă numai pentru acest lucru, exclamă Nora cu groază.

Şansele ei cu Matt deveneau din ce în ce mai fragile, iar ea se mustră pe sine însuşi că nu şi-a ascultat propria ei raţiune.

Ştia că nu ar fi trebuit să se implice cu nici un bărbat. Avea alte priorităţi în minte şi, din nou, şi-o făcuse cu mâna ei şi va avea o nouă dezamăgire.

-Fii scrioasă, îi replică Matt. Mama nu este genul ăsta, îi explică el şi o ajută să se aşeze pe pat.

Apoi îşi scoase telefonul din buzunar ca să-şi sune mama. Intenţiona să-l sune pe Jay după aceea şi să-l roage să se ducă să îi ia pe Becka şi Nat de la teatru şi să-i aducă la spital.

CAPITOLUL 12

NORA L-A PRIVIT PE Matt vorbind cu fratele său, Jay, la telefon și a invidiat caramaderia degajată dintre ei doi. Ea nu avusese niciodată o relație atât de deschisă și caldă cu nimeni din familia ei.

Îi simțise tensiunea din corp – bărbatul era furios la culme, iar aceasta o făcuse și pe ea să fie nervoasă. Cu toate acestea, acum, el își revenise și semăna mult mai mult cu bărbatul calm pe care îl știa.

Matt o surprinsese pe Nora a doua oară pe ziua aceea când i-a telefonat mamei lui în prezența ei. Ea se gândise că el va părăsi camera pentru ca ea să nu îi poată auzi explicațiile.

Apelul nu durase foarte mult. Matt îi explicase mamei sale succint că avea o iubită, ceea ce o uluise și mai mult pe Nora. Nu știuse că el se gândea la ea în astfel de termeni. Nu că ar fi deranjat-o. Era ea o femeie realistă, dar tot îi plăcea să mai viseze din când în când și, într-o perioadă foarte scurtă de timp, își imaginase multe în legătură cu Matt.

El de asemenea îi mărturisise mamei sale că alegerea sa nu corespundea cu așteptările străbunicii lui și, în consecință, ea a încercat tot posibilul să îl saboteze, ceea ce el nu putea accepta.

Nu intrase în detalii, dar a avertizat-o pe mama lui că, probabil, Rebecca era pe drum spre casa ei. Cu siguranță, va dori să se plângă de faptul că el s-a dovedit un broscoi nerecunoscător.

Nora nu putuse să audă replicile mamei sale, dar cuvintele și atitudinea lui Matt o surprinseseră. Chiar a și râs de câteva ori, iar în final, se resemnase să accepte invitația la cină în numele Norei pentru când ea ar fi părăsit spitalul.

Lui Jay îi trebuiră și mai puține explicații decât fuseseră necesare pentru mama lui Matt. Matt i-a spus numai că s-a certat cu Rebecca, care intervenise în relația lui cu Nora, și i-a cerut să meargă și să-i ia pe Becka și Nat de la teatru cu mașina și să-i aducă la spital.

Nu voia să părăsească spitalul înainte de a avea șansa să vorbească cu Nora, iar Bryan avea grijă de bebeluși în după-masa aceea.

După ce a terminat de organizat totul după cum își dorea, și-a îndesat telefonul în buzunar și s-a întors spre ea.

-Cred că trebuie să îmi cer scuze pentru comportamentul străbunicii mele, spuse Matt, iar ținuta lui trăda faptul că nu era foarte sigur ce ar fi trebuit să spună.

Nora se ridicase de pe pat și rămăsese în picioare în tot acel timp, iar acum, extenuată după toată comoția și rollercoasterul de emoții și cuvinte, se îndreptă cu greutate spre pat și se așeză. Abia se ținea pe picioarele anchilozate care o dureau.

Doctorul o sfătuise să folosească cârjele, dar dacă șchiopăta nu punea prea multă greutate pe piciorul rănit. Prefera să nu fie stânjenită de cârje, mai ales pentru că o durea pieptul ori de câte ori le folosea.

Îl privi gânditoare şi îi replică:

-Ştii că ea crede că i-am refuzat banii numai pentru că aş ştii că tu ai mai mult.

-Şi de ce ţi-ar păsa? o întrebă el. Nu păreai să-ţi pese de ce credeau oamenii despre tine acum câteva zile, făcu el aluzie la ziua din biroul lui.

-Nu-mi păsa atunci de tine, recunoscu ea cu o ridicare din umeri, dar se pare că acum îmi pasă.

-Şi de ce îţi pasă acum? micşoră Matt distanţa dintre ei.

Se aşeză pe pat lângă ea, îi luă mâna într-a lui şi îi simţi tremurul uşor al degetelor.

'Nu este indiferentă faţă de mine. Chiar departe de asta.'
Un zâmbet satisfăcut îşi făcu loc pe buzele lui şi el îi strânse degetele cu grijă.

-Pentru că contează, replică Nora liniştit, uitându-se direct în ochii lui. Este imposibil ca tu să nu crezi că sunt o vânătoare de avere, în special considerând tot ceea ce ştii despre mine, continuă ea cu tristeţe.

Îşi amintea foarte bine ce se spusese în sala de conferinţă din biroul lui. Nu uitase nici ceea ce el îi spusese pe stradă când se întâlniseră.

-Ştiu mai bine acum, spuse el şi îi trase degetele spre gura lui.

Nora se uită urât la el şi îşi trase degetele înapoi.

-Ce ştii mai bine acum?

Matt oftă adânc. Ştiuse că va trebui să-i spună într-o zi, dar sperase că nu aceea va fi acea zi.

Avusese loc destul tumult în după-masa aceea, iar el se temea că ea nu va răspunde foarte bine când va afla adevărul.

Avea nevoie să se distanțeze emoțional pentru a îi spune totul, așa că se ridică în picioare și se îndreptă leneș spre fereastră unde se sprijini de pervaz. Ochii i se plimbară peste silueta ei, iar o lumină stranie îi luci în pupilele de un albastru închis. Privirea îi poposi pe câteva locuri anume, iar nările îi fremătară. Apoi, deveni serios și o privi drept în ochi.

-Am făcut ceea ce ar fi trebuit să fac înainte ca tu să fi semnat hârtiile acelea de divorț, mărturisi el până la urmă.

Ea trase adânc aer în piept pentru că nu simțea că ar avea destul aer. Nu putea să-și ia privirile de la el. Ochii lui Matt o țineau efectiv prizonieră.

-Ce vrea să însemne aceasta? ceru ea explicații.

-Înseamnă că am angajat un investigator, replică el liniștit, privind-o cu atenție, pentru că nu voia să piardă nici una dintre reacțiile care îi jucau în mod deschis pe chip.

-De ce? izbucni ea, iar ochii i se îngustară.

Avea ea unele suspiciuni și nu-i plăceau defel. După ce aflase că Rebecca a verificat-o, să audă acelaș lucru de la Matt o făcea să clocotească.

-Pentru că, de-a lungul ultimelor câteva zile, am ajuns să te cunosc, așa cum ești tu în realitate, iar ceea ce citisem în acel dosar înainte de aceea întâlnire nu se prea potrivea cu ceea ce aveam în fața ochilor, ridică el din umeri ca să se scuze.

-Deci voiai să te asiguri că nu încerc să te amăgesc, replică ea pe o voce certăreață.

Matt nu spuse nimic câteva secunde, ci numai o privi. Știa cu acuitate că ce urma să spună s-ar fi putut să-i distrugă orice șansă ar fi avut cu ea.

-Nu ai fi făcut acelaş lucru? întrebă el pe un ton liniştit. Vreau să spun că am citit acel dosar, şi am crezut că informaţia pe care o aveam în faţa ochilor era corectă – lucru pentru care, apropo, îl voi ucide pe partenerul meu când se va întoarce din luna de miere, spuse el printre dinţi. Ar fi trebuit să-şi facă temele şi să nu accepte cazul. Ştiu că sântem avocaţi şi că uneori apărăm oameni care nu o merită, dar nu în astfel de situaţii, cum a fost a ta, spuse el furios, încleştându-şi şi descleştându-şi pumnii.

Avu nevoie de câteva clipe să se calmeze, iar apoi continuă, arătând spre ea:

-Şi apoi, am avut ocazia să te văd aici. Am ajuns să te cunosc şi nimic din ceea ce vedeam nu se potrivea cu imaginea pe care o aveam deja despre tine în mintea mea. Într-o asemenea situaţie, nu ţi-ai fi chestionat instinctele, Nora? întrebă Matt pe un ton moale.

'*În special, când deja te-ai ars o dată*,' adăugă el în gând caustic, dar îşi păstră ochii asupra ei.

-Poate că da, recunoscu ea cu o ridicare din umeri, fără să se implice prea mult.

Înţelegea într-un fel, deşi nu se simţea prea în largul ei cu el pentru că el ştia totul despre ea în timp ce ea nu ştia mai nimic despre el.

-Ştii, nu sântem egali în absolut nimic, sublinie ea.

-Ce... naiba vrei să spui? mormăi el, găsindu-se din nou în situaţia de a schimba ceea ce voia să spună la jumătatea propoziţiei.

Limbajul lui se deteriorase din ce în ce mai mult în ultimele câteva zile, şi el ştia cine era de vină pentru aceasta.

-Păi, hai să vedem, își bătu ea un deget de buze, brusc simțind dorința de a fi rea.

Ziua îi întinsese nervii la maximum și nu se terminase încă. Avea nevoie să elibereze ceva din presiunea pe care o resimțea și îl alesese pe el ca recipientul furiei ei. Știa că nu era prea corectă, dar în acel moment, a fi corect părea să fie supraevaluat.

-Se pare că tu știi totul despre mine, în timp ce eu nu știu nimic despre tine, clarifică ea.

-Știi destule, spuse el, împingându-se de la fereastră.

Cu câțiva pași apăsați veni spre ea.

-Haide, Nora! Până acum, am petrecut împreună o bună parte a câtorva zile împreună. Este imposibil să nu-ți fi făcut o anume părere despre mine. Știu că sunt alte lucruri pe care trebuie să le afli și le vei afla, spuse el.

Matt respiră adânc pentru a-și calma dubiile. Puțini oameni i-ar fi acceptat familia nebună, în special din cauza aptitudinilor lor speciale.

-Probabil că vor fi lucruri care nu îți vor place sau care te vor face să fugi și să te ascunzi, știu asta, dar nu voi ascunde nimic de tine, declară el cu hotărâre.

Acum se aplecase deasupra ei. Nu se simțea deloc comfortabil cu decizia lui de a fi complet onest cu ea. Nu mai încercase așa ceva înainte. Mereu păstrase câte ceva secret, chiar și față de părinții sau frații lui.

-Tu ai bani, iar eu nu am decât un salariu, sublinie ea. Mi-am pierdut și economiile când am contribuit la avansul pentru casă, explică ea pe o voce abătută.

-Da, ştiu. Erau banii pe care ar fi trebuit să îi primeşti după divorţ, iar eu am făcut ca acel lucru să devină imposibil, ştiu, dădu Matt din cap, posomorât acum, iar degetele sale nervoase îi trecură prin păr.

-Nu trece peste ce vreau eu să spun, Matt, se răsti Nora la el. Nu am vrut să spun că am pierdut bani din cauza ta. Am spus că tu ai bani, în timp ce eu nu am.

-Nu este important, îşi flutură el degetele pentru a-i îndepărta argumentul.

-Cum poţi spune că este neimportant? Rebecca deja m-a etichetat, iar restul familiei tale îi va urma exemplul curând, spuse ea cu exasperare.

-Unii dintre ei o vor face, admise el şi se aşeză lângă ea.

El îi luă mâna într-a lui din nou. Acum un zâmbet îi juca pe buze şi o înnebunea pe Nora.

-Cum se poate să nu îţi pese absolut deloc de aşa ceva? strigă ea. Matt, vorbesc cu tine, îl înghionti ea, când văzu că era mai interesat de palma ei decât de ce avea ea de spus.

-Ştiu că vorbeşti cu mine, îşi ridică el ochii la ea, brusc foarte serios. Îţi garantez că vor fi membrii de familie care vor încerca să îţi submineze poziţia şi să spună lucruri oribile despre tine. S-ar fi întâmplat acest lucru şi dacă ai fi avut avere sau sânge albastru sau orice altceva. Bryan a trecut prin toate astea, să ştii. Dacă Becka şi el au supravieţuit, în final, vom supravieţui şi noi, îţi promit.

-Am un copil, îi reaminti ea.

-Şi ce dacă? Nu văd nici o problemă aici. Micul diavol este deştept şi dulce. Şi este al tău, aşa că nu am nici o problemă cu el.

-Dar alții vor avea, replică ea liniștit și îi atinse chipul. S-ar putea să nu fiu cea mai bună alegere pentru tine Matt, nici măcar pentru o aventură amoroasă de scurtă durată.

-În primul rând, nu am nevoie de o aventură amoroasă de scurtă durată, Nora, îi replică el pe un ton sec. Dacă aș fi vrut o aventură de acest gen, nu aș fi aici. În al doilea rând, nu-mi pasă de cea mai bună alegere, îi spuse el privind-o intens. Îmi pasă numai de alegerea mea.

Se aplecă și îi sărută buzele scurt, iar apoi se ridică în picioare pentru că trebuia să scape de frustrarea lui mergând.

-Uite cum stă treaba. Am putea să ne despărțim astăzi sau mâine sau anul viitor. Sau putem rămâne împreună, spuse Matt și iritat se întoarse spre ea. Ce va fi, va fi, spuse el. Nu putem schimba asta, Nora. Dar să fiu al naibii dacă las niște ipocriți să-mi dicteze acțiunile sau alegerile, tună el, iar ochii Norei se lărgiră.

-Foarte bine spus, fiule, o voce melodică veni dinspre ușă.

CAPITOLUL 13

ŞOCAŢI, ŞI NORA ŞI Matt se întoarseră într-acolo în acelaş timp. Cineva intrase în salon şi ei nici măcar nu observaseră. Un strigăt discret zbură de pe buzele Norei, dar mâna lui Matt pe a ei o linişti, asigurând-o că totul era în regulă.

Marjorie Winston şi soţul ei Jonathan stăteau chiar dincolo de pragul uşii, ţinându-se de mâini ca întotdeauna. Mândria pentru primul ei născut îi adusese lacrimi în ochii lui Marjorie.

Jonathan îi zâmbi tânărului cuplu cu încântare. O dată, în trecut, şi el fusese în exact acea poziţie neplăcută ca şi fiul său acum, iar el înţelegea cel mai bine ce simţea Matt.

-Mamă, exclamă Matt cu exasperare. Am crezut că am aranjat să ne vedem când îi vor da drumul Norei din spital, îi reproşă el.

-Ştiu, ştiu, îşi flutură ea mâna. De asemenea, ştiu că ai fi găsit tu o cale să mă ţii deoparte, de teamă că aş încerca să mă amestec în treaba ta ca buni, îl mustră ea, mişcându-şi degetul pe sub nasul lui. Ar trebui să mă cunoşti mai bine, primul meu născut, îl certă ea. Mai mult decât atât, aveam nevoie de un motiv ca să nu vorbesc cu buni. A venit exact când plecam. Ne-am scuzat pentru că eram în grabă şi am lăsat-o acolo, spuse ea, iar apoi, se opri gânditoare. Sper să nu fie tot acolo pe verandă când ne întoarcem acasă. Nu i-a prea convenit, trebuie să spun.

Nora îşi aruncă privirea spre Matt, iar roşeaţa ce se întinsese pe chipul şi gâtul lui o surprinse.

-Nu ai vrea să faci prezentările, Matty? îl întrebă tatăl său amuzat, iar zâmbetul i se reflectă în ochii întunecaţi.

Curioasă, Nora îi studie pe părinţii lui Matt. Acesta nu îi semăna doar unuia dintre ei. Avea ochii mamei sale şi pigmentul pielii tatălui său.

Mama sa părea a fi o natură mai serioasă, iar tatăl său mai nepretenţios. Temperamentul lui Matt era o combinaţie a firilor părinţilor lui.

Matt oftă şi îşi aruncă privirea spre Nora. Ridică din umeri, o luă de mână şi o aduse în faţa părinţilor lui.

-Aceasta este Nora, prietena mea, o prezentă el. Nora, aceasta este dulcea şi băgăreaţa mea mamă, Marjorie Winston, iar acesta este tatăl meu, care, dacă îl cunosc bine, şi îl cunosc, a fost clar târât ca să vină aici. Numele lui este Jonathan Winston.

Nora abia îşi stăpâni râsul, dar tatăl lui râse din toată inima şi îşi plesni fiul peste umăr.

Marjorie îi aruncă o încruntare lui Matt, iar apoi luă mâna întinsă a Norei. Dar, în loc să i-o strângă, a tras-o pe tânăra femeie într-o îmbrăţişare.

Acum, gestul acela a uluit-o pe Nora. Se aşteptase la o primire diferită din partea părinţilor lui Matt. Cu siguranţă aceştia ar fi trebuit să aibă aşteptări mai mari de la fiul lor, nu o mamă singură, aproape falimentară.

Nici măcar nu ştia care îi mai era situaţia financiară în acel moment. Matt o ajutase să completeze formularele pentru cererea de invaliditate cu două zile în urmă, dar tot mai avea ceva de aşteptat până să primească un răspuns.

O îmbrăţişă şi ea pe Marjorie cu stângăcie, iar imediat ce Marjorie îi dădu drumul, Jonathan o prinse într-o îmbrăţişare de urs. La fel de înalt şi de bine clădit ca şi Matt, Jonathan nu se obosi să-şi controleze puterea, iar ea ţipă la durerea bruscă.

Imediat, Matt o trase din braţele lui şi, cu o încruntare feroce, strigă la tatăl său:

-Este rănită, ce naiba!

Apoi o conduse spre pat ca şi cum Norei i s-ar fi făcut rău în faţa lor şi o îndemnă să se întindă.

-Nu vreau să mă întind în faţa părinţilor tăi, Matt, se împotrivi ea. Sunt bine, nu a fost decât o durere de moment, să ştii, încercă ea să îl convingă, dar el nu era dispus să audă nimic.

-Pe cine crezi că păcăleşti acum? Dacă nu aş ştii natura rănilor tale..., îşi scutură Matt capul.

-Îmi pare foarte rău, Nora, veni Jonathan şi o mângâie pe braţ. Nu mi-am dat seama că ai fost rănită, explică el.

-De ce ar fi internată în spital dacă nu ar fi fost rănită? mârâi Matt, iar toată lumea se uită la el de parcă şi-ar fi pierdut minţile.

-Nu e ca şi cum aş fi ştiut circumstanţele spitalizării ei, îi reproşă Jonathan fiului său.

-Nu te îngrijora, îşi flutură Nora mâna pentru a înlătura îngrijorarea sinceră a lui Jonathan.

Apoi, se întoarse spre Matt şi, pe un ton blând, îi spuse:

-A fost doar o durere de moment, cu adevărat. Sunt bine. Chiar voi vorbi cu doctorul mâine dimineață să îmi dea drumul din spital, îi explică ea, mângâindu-l pe braț pentru a-l calma.

-Dă-i voie să se îngrijoreze, păpușă, îi spuse Marjorie.

Veni și ea spre pat și își făcu loc între cei doi bărbați. Cu blândețe, dar cu o hotărâre de fier, o ajută pe Nora să se întindă, ceea ce îl făcu pe Matt foarte fericit.

-Trebuie ca din când în când să mai cedezi în fața dorințelor unui bărbat. Mândria lor este foarte fragilă, mă tem, și este nevoie să-i împaci, spuse ea, dându-i Norei părul la o parte de pe frunte.

-Hei! se auzi un întreg cor de proteste masculine de peste tot din încăpere.

Nora trase cu ochiul pe lângă Marjorie și râse. Atât Matt cât și Jonathan se încruntau. Abia apoi remarcă încruntarea unui al treilea bărbat, care venise cu Becka și Nat. Era o adevărată adunare de oameni în salonul ei.

Netulburată, Marjorie o bătu pe mână, iar apoi se întoarse la ceilalți și spuse cu nonșalanță:

-Este adevărat, doar știți.

Apoi remarcă și ea pe noii veniți în încăpere și îi salută:

-Bună, Becka și Jay. Nu v-am văzut mai înainte.

-Am ajuns exact la timp să te aud, mătușică, surâse Becka. Și eu sunt de acord cu tine întru totul, dădu ea din cap viguros.

-Nu și tu, se plânse Jay.

-Pe cine avem aici? privi Marjorie spre copilul care se agățase de mâna Beckăi.

Nat se ascunse în spatele Beckăi cu timiditate, iar Nora încercă să sară din pat, dar nu reuși pentru că Matt o opri.

-Ușor, draga mea. Mama nu-l va avea la desert, încercă el să glumească, dar încruntarea ei îi spuse că nu-l găsea amuzant defel.

Atunci o ajută să se ridice în șezut.

-Stai aici, îi ordonă el, iar ea se încruntă din nou.

Matt nu dădu nici cea mai mică atenție încruntării ei, ci îl chemă pe Nat la el. Băiatul ieși din spatele Beckăi și se aruncă spre el, îmbrățișându-i picioarele.

-Ușor, Nat, spuse Matt, pe același ton pe care îl folosise cu Nora. Uite, aceștia sunt părinții mei, întoarse el copilul și arătă spre Marjorie și Jonathan.

Acele cuvinte au fost suficiente pentru băiat. Își uită complet timiditatea și îi salută pe părinții lui Matt cu un zâmbet.

Marjorie îl copleși cu complimente și îl făcu să se simtă important, iar Jonathan îi strânse mâna. Zâmbetul lui Nat strălucea de mândrie.

După câteva minute de discuții fără importanță, Marjorie se întoarse spre Nora:

-Deci vrei să fii externată mâine. Știi că nu poți merge acasă singură, în special cu Nat. Mă îndoiesc că te poți descurca de una singură.

-Mă voi descurca, nu-ți fă griji, îndepărtă Nora îngrijorarea lui Marjorie.

Nu dorea ca Marjorie să creadă că va fi o povară și că se va agăța de fiul ei.

Matt nici măcar nu se obosi să-i spună că se înşela. Pur şi simplu el trecu peste cuvintele ei autoritar, fără să-i pese de ce credea ea.

-Desigur că nu va fi singură. Ea şi Nat vor sta cu mine până ce se însănătoşeşte. Înţeleg că va dura câteva luni.

-Matthew Winston, îi aruncă Nora o privire posomorâtă şi îl împinse de lângă ea ca să se poată ridica. Nu îmi spui tu mie ce să fac, îl lovi ea în piept cu degetul.

-Şi ea are acelaş prost obicei ca şi tine, mamă. Îi place să mă înghiontească cu degetul, râse Matt.

Jonathan şi Jay se alăturară amuzamentului lui, ceea ce nu le făcu pe cele două femei să-i aprecieze prea mult.

-Mda, are acelaşi obicei, spuse Jay şi, cu un surâs pe faţă, veni lângă Matt şi îl înghionti cu cotul.

Cu toate acestea, nici Nora şi nici Marjorie nu erau amuzate de cei doi. Nora îşi ridică o sprânceană şi încercă să îl intimideze pe Matt cu privirea, în timp ce Marjorie doar se uită urât la ei.

Becka se gândi că mai bine ar salva ce mai rămăsese din acea vizită. Bărbaţii nu păreau conştienţi de curentele negative, iar celelalte două femei clocoteau.

-Cred că Nora are dreptate să vrea să decidă ce va face până ce îşi va reveni complet, Matt, spuse ea, iar Matt o fulgeră cu privirea. Şi sunt convinsă că va decide să locuiască cu tine şi să profite de ajutorul tău cu Nat. Până la urmă, toţi ştim că îl iubeşte pe Nat mai presus de orice.

FAMILIA WINSTON CARTEA ÎNTÂI TREZIREA BECKĂI & DILEMA LUI MATT

Nora ştia că fusese prinsă în capcană de cuvintele Beckăi. Nu putea insista cu îndărătnicie că va locui singură. Ştia că avea unele limitări fizice pentru moment şi nu dorea să-şi pună fiul în pericol. Cu toate acestea, nu părea corect ca, pur şi simplu, să se mute cu Matt.

Nat tot privea de la un adult la altul. Comportamentul lor îl deruta, dar înţelese foarte bine că Matt dorea ca ei să stea cu el.

-Vom merge acasă cu Matt, mami, nu-i aşa? o întrebă el pe Nora, forţând-o din nou să ia o hotărâre dificilă.

Ea oftă profund şi spuse:

-Vom vedea, dulceaţă mică. Mami trebuie să se gândească un pic la asta, da?

CAPITOLUL 14

NORA STĂTEA PE PERNA pluşată de pe pervazul lat al ferestrei, privind portul. Apartamenul lui Matt avea o vedere superbă la port şi Nora deja învăţase să se bucure de ea.

În dimineaţa după ce i-a cunoscut pe părinţii lui Matt, Nora l-a convins pe doctor să o externeze. I-a promis că o va lua uşor şi că va începe fizioterapia după două săptămâni.

Matt a susţinut-o şi l-a asigurat pe doctor că se va asigura ca ea să nu-şi suprasolicite trupul. Desigur, el a dus-o imediat la apartmentul lui şi a început să facă exact ce a promis.

În timpul acelei după-mese cu părinţii lui Matt, de dragul lui Nat, acceptasc să meargă acasă la Matt, deşi nu era prea sigură că era o mişcare inteligentă din partea ei.

Ori de câte ori se gândea la întâlnirea cu Marjorie şi Jonathan, îşi scutura capul cu buimăceală. Aceea a fost una dintre cele mai derutante după-amieze pe care o trăise vreodată şi tot nu era convinsă că a înţeles pe deplin tot ce s-a întâmplat.

Nora se temea că totul i se va prăbuşi la picioarele rapid. Avusese ea îndoielile ei când Matt venise să o ia de la spital în dimineaţa când a fost externată. Unele dintre acele dubii nu dispăruseră de-a lungul următoarelor două zile, deşi, de atunci, Matt a fost foarte atent, în felul lui.

Matt i-a oferit al treilea dormitor din apartamentul lui, ceea ce a uşurat-o puţin. Se temuse că el nutrea unele aşteptări şi ea nu credea că ar fi putut să i le îndeplinească, cel puţin nu atât de curând în relaţia lor.

Fostul ei soţ o descrisese ca fiind o femeie de moravuri uşoare, dar, de fapt, ea era o femeie de modă veche. În afară de fostul ei soţ, mai fusese implicată numai cu un alt bărbat înaintea căsătoriei, iar acea relaţie durase aproape trei ani.

În ciuda a tot, nu se simţea complet în largul ei în casa lui Matt, chiar dacă Matt făcuse eforturi serioase ca să o facă să se simtă bine-venită. Nu era obişnuită să se afle în picioarele cuiva sau să aştepte ca cineva să aibă grijă de tot ce avea ea nevoie, iar de aceea, se temea că, într-o bună zi, el s-ar fi simţit sufocat sau ar vedea-o pe ea sau pe fiul ei ca o povară.

Locuind în aceeaşi casă cu el o ajuta să înţeleagă mai bine ce fel de bărbat era. Mereu descoperea noi lucruri despre el şi îi plăcea din ce în ce mai mult bărbatul pe care îl descoperea.

Şi totuşi, un lucru o întrista profund: Matt era poruncitor şi arogant. Nu îi permitea să facă absolut nimic, nici măcar să-şi ducă ceaşca la chiuvetă sau la maşina de spălat vase. Cum se mişca, Matt sărea imediat în picioare şi o împingea să stea jos sau să se întindă.

Se aştepta ca ea să se supună dictatului lui de a nu ridica un deget şi să se odihnească cât mai mult posibil. Dacă nu se supunea, se iscau discuţii.

Chiar şi când venea vorba de Nat, aveau discuţii. Nu se putea plânge că încerca să-i despartă. Era într-u totul de acord ca ea să petreacă timp cu fiul său, dar numai dacă nu încerca să-i facă băiatului baie, de exemplu, sau să-i pregătească masa.

Bryan încă continua să le pregătească mâncarea, iar aceasta o jena enorm. Da, îi era dificil să stea în picioare şi să meargă, dar putea găti mai mult stând jos, după părerea ei. Dar, desigur, Matt nu voia să audă nici un fel de argument.

Gândul că el era atât de dominator o înnebunea. De aceea, se băteau cap în cap mai tot timpul şi nu petrecuseră nici măcar şaptezeci şi două de ore împreună încă.

De fiecare dată când se pornea o discuţie, Matt îi ţinea o întreagă predică. Vorbea mereu pe o voce calmă, ca şi cum ar fi încercat să o domolească. Acel ton al lui o enerva mai rău decât dacă ar fi ţipat la ea.

Doar avea ochi şi putea vedea cum îi zvâcnea muşchiul din maxilar sau cum îi fulgerau ochii, ori de câte ori ea se dovedea a fi încăpăţânată. Şi cu toate acestea, el pretindea că nu este supărat defel şi îi lăsa impresia că ea era cea care făcea din ţânţar armăsar şi care se supăra pentru o nimica toată. El se comporta ca şi cum ar fi încercat să calmeze izbucnirea de mânie necontrolată a unui copil.

Ţârâitul interfonului îi întrerupse gândurile. Îşi aruncă privirea spre uşă surprinsă. Cu o jumătate de oră în urmă, Matt plecase cu Nat să cumpere îngheţată, dar Nora se îndoia că el nu avea cheia cu el.

Pentru o clipă, se gândi să ignore interfonul, dar persoana care suna era foarte încăpăţânată şi tot apăsa codul de intrare. Cu inima cât un purice, Nora se îndreptă spre uşă pe vârfuri.

În sfârşit, interfonul tăcu, iar ea oftă cu satisfacţie, gândindu-se că a scăpat. Se întoarse să se ducă înapoi la locul ei favorit, când bipurile reîncepură şi ea efectiv sări în sus. Mişcarea bruscă îi zdruncină piciorul, iar ea ţipă din cauza durerii ascuţite şi lacrimi îi apărură în ochi.

Acum, din cauză că se enervase, apăsă pe butonul de la interfon şi întrebă pe o voce beligerantă:

-Cine e acolo?

-În sfârşit, se auzi vocea melodioasă a lui Marjorie, iar Nora îngheţă pe loc. Ne-am temut că ţi s-a întâmplat ceva. Tocmai ce am vorbit cu Matt şi el mi-a spus că eşti singură acasă, spuse Marjorie, iar apoi oftă de uşurare. Dă-ne şi nouă drumul înăuntru, Nora, draga mea, ceru ea.

Nora îşi închise ochii înfrântă. Nici nu voia ca măcar să ştie cine era reprezentat de acel 'nouă'. Prea mulţi oameni se găseau în jurul lui Matt tot timpul. De-a lungul ultimilor ani, învăţase să se mulţumească numai cu compania lui Nat. Nu avea familie sau un şir de prieteni care să o viziteze.

Apăsă butonul să deschidă uşa de jos, iar apoi descuie uşa de la apartament. După aceea, se sprijini de perete, aşteptând ca grupul să urce sus.

Câteva minute mai târziu, un ciocănit răsună la uşă şi ea o deschise. Uluită se uită la oamenii care se înghesuiau pe palier. Îi ştia pe mulţi dintre ei. Cel puţin îi întâlnise deja pe marea parte dintre ei.

Marjorie şi Becka îi zâmbiră larg şi intrară, deschizând drumul celorlalţi. Marjorie îi luă unul dintre braţe, iar Becka pe celălalt. Ambele o ajutară să ajungă la sofa fără să-i permită să pună prea multă greutate pe piciorul rănit.

Ceilalți le urmară, vorbind unii cu alții și cărând pungi în mâini.

Nora nu putea înțelege familia aceea. Pur și simplu o derutau. Destul de ironic, o înțelegea pe Rebecca. Comportamentul ei era predictibil. Al lor nu era. Nu putea crede că au venit să o viziteze și nu ca să o mustre pentru că și-a pus mâinile pe băiatul lor de aur, Matt, după cum a spus Rebecca.

Marjorie se așeză lângă Nora cu un zâmbet absent pe chip și o bătu pe mână, ca și cum ar fi știut ce gânduri îi treceau femeii prin minte.

-Acesta este soțul meu, Bryan, spuse Becka, făcându-i semn unui bărbat înalt și bine clădit să vină și să facă cunoștință cu Nora.

Ochii Norei trecură peste umerii puternici și pomeții proeminenți. Observă cicatricea de pe obrazul său stâng, dar nu reacționa. Îi zâmbi strălucitor, recunoscătoare pentru tot ce făcuse pentru fiul ei și pentru ea.

-Îmi face plăcere să te cunosc, spuse el, strângându-i mâna. Mă duc să pun mâncarea în frigider, îi făcu el cu ochiul. Veți avea destul pentru vreo trei zile acum. O parte va merge în congelator, dar Matt este destul de capabil să o pună la microunde, rânji el.

-Jonathan, du și pungile noastre în bucătărie, îi ceru Marjorie soțului ei, pe un ton de general.

El se mulțumi să o salute în glumă. Mai întâi veni la Nora, o sărută pe obraz și o întrebă:

-Este totul bine? Te tratează fiul meu așa cum trebuie?

Surprinsă, Nora nu reuși să formuleze un răspuns, ci numai dădu din cap.

-Bine atunci, aprobă Jonathan, o bătu pe umăr şi se îndreptă cu paşi leneşi în direcţia bucătăriei.

-Şi tu ai gătit? o întrebă Nora pe Marjorie necăjită.

-Desigur, draga mea. Vreau să spun că ştiu că Bryan găteşte în mod obişnuit pentru voi, dar trebuia să contribui şi eu cu ceva, îi explică Marjorie cu o ridicare din umeri. Ce fel de mamă aş fi dacă i-aş lăsa pe alţii să aibă grijă de copiii mei, hm?

Nora nu ştiu ce să răspundă şi, cu ochii mari, doar se holbă la ea. Pentru o clipă, crezu că Marjorie făcea aluzie la ea pentru că lăsa pe altcineva să aibă grijă de fiul ei. Marjorie îi frecă braţul şi îi zâmbi strălucitor, până ce Nora avu impresia că va începe, pur şi simplu, să ţipe.

-Acum să vedem... Îl ştii deja pe Jay, continuă Marjorie, ca şi cum nu ar fi remarcat confuzia şi tristeţea Norei.

Jay îi făcu un semn cu mâna şi rânjteul lui îi spuse Norei că el ghicise la ce se gândea ea. Nora se întrebă ce ar spune el dacă i-ar fi şters rânjetul de pe buze cu un pumn bine plasat. Acei Winstoni se jucau cu mintea ei.

-Aceasta este fiica noastră, Maggie. Este sora geamănă a lui Jay, specifică Marjorie cu o umbră de zâmbet în colţul gurii.

Nora înţelese imediat de ce. Maggie şi Jay nu arătau deloc la fel. Jay îi moştenise ochii tatălui său, iar părul îi era blond închis, în timp ce Maggie avea ochii mamei sale şi culoarea pielii tatălui ei, ca şi Matt. Oricine ar fi ghicit că Maggie şi Matt erau fraţi. Ar fi fost mai dificil să-l plaseze pe Jay în familie, dacă nu ar fi cunoscut-o şi pe mamă.

-Hei, bună, o salută Maggie cu exuberanţă, aproape ţopăind pe loc, iar buclele îi zburară în toate direcţiile.

La tonul vocii ei, Nora se crispă înlăuntrul ei. Îşi dăduse imediat seama că sora lui Matt era una dintre acele femei care aveau exces de energie, care erau ocupate tot timpul şi niciodată nu se opreau să miroasă trandafirii. Nora nu era o persoană leneşă nici ea, dar oamenii ca Maggie o extenuau numai prin prezenţa lor.

Nora se mulţumi să îi facă un semn cu mâna, zâmbind timid, iar Maggie, al cărui păr întunecat sălta în bucle dese şi mătăsoase, îşi adună picioarele sub ea şi se aşeză turceşte pe podea, lângă fotoliul pe care Jay îl revendicase deja.

-Aceasta este Lily, îi prezentă Marjorie cealaltă tânără femeie din încăpere. Lily este nepoata mea şi verişoara lui Mat, explică ea.

Lily îi strânse mâna Norei cu căldură, dar ea nu avea entuziasmul lui Maggie. Ochii Norei văzură imediat totul – silueta inaltă şi subţire, părul roşu, scurt şi buclat, şi ochii de un albastru întunecat. Lily era exact ce nu era ea şi părea cam de aceeaşi vârstă ca şi ea, ori poate cu vreo doi ani mai tânără.

-Voi scoate prăjiturile şi gustările din pungi, spuse Lily, privind spre Marjorie, iar apoi atacă punga cea mai apropiată de ea.

Pungile, cu excepţia celor pe care Bryan şi Jonathan le duseseră în bucătărie, fuseseră lăsate lângă căsuţa de cafea. Nora îşi imaginase că fuseseră la cumpărături. Gândul că ei ar fi adus prăjituri şi gustări pentru vizită nu îi trecuse prin cap.

-Eu ar trebui să vă ofer nişte cafea sau prăjituri, îşi dădu ea seama brusc.

Ea încercă să se ridice şi să meargă să caute prin bucătăria lui Matt. Nu era casa ei, aceea era adevărat, dar locuia acolo pe moment şi trebuia să joace rolul de gazdă.

-Nu fii prostuță, o opri Marjorie. Poți să ții cont de etichetă când primești prieteni sau cunoștințe în casă, dar noi sântem familie. Matt nu mi-ar mai vorbi în veci dacă te-aș lăsa să te obosești cu așa ceva, își scutură ea capul în fața Norei.

-Trebuie numai să te obișnuiești să ai o familie mare, râse Becka.

-Nu este ușor, crede-mă, spuse soțul ei care tocmai venea din bucătărie cu două platouri cu hors-d'oeuvre. Apropo, le spuse el tuturor, Jonathan face cafea. Am pus la fiert niște apă să fac ceai pentru tine, Becka, îi spuse el soției sale, care îi mulțumi cu o înclinare a capului.

-Dar sânteți musafiri în casă... vreau să spun... eu..., începu Nora să se bâlbâie.

Tocmai realizase că probabil ei o considerau pe ea musafir în acea casă. Nu putea să-i contrazică – aveau dreptate.

-Da, sântem musafiri, e adevărat, spuse Maggie, dar tu ești în convalescență și acest lucru ne dă dreptul să schimbăm rolurile, îi îndepărtă ea grijile.

-Nu am vrut să spun..., încercă Nora să explice, dar Jonathan, care se întorcea dinspre bucătărie cu cafea și cești, o întrerupse.

-Dar ar trebui, spuse el punând totul pe masă. Dacă îl cunosc pe Matt al meu, ai tot dreptul să crezi că te afli în propria ta casă, iar noi sântem numai simpli musafiri.

-Nu, nu, nu, nu am vrut să spun...

-Nu te îngrijora, îi luă Marjorie mâna. Matt va veni curând și nu vreau să fiu nevoită să îi explic de ce ești agitată și cum de te-am supărat.

FAMILIA WINSTON CARTEA ÎNTÂI TREZIREA
BECKĂI & DILEMA LUI MATT

-Matt este destul de încăpățânat să nu ne mai vorbească un an de zile, remarcă Jay, iar Nora se uită fix la el.

Toți puteau vedea că nedumerirea și șocul îi marcau chipul.

Matt și Nat aleseră exact moment să sosească.

CAPITOLUL 15

CÂND NAT AFLASE CĂ aveau musafiri, nu a mai vrut să piardă timpul prin magazinul cu înghețată. A insistat să se întoarcă acasă imediat.

Matt nici nu se gândi să discute problema pentru că dorea să fie și el acolo și să o protejeze pe Nora de orice atacuri posibile, așa că se grăbiseră spre casă.

Acum, Matt îi aruncă o privire Norei și îi văzu șocul de pe chip. Fusese deja îngrijorat, dar acum deveni livid, iar furia îi îngustă ochii și nările îi palpitară.

Întrebă imediat pe o voce severă:

-Acum, cine a supărat-o pe Nora și cum? Ce i-ați spus?

Spre supărarea lui, reacțiile lor la cuvintele lui nu au fost cele așteptate. El sperase să primească scuze și explicații, da nu primi nici una, nici alta.

Jay și Maggie izbucniră în râs și râgeau ca hienele. Nora încercă să spună ceva, deschise gura, dar nimic nu îi ieși din gură. Mama lui se uită la el urât și își scutură capul cu dezaprobare.

-Acum, Matt, așa se vorbește cu părinții tăi? îl mustră ea.

-Dacă ați necăjit-o... începu Matt să spună, dar tatăl lui veni și-l plesni peste umăr.

-Cheamă-ți trupele înapoi acasă, fiule, spuse el râzând. Nimeni nu a declarat război pe aici. Pur și simplu, Norei nu îi vine să creadă că noi avem grijă de ai noștri și că o considerăm că face parte din familie acum. Nu este cazul să-ți sară țandăra numai pentru atâta lucru, își scutură el capul la primul lui născut.

Matt privi în jur și se simți rușinat. Prinse un gând ici colea și își dădu seama că tatăl său spunea adevărul.

Asumase o mulțime de lucruri eronate. Nici unul nu era vinovat de nimic și se amuzau pe seama lui în mod deschis.

-Haide, frate, spuse Maggie de unde se afla lângă Jay, luminează-te la față. Nu am venit aici să o supărăm pe Nora, ci dimpotrivă. Și am adus și daruri, ca să știi, menționă ea și arătă spre gustările pe care Lily încă le așeza pe masă.

Lily îl știa pe Matt și nu se temuse defel de izbucnirea lui. Matt întotdeauna sărea să-i apere pe cei care credea el că nu se pot apăra singuri. Și-a imaginat că se gândise la Nora ca la mielul de sacrificiu când a găsit-o în mijlocul familiei sale, care era atât de apropiată.

-Deci ești bine, îi spuse el Norei, deși vocea lui nu suna foarte convinsă.

Nora doar dădu din cap și își întinse mâna spre Nat care veni la ea imediat.

-Ți-am cumpărat și ție înghețată, mami. Matt a întrebat ce îți place cel mai mult și ți-am luat pistachio, spuse el, deși limba i se cam împiedică în jurul cuvântului 'pistachio'.

Toată lumea zâmbi și Nora îi sărută vârful capului.

-Asta este grozav, puiule. Abia aștept să o gust.

-Nu înainte de a-mi gusta produsele de patiserie, sper, interveni Marjorie.

-O să ai parte de o adevărată tratație, spuse Lily, care în sfârșit terminase de aranjat mâncarea. Mătușa Marjorie este cea mai bună când vine vorba de copt ceva.

-Nu l-aș discreta pe Bryan în această privință, o contrazise Becka cu o încruntătură pe față. Produsele lui de patiserie sunt rupte din rai, asta ca să știi.

-Mulțumesc, iubito, spuse Bryan, râzând de sine însuși. Exact pentru așa ceva vrea un bărbat să fie lăudat – produsele lui de patiserie.

-Haide, Bryan, toată lumea știe cât de macho ești, îi îndepărtă ea îngrijorarea.

-Asta așa este, remarcă și Jay. Nu ai de ce să te temi. O privire aruncată spre tine și nimeni nu se mai gândește la pateurile tale, Bryan.

-Ce vrei să spui? îl întrebă Becka pe o voce înghețată, măsurându-l cu privirea.

-Becka, Becka, Becka, își scutură Jay capul. Bărbatul rivalizează cu un munte. O privire numai din ochii aceia de oțel ai lui, și nimeni nu mai îndrăznește să îi spună nimic.

-Cu excepția Rebeccăi, îl corectă Bryan, iar o altă rundă de râsete izbucni.

-Oh, omule, niciodată nu voi uita ce s-a întâmplat atunci când te-a văzut prima dată, își plesni Jonathan genunchiul. Matt, ai nevoie de mai multe locuri pe care să stea lumea pe aici. Cum de nu am remarcat aceasta mai înainte? se miră el.

-Pentru că niciodată nu ați venit în grupuri, observă Matt pe un ton sec. Mă voi asigura să adaug mai multă mobilă în viitorul apropiat. Pe moment, hai să împrumutăm scaunele de la masa pentru micul dejun și..., se încruntă el, gândindu-se ce altceva să mai aducă.

Se gândi la scaunele de bar din bucătărie, dar acelea nu erau prea comfortabile pentru o discuție în living. Mai avea un scaun în biroul său, dar nimic altceva.

-Eu stau bine, spuse Bryan.

Lăsă ceaiul pe care îl adusese pentru Becka pe masa de cafea, iar apoi o trase în sus pe Becka. După ce se așeză pe locul ei, o coborî în poala lui.

-Nat va sta la mine în poală, ceru Marjorie.

Îi făcu semn băiatului, chemându-l la ea, ceea ce el făcu imediat – o altă surpriză pentru Nora.

-Eu mă simt bine aici, îi spuse Maggie lui Matt de pe locul ei de pe covor.

El știa că ea într-adevăr se simțea bine. Maggie rar se așeza într-un fotoliu sau pe o sofa, dacă putea să stea turcește pe podea. Mulți se amuzau pe seama ei, numind-o țiganca familiei.

-Deci ai nevoie numai de două scaune, făcu Lily socoteala pentru el. Unul pentru mine și unul pentru tine, își flutură ea mâna către ceilalți, care deja erau așezați.

-Corect, două scaune vin imediat, încercă Matt să glumească.

Dorea să-și mai ridice starea de spirit pentru că se simțea ciudat după ce și-a acuzat familia de tentative abjecte. Apoi, aduse scaunele de la masa de micul dejun.

NORA ERA ÎNTINSĂ PE patul ei, saturată de mâncare și râs. Se simțise în afara propriului element la început, când familia lui Matt venise în vizită, dar aceea s-a schimbat pe măsură ce toată lumea o tot împingea să mănânce și povestea aventuri ale unui Matty mult mai tânăr.

Se simțise inclusă. Era centrul atenției, deși uneori, fie Matt, fie mama sa se agiteau prea mult în ceea ce o privea.

De vreo câteva ori, chiar și-a dat ochii peste cap, ceea ce a uimit-o. Nu mai făcuse așa ceva din anii de liceu.

Unele din povestirile pe care le-au spus erau fie foarte emoționante, fie despre un Matt mai greu de controlat, dar ei îi plăcuseră toate. De asemenea, i-a plăcut să îl vadă pe Matt roșind de câteva ori.

Nu putea să o atingă pentru că era așezat vis a vis de ea, dar cu toate acestea, ea a fost foarte conștientă că privirea sa intensă era fixată pe ea tot timpul. Chiar simțise mângâierea acelor ochi de un albastru închis peste tot pe pielea ei, ori de câte ori privirea lui se plimba de sus în jos pe trupul ei.

Uneori inima îi galopa mai rapid, iar ea se întreba cum de nu o auzea Marjorie. În același timp, se înfierbintă din ce în ce mai mult sub acea intensitate a privirii lui și a valurilor de dorință care veneau dinspre el. Acele senzații brute, pe care ea nu le dorea și pe care nu-și putea permite să le simtă chiar atunci, o deranjau enorm.

În ciuda opoziției lui Matt, Marjorie și Jonathan au împărtășit amintiri despre Matt de când era mic. Uneori a râs când auzea despre năzbâtiile ce le putea face, dar, mai ales, sentimentele ei pentru Matt se mai dezvoltară puțin.

Fraţii şi verii lui au spus poveşti despre el ca adolescent. Erau foarte buni la a-şi aminti acele timpuri. Aproape că putea să-l vadă pe Matt, ca adolescent, mereu vânat de fete sau gata să planifice o festă inofensivă, care l-ar trimite în biroul directorului.

Povestirile lui Maggie erau cele mai scandaloase. Unele dintre lucrurile povestite de ea chiar i-au şocat şi pe părinţii ei. Aparent, nu erau deloc la curent că astfel de lucruri se întâmplaseră în viaţa copiilor lor în timpul adolescenţei. Jonathan râsese din toată inima, dar Marjorie a fost nevoită să se răcorească de câteva ori.

O dată, Matt chiar a mârâit şi şi-a ameninţat sora, promiţându-i să i-o plătească la modul serios dacă nu se oprea din relatare. Maggie doar râse de el şi îşi ridică braţul şi bătu palma cu Jay, care o susţinea şi contribuia la toate povestirile ei.

Pentru Nora, fusese o după-masă şi o seară magică. Nu avusese niciodată ocazia să vadă atâta camaraderie între membrii unei familii. Familia ei niciodată nu împărtăşise astfel de momente pline de bucurie şi emoţionante.

Şi cu toate acestea, ceva o necăjea. Uneori, cineva începea să spună o povestire şi brusc, toţi ochii se întorceau spre acea persoană ca şi cum o avertiza să nu mai continue. Imediat, povestirea se schimba la jumătatea propoziţiei. Chiar a surprins unele scuturări de cap aproape imperceptibile. De fiecare dată, Bryan mustăcea şi un surâs ironic îi apărea pe buze de parcă el le-ar fi ştiut secretul.

Era convinsă că ascundeau ceva de ea. Nu avea nici o idee despre ce era vorba, dar intenţiona să afle. Simţea că era ceva foarte important şi decisiv pentru evoluţia relaţiei ei cu Matt.

Ciocănituri ușoare la ușă o aduseră înapoi în prezent. Ea ezită o secundă, dar apoi spuse pe un ton ușor:

-Intră.

Matt deschise ușa și se opri. Își ciufulise părul din nou, fără îndoială trecându-și degetele prin el. Îi observase acel obicei de mai multe ori și îl găsea fermecător.

Îmbrăcat numai în pantaloni negri și o cămașă albă, care îi definea umerii și care era neîncheiată pe jumătate, arăta atât de bine că-i venea să-l ronțăie. Păcat că era la o dietă strictă pe moment.

El o privi de sus până jos, ochii săi albaștri întunecați devenind mai închiși la culoare pe măsură ce treceau peste cămașa ei de noapte fără mâneci. Bumbacul îi îmbrățișa curbele corpului în locurile corecte, iar el, fără să își dea seama, își linse buzele.

Se uită la ea pe îndelete iar apoi spuse:

-Am văzut că mai ai încă lumina aprinsă... M-am gândit că ești încă trează așa că... Am crezut că poate... putem vorbi. Nu prea am chef să merg la culcare, îi explică el cu dificultate.

Matt își masă șaua nasului. Nu era el omul care să nu-și găsească cuvintele, dar lumea i se schimbase dramatic în ultima vreme, și se simțea ca într-o ceață continuă.

-Da, desigur, spuse ea.

Se ridică în șezut cu grijă. Mișcările nu-i mai provocau atât de mare durere ca înainte. În mare parte, durerea dispăruse.

Se sprijini pe spate de căpătâiul patului. Ochii lui urmăriră căderea mesei bogate de păr roșu peste umerii ei.

Bătând cu palma pe pat, ea îl invită să ia loc. El se grăbi să-i urmeze invitația imediat, închizând ușa în urma lui. Era mai mult decât se așteptase atunci când se hotărâse să vină în camera ei.

-Aud dacă se scoală Nat, nu-ți fă griji, se gândi el să o asigure. Ești foarte obosită? o întrebă el, iar îngrijorarea i se citi în ochi. Știu că am fost vizitați de mulți oameni în seara aceasta și că tu ești încă în convalescență. Am văzut-o pe chipul tău, să știi. Extenuarea, vreau să spun. Era evident că ești obosită.

-Oh, de aceea i-ai grăbit pe toți să iasă pe ușă, presupuse ea, iar el dădu din cap.

-Nu ar fi trebuit, spuse ea, scuturându-și capul. Da, m-am simțit obosită din când în când, dar aceasta din cauză că nu sunt obișnuită cu astfel de adunări, Matt, îi mângâie ea brațul puternic cu o atingere ușoară ca pana, iar un fior trecu prin corpul lui. Ea crezu că și-a imaginat totul și continuă să vorbească. Dar toată lumea se simțea bine, inclusiv eu.

-Mă bucur că ți-a plăcut compania lor, Nora. Îi iubesc și pe ceilalți din familie, chiar și pe Rebecca uneori, dar oamenii care au fost în seara aceasta aici sunt cei pe care îi iubesc cel mai mult. Dacă te simți bine în compania lor, atunci este perfect, spuse el, întorcându-se spre ea pe jumătate, jucându-se cu degetele ei și privind intens în ochii ei.

Matt îi atinsese degetele de mai multe ori până atunci. Prima dată, atingerea lui a surprins-o. Ar fi crezut că pielea de pe degetele și palmele unui avocat era fină, dar cu toate acestea, a lui Matt nu era. Pielea lui era aspră și, de fiecare dată când își trecea degetele peste ale ei, îi simțea atingerea adânc în interiorul ființei ei.

-Faci ceva muncă fizică, nu-i așa? întrebă ea înainte să devină conștientă că și-a deschis gura.

Se crispă când își dădu seama de înțelesul propriilor ei cuvinte. El râse când ea închise ochii de necaz.

-Știi că poți să mă întrebi absolut orice, spuse el blând, degetele lui atingându-i încheietura mâinii și alunecând apoi în sus pe brațul ei.

Ea își scutură capul și își linse buza inferioară. Apoi, își deschise ochii și spuse:

-Îmi atingi mâinile și brațele tot timpul.

-Mi-ar place să-ți ating tot trupul tot timpul, admise el, iar ochii ei se rotunjiră. Nu te teme, Nora, știu că ai nevoie de timp și nu numai pentru ca să-ți revii fizic. Știu că nu ești gata să te deschizi emoțional spre mine acum, spuse Matt foarte pragmatic și îi atinse chipul. Dar un bărbat poate totuși spera, râse el de sine însuși.

-Și dacă nu voi fi niciodată gata? întrebă ea pe o voce șoptită.

El ridică din umeri și își apleacă capul, ochii lui urmărindu-și degetul ce aluneca în sus și în jos pe interiorul brațului ei. Apoi, își ridică privirea la ea, cu o lumină stranie în ochi.

-Sunt adult, voi supraviețui, ridică el din umeri din nou. Nu ar fi ca și cum te-aș putea condamnda sau forța să mă placi sau să mă iubești, subliniе el.

-Te plac destul de mult, nu e aceasta problema, Matt, spuse ea și îi dădu părul la o parte de pe frunte.

Matt, continuând să o privească atent, se aplecă peste ea și îi atinse gura cu a lui. Ea oftă și îi luă fața în căușul palmelor ei, deschizându-și buzele pentru el.

Matt se sprijini într-o mână pe pat și, apoi, o sărută blând, buzele lui învățându-le pe ale ei. Sărutul lui începuse ezitant, dar apoi deveni mai încrezător.

El nu se grăbi și o sărută cu blândețe, fără grabă, pentru a-i savura gustul. Nu dorea să o incite, ci doar să o convingă să-i recunoască trupul ca fiind perechea ei. Cu toate acestea, o simți tremurând lângă el, iar egoul său masculin se simți satisfăcut.

Degetele lui alunecară pe brațul ei drept într-un ritm hipnotic, lăsându-i pielea ca de găină în urma lor. După câteva clipe, schimbă unghiul sărutului lui, iar degetele lui ajunseră la talia ei, odihnindu-se pe șoldul ei câteva secunde.

-Nu vrei să te întinzi să te simți mai comfortabil? o întrebă el, buzele lui aproapte atingându-i-le pe ale ei.

Fierbințeala din ea crescu când ea îi simți cuvintele formându-se pe buzele ei. Se lăsă să alunece în jos pe pat fără efort, aproape fără să se gândească la ce făcea.

Degetele i se cufundară în brațele lui pentru ca să se susțină. Cămașa ei de noapte i se ridică pe coapse, iar Matt respiră profund când ochii lui îi trecură peste picioarele ei.

Sprijinit pe un cot, se întinse lângă ea, ținându-și capul în palmă. Cealaltă mână a lui îi mângâie leneș fața, iar apoi îi cuibări bărbia în căușul ei.

Se aplecă peste ea, iar când gura îi era aproape lipită de a ei, el șopti:

-Mi-ar place la nebunie să te mai sărut, Nora. Dar numai dacă vrei și tu.

El îi cercetă ochii strălucitori, dar ei nu trădară nimic din ce simţea ea. Apoi încercă să-i citească mintea, să vadă el însuşi ce gândea ea, dar, ca şi mai înainte, nu reuşi să citească nimic.

-Da, te rog, replică ea uşor, iar el îi simţi respiraţia pe buze.

Acum simţea şi mai acut nevoia să o sărute. Mâna îi alunecă de pe bărbia ei şi îi alintă gâtul.

Buzele lui se aşezară pe ale ei, iar el oftă. Ea înghiţi sunetul şi îi răspunse şi ea cu un oftat, iar el simţi cum trupul i se trezea la viaţă.

În timp ce buzele lui le modelau pe ale ei, degetele lui îi mângâiau umărul şi braţul, până jos la încheietura mâinii. Degetele i se înlănţuiră cu ale ei, în timp ce sărutul îi deveni mai îndrăzneţ şi mai profund.

Se opri numai când amândoi aveau nevoie de aer. Respirau cu greutate, iar buzele Norei erau rozalii şi uşor umflate. Degetele lui îi ţineau degetele ei captive, iar cu degetul mare îi mângâia interiorul încheicturii mâinii.

Ochii lui Matt erau fixaţi pe chipul Norei. Ochii ei erau tot închişi, dar când respiraţia i s-a liniştit, i-a deschis încet. Fierbinţeala din pupilele ei îl lovi pe Matt drept în piept.

-Mi-ar place să te ating peste tot, Nora, dar nu îndrăznesc. Cred că voi încerca să nu mă gândesc la aşa ceva pentru cel puţin încă o săptămână, puiule, mărturisi el.

Nora nu făcu nimic altceva decât să-l privească. După câteva secunde, clipi şi îşi linse buzele.

-Ştii că mă ucizi aici, iubito, spuse Matt râzând, dar vocea nu îi suna la fel de sigură pe ea ca de obicei. Niciodată nu spui nimic şi eu nu ştiu ce gândeşti.

-Oh, mă gândesc la multe, Matt, îi replică ea pe un ton sec. Problema este că totul este confuz. Ştiu că te vreau şi văd că mă vrei şi tu pe mine, dar nu ştiu dacă este o idee bună sau dacă este prea curând sau dacă tu vrei numai atât de la mine, ridică ea din umeri.

-Uau, atât de multe, râse Matt. Ştii că nu trebuie să te hotărăşti chiar în acest moment, în legătură cu nimic, o asigură el, netezindu-i părul.

Apoi luă o şuviţă groasă între degete. Şi-o ridică la faţă şi şi-o frecă de obraz.

-Nu, nu mă pot decide acum, replică ea cu tristeţe. Am nevoie de timp, probabil mai mult decât o săptămână, îl avertiză ea.

-Scumpa mea, poţi să te gândeşti şi o lună sau două sau oricât ai nevoie, spuse el şi îi sărută fruntea.

Au stat întinşi în tăcere câteva minute, Matt continuând să se sprijine pe un cot, iar cealaltă mână a lui tot îi mângâia braţul, şoldul şi, într-un moment de îndrăzneală, coapsa. Nora continua să-i privească chipul. Emoţiile care se perindau pe faţa lui şi în ochii lui o captivau.

-Tu vrei ceva de la mine, spuse ea brusc, iar ochii lui se întoarseră imediat la ai ei.

-Cum de ştii? se încruntă el.

-Se vede pe faţa ta, replică ea. Ar fi greu să nu îmi dau seama.

-Înţeleg, spuse el. Am crezut că mi-ai citit mintea, replică el pe un ton uşor.

Ea chicoti la cuvintele lui, iar acel lucru îl surprinse. Nu o auzise niciodată chicotind şi nu ar fi crezut că ar fi fost genul de femeie care să facă aşa ceva.

-Haide, Matt, sunt o femeie adultă. Nu cred în basme şi lucruri paranormale. Cred că există o explicaţie pentru absolut tot, sublinie ea. Ca acum, zise ea. Am ştiut că vrei ceva pentru că am văzut aceasta în ochii tăi. Nimeni nu este capabil să citească mintea altcuiva, îşi scutură ea capul cu hotărâre.

-Dacă spui tu, acceptă Matt explicaţia ei, deşi, într-un fel, se simţea rănit.

Cu toate acestea nu putea să-i spună *Hei, eu pot să-ţi citesc mintea*. Ar fi fost destul de incorect. El nu putea să-i citească mintea.

-Deci ce vrei? întrebă ea din nou.

-Nu ştiu ce vei crede, începu el ezitant, dar mă gândeam..., spuse el, iar apoi se opri.

-Haide, Matt, nu fi timid. Ai fost orice, dar nu timid până acum, râse ea.

-Mă întrebam dacă te-ai culca cu mine, se răsti el, nefiind în largul său cu ceea ce avea de spus şi necăjit de amuzamentul ei.

-Frumos, spuse ea cu mare grijă, iar apoi îşi atinse buza superioară cu limba.

-Nu mă refer la... Mă refer la dormit, ştii tu, acea activitate pe care oamenii o fac noaptea, să se regenereze sau indiferent de ce, îşi clarifică el spusele, bosumflat din cauza comentariului ei.

-Oh, înţeleg, zâmbi ea. Pe bune? Doar dormit? De ce ai vrea aşa ceva? se încruntă ea brusc.

-Pentru că vreau să te simt lângă mine, admise el. Şi pentru că s-ar putea să ne simţim mai în largul nostru emoţional după aceea sau.... nu ştiu de ce, admise el. Dar ştiu că vreau.

-Deci ca să fim clari, spuse ea, întorcându-se pe o parte ca să fie faţă în faţă cu Matt, şi ţinându-şi capul cu mâna, copiindu-i poziţia. Vrei să dormi lângă mine, să mă ţii în braţele tale, şi nimic mai mult, spuse ea, vocea ei trădându-i deruta.

-Da, asta este ce vreau. Ţi-am spus că nu te voi atinge altfel, chiar dacă ai vrea tu. Oricum, nu te-ai putea bucura de nimic acum, considerând cât de rănită eşti.

-Probabil că nu, concedă Nora. Am la dispoziţie un minut sau două să mă gândesc? îl întrebă ea pe un ton jucăuş.

-Gândeşte-te oricât de mult ai nevoie, murmură el, iar mâna lui se odihni pe şoldul ei.

Nora îşi închise ochii şi îi atinse pieptul cu palma. El îşi dădu seama că ea reflecta asupra argumentelor pro şi contra pentru că o încruntare serioasă îi apăru între sprâncene.

Simţea nevoia să întindă mâna şi să-i alunge încruntarea, dar rezistă impulsului. Ştia că nu ar fi fost corect să o atingă şi să-i deruteze gândurile, dar, pentru o clipă numai, nu-i păsă de ce ar fi fost corect.

Degetele ei băteau darabana pe pieptul lui şi-l înnebuneau. Sângele îi pulsa în tâmple, iar starea lui de excitare se înzeci. El strânse din dinţi şi îi mulţumi lui Dumnezeu că ochii ei erau închişi.

După un timp pe care el simţi trecând la fel de greu ca orele, ea îi zâmbi şi spuse:

-Bine. Nu văd nimic rău în a împărți un pat și căldură reciprocă, își explică ea decizia.

-Romantic, remarcă el sec. Nu știu despre împărtășirea căldurii trupurilor, continuă el. Este vară deja, dacă nu ai remarcat.

-Da, am remarcat, Matt, îi spuse ea cu un surâs îngâmfat și îl bătu pe piept. Doar glumeam. Sper că știi asta, își ridică ea brusc privirea la el și se uită direct în ochii lui, iar el observă că într-adevăr era îngrijorată.

-Da, știu, îi surâse el.

-Și cum facem asta? întrebă ea.

-Credeam că nu o să mă mai întrebi, glumi el. Hai să mergem în patul meu, propuse el. L-am avut făcut la comandă și mă simt comfortabil în el. Acesta este doar un King obișnuit.

-Vrei să spui că mi-ai oferit patul de calitate inferioară? pretinse ea că este ofensată.

Matt râse și îi lovi nasul cu degetul.

-Ești foarte amuzantă, știi asta, nu? replică el. Nu, deșteapto, patul tău nu este de calitate inferioară, Dar tu ești mititică și este destul de mare pentru tine. Oricum, acum vei împărți patul meu cu mine și nu te mai poți plânge, spuse el și se ridică cu o mișcare fluidă și o prinse de mână. Hai să vedem cât de mult îți va place în patul meu gigantic, îi surâse el și o ajută să se ridice.

Apoi Matt îngenunche și îi căută papucii de casă, pe care i-i puse în picioare după aceea. Ea chicoti din nou. Deși Matt nu suportase chicotelile înainte, îi plăceau cum sunau în gura ei. Acum încă, îi puse un deget pe buze:

-Șșt, îl vei trezi pe Nathan.

Nora pretinse că şi-a zăvorât buzele, iar el râse. Cu degetele înlănţuite, o trase după el. Se îndreptară încet spre dormitorul lui, Matt fiind mereu atent să îşi potrivească pasul la mersul ei încet.

Când el deschise uşa la dormitorul lui, ea se opri şi privi în jur cu uimire.

-Oh, Dumnezeule, acesta este mult mai mult decât un dormitor, şopti ea.

Patul lui era destul de lat ca patru oameni să poată dormi în el fără să se atingă unul pe altul. Covorul gros, în culori calde de toamnă, se întindea de la perete la perete, iar două fotolii şi o masă mică erau cuibărite într-un alcov într-unul din colţurile camerei.

-Înţeleg că-ţi place, spuse el pe un ton sec.

-Ai putea spune asta, dădu ea din cap cu entuziasm. Arată mult mai bine decât al meu. Este mai plin de culoare şi de personalitate decât celalaltă încăpere, adăugă ea şi îi surâse.

-Ei bine, acum şi tu stai aici, ridică el din umeri. Baia inclusă este pe acolo, îi arătă el o uşă la dreapta. Mâine dimineaţă, îţi voi aduce lucrurile din cealaltă baie ca să o poţi folosi pe aceasta. După Nat, desigur, rânji el. Îmi pare rău, dar el întotdeauna foloseşte baia mea dimineaţa.

-Mda, am remarcat. Mă aşteptam să vină la mine dimineaţa şi, să fiu cinstită, m-am simţit cumva trădată când mi-am dat seama că vine la tine în schimb, replică ea.

-Mai bine eu decât tine, afirmă el, iar ochii ei se lărgiră.

-Ce vrei să spui? se uită ea urât la el.

-Îmi imaginez că îi place să sară pe tine dimineața. Nu am avut o dimineață în care el să nu vină și să țopăie pe mine în sus și în jos. Cu rănile tale, așa ceva nu ar fi ceea ce ți-a recomandat doctorul, sublinie el, iar o sprânceană i se urcă sus pe frunte.

-Oh, am uitat de acel obicei al lui, râse ea scurt, iar apoi se strâmbă. Cum de am putut uita?

-Ai avut destule lucruri la care să te gândești. Să sperăm că el va continua să-mi aleagă corpul pentru distracția lui de dimineață, spuse Matt și îi mângâie fața cu dosul palmei. Acum, ești pregătită să mergi la culcare? o întrebă el.

Nora dădu din cap ezitând, iar apoi, se îndreptă spre pat cu timiditate.

-Ce parte preferi? îl întrebă ea fără să se întoarcă spre el.

-Oricare este bună pentru mine, replică el.

Matt o ajută să se urce în pat, iar apoi, după ce ea se întinse, o acoperi cu cearceaful.

Matt stinse lumina și se strecură în pat lângă ea. Își petrecu bațul în jurul ei și, cu blândețe, o trase spre el. După ce își găsi fiecare locul, el își desfăcu degetele peste abdomenul ei și un oftat satisfăcut ajunse la urechile Norei.

Nora își simțea pielea arzând sub degetele lui și senzații de mult uitate îi fulgerară prin trup.

Se simțea bine să fie în brațele lui Matt. Trupul lui aproape o înconjura complet și, spre surpriza ei, descoperi în brațele lui un simțământ de siguranță și protecție pe care nu îl mai avusese niciodată înainte.

-Poți să dormi mai mult mâine dacă vrei, îi șopti el, buzele aproape atingându-i urechea, iar ea se înfioră.

Matt o trase mai aproape de el, gândindu-se că îi era frig.

-Becka a spus că ai promis că mergem să navigăm pe lac mâine, șopti și ea, odihnindu-și mâna peste a lui care se găsea tot pe burta ei.

-Știu, puiule, dar asta va fi la unsprezece. Nu vom sta mult pe lac mâine. Doar câteva ore, îi promise el. Vom petrece mai mult timp când ne ducem la acea întrunire la casa lui Bryan de pe insulă, da? Nu vreau să te obosești prea tare chiar acum, îi explică Matt, iar grija lui o emoționă.

-Este perfect pentru mine, replică ea și îi mângâie degetele.

-Bun, spuse Matt. Acum dormi, puiule, îi ceru el, iar buzele lui îi atinseră fața.

CAPITOLUL 16

ACEEA ERA DEJA A PATRA oară când Nora naviga pe iahtul lui Matt și începuse să aștepte acele ieșiri cu nerăbdare. Norei îi plăcea felul în care se simțea vântul în părul ei și mirosul apei. Totul era diferit acolo – lumina și sunetele, aerul și liniștea.

Abia aștepta să vadă casa lui Bryan de la lac, pe care Becka o lăudase atât de mult. Ori de câte ori se gândise la acea sâmbătă, aproape că amețea de bucurie, la fel de mult ca și Nat.

Maggie și Lily îl luaseră cu ele la prova pe Nat, care era extrem de exuberant. Vorbeau și râdeau împreună. Băiatul tot punea întrebări, abia dându-le timpul să îi mai și răspundă, iar aceasta le distra pe cele două femei enorm.

Nora surâse. În perioada aceea, Nat avea tendința de a pune întrebări mai repede decât i-ar fi putut răspunde oricine. Mai mult decât atât, lacul îl fascina, iar el era curios despre tot. Deja își exprimase dorința de a deveni marinar într-o bună zi. Ea era doar mulțmită că acea zi era încă foarte departe.

Înainte de a fi fost împușcată, Nora îl dusese la plimbare pe țărmul lacului când și când, dar nu avusese niciodată prea mult timp la dispoziție să petreacă cu el acolo. Avea mereu prea multe lucruri de făcut și nu își permitea luxul unor plimbări mai lungi sau ieșiri. Mereu se simțise vinovată pentru că nu-i putea oferi lui Nat astfel de lucruri, dar își promisese ei însăși că o va face într-o bună zi.

Acum că putea privi lacul mereu de la ferestrele lui Matt, fiul ei îl iubea la nebunie. Ea nu putea să nege că și ea se îndrăgostise de lac.

Marjorie și Jonathan stăteau lângă ea pe băncile care erau umbrite de o umbrelă uriașă și plină de culoare. După ce au vorbit cu ea mai mult de un sfert de oră, acum șopteau între ei și o lăsaseră să stea în liniște.

Nora se mulțumea să-i privească pe bărbați mânuind iahtul. Îi ploua efectiv în gură la etalarea mușchilor lor de pe spate și brațe.

Jay și Josh arătau destul de bine, dar nu puteau să se compare cu Matt. El era mai înalt și mai bine făcut decât ceilalți doi bărbați. Fiind mai brunet, arăta mult mai bine, iar ea nu își putea lua ochii de la el.

Un pescăruș săgetă pe cer și strigă, trezind-o din visare. Își umbri ochii și privi în direcția iahtului lui Bryan, care de asemenea era plin de oameni.

Socrii lui li se alăturaseră pentru acea întrunire și se găseau pe puntea iahtului lui Bryan, admirând bebelușii, iar colțurile gurii Norei se ridicară într-un surâs. Numai un bebeluș putea să îi facă pe adulți să fie atât de emoționali.

Nora îi întâlnise pe Emilie și Gabriel cu câteva zile în urmă când trecuseră pe la apartamentul lui Matt pentru o scurtă vizită. Era evident că veniseră să o evalueze, iar acel lucru a făcut-o să fie foarte timidă.

Ar fi trebuit să se obișnuiască până atunci, pentru că fusese o paradă constantă prin casa lui Matt în ultima vreme. Într-o seară, Matt chiar a observat pe un ton sec că apartamentul lui nu a văzut atâta trafic în ani de zile.

Dincolo de iahtul lui Bryan se vedea pânza de la iahtul prietenului său. Bryan îl invitase pe Max să petreacă ziua cu ei și nu numai pentru avea nevoie de un alt vas pentru a transporta toți oamenii care veneau la casa lui de la lac. Max era partenerul său la dojo și cel mai bun prieten al lui, iar ei se înțelegeau foarte bine împreună.

Nora îi zări părul drept și blond al lui Ariel, care zbura în vânt. Stătea în picioare, singură la prova, privind în depărtare.

Nora observase că Ariel nu se prea simțea în largul ei cu Max, iar ea suspecta că Max o făcea pe Ariel să fie nervoasă și mult prea conștientă de faptul că era femeie.

Alex și Max lucrau împreună și mânuiau iahtul, în timp ce Michael și Amelie se adunaseră pe o bancă pe punte.

Nora îi plăcea pe toți, deși Ariel și Alex se dovediseră cam reci și rezervați față de ea. Nu știa dacă nu o plăceau sau așa erau ei, pur și simplu mai rezervați decât ceilalți. Ridică din umeri – chiar nu-i păsa, indiferent de situație.

Ajunsese să-i cunoască pe Maggie și Jay mai bine, iar Becka și Bryan îi deveniseră foarte buni prieteni. Ei erau calzi și prietenoși, așa că nu era prea dificil să creeze o relație cu ei.

Deja petrecuse două săptămâni în apartamentul lui Matt. Deși se simțea mai bine acum și chiar își începuse fizioterapia, găsea că era destul de dificil să deschidă subiectul privind plecarea ei din casa lui. Se obișnuise să fie cu el și gândul de a nu-l mai vedea îi făcea rău.

Nu că Matt părea dornic să-i dea posibilitatea de a discuta plecarea ei iminentă. Ori de câte ori o întreba despre sănătatea ei, întotdeauna schimba subiectul înainte ca ea să poată pretinde că va fi capabilă să se descurce singură și că era timpul să se întoarcă înapoi la ea acasă. Nu știa cum, pentru că banii care îi lua pentru perioada de invaliditate nu îi acopereau decât chiria, dar trebuia să găsească o cale.

Nora își petrecuse toate nopțile în patul lui. Matt o ținea în brațe, mereu atent să nu îi dea nici un motiv să nu se simtă în largul ei. Cu toate acestea, părea să o înconjoare aproape complet.

Nu-și mai amintea să fi dormit atât de bine de-a lungul întregii sale vieți. Matt o făcea să se creadă protejată și prețuită.

Nu cerea nimic de la ea și niciodată nu mergea mai departe de câteva săruturi – chiar dacă erau înfierbântate, trebuia să recunoască. Se părea că într-adevăr nu dorea să grăbească nimic și nu cerea nimic de la ea, iar această considerație din partea lui o deruta. Era evident că ar fi vrut mai mult, dar niciodată nu o presa pentru a obține mai mult.

Nora se întoarse și își dădu părul de pe față. Oftă adânc. Știa că totul se va schimba în momentul în care se va muta din casa lui. Acel sentiment de bine și securitate va dispare. Se întreba, de asemenea, dacă el se va mai deranja să vină să o vadă, o dată ce nu se mai găsea în picioarele lui.

-Este vreo problemă, Nora? o întrebă Matt, petrecându-și brațele în jurul ei din spate și trecându-și buzele pe partea laterală a feței ei.

-Nu, nu este, îi zâmbi ea, privind în sus spre el şi acoperindu-i mâinile cu ale ei. Doar mă bucuram de împrejurimi.

-Da, sigur, replică el pe aceeaşi voce seacă pe care ea o iubea atât de mult. De aceea oftai, cu siguranţă.

-Nu, chiar îmi place. Îmi place să fiu pe lac, spuse ea, lăsându-se în spate şi sprijinindu-se de pieptul lui, ochii ei rămânând mereu fixaţi pe ai lui.

-Asta ştiu, spuse el.

El privi intens în ochii ei mai întâi. Întotdeauna, ochii lui păreau să adăpostească mistere şi secrete pe care ea nu şi le putea imagina. Apoi, el îi privi buzele, iar degetele i se scufundară, fără ca să-şi dea seama, în talia ei.

-Cum de ştii? întrebă ea pe un ton uşor.

-Este pe chipul tău, puiule, răspunse el împingându-şi bărbia în faţă. Nu e ca şi cum aş putea să-ţi citesc mintea, mormăi el, iar ea râse.

-Asta este bine de ştiut, spuse ea. Probabil că ai fugi să-ţi cauţi un adăpost dacă mi-ai citi mintea, glumi ea.

-Mă îndoiesc de asta foarte mult, spuse el şi se apleacă peste ea pentru a fura un sărut.

Sărutul s-a încheiat aproape înainte să înceapă, dar buzele ei tot fremătară, iar degetele ei tremurară peste mâinile lui.

-Mai târziu, iubito, şopti el. Sântem aproape acolo, îi explică el şi o sărută din nou, iar apoi plecă.

Nora se întoarse să vadă dacă au ajuns la destinaţie şi dădu cu ochii de Marjorie şi Jonathan, care îi zâmbeau cu o satisfacţie profundă. Uitase de ei complet, iar acum o roşeaţă i se întinse pe chip.

Jonathan râse din toată inima, iar Marjorie, plesnindu-l pentru lipsa lui de subtilitate, îi spuse Norei:

-Nu te preocupa de noi, Nora, draga mea. Nouă doar ne place să vă vedem pe tine şi Matt împreună.

O bătu pe Nora pe picior şi nu mai spuse nimic altceva. Se întoarse spre soţul ei să-i ţină o predică pe un ton scăzut.

Nora nu-i putea înţelege pe părinţii lui Matt. Ar fi trebuit să fie furioşi că ea s-a insinuat în viaţa fiului lor.

Matt era un avocat renumit şi adunase o avere. Ea era doar un paramedic şi, pe moment, era plătită numai cu puţin peste jumătate din salariul ei din cauza problemelor ei de sănătate, iar acea situaţie va continua pentru încă cel puţin jumătate de an, după cum a avertizat-o doctorul.

Nora îşi scutură capul şi renunţă să le mai înţeleagă motivele. Se întoarse să-i privească pe bărbaţii care erau ocupaţi cu manevrele de abordare.

CAPITOLUL 17

PETRECEREA TOT CONTINUA şi încă puternic de mai multe ore deja. Nora se întrebă cum de nu erau încă extenuaţi. Ea stătuse pe o pătură mai tot timpul şi tot se simţea puţin cam obosită.

Sosiseră la casa lui Bryan puţin după ora zece, iar mâncarea a fost aranjată pe câteva mese pliante. Au împrăştiat pături pe sub copaci, la umbră, iar apoi au mâncat sănătos, râzând, vorbind şi tachinându-se unul pe celălalt.

Nat se culcase la prânz în casa lui Bryan. Marjorie şi Jonathan, dar şi Michael şi Amelie, şi Gabriel şi Emilie, merseseră să se odihnisera în casă cu copiii, de asemenea, în timp ce mai tânăra generaţie a jucat volei.

Jay îi invitase pe toţi la un joc de cărţi, iar invitaţia lui i-a determinat pe toţi să arunce cu ceva în el. Au râs în timp ce l-au luat peste picior, dar Jay tot a părut puţin rănit.

Nora nu a înţeles de ce nimeni nu voia să joace cu el şi nimeni nu s-a oferit să-i explice. Simţindu-se prost pentru Jay, i-a spus că o să joace ea cu el, dar Matt a oprit-o.

-Ştii că nu îmi place să-ţi spun că nu poţi face ceva, iubito, dar în legătură cu aceasta, va trebui. Nu vei juca cărţi cu Jay, spuse el pe un ton sever. Niciodată.

-Dar de ce? întrebă ea cu exasperare, de asemenea, fiind şi necăjită din cauza manierei sale arogante. De ce toată lumea reacţionează astfel? Trişează cumva? întrebă ea.

Jay gemu tare, ca şi cum tocmai l-ar fi înjunghiat în spate, şi îşi acoperi apoi faţa cu mâinile, izbucnind în râs.

Matt zâmbi capricios şi îşi scutură capul.

-Nu, nu trişează, dar tot nu vei juca cu el. Ştiu că probabil eşti înfiorător de plictisită, dar dacă vrei să joci, poţi juca cu mine, se oferi el, iar un zâmbet strâmb i se cocoţă la colţul buzelor.

-Nu sunt plictisită, replică ea printre dinţii strânşi. Poţi să te duci să te joci, îl alungă ea.

-Nu vei scăpa aşa uşor de mine, iubito, pară el şi apoi se întinse pe pătură lângă ea.

Observase că era scoasă din sărite, iar el deja petrecuse prea mult timp departe de ea. Fusese dureros de conştient de prezenţa ei şi o privise tot timpul, dar a trebuit să joace volei cu fraţii şi verii săi pentru o vreme. Altfel ar fi fost calul lor de bătaie pentru foarte mult timp. L-ar fi tachinat şi ar fi spus că era îndrăgostit fără speranţă de salvare, ceea ce ar fi fost doar purul adevăr, desigur, dar nu se simţea capabil să le suporte tachinările.

Nora ridică din umeri şi îşi întoarse capul spre tinerii care se întorseseră la distracţia lor. Ariel îşi scoase tricoul şi pantalonii scurţi. Pe dedesubt purta un costum de baie dintr-o bucată, care îi îmbrăca corpul ca o mânuşă. Nora rânji când văzu cum ochii lui Max mai că ieşiră din orbite.

-Ce e atât de amuzant? o întrebă Matt şi privi în aceeaşi direcţie.

Imediat văzu reacţia lui Max şi se posomorî.

-Ariel îl va face bucăţele, mormăi el, nesigur dacă îi placea sau nu atenţia pe care i-o dădea Max verişoarei lui.

-De ce? se întoarse Nora curioasă spre el.

-Ariel este extrem de cusurgie. Nici de Bryan nu îi place, numai îl tolerează, spuse Matt ridicând din umeri. Imaginează-ţi ce simte pentru tipul ăsta.

Când observă că ei nu-i plăcea cum sunau cvintele lui, se grăbi să se explice.

-Nu mă înţelege greşit, iubito. Doar eu îl iubesc pe Bryan. Este ca un frate pentru mine, doar ai văzut. Şi chiar nu am nimic împotriva lui Max. Îl cunosc bine. Ce naiba, doar m-am antrenat cu omul ăsta şi am şi ieşit în grup împreună de câteva ori. Îmi place chiar destul de mult. Este un om corect şi responsabil. Dar Ariel... Nu o văd să-i accepte coada sau ciocul, îşi scutură el capul. Şi s-ar putea ca asta să fie pierderea ei, remarcă Matt. Max ar putea fi bărbatul perfect să o mai înmoaie puţin. Este mult prea înţepată.

Nora se sprijini de el, iar el o cuprinse în braţele lui.

-Poate va încerca să îl cunoască mai bine, spuse ea pe un ton liniştit, privind-o pe Ariel care se îndrepta spre ţărm cu gândul să înnoate.

Matt îl observă pe Max scoţându-şi şi el pantalonii scurţi şi urmând-o. Gândurile lui Max erau destul de zgomotoase, iar Matt rânji.

-Cred că-mi pun banii pe el, spuse el, iar degetele i se strecurară sub cămaşa Norei.

Toată lumea o bătuse la cap să o scoată. Era o zi călduroasă şi însorită şi ei ştiau că nu era posibil să se simtă prea comfortabil cu cămaşa pe ea. Cu toate acestea, fiind conştientă de urmele lăsate de gloanţe, dar şi temându-se că acestea vor atrage privirile, a refuzat.

Abdomenul îi tremură sub palma lui, iar un zâmbet îi ridică colţul gurii lui Matt. Gura lui îi găsi adâncitura dintre gât şi umăr şi o sărută.

-Matt, trase ea aer în piept cu greutate, încercând să-i oprească mâinile rătăcitoare. Suntem afară. Toată lumea ne poate vedea.

-Şi ce dacă? mormăi el.

Buzele lui îi trasară coloana gâtului în sus, până ce ajunseră la locul sensibil pe care el deja îl descoperise în spatele urechii ei.

-Nu-mi pasă. Au ghicit deja că sântem împreună, iar dacă nu au ghicit, atunci înseamnă că, în tot acest timp, m-am înşelat eu în legătură cu intelectele lor, şopti el.

Limba lui îi atinse lobul urechii şi ea se cutremură. Un geamăt slab ajunse la urechile lui, iar el, satisfăcut, începu să o ronţăie.

Degetele lui i-au atins şi masat pielea de pe abdomen cu blândeţe, iar apoi au început să alunece mai sus, până ce au ajuns sub curbura moale a sânilor ei.

Nu îndrăznea să-şi continue călătoria mai departe de acolo. Fusese excitat continuu de-a lungul ultimelor două săptămâni şi nu credea că s-ar fi putut comporta civilizat dacă ar fi pătruns în acel teritoriu interzis.

Matt respiră profund şi îşi lăsă bărbia pe vârful capului ei. Îi ajungea numai să o ţină în braţe pe moment.

Nici cinci minute mai târziu, Nat ieşi în fugă din casă precum o tornadă şi veni la ei.

-M-am trezit, mami. Bună, Matt. Ai spus că înnotăm când mă trezesc, se grăbi el să spună.

Matt râse, îi sărută Norei vârful capului, iar apoi îi spuse:

-Scuză-mă, iubita mea, dar datoria mă cheamă.

-Vei avea grijă de el, Matt, spuse ea, dar vocea îi sună mai mult interogativ.

-Poţi să ai încredere în mine. Nu voi lăsa să i se întâmple nimic, îi replică el pe un ton serios şi îi sărută gura scurt. Mai mult decât atât, va purta şi vesta de siguranţă, aşa că nu ai de ce să te îngrijorezi.

-Ar trebui să vin şi eu, spuse ea, muşcându-şi buza de jos.

-Şi să faci ce? o întrebă Matt iritat.

Nu era ca şi cum ar fi putut sări în lac şi să-l salveze pe Nat dacă s-ar fi întâmplat ceva. Cu toate acestea, văzând cât de supărată arăta, el se răzgândi.

-Bine atunci, voi întinde pătura chiar acolo pe mal ca să poţi să stai cu ochii pe noi, se oferi el.

-Pot să întind pătura şi eu, i-o întoarse ea, dar el nu vru să audă nimic.

O trase în picioare, adună pătura şi se îndreptă cu ea spre ţărm. Nat ţopăia, fericit că ajungea în sfârşit să intre în apă.

Stând pe pătură cu picioarele adunate sub ea, Nora îi privea. Matt îl învăţa pe Nat să înnoate, iar ea se minună de răbdarea lui.

Nu îl auzise să îşi ridice vocea nici măcar o dată. Sunetele de pe lac erau purtate departe, iar ea îi auzea instrucţiunile răbdătoare, repetând aceleaşi lucruri de mai multe ori, fără a obosi defel.

De mai departe, replicile dure ale lui Ariel la cuvintele lui Max erau în opoziție cu liniștea lacului. Se părea că absolut tot ce spunea Max o călca pe Ariel pe nervi.

După aproape o oră, Matt îl luă pe Nat înapoi pe țărm. Băiatul încă mai avea energie, dar Matt știa că acesta trebuia să își ia gustarea de după masă.

Se întoarseră la ceilalți, iar Nora observă că mâncarea de pe mese fusese reîmprospătată. Noi lucruri apăruseră, iar ei îi plouă în gură când ochii îi căzură pe faimoasele pateuri și foitaje pe care le copseseră atât Marjorie cât și Bryan. Aparent, exista o competiție tăcută între cei doi.

Lily deja își umpluse farfuria cu absolut tot ce se vedea pe masă. Nora bănuia că metabolismul lui Lily era foarte rapid. O văzuse mâncând și nu ar fi putut fi atât de subțire altfel.

Nora zâmbi până ce îi căzură ochii pe ceașca cu ciocolată fierbinte, pe care Lily o lăsase pe masă. Ochii ei se lărgiră, șocați, observând că lingurița se învârtea în lichid, iar Lily nici măcar nu o atingea.

Nora icni și clipi rapid. Matt își dădu imediat seama ce văzuse și mormăi:

-Lily.

Lily privi spre ei, iar brusc, lingurița se opri. Nora privi dinspre linguriță spre Lily, iar apoi spre Matt care pretinse că-l privea pe fratele lui care îl lua peste picior pe Alex. Nora consideră că doar și-a imaginat episodul și a decis să lase subiectul deoparte.

-S-ar putea să am insolație, spuse ea pe un ton șovăitor.

Nu putea găsi o altă explicație pentru ceea ce văzuse. Își frecă ochii cu degetele tremurânde.

Matt îi luă mâna, i-o sărută, iar apoi spuse:

-Hai să te ducem la umbră mai bine. Îți voi umple eu o farfurie cu de toate, o asigură el, iar apoi întinse pătura sub un copac.

O ajută să se așeze, iar spre uimirea lui, descoperi că acum îi putea citi gândurile și îi simțea avalanșa de trăiri. Încercase să-i citească gândurile de mai multe ori în ultimele câteva săptămâni și nu reușise.

Matt îi probă mintea câteva clipe, fericit că avea abilitatea de a o face. Apoi îi blocă gândurile, pentru că se simțea ca un voyeur.

Își scutură capul, copleșit de semnificația evenimentului, iar după ce se asigură că ea era așezată comfortabil, se întoarse la masă cu Nat, pentru a umple farfurii pentru ei trei.

Nora tot privea suspicios în jur, nesigură dacă doar și-a imaginat ce a văzut sau nu. Cu toate acestea, mintea ci rațională nu-i permise să se tot gândească la asemenea lucruri imposibile. Era posibil ca Lily să își fi amestecat ciocolata fierbinte mai înainte, iar inerția să fi împins lingurița să se miște în continuare. 'Aceasta este singura explicație rațională', dădu Nora din cap și decise să lase acele gânduri deoparte.

CAPITOLUL 18

SE ADUNARĂ CU TOȚII pe pături, puse destul de aproape pentru ca să poată purta o conversație. Au discutat despre tot și nimic în particular.

Marjorie a menționat câteva strângeri de fonduri pe care le organiza, iar toți și-au oferit timpul și banii ca să ajute. Din câte se înțelegea, mama lui Matt era o bună organizatoare, iar ea alegea cauzele care necesitau cel mai mult suport.

Ariel vorbi despre câteva experimente pe care le făcuse cu altoirea unor specii diferite de plante. Era pasionată de holticultură, dar cu toate acestea, nu îi plăcea slujba pe care o avea în prezent. Simțea că o sufocă și că nu îi oferea nici un fel de provocări. Nora înțelese că i-ar fi plăcut să aibă propria ei pepinieră într-o zi.

Becka vorbi despre cursurile ei, iar Bryan părea să știe tot ce era de știut despre ele. Norei nu-i venea să creadă că existau soți atât de atenți. În experiența ei, bărbații erau egocentrici și narcisiști.

Toți împărtășeau câte ceva și au încercat să o facă și pe ea să povestească ceva, dar ea nu avea nimic de spus.

Îi era teamă să le spună cum evoluaseră lucrurile cu Matt și nimic altceva nu se întâmplase în viața ei în ultima vreme. Povesti numai ceva ce a făcut Nat și părură mulțumiți cu atât.

După o vreme se rupseră în grupuri și s-au mutat mai departe. Becka, Ariel, Maggie și Lily se jucau cu bebelușii și îl distrau pe Nat.

Cei din vechea generație se adunaseră pe o pătură și își împărtășeau îngrijorările privind copiii lor pe voci joase. Cu toate acestea, din când în când, câte ceva ajungea la urechile Norei, iar ea se întrebă de ce erau toți atât de îngrijorați privind o anumită sarcină pe care tânăra generație trebuia să o îndeplinească. Intenționa să-l întrebe pe Matt mai târziu, sperând că el nu se va supăra din cauza curiozității ei.

Bărbații începură să joace fotbal. Numai Matt rămase alături de ea, continuând să o țină în brațe și șoptindu-i cuvinte fără nici o noimă în urechi.

După-amiaza trecea liniștit. Soarele era strălucitor și o briză ușoară îi ciufulea părul Norei. Totul era perfect.

Probabil ca ațipise pentru o vreme, îndemnată la somn de alinturile lui Matt și de căldura emanată de trupul său. Îi inspirase mirosul ușor sărat al trupului, iar corpul ei reacționase imediat. Dar, cu toate acestea, tot adormise.

Când se trezi, ochii ei îl căutară pe Nat imediat, iar ea zâmbi când îl văzu. Era tot cu femeile și bebelușii pe pătură.

Maggie făcea scamatorii pentru copii și Nora trebui să admită că era foarte bună la așa ceva. Produsese o păsărică parcă din aer, iar Nat râse de nu mai putea. Apoi Maggie a pocnit din degete și o tabletă mică de ciocolată îi apăru în mână. I-o dădu lui Nat care o privi pe femeie cu adorație.

Nora era uimită. Văzuse spectacole înainte, dar Maggie avea mai multă agilitate decât oricare alt magician pe care îl văzuse. De regulă, Nora putea ghici imediat cum făcea un magician un anumit act, dar nu reușea să ghicească ce făcea Maggie.

Nat se întoarse spre Ariel și-i spuse ceva, iar Ariel zâmbi. Pocni din degete, iar un măr roșu îi apăru în palmă.

Nora se încruntă din cauza confuziei. Mărul era mare și ea nu își dădea seama unde putuse Ariel să-l ascundă pentru că încă purta doar costumul de baie. Chiar cu câteva clipe în urmă, Nora se mirase că Ariel nu se topea sub privirea fixă și fierbinte a lui Max. Ochii bărbatului erau pur și simplu lipiți de ea, iar el aproape că nici nu clipea.

Bebelușul din brațele lui Lily își ridică brațele, iar jucăriile de pe pătura de sub ei începură să plutească în aer.

Aceea a fost picătura care a umplut paharul. Speriată acum, Nora sări din brațele lui Matt și strigă:

-Ce naiba se întâmplă aici?

Cuvintele ei opriră toate activitățile. Chiar și bărbații care jucau fotbal au uitat de minge, care a continuat să se rostogolească spre marginea apei, dar nimeni nu-i dădu nici o atenție când se scufundă sub suprafața lacului.

Nora simți că toți ochii erau pe ea, dar de data aceasta, nu îi păsa. Era înspăimântată. Nu putea găsi nici un fel de explicații raționale pentru tot ceea ce văzuse, iar teama i se intensifica. Pieptul i se ridica ridica cu greutate, iar ea abia respira și se simțea amețită. Apoi leșină.

-La naiba, mormăi Matt și se grăbi să o prindă.

-Îmi pare rău, spuse Becka venind spre ei.

Bryan o urmări cu ochii, iar apoi îi ceru lui Max să-l urmeze în casă.

Max înţelese că ceva se întâmpla, iar prietenul lui nu dorea ca el să fie martor la acel ceva, dar el îl respecta pe Bryan mult prea mult ca să nu îi accepte cererea.

Becka se aşeză pe pătura lui Matt şi îi mângâie Norei părul.

-Tot nu pot opri bebeluşii ori de câte ori decid să se joace, îi explică ea lui Matt. Sean abia a descoperit că poate mişca obiectele. Imaginează-ţi cât de fascinant este pentru el, se scuză ea. Sunt prea mici pentru a înţelege când pot face anumite lucruri şi când nu ar trebui. Cred că abia în câţiva ani...

-Nu te îngrijora, păpuşă, spuse Matt. Tot trebuia să afle cumva. Este o femeie extrem de raţională şi mi-ar fi fost foarte greu să o fac să creadă dacă nu ar fi văzut ea însăşi cu ochii ei, sublinie el.

Îşi trecu buzele peste ale Norei şi îi şopti:

-Haide, Nora, revino-ţi puiule. Trezeşte-te.

După câteva încercări, Nora deschise ochii. Confuzia îi lucea în pupilele verzi, iar ochii ei îi cercetară chipul lui Matt pentru a găsi un răspuns. Se ridică în şezut în braţele lui, îşi frecă ochii, iar apoi se întoarse spre el.

-Cred că halucinez, Matt, mărturisi ea pe o voce mică. Încă părea să fie speriată.

Matt îşi scutură capul, păstrându-şi ochii pe faţa ei.

-Ce vrei să spui? întrebă ea cu răsuflarea tăiată.

-Nu halucinezi, îi răspunse el foarte la obiect.

-Imposibil, Matt. Ştii ce am crezut că văd?

-Nu chiar, dar pot să-mi imaginez. Deşi, dacă îmi dai o secundă şi îmi permiţi să-ţi citesc mintea, îţi pot răspunde.

Culoarea dispăru de pe faţa Norei. Buzele îi tremurară, iar degetele îi zvâcniră pe braţul lui Matt.

-Ce vrei să spui?

-Vreau să spun că îţi pot citi gândurile, iubita mea, dar nu o voi face fără permisiunea ta, îi răspunse el pe un ton liniştit.

Ea se încruntă la el o secundă, iar apoi îi provocă:

-Bine, atunci, citeşte.

El o privi intens câteva secunde, iar apoi râse.

-În primul rând, nu ştiam că ai un vocabular atât de colorat, Nora, o mustră el în joacă, iar apoi deveni serios. În acest moment, crezi că glumesc cu tine, dar în spatele minţii tale, tot te mai întrebi ce se întâmplă. Înţeleg că l-ai văzut pe Sean ridicând jucăriile de pe pătură, Nora. Nu este mare lucru, începu el să spună, dar ea îl întrerupse.

-Ce vrei să spui când afirmi că nu e mare lucru, Matthew Winston? întrebă ea pe o voce mai puternică. Şi cum de ştii ce gândesc? se gândi ea să întrebe când realitatea îşi făcu în sfârşit loc în mintea ei.

-Ceea ce Sean a făcut se numeşte telekinezis. Dacă cineva are darul, nu este mare lucru. Până acum, Becka, Lily, Alex, Josh şi acum Sean au acel dar, explică Matt, iar ochii ei se lărgiră din cauza şocului.

-Ceea ce Maggie şi Ariel au făcut? întrebă ea pe o voce temătoare când îşi aminti de scamatoriile pe care cele două le făcuseră.

-Aceea e numai... vrăjitorie, spuse Matt şi se crispă, imaginându-şi cum suna aşa ceva în urechile ei.

Ea se împinse de lângă el, se târî puțin mai departe și se holbă la el. Apoi se uită în jur la ceilalți.

-Ce vrei să spui? urlă ea acum.

-Ei bine, aș spune... începu Matt să explice, dar Alex i-o luă înainte.

-Haide, Matt, ești un papă lapte. Lucrurile sunt simple, Nora, se întoarse el spre ea, deși Matt încercă să-l oprească.

-Sântem toți vrăjitori. Mă rog, aproape toți. Mama mea nu este, nici tatăl lui Matt și nici mama Beckăi și bineînțeles Bryan. Ceilalți am moștenit mai multe talente. Unii au un talent, alții au două sau trei. Unii dintre noi le-am cultivat, iar ceilalți nu. Asta este tot, ridică el din umeri.

Nora doar îl privi incapabilă să găsească un cuvânt să-i răspundă. Nu putea accepta ceea ce el îi spusese.

-Poftim? întrebă ea, deja amețită.

-Pentru Dumnezeu, Matt, ai spus că este o femeie deșteaptă, Alex mormăi cu dezgust.

-Taci din gură, strigă Matt la el. Și pleacă, acum.

Era furios pe vărul său. Alex nu avea nici un fel de tact și nu-i păsa dacă insulta pe careva.

Marjorie veni la Nora și o luă de mână.

-Păpușă, nu e ca și cum sântem o familie oribilă. Avem doar câteva daruri, atâta tot. Unii oameni cântă la un instrument. Eu pot să fac scriere automată și să citesc emoțiile oamenilor, de exemplu. Matt poate citi gânduri și emoții și așa mai departe, Nora. Nu este ceva de care să te temi. Întreabă-l pe Jonathan, dacă vrei. Sântem căsătoriți de treizeci și șapte de ani deja, iar el niciodată nu a avut nimic de care să se teamă. Nu-i așa, Jonathan? se întoarse ea spre soțul său.

Jonathan se apropie de ea. Îi luă mâna lui Marjorie şi i-o sărută. Acum Nora ştia de unde învăţase Matt să facă aşa ceva.

-Am avut numai o teamă, iubirea mea, spuse el cu un zâmbet capricios pe buze. Că nu îţi voi putea oferi fericirea pe care o meriţi.

Ochii lui Marjorie străluciră cu lacrimi de bucurie. Îşi întoarse privirea înapoi la Nora, o bătu pe umăr şi spuse:

-Vei vedea că nu ai de ce să te temi. Doar gândeşte-te la ce ştii despre Matt, şi vei face alegerea corectă, păpuşă, sunt sigură de asta.

Cu încăpăţânare, Nora îşi întoarse ochii, iar Matt oftă.

-Cred că ar trebui să ne întoarcem acasă, sugeră el, iar ceilalţi fură de acord.

Începură să strângă tot, iar Nat veni la Matt şi îl întrebă:

-Ce este o vrăjitoare, Matt?

Nora îngheţă pe loc.

CAPITOLUL 19

NORA SE SIMȚEA ÎNGHEȚATĂ pe dinăuntru. Plimbarea înapoi pe lac nu a calmat-o, așa cum se întâmplase înainte. Când Matt a transportat totul la mașină, ea a așteptat la o parte, gândurile tot învârtindu-i-se în cap.

Toată lumea veni să își ia la revedere, dar ea părea să se țină la distanță, iar ei nu au stat prea mult.

Matt a ajutat-o să urce în mașină după ce s-a asigurat că Nat era în siguranță în scaunul pentru copii din spate. Se aplecă asupra ei și îi încheie centura de siguranță, iar atunci observă că privirea ei era ațintită spre parbriz.

Brusc, ea își întoarse ochii spre el și spuse:

-Vreau să merg acasă.

-Mergem acasă, aprobă Matt pe un ton liniștit, dând din cap.

Mâna ei o apucă pe a lui, iar ea spuse printre dinți:

-La mine acasă, nu la tine.

El își scutură capul și instinctiv se aplecă peste ea și o sărută apăsat.

-Îmi pare rău, iubita mea, dar nu te pot duce la apartamentul tău. Nu ești sănătoasă sută la sută, și nu poți să ai grijă de tine și de Nat așa cum trebuie, îi refuză el cererea, scuturându-și capul.

Când văzu că ea dorea să-l întrerupă, el își atinse degetele de gura ei, scuturându-și capul din nou.

-Știu că vei încerca, Nora. Ești destul de puternică și încăpățânată să încerci. Dar corpul tău nu ți-o va permite. Trebuie să te iau acasă cu mine, repetă el cu îndărătnicie, iar tonul vocii lui nu mai lăsa loc la discuții.

-Nu voi dormi cu tine, se răsti ea la el.

El rămase nemișcat, iar ochii lui arătau că era rănit, dar apoi, dădu din cap:

-Bine, atunci, o să dormi în celălalt dormitor dacă aceasta este ceea ce vrei.

-Asta vreau, replică ea cu răutate în voce. M-ai mințit și...

-Nu te-am mințit niciodată, îi replică el pe un ton liniștit. Doar că nu ți-am dezvăluit totul.

Cu acele cuvinte, el închise ușa de la mașină și alergă spre partea șoferului, pentru a-i conduce acasă.

Drumul spre casă nu le luă mai mult de cinci minute. Când ajunseră sus, Nora a vrut să-l ia pe Nat cu ea în dormitorul ei, dar Nat nu putea înțelege de ce nu-și putea petrece restul după-amiezii cu Matt și începu să plângă.

Extenuată emoțional, îi lăsă singuri și plecă. Indiferent de ce se întâmplase, tot avea încredere în Matt să aibă grijă de fiul ei.

Întinsă în pat, tot învârtea lucrurile în cap. Șocul nu-i trecuse încă și ea tot nu putea crede că familia Winston era formată din vrăjitoare. Ea știa că nu există așa ceva.

Se gândi la aptitudinile paranormale, deși în trecut le desconsiderase. Tot nu ajunse la nici o concluzie, iar după o vreme, obosită, adormi.

Degetele lui Matt, atingându-i chipul uşor, o treziră pe Nora. Ea clipi şi îl privi cu confuzie. El aprinsese lampa de pe noptieră şi ea îşi dădu seama că era deja întuneric afară.

-Hei, tu, spuse el blând. Nu am ştiut dacă să te las să dormi sau nu. Este târziu însă şi nu ai luat cina încă. Vrei să ţi-o aduc aici ori crezi că poţi suporta să iei cina cu mine în bucătărie?

Ochii lui îi trădau nesiguranţa, iar inima ei se strânse. Matt era un om cumsecade şi ea nu voia să-l rănească. Atâta doar că nu putea să treacă, pur şi simplu, peste tot ceea ce se întâmplase.

-Aş putea mânca ceva, mormăi ea.

-Vrei să-ţi aduc tava aici? se oferi el din nou.

-Nu, replică ea ridicându-se în şezut. Voi veni în bucătărie în două minute.

-Ai nevoie de ajutorul meu pentru ceva? întrebă el, îndreptându-se.

-Sunt destul de sigură că pot să merg la baie fără ajutor, Matt, îi răspunse ea. Nu am nevoie de puterile tale paranormale să mă susţină.

Vocea îi suna răutăcios. Se simţea crudă şi expusă şi nu se simţea capabilă să îi arate nici un fel de bunăvoinţă.

Matt îi percepu dispoziţia proastă, dădu din cap şi părăsi camera, prinzându-şi mâinile la spatele capului. Senzaţia că a pierdut îl măcina şi nu ştia cum să pună capăt acelei avalanşe care se rostogolea la vale.

CÂND NORA INTRĂ ÎN living, Matt era așezat la masa pentru micul dejun, privind lacul. Deja așezase totul pe masă.

Simțindu-i sosirea, se întoarse spre ea și se ridică. *Mereu acelaș gentleman desăvârșit*, gândi ea ironic, iar apoi, se apostrofă pe sine. Matt mereu fusese plin de considerație și respectuos, iar ea doar se purta acum urât cu el din cauza a ceea ce descoperise în după-masa aceea.

Se îndreptă cu pași înceți spre masă ca să ia loc. Matt îi ținu scaunul, iar apoi se întoarse la scaunul lui.

Începu să o servească mai întâi cu salată, iar apoi adăugă pe farfuria ei un piept mare de pui făcut la grătar și legumele preparate stir-fry. Păstrând tăcerea, el își umplu și farfuria lui și, cu un gest, o invită să mănânce.

Mâncară în tăcere câteva minute, iar apoi, Nora își ridică privirea spre el și îl întrebă:

-Intenționai să îmi spui despre toate acestea vreodată?

-Da.

Ei nu-i plăcu răspunsul lui scurt și se încruntă la el.

Da? Când? Cândva în următorii douăzeci sau treizeci de ani?

Vocea ei avusese tonalitatea unei scorpii, iar sprânceana stângă a lui Matt i se ridică pe frunte. Ea se înroși ușor, dar expresia nu i se schimbă.

-De fapt, nu, Nora. Știam că va trebui să-ți spun înainte ca noi doi să ne implicăm în această relație mai mult.

-Da? întrebă ea în bătaie de joc. Cât mai implicați ar fi trebuit să devenim ca să-mi dezvălui totul?

Lumina din ochii lui se înăspri. Matt sperase că vor fi capabili să discute despre acele lucruri în mod rațional, fără să se atace unul pe celălalt.

Înțelegea că ea se simțea cumva trădată. Nu încercase să-i citească mintea pentru că nu considera că avea dreptul să o facă fără ca ea să știe, dar emoțiile îi erau foarte puternice și nici o persoană cu abilități empatice nu ar fi putut opri acele valuri de emoție.

-Categoric înainte să te iau în patul meu și înainte să te cer de soție, replică el pe un ton liniștit.

Pentru a-și masca neliniștea, tăie o bucată de pui și și-o îndesă în gură. Nici măcar nu-i simți gustul, dar mestecă cu grijă înainte să o înghită.

Ochii Norei se lărgiră, iar vârfurile obrajilor i se acoperiră de un roz pal. Degetele îi tremurară pe furculița care zăngăni pe farfurie. Sunetul răsună în urechile lui, iar ea lăsă furculița jos. Se lăsă pe spate și îl măsură cu privirea.

-Deja m-ai luat în patul tău, observă Nora cu sarcasm.

-Nu așa cum aș vrea, îi replică Matt cu o ridicare din umeri. Îmi place la nebunie să mă cuibăresc lângă tine și am nevoie să dorm cu tine, admise el. Dar am nevoie de mult mai mult decât atât.

-Înțeleg, spuse ea liniștit și își încrucișă brațele peste piept.

Nora îl privi încă câteva clipe, iar apoi spuse:

-Știi că ai fi putut deja avea ceva mai mult de atât de ceva vreme.

-Poate, ridică el din umeri din nou și își încărcă furculița cu legume. Mănâncă-ți mâncarea, Nora, se răcește.

-Cum naiba crezi că aş mai putea mânca acum? se uită ea urât la el.

-La fel de uşor ca şi mine, replică el şi îi indică farfuria ei cu capul ca să o îndemne să mănânce.

-Nu sunt la fel de insensibilă ca şi tine, spuse ea printre dinţi, iar Matt rămase nemişcat.

Când îşi dădu seama ce a spus şi îşi aminti cât de atent şi grijuliu a fost Matt cu ea, vru să se plesnească zdravăn.

Nora se întinse şi îi atinse mâna lui Matt.

-Îmi pare rău, Matt. Nu meriţi aşa ceva, ştiu asta. Sunt doar foarte supărată şi speriată, doar ştii.

-Îmi pot imagina, mormăi el.

-Nu, îi răspunse ea, iar apoi râse de ea însăşi. Tu nu ai nevoie să-ţi imaginezi nimic că doar poţi să-mi citeşti gândurile.

-De fapt, trebuie, Nora. Aşa cum am spus, niciodată nu îţi voi citi gândurile fără să am permisiunea ta. Cu toate acestea, emoţiile tale...

-Ce e cu ele? se interesă ea.

-Nu le pot bloca. Voi ştii întotdeauna ce simţi. Vreau să spun că voi ştii dacă eşti fericită sau tristă, sau dacă eşti speriată sau rănită, ştii tu. Nu pot însă ştii dacă iubeşti sau urăşti pe cineva... Pentru aşa ceva ar trebui să intru în mintea ta, îi explică el şi îi făcu din nou semn cu mâna, invitând-o să mănânce.

De data aceasta, Nora îşi luă fuculiţa şi se jucă împrăştiind legumele prin farfurie, gânditoare.

-Când nu mi-ai dat voie să joc cărţi cu Jay, spuse ea, ridicându-şi ochii spre el, era din cauza talentelor lui?

Matt aprobă dând din cap şi continuă să mestece. Îi luă câteva secunde să înghită.

Îşi întinse mâna spre ea şi îşi înlănţui degetele cu ale ei, apoi, îi întoarse palma în sus, iar degetul lui mare începu să deseneze cercuri pe pielea ei netedă.

Nora îi simţea mângâierile peste tot înlăuntrul ei şi înghiţi cu greu.

-Da, Jay are percepţie extra senzorială, PES, dacă vrei. Poate vedea ce cărţi ai în mână. Deocamdată, nu-şi poate controla darul şi, în consecinţă, nu se poate opri să-l folosească. A juca cărţi cu el este... o farsă, dacă vrei, ridică Matt din umeri.

-Înţeleg, spuse Nora. În afara familiei, ştie altcineva ce puteţi face? Vreau să spun tu şi verii tăi... înţelegi ce vreau să spun.

-Nu, nu ştie nimeni, îi răspunse Matt. Unii oameni ne-ar considera nişte ciudăţenii. Alţii ar vrea să profite de pe urma a ceea ce putem face. Aşa că nu, numai oamenii din familie ştiu despre noi. Desigur, celor care se căsătoresc înlăuntrul familiei li se spune dinainte ca să poată alege ceea ce vor... Până acum, spuse el pe un ton blând, nici unul dintre ei nu a dat înapoi.

Se priviră unul pe celălalt cu intensitate.

-Ai spus, începu Nora pe un ton ezitant, că vrei să mă ai în patul tău şi să te însori cu mine.

-Da, vreau. Ambele, spuse Matt dând din cap.

-De ce eu? întrebă ea, iar Matt clipi.

-Poftim? spuse el derutat.

-De ce cu mine? De ce ai vrea să te însori cu mine? repetă ea cu mai multă putere. Pentru că am aflat ce poate face familia Winston?

-Nu fii bleagă, îi răspunse el pe o voce dură. Nu m-aş însura pentru un motiv atât de neînsemnat, Nora.

-Atunci de ce eu? repetă ea cu îndărătnicie. De ce ai avea interesul să te căsătoreşti cu mine?

Ochii lui se rotunjiră, iar intensitatea acelui albastru întunecat o lăsă fără răsuflare. Matt scutură din cap şi având nevoie să se mişte se ridică şi începu să păşească încolo şi încoace prin încăpere, pierdut în gânduri.

După câteva minute, se întoarse spre ea.

-Chiar nu pot înţelege. Eşti o femeie inteligentă. Am avut dovada acelei inteligenţe a ta de multe ori. Cum poate o femeie atât de deşteaptă să pună întrebări atât de idioate? întrebă el, scuturându-şi capul.

-Ia vezi, se ridică şi ea în picioare. Nu sunt proastă.

-Asta ştiu, îşi exprimă el acordul cu ea. Dar cu toate acestea, nu ştiu cum de nu-ţi poţi da seama.

-Să-mi dau seama de ce? îl întrebă Nora cu exasperare.

-Că te iubesc, îi replică Matt.

El înregistră şocul de pe chipul ei. Nora căzu înapoi pe scaun şi îl privea cu neîncredere.

-Da, pot să-mi dau seama că eşti copleşită de bucurie, spuse el pe un ton sec.

Îşi luă farfuria şi platourile de pe masă şi le duse în bucătărie. Le curăţi, iar apoi le plasă în maşina de spălat vase. Ea tot îl privea ca şi cum nu îi venea să creadă ce spusese.

-Termină-ți cina, Nora, o invită el pe un ton liniștit. Lasă totul pe masă. Mă voi ocupa eu de vase mai târziu. Noapte bună, adăugă el și părăsi încăperea.

Nora rămase la masă, privind afară pe fereastră, dar cu toate acestea, ochii ei nu înregistrau nimic. Pe de o parte, vorbele lui Matt o făceau să simtă o bucurie euforică, iar pe de altă parte, o înspăimântau pentru că nu știa dacă și ea îl iubea.

Târziu, își dădu seama că mâncarea i se răcise, iar corpul îi era înțepenit pentru că stătuse în aceeași poziție prea multă vreme. Cu dificultate, se ridică în picioare și o porni încet spre camera ei.

CAPITOLUL 20

NORA STĂTEA PE BANCA de pe pervazul ferestrei, privind lacul, când auzi bipul de la interfon. Se strâmbă şi îşi abandonă locul pentru a răspunde la uşă.

Fiind ziua Canadei, Matt îl luase pe Nat să vadă nişte spectacole pe Harbor Front, împreună cu Marjorie şi Becka.

Deşi avea unele nelinişti în ceea ce privea aptitudinile ce existau în cadrul familiei Winston, avea încredere în Matt şi familia lui când venea vorba de fiul ei.

Ultimele două săptămâni fuseseră dificile. Matt fusese mereu politicos cu ea, dar era închis în sine. Ea fusese rezervată.

Îşi luau mesele împreună, iar Matt îl ducea pe Nat să-i viziteze pe Becka şi Bryan cu regularitate. Mergeau mereu împreună în parc, dar Nora întotdeauna refuza să iasă cu ei.

Nu mai ştia cum să reacţioneze în faţa lui Matt. Ştia că fusese rea şi duşmănoasă şi nu ştia cum să-şi ia cuvintele înapoi. Căsătoria ei precedentă o lăsase nepregătită pentru aşa ceva şi nu ştia cum să repare situaţia.

Nora era extenuată. Mintea ei se tot învârtea în jurul sentimentelor pe care le avea pentru Matt şi în jurul cuvintelor pe care el i le spusese.

De asemenea, era îngrijorată să se întoarcă la apartamentul ei. După cum bănuise, plata ei de invaliditate acoperea doar chiria şi îi mai rămâneau numai două sute de dolari în bancă după ce o plătea.

Îşi putea rezolva problema aceea numai dacă se întorcea la muncă, ceea ce părea să nu fie posibil pentru că doctorul nu voia să-i semneze actele. Îi ceruse exact acel lucru când se dusese la programarea pe care a avut-o cu el în urmă cu o zi, iar el o refuzase.

Cu toate acestea, nu mai putea să profite de Matt. Acum el era ursuz şi ea presupuse că el îi permitea să rămână în apartamentul lui numai din cauza felului în care fusese crescut.

Nora apăsă butonul de la interfon şi descuie uşa fără să mai întrebe cine era. Nu-i mai păsa. Sentimentul ei de singurătate devenise atât de acut încât ar fi primit cu bucurie pe oricine, chiar şi pe Alex, care nu părea să o placă prea mult.

Când auzi ciocănitul în uşă, imediat o deschise şi se găsi faţă în faţă cu Bryan.

Ea schiţă un surâs timid şi îi făcu semn să intre în casă. Ştiuse că se va simţi nelalocul ei când se va întâlni cu vreunul dintre ei după fiascoul de la lac, dar nu se aştepta să se simtă chiar atât de prost.

Bryan intră, privind-o atent. Se aplecă spre ea şi îi sărută obrazul.

-Pari înfiorător de obosită şi deprimată, remarcă el. Este totul în regulă?

-Mă flatezi, Bryan, replică ea pe un ton sec.

-Nu asta era intenţia mea, Nora, îşi scutură el capul. Am adus câte ceva pentru noi, îi spuse el, arătându-i punga din mână. Du-te şi aşează-te pe sofa, iar eu voi pune totul pe un platou şi vin la tine imediat.

-Pot şi eu să pun totul pe un platou, îi replică ea cu îndărătnicie, iar apoi îi smulse punga din mână. Acum, du-te tu şi ia un loc pe sofa, îi spuse ea şi îi dădu un ghiont în direcţia canapelei.

Bryan nu se mişcă din loc la început, apoi râse, îşi ridică mâinile în semn de capitulare, iar apoi se îndreptă cu paşi leneşi spre sofa. Putea să o vadă pe Nora în bucătărie, încercând să localizeze platourile.

El râse şi îi spuse:

-Încearcă ultimul dulap de pe stânga. Acolo ţine Matt platourile. Din câte văd, tot nu te lasă în bucătărie, observă el.

-Doar ştii că nu, replică ea pe un ton jalnic. Fie tu, fie Marjorie furnizaţi mâncarea. Nu mi se permite să fac nimic pe aici şi pur şi simplu mă înnebuneşte inactivitatea, mărturisi ea, aranjând patcurile şi celelalte produse de patiserie pe platou.

-I-ai spus asta? o întrebă Bryan blând, continuând să o privească, judecându-i reacţiile şi emoţiile.

Nora ridică din umeri, dar nu spuse nimic. Aduse platoul la măsuţa de cafea şi îl întrebă:

-Vrei cafea, coca sau bere?

-O bere ar fi bună, răspunse el cu nonşalanţă. Nu te obosi să aduci un pahar, Nora. Nu am nevoie, se gândi el să menţioneze. Niciodată nu se obosea cu eticheta.

Ea se întoarse la bucătărie să-i aducă berea, iar el notă cu satisfacție că se mișca cu mai multă ușurință. Nu era complet vindecată, iar din ce îi spusese Matt știa că probabil ea va continua să schioapete ușor de-a lungul întregii vieți, ceea ce nu părea să îl deranjeze pe Matt deloc.

Era important însă că se găsea pe drumul de vindecare. Acum, numai dacă el ar fi putut să o ajute să-și tămăduiască celelalte răni pe care le avea.

Nora se întoarse cu o bere pentru el și o coca pentru ea. Se așeză într-un fotoliu și oftă.

-O zi grea? se interesă Bryan.

-Vreo două luni de zile dificile, replică ea cu o înclinare a capului.

-Asta văd. Deci spune-mi, de ce nu i-ai spus lui Matt că ți-ar place să-ți faci de lucru prin bucătărie?

Ea își luă privirea de la el. Apoi se aplecă și alese un pateu.

-Eviți să-mi răspunzi la întrebare, observă Bryan.

-Desigur că evit să-ți răspund la întrebare, se răsti ea la el.

-De ce? insistă el.

Ea oftă profund, iar apoi cedă.

-Pentru că Matt și eu nu prea vorbim, ca să știi. Mă întreabă dacă sunt bine și dacă vreau să mănânc ceva sau să mă uit la un film. Îmi cere permisiunea să îl ia pe Nat cu el... Dar nimic altceva, ridică ea din umeri.

-De când?

-Parcă nu ai ști, se uită ea urât la Bryan. De la ziua aia blestemată de la casa ta de pe lac.

-Deci înțeleg că ești supărată pe Matt din cauza a ceea ce s-a întâmplat și ceea ce ai aflat, trase el concluzia.

-Am fost. Atunci, se gândi ea să precizeze. Haide, Bryan, nu-mi spune că tu nu ai fi fost surprins dacă aşa ceva ți s-ar fi întâmplat ție, ridică ea sprâncenele cu nedumerire.

Bryan izbucni într-un râs zgomotos şi îşi plesni genunchiul. Ochii îi străluceau de hilaritate.

-Ce este atât de amuzant? se încruntă Nora, neînțelegând cum de putea el să râdă în astfel de circumstanțe.

-Tu, Nora, tu eşti amuzantă.

-Din cauză că am fost surprinsă şi speriată de tot ce s-a întâmplat? întrebă ea cu buimăceală.

De fapt, nu se aşteptase la acea purtare mojică din partea lui Bryan. Nu păruse să fie genul de om care s-ar distra pe seama cuiva numai de dragul de a o face. *'Cât de mult pot greşi uneori,'* se gândi ea.

-Desigur că nu. Nu aş râde de tine din această cauză, Nora, se uită şi el urât la ea.

El sperase că ea ajunsese să îl cunoască mult mai bine până atunci.

-Râd pentru că tu presupui că eu nu am fost niciodată în acea poziție, râse el din nou, iar apoi îşi scutură capul.

Nora doar îl privi, iar sprâncenele i se urcară pe frunte. Niciodată nu îl văzuse pe Bryan într-o astfel de stare.

-Imaginează-ți, spuse el, că am dus-o pe Becka în exact acelaş loc. Am făcut dragoste cu ea pentru prima dată, unul dintre cele mai frumoase momente din viața mea, apropo. Iar apoi ne-am certat, spuse el. Vei afla cu siguranță de ce, adăugă el, dând din mână. Nu-mi voi pierde timpul cu astfel de detalii. Destul de curând se va găsi cineva să îți relateze evenimentele cu mare bucurie. Am fost calul lor de bătaie de atunci, își flutură el mâna cu dezgust. Oricum, la vremea aceea, nu știam nimic despre familia ei și, ca să fiu foarte onest cu tine, nici nu credeam în astfel de lucruri.

-Știu ce vrei să spui, spuse Nora. La fel gândeam și eu și totul a fost foarte șocant pentru mine.

-Da, știu. La fel și pentru mine. Oricum, la vremea aceea, Becka nu-și putea controla puterile, ca să știi. S-a supărat rău de tot pe mine, iar vântul a început să se învârtă în jurul nostru și obiecte au zburat în aer, își scutură el capul, surâzând. Imaginează-ți numai, să-ți zboare un răcitor imens chiar pe deasupra capului. Oh, frate, asta chiar m-a speriat, mărturisi el, deși râdea.

Nora îl ascultă cu uluire.

-Ce ai făcut? îl întrebă ea fără răsuflare.

Ea, una, ar fi fugit să găsească adăpost până ce lucrurile s-ar fi liniștit.

Bryan își trecu degetele prin păr, mai înghiți o gură de bere, iar apoi, privind drept în ochii ei, spuse:

-Am fost un măgar idiot. Cel mai mare măgar posibil. M-am purtat cu ea de parcă ar fi fost o ciudățenie. Am rănit-o și încă profund.

-Oh, Dumnezeule. Cum de te-a mai acceptat înapoi? îl întrebă Nora cu ochii mari, știind că ea nu ar fi fost capabilă să ierte așa ceva.

-Cred că am fost norocos. M-am dus pe la ea acasă după câteva zile. Mă gândeam să o implor, să mă umilesc... Știi tu, să fac tot ce era posibil pentru a o convinge să mă ierte. Dar ea m-a iertat imediat. Nu a simțit deloc nevoia să mă pedepsească.

-Văd, murmură Nora, cu toate că găsea greu de cezut că o femeie ar fi putut da aşa ceva la o parte şi pur şi simplu să uite.

-Acum, dă-mi voie să-ţi spun ceva, Nora. Dacă eu am putut accepta ca lucrurile să zboare în jurul meu şi vânturi şi furtuni, crede-mă, şi tu poţi accepta talentul lui Matt. Al lui, cel puţin, nu te sperie. Ştii că nu te poate răni. De exemplu, lovindu-te cu un răcitor în cap, spuse Bryan râzând.

-Matt ţi-a cerut să vii şi să vorbeşti cu mine, trase ea concluzia, strângându-şi mâinile.

-Oh, nu, Nora. Nici măcar să nu-i spui că am vorbit despre asta. M-ar jupui mai întâi. Aş vrea să rămân în relaţii bune cu Matt. El este unul dintre cei buni, să ştii. Nu vreau să-i pierd prietenia, Nora. Dar ştiu că tânjeşte după tine, iar tu, dacă ar fi să îmi dau cu presupusul după ce te-am văzut azi, şi tu tânjeşti după el. De ce nu ai arăta puţină bunăvoinţă faţă de voi amândoi şi nu ai încerca să vorbeşti cu el? Înţeleg că el se teme că nu vrei să auzi ce vrea el să spună şi din cauza aceasta suferă, îi spuse Bryan şi îşi termină berea.

-Mi-ar place să vorbesc cu el, dar nu ştiu nici măcar de unde să încep. Şi mai mi-e şi teamă că el va crede că încerc să profit de pe urma lui din cauza situaţiei mele din prezent, iar asta este şi mai rău, mărturisi ea, aplecându-se în faţă. Ştie că doctorul nu vrea să-mi semneze hârtiile ca să mă întorc înapoi la serviciu şi că situaţia mea financiară acum este foarte proastă.

-Atunci doar dă-i permisiunea să-ţi citească mintea. Aceasta ar trebui să-i alunge orice fel de dubii şi suspiciuni. Te asigur eu, procesul nu doare absolut deloc. L-am încercat, îi spuse Bryan pe un ton realist.

-Este uşor pentru tine să spui aşa ceva, se răsti ea.

-Ştiu că îmi este uşor să spun, aprobă Bryan dând din cap. Este mereu uşor să dai sfaturi, ştiu. Dar dacă nu faci ceva, amândoi veţi pierde. Matt niciodată nu va încerca să te oblige să faci ceva. Iar dacă el crede că aceasta este ceea ce vrei tu, te va lăsa în pace, indiferent de cât de mult suferă, îi explică Bryan.

Nora îşi închise ochii şi îşi muşcă buza de jos. Bryan mai că vedea cum i se învârteau rotiţele în cap, continuu.

-Pot să îţi mai cer o favoare, Bryan? deschise Nora brusc ochii şi îşi fixă ochii verzi lucitori asupra lui.

-Desigur că da, îşi înclină Bryan capul.

-Aţi vrea voi doi, tu şi Becka, să-l ţineţi pe Nat peste noapte? Azi sau poate mâine dacă nu puteţi azi, se grăbi ea să spună.

-Putem să-l luăm cu noi astăzi, nici o problemă. Ne vom distra de minune, surâse el. Dă-mi voie să o sun pe Becka şi să-i spun. Este cu Matt şi Nat chiar acum. Poate să îl ia pe Nat cu ea acasă, iar tu şi Matt veţi avea apartamentul numai pentru voi doi în seara aceasta, îi făcu Bryan cu ochiul şi îşi scoase telefonul din buzunar.

Formă numărul Beckăi şi îi explică totul cât puţu de rapid, avertizând-o de la început să nu îi spună nimic lui Matt.

CAPITOLUL 21

LUI MATT ÎI ERA TEAMĂ să petreacă o întreagă după-masă și seară singur cu Nora. Tânjea să fie cu ea, dar, cu toate acestea, știind că ea nu dorea să-i vorbească, simțea o durere acută în piept.

Becka ceruse să-l ia pe Nat cu ea până a doua zi. Îl asigurase că clarificase totul cu Nora.

În ciuda a tot, el tot a verificat sunând-o pe Nora, iar aceasta a făcut-o pe Becka să mârâie la el, ceea ce l-a înveselit pe Nat considerabil.

Tocmai erau pe punctul să meargă spre casă, iar băiatul nu prea voia să meargă. Ar fi preferat să alerge de-a lungul portului.

Marjorie vrusese să-l însoțească pe Matt acasă. El simțise acel lucru. Cu toate acestea, Becka a luat-o de mână și a invitat-o să-i vadă gemenii.

Matt nu putea concura cu gemenii în zilele acelea. Curând, mama lui se îndreptă cu pași domoli spre mașina Beckăi și plecă cu ea.

Matt se resemnă să mai petreacă o altă după-amiază în tăcere. Gândul că Nora era în acelaș apartament cu el, atât de aproape, dar, totuși, atât de departe, îl ucidea încetul cu încetul.

Gemu, dar cum nu avea nimic altceva de făcut, își conduse mașina spre casă.

Spre mâhnirea lui nu dădu peste nici un fel de stopuri, nici un fel de ambuteiaje, nimic. Ajunse acolo aproape imediat. Cu un oftat, își parcă mașina și își sprijini capul de volan pentru câteva secunde.

'*Hai, ieși din mașină o dată, pisică speriată,*' mormăi el și, în sfârșit, coborî din mașină.

Apartamentul lui se găsea la etajul douăzeci și șapte și uneori călătoria cu liftul până acolo părea să ia o eternitate. Desigur, nu în acea zi. Avu impresia că liftul l-a transportat la etajul lui cât ai clipi din ochi.

Se îndreptă spre ușa de la apartament cu groază. Respiră profund, pregătindu-se pentru a fi tratat cu tăcere din nou, iar apoi descuie ușa.

Așa cum se aștepta, apartamentul era tăcut. Știa că ea nu-l va întâmpina, așa cum obișnuia înainte.

Brusc, un gând dureros i se strecură în minte. Nora plecase, iar cererea pe care i-o făcuse Beckăi era doar o minciună. Probabil că îl aștepta pe Nat acasă la Becka, iar apoi urma să se îndrepte spre apartamentul ei.

-Nu, strigă el, iar apoi lovi zidul cu pumnul cu toată puterca de care era capabil.

Matt dorea și el să aibă șansa lui și nu putea doar să o lase să treacă fără a se împotrivi, acceptând să i se strecoare printre degete.

Mai că smulse ușa din balamale când o deschise. Nu-i păsă că încheieturile degetelor îi sângerau sau că ar fi putut distruge ușa.

Abia ieșise pe ușă cu un mers plin de hotărâre, când Nora îl strigă din spate:

-Matt, unde te duci? Ce s-a întâmplat?

Matt se clătină pe picioare. Se întoarse încet, iar ochii i se fixară pe Nora.

Cu ochii lărgiți, aceasta privi de la el spre gaura din zid și înapoi. Păli, iar ochii i se fixară pe încheieturile degetelor lui care sângerau.

-Deci asta am auzit, șopti ea. Ai lovit zidul, spuse ea mai tare, scuturându-și capul.

Nu putea crede că el a făcut așa ceva. Matt era mereu calm și echilibrat. Nu era un individ cu capul înfierbântat, iar ea nu putea reconcilia imaginea pe care o avea în fața ochilor cu Matt pe care îl știa.

Se holbă la el, iar apoi urlă:

-Ți-ai pierdut mințile? De ce naiba ai face așa ceva?

Matt își flutură mâna, încercând să spună ceva, iar apoi se uită și el urât la ea. Nu își găsea curajul să admită de ce a făcut acel lucru.

-Care este problema? Ce te-a făcut atât de furios? îl întrebă Nora din nou, pe o voce mai calmă de data aceasta.

Nu ar fi crezut că ar fi existat ceva care să-l facă pe Matt să-și piardă cumpătul. El era mereu atât de răbdător și înțelegător încât comportamentul lui de acum o uluia.

'Ce m-a înfuriat atât de rău? Femeia aceasta nu-și dă seama de nimic, la naiba! Numai ce mi-a smuls inima din piept și mă întreabă care este problema,' își scutură Matt capul.

Apoi îşi drese vocea, privind în altă parte pentru câteva clipe. Când ajunse la o decizie, închise uşa în spatele lui. Îşi aruncă cheile în bolul de pe masa de lângă uşă, iar numai apoi privi spre ea din nou.

Se simţea prosteşte din cauza a ceea ce făcuse, dar ştia că trebuia să spună ceva şi să-şi explice purtarea. Să o mintă pe Nora nu era o alegere posibilă.

-Am crezut că ai plecat, spuse el cu un oftat.

-Poftim? spuse ea, cu ochii mari.

-Am crezut că ai părăsit apartamentul. Că m-ai părăsit, repetă el, şi că i-ai cerut Beckăi să îl ia pe Nat cu ea că să te duci mai apoi la ei acasă să-l iei cu tine, explică el pe o voce mai puternică şi rebelă.

Suna ca un copil îmbufnat care explica de ce a făcut o prostie. Câteva secunde, Nora nu reuşi să-i răspundă. Ochii ei verzi îi trădară mai întâi nelămurirea, iar apoi furia.

-Chiar aşa? Chiar crezi că aş fi atât de lipsită de bun simţ, Matt? întrebă Nora, abia controlându-şi mânia.

El îşi dădu seama că cuvintele lui au ofensat-o şi încercă să se scuze:

-Îmi pare rău, iubito. Nu m-am gândit. Doar am reacţionat, îşi deschise el braţele, incapabil să mai găsească cuvinte pentru a se explica.

Nu ştia ce ar mai fi putut spune pentru a o face să nu se mai simtă atât de rănită.

-Ar trebui să mă ştii mai bine de atât, spuse ea morăcănoasă.

-Te ştiu mai bine, recunoscu el. Doar că mi-am pierdut simţul realităţii pe moment.

Nora îl privi de sus până jos, iar apoi îi luă mâna şi îl trase după ea.

-Unde mergem? întrebă el, iar apoi, din nou, se plesni mental pentru că punea astfel de întrebări idioate. Atâta timp cât ea dorea să-l aibă cu ea, lui nu îi păsa unde mergeau.

Ea îşi întoarse capul spre el şi zâmbi.

-Doar până în living pe moment. Imediat după ce am curăţit încheieturile degetelor acelea şi am oprit sângerea, se gândi ea să adauge.

-Sângerarea s-a oprit, nu îţi fă griji pentru aşa ceva, îndepărtă Matt subiectul cu o fluturare a mâinii de parcă problema aceea nu ar fi fost importantă.

-Haide, Matt, fă-mi pe plac. Haide să-ţi curăţim degetele mai întâi, iar apoi mai vedem noi după aceea.

Matt cedă şi o lăsă să se agite tratându-i degetele. Când termină, ea îl conduse în living şi îl invită să ia loc pe sofa. Mulţumită că el o asculta, se îndreptă spre bucătărie.

-Apropo, Bryan a trecut pe aici în după-masa aceasta, spuse ea dispărând în bucătărie. Ne-a adus nişte produse de patiserie. Mai întâi l-am întrebat pe el dacă Nat putea merge la ei acasă ca să doarmă peste noapte, iar apoi el a sunat-o pe Becka, veni vocea ei din bucătărie, iar Matt se aplecă într-o parte pentru a putea să o vadă prin arcul de la alcov.

-De ce a venit? întrebă el, iar suspiciunea era evidentă în vocea lui.

Nora se întoarse cu o tavă în mâini, iar Matt imediat sări în picioare să îi ia povara din mâini.

Ea dădu din picior furioasă.

-Nu sunt fragilă, Matt Winston. Sunt perfect capabilă să duc o tavă, mormăi ea la el.

-Nu, iubito, nu ești fragilă. Dar nu vei căra o tavă încă o lună sau două. Vedem după aceea cum merg lucrurile, ridică el din umeri, fără a promite absolut nimic.

-Cu tine, nu mi se va permite să duc nimic în mâini pentru tot restul vieții, îi aruncă ea o privire urâtă, punându-și mâinile pe șolduri.

Matt ridică din umeri și îi surâse. Era destul de inteligent să nu înceapă un argument cu ea chiar atunci.

-Haide, iubito, vino aici, stai jos, o invită el, punând platoul pe măsuța de cafea din fața sofalei.

Nora se hotărî să își aleagă bătăliile cu înțelepciune și lăsă acea discuție la o parte. Nu credea că ar fi avut șanse să o câștige prea curând.

Se așeză pe sofa și, lăsându-și papucii de casă pe podea, își trase picioarele sub ea. Se aplecă în față să ia una dintre farfuriile de pe tavă și un pateu, dar Matt imediat o opri și îi pregăti o farfurie. Ea pufni, dar nu comentă.

Așteptă până ce Matt se servi și el și se așeză într-un fotoliu nu departe de ea.

De-a lungul ultimelor săptămâni, înainte de evenimentul de la lac, el mai cumpărase încă două fotolii și câteva otomane și perne, pe care le împrăștiase prin living.

Părea necesar. Avuseseră oaspeți aproape în fiecare zi pe vremea aceea. Obișnuiau să vină în grupuri și mereu comentau că nu era suficient mobilier.

După ce a avut ea acea ieșire nervoasă la lac, vizitele în grup s-au încheiat, iar unele vizite au încetat complet. Oamenii erau probabil circumspecți din cauza ei.

-Cred că ar trebui să vorbim, spuse ea, după ce a mușcat din bucata ei de pateu.

FAMILIA WINSTON CARTEA ÎNTÂI TREZIREA
BECKĂI & DILEMA LUI MATT

Matt era tocmai pe punctul de a-l duce pe al lui la gură, iar mâna îi îngheţă la mijlocul drumului. Ochii i se întunecară şi nici măcar nu îndrăzni să clipească.

-Nu este cazul să te îngrijorezi, spuse ea cu un zâmbet mic. Sau, mai bine spus, sper să nu te îngrijorezi. Mi-ai spus că îmi poţi citi mintea dacă eu ţi-o permit, continuă ea pe o voce întrebătoare.

Matt doar dădu din cap. Puse pateul înapoi pe farfurie şi aşeză farfuria pe masă.

-Îţi dau voie, spuse ea blând. Haide, dă-i drumul şi distrează-te, încercă ea să-i îmbunătăţească dispoziţia, dar Matt nu prea se simţea uşurat.

-Eşti sigură? întrebă el şovăitor.

Ea dădu din cap cu hotărâre şi închise ochii. Nu ştia exact cam ce însemna acea citire a minţii, dar deja se decisese să accepte sfatul lui Bryan şi nu voia să dea înapoi.

Matt o privi fix, iar apoi, văzând că ea nu-şi schimba părerea, îşi închise ochii şi se scufundă în gândurile ei. Nu avu nevoie de mai mult de câteva secunde pentru ca lacrimile să i se adune în ochi.

Părăsi fotoliul şi o trase în braţele lui, uitând întru totul despre neliniştile lui de mai devreme. O strânse tare în braţe, până ce ea spuse blând 'au'.

-Oh, puiule, îmi pare atât de rău. Nu am vrut să te rănesc, spuse el în grabă şi se trase la o parte.

-Ştiu, Matt. Numai că m-ai strâns prea tare. Altfel, faptul că tu mă atingi, aceea nu este o problemă, spuse ea şi îi atinse chipul cu degetele, trasând conturul bărbii sale ţepoase.

Nora micşoră distanţa dinte ei şi îşi petrecu braţele în jurul lui. Îşi sprijini capul pe pietul lui şi inspiră mulţumită.

Matt o îmbrăţişă din nou, nu atât de strâns de data aceasta, iar apoi îi sărută creştetul capului.

-Sunt gata acum, şopti ea.

Matt deveni stană de piatră, temându-se şi să respire.

Ea îşi ridică privirea spre el şi avu senzaţia că intensitatea pupilelor lui o înghiţea. Albastrul închis al ochilor lui devenise şi mai închis la culoare.

-Vrei să spui că eşti gata pentru mine? o întrebă el, nesigur pe el însuşi.

-Da, aceasta vreau să spun, dacă nu ţi-ai schimbat părerea, evident, replică ea.

Într-o clipă, el o ridică în braţe şi cu paşi uriaşi o porni spre dormitorul său.

-Nu în această viaţă, Nora. Îmi pare rău, iubito, dar nu în această viaţă.

O dată ajuns în dormitorul lui, o aşeză pe pat şi apoi făcu un pas în spate. Se uita fix la ea, fericit să o vadă întinsă în patul lui încă o dată.

Apoi se întoarse şi închise uşa, de parcă s-ar fi temut că lumea ar năvăli nepoftită peste ei.

CAPITOLUL 22

CÂND AJUNSERĂ ACASĂ la Marjorie, Nora nu-și putu crede ochilor. Viitorii ei socri nu se dăduseră în lături de la nici un fel de cheltuieli.

Flori acopereau fiecare colț și suprafață disponibilă. Bufetul era decadent și, într-o paletă diversă de culori care atrăgea ochii oamenilor și le făcea să le plouă în gură.

Matt o ținea de mână și râse de surpriza ei.

-Mama știe întotdeauna cum să dea o petrecere somptuoasă, puiule, își trecu el buzele peste obrazul ei.

-Pot să văd asta, replică ea cu uluire. Nu am văzut niciodată așa ceva. Dar nu ar fi trebuit să se deranjeze atât de mult..., își scutură ea capul.

-Iubito, trebuie să înțelegi ceva, îi șopti Matt în ureche. Sunt primul ei născut. A așteptat acest moment de mai bine de treizeci și patru de ani. Trebuie să o lăsăm să-și facă voia, o sfătui el, iar Nora aprobă cu o înclinare a capului.

Nat, care o ținea de cealaltă mână, strigă:

-Mami, uite, Becka este aici.

Imediat, își trase mâna dintr-a ei și fugi spre Becka, persoana lui cea mai favorită în lume după Nora și Matt.

Becka îl întâmpină cu o îmbrățișare strânsă și un sărut pe obraz.

-Uau, arăți atât de bine, îl lăudă ea.

Matt refuzase să-i ceară copilului să se îmbrace în costum pentru petrecere. Insistase că Nat era copil și avea nevoie să se simtă în largul lui ca să se miște în jur.

Până la urmă, s-a ajuns la un compromis între toate părțile implicate – Nat nu va purta un costum la petrecerea de logodnă dată de Marjorie pentru ei, dar va purta unul pentru nuntă.

Imediat ce s-a răspândit vestea că au sosit, toată lumea veni să-i felicite. Marjorie și Jonathan zâmbeau larg, plini de mândrie, și îi îmbrățișară și pe Nora și pe Matt de mai multe ori.

Oamenii i-au admirat rochia Norei, iar ea s-a înroșit. Matt îi slăbise decizia de a o refuza cu un atac constant timp de o săptămână până ce a făcut-o să o accepte. O cumpărase el însuși și i-a prezentat-o sub forma de cadou, împreună cu toate accesoriile necesare.

Rochia de mătase fără mâneci era de culoarea smaraldului și îi îmbrățișa trupul fără însă să fie strâmtă. Se oprea chiar deasupra genunchilor. Ochii ei străluceau mai aprins, reflectând culoarea rochiei.

Plin de considerație, Matt i-a cumpărat pantofi fără toc, pentru ca să nu-și obosească piciorul prea mult, și o geantă mică. Deja era îngrijorat că Nora se va osteni prea mult în timpul petrecerii și îi ținuse o întreagă predică, explicându-i să nu stea prea mult în picioare și să-l anunțe imediat dacă obosea. Până își terminase el discursul, ea își dăduse deja ochii peste cap de mai multe ori, dar îi promisese să-i spună imediat dacă simțea că totul era prea mult pentru ea.

Ținea minte ce îi spusese Marjorie despre a-i oferi unui bărbat posibilitatea de a se simți mândru. Matt era mereu atent și mereu știa intuitiv de ce avea ea nevoie. Măcar atâta lucru putea și ea face – să-i respecte dorințele în acea privință.

S-au plimbat alene printre musafiri, ținându-se de mână, discutând despre lucruri fără importanță și răspunzând la întrebări.

Au trebuit să se despartă când bărbații l-au luat pe Matt deoparte ca să discute cu el petrecerea burlacilor, pe care el o refuzase inițial.

Nora îl convinsese să o accepte. O petrecere a burlacilor era asemănătoare unui ritual de atingere a vârstei majoratului, iar ea nu dorea ca el să piardă nimic din acea experiență.

Ieși afară pe terasă cu Lily ca să ia o gură de aer proaspăt. Marjorie se depășise pe sine însăși cu organizarea petrecerii, dar Nora tot avea impresia că se sufocă când erau prea mulți oameni în jur.

-Am înțeles că nunta va fi la casa lui Bryan de la lac, spuse Lily, sorbind din paharul ei cu șampanie și privind rochia Norei.

Acea culoare ar fi mers și pentru ea, dar ar fi avut nevoie să găsească un alt model de rochie. Ea nu avea curbele Norei.

-Da, îi zâmbi, Nora. Becka va fi doamna de onoare, știi. Am decis să avem doar o doamnă de onoare și un cavaler de onoare. Altfel, nu am mai fi avut nici un fel de musafiri sau aproape nici unul, râse ea, iar Lily îi împărtăși hilaritatea.

-Mda, ai dreptate. Mi-amintesc nunta Beckăi. Doar vechea generaţie a jucat rolul de musafiri. Toţi ceilalţi am fost domnişoare de onoare şi cavaleri ai mirelui. A fost hilarios, chicoti Lily.

-Ce a fost hilarios? veni Maggie spre ele, mişcându-şi şoldurile ritmic, şi ridicându-şi paharul în onoarea Norei.

-Nunta Beckăi, îi explică Lily. Cu noi toţi făcând parte din ceremonie, îţi aminteşti?

-Oh, da, se strâmbă Maggie. Sper că nu ne vei face acelaş lucru şi tu, o imploră ea pe Nora.

-Nu te teme, replică Nora râzând. Doar Becka şi Bryan. Toţi ceilalţi veţi fi doar musafiri.

-Ptiu, mulţumesc lui Dumnezeu, Nora!

Îşi şterse fruntea într-o manieră teatrală, iar celelalte râseră când o văzură.

-Deci, văd că l-ai înhăţat până la urmă, veni vocea Rebeccăi din spatele Norei.

Nora se întoarse spre bătrâna femeie cu rigiditate. Nu o mai văzuse pe Rebecca din ziua în care venise la spital, dar nu putea spune că-i dusese lipsa.

Rebecca îi aruncă un rânjet urât Norei şi, brusc, Lily se întoarse pe călcâie şi se grăbi spre casă.

-Bună ziua, Rebecca, replică Nora calm. Nu îmi amintesc să fi înşfăcat vreun bărbat vreodată, spuse ea şi sorbi fără grabă din paharul ei.

Încerca să ascundă orice semn de nelinişte. Ştia că Rebecca o va ataca dacă ar fi perceput vreo slăbiciune.

-Străbunico, interveni Maggie pe un ton plictisit, cred că, de fapt, Matt a fost cel care s-a ocupat de înhățare până la urmă. De fapt, chiar pot depune mărturie privind chestia asta. Am fost de față la tot, își flutură ea mâna.

-Sunt sigură că ai altceva de făcut, domnișorico, așa că dispari, se răsti Rebecca la ea.

Maggie păru să reflecteze pentru o clipă, iar apoi își scutură capul:

-Nu, îmi pare rău, buni. Nu am nimic altceva de făcut. De fapt, chiar făceam ceva acum, sublinie ea. Vorbeam cu Nora. Dar nu e o problemă, își bătu ea străbunica pe braț, putem să te includem și pe tine în conversația noastră. Nu-i așa, Nora? o întrebă ea pe aceasta și îi făcu cu ochiul, iar Nora nu-și putu opri un surâs strâmb în colțul gurii.

-Fetițo, îți lipsesc manierele, se răsti Rebecca la Maggie din nou. Nu știi când nu ești dorită undeva. Acum dispari.

-De fapt, Nora mă vrea aici, nu-i așa, Nora?

Nora o evaluă pe bătrâna femeie din fața ei. Supărarea ei față de Maggie se intensifica, iar Nora nu dorea să fie instrumentul unei rupturi între cele două.

-Nu e nici o problemă, Maggie. Rebecca pare hotărâtă să-mi spună ceva, așa că mai bine o lasăm să o facă. Între timp, te deranjează dacă te rog să-mi pui și mie niște deserturi pe o farfurie? Le-am văzut mai devreme și nu-mi mai pot lua gândul de la ele, o rugă ea pe Maggie și o mângâie pe braț cu blândețe.

-Ești sigură? o întrebă Maggie neconvinsă.

-Da, sunt, replică Nora zâmbind.

În ciuda acelui zâmbet al Norei, Maggie putu citi o determinare aprigă în ochii ei.

-În regulă, buni, scena îţi aparţine întru totul, se aplecă Maggie în bătaie de joc, iar ochii Rebeccăi o fulgerară.

Maggie se îndreptă spre casă cu un pas uşor, aproape plutind, chicotind în acelaş timp.

Rebecca o privi îndepărtându-se, iar apoi se întoarse spre Nora. O privi cu ochi duri, incercând să o intimideze, dar Nora nu dădu înapoi, ci îşi îndreptă umerii şi o privi pe Rebecca drept în ochi.

-Ştii că i-ai stricat toate şansele lui Matthew? o întrebă Rebecca de sus.

-Nu ştiu ce vrei să spui, îşi scutură Nora capul.

-Ar fi putut avea totul, îşi aruncă Rebecca mâinile în aer.

Nora auzi sunetul frunzelor care fremătau şi bursc, vârtejuri de aer rece o înconjurară. Inima i se opri o secundă, amintindu-şi ce-i povestise Bryan, dar îşi spuse că Rebecca nu o putea ucide în casa lui Marjorie, aşa că o privi şi ea dur, la rândul ei.

Rebecca se mânie şi îşi aruncă pumnul în aer. Un nor negru apăru şi începu să plouă peste Nora torenţial.

Nora nu se mişcă şi nu arătă nici un fel de spaimă. 'Un pic de ploaie nu a ucis pe nimeni', se gândi ea.

Brusc, toţi erau afară pe terasă. Tunau şi fulgerau la Rebecca, iar vocea lui Matt era cea mai puternică. Veni în goană şi o trase pe Nora la pieptul lui.

-Dacă vreodată, şi chiar vreau să spun vreodată, o mai atingi, chiar şi cu gândul, nu te voi mai recunoaşte ca parte a familiei mele, strigă el furios la Rebecca, iar ea oftă zgomotos.

-Ai face asta pentru ea? îl întrebă ea ultragiată.

-Este femeia pe care o iubesc. Va fi soția mea într-o săptămână. Fie o respecți și îmi respecți deciziile și dorințele, fie poți uita că exist, o privi el dur și o luă pe Nora cu el.

Trecând pe lângă mama lui, care părea complet șocată, o rugă pe o voce blândă:

-Ai putea să o ajuți pe Nora și să-i dai ceva în care să se schimbe, mamă?

Ea dădu din cap și li se alătură pe drumul spre casă.

Toți o priveau pe Rebecca cu ochi uluiți. Cârtise ea destul în trecut, dar niciodată nu atacase pe nimeni.

-De ce? o întrebă Bryan pe un ton liniștit. Nu ai fost atât de răuvoitoare față de mine, iar eu, cel puțin, chiar arătam ca un huligan, spuse el.

-Bryan, strigă Becka la el. Cum îndrăznești să vorbești astfel despre tine?

-Calmează-te, iubito. Trebuie să știm de ce o urăște pe Nora, îi mângâie el brațul Beckăi, ca să o aline.

-O urăști pe mami? interveni vocea uluită a lui Nat, iar adulții oftară.

-Dacă Matt află că el știe, o să fie circ, îi șopti Jonathan Ameliei care se afla cel mai aproape de el.

Amelie imediat înaintă și prinse mâna lui Nat. Îi spuse alinător:

-Nimeni nu o urăște pe mami a ta, Nat. Ai văzut că noi toți o iubim.

-Dar ea nu o iubește, spuse băiatul cu încăpățânare.

-Nu o urăsc, îi replică Rebecca copilului. Urăsc doar că anumite planuri au fost distruse, atâta tot, spuse ea și încercă să-i ciufulească părul copilului, dar acesta se trase departe de ea.

O mai privi câteva clipe, iar apoi își ridică ochii spre Amelie.

-Pot să mai primesc o felie de prăjitură, mătușică?

Amelie dădu din cap și zâmbi ușurată că se evitase criza. Îi plăcea la nebunie să îl audă pe puști numind-o mătușă.

Lui Nat i se spusese că Matt se va căsători cu mama lui și, în consecință, va deveni tatăl lui. Vestea l-a făcut foarte fericit. Deja îl iubea pe Matt, care mereu își făcea timp pentru el și nu îl critica niciodată.

Apoi, toată lumea i-a spus să-i numească mătușă sau unchi și, brusc, se pomenise în mijlocul unei familii uriașe. Mult mai important, toată lumea încerca să-l facă fericit și chiar îi dădea atenție.

NORA, MARJORIE ȘI MATT se întoarseră după un sfert de oră. Nora refuzase o rochie, dar acceptase o pereche de pantaloni și o cămașă.

A trebuit să-i explice de mai multe ori lui Matt că nu îl considera vinovat pentru ceea ce se întâmplase și că nu, nu-și schimbase hotărârea în ceea ce îl privea. Tot se va căsători cu el sâmbăta viitoare.

Matt fierbea. Întotdeauna știuse că străbunica lui era o femeie rece, care își punea dorințele și gândurile mai presus de ale tuturor. Dar cu toate acestea, nu-și imaginase niciodată că își va folosi puterile pentru a face rău cuiva și, în special, femeii pe care el o iubea.

Rebecca era tot acolo când s-au întors pe terasă, iar Matt pur şi simplu văzu roşu în faţa ochilor. Pasul i se lungi, hotărât să ajungă la ea şi să o dea afară, dar Nora îi strânse degetele şi îl trase înapoi cu blândeţe.

El o privi peste umăr, iar ea se cutremură când îi văzu intenţia neagră din ochi.

-Nu, spuse ea pe un ton liniştit. Nu vei face nimic ce ţi-ar rupe familia pe din două.

-Te-a rănit, mârâi el.

-Nu, nu m-a rănit. M-a udat, atât, ridică ea din umeri. Nu e mare lucru, Matt. Puţină ploaie nu a ucis pe nimeni.

-Nu-mi pasă, lătră el din nou.

-Dar îmi pasă mie, replică ea liniştit, iar el îşi închise ochii.

-Bine, nu o dau afară, dar trebuie să nu te mai atingă. Niciodată.

Ea acceptă cu o înclinare a capului, iar apoi amândoi se alăturară celorlalţi.

Rebecca îi străpunse cu o privirea neagră. Îşi strânse mâinile în pumni şi avansă spre Matt.

-Faci o greşeală, Matt.

-Este greşeala mea s-o fac, îi replică el pe o voce îngheţată. Şi nu văd nici un fel de greşeală din perspectiva mea, sublinie el.

-Nu-ţi vei primi puterile în întregime şi nici banii, se răsti ea.

-Îmi pare rău să te dezamăgesc, buni, dar am deja puterile. Iar banii... ştii doar că nu am motive să mă plâng, râse el scurt.

-Nu se poate, făcu ea un pas înapoi oripilată. Eşti cu ea numai pentru că eşti un om cumsecade şi îţi pare rău pentru ea.

-Ţi-am spus să nu o mai insulţi, porni el spre ea cu paşi furioşi, dar Nora îi trase mâna şi el se opri.

-Nora, vorbeşte urât despre tine, se plânse el.

-Şi ce dacă? i-o întoarse ea. Nu e ca şi cum mi-ar păsa.

-Dar îţi pasă că îl coşti aptitudinile şi banii? o întrebă Rebecca pe o voce rea.

-Despre ce vorbeşte, Matt? întrebă Nora cu o încruntare între sprâncene. Ai pierdut ceva din cauză că eşti cu mine? îşi ridică ea vocea.

-Nu, iubito, chiar opusul, o asigură el. Din cauza dragostei noastre, am reuşit, în sfârşit, să am toate aptitudinile pe care ar fi trebuit să le am de la început.

-Nu înţeleg, se plânse Nora.

-Dă-mi mie voie să-ţi explic, zise Bryan îndreptându-se spre ei cu un zâmbet în colţul gurii. Fiind din afara familiei şi considerând că m-am aflat în situaţia ta în trecut, s-ar putea să fiu mai clar, Nora, îi spuse el şi veni mai aproape.

Rebecca se uită urât la el, dar el numai îi zâmbi.

-Vezi tu, din cauza a două tragedii în viaţa ei, străbunica a blestemat toate generaţiile ce vor urma. Nu pot să-şi folosească sau să-şi controleze puterile pe deplin, până ce nu s-au îndrăgostit şi nu s-au dăruit complet cuiva, explică Bryan.

El îşi întinse mâna spre Becka, iar aceasta îşi înlănţui imediat degetele cu ale lui.

-De exemplu, continuă el, dragostea lui Matt pentru tine l-a ajutat să-şi controleze abilităţile de citire a gândurilor altora şi alte percepţii extrasenzoriale, spuse el.

Nora îşi aruncă privirea spre Matt, iar el aprobă dând din cap, apoi se apleacă asupra ei, îi sărută buzele şi şopti:

-Vezi tu, mi-ai adus mai multă bucurie decât aş fi putut visa vreodată.

Nora se înroşi, iar Bryan jubilă.

-Acum, să continui, Nora. De asemenea, Rebecca a creat nişte trusturi pentru nepoţii ei, iar mai târziu pentru strănepoţi. Dar ei nu pot obţine aceşti bani, până ce nu se îndrăgostesc, se dăruiesc acelui cineva, iar acel cineva li se dăruieşte la rândul lui. Desigur, există un set de administratori, cititori de minţi, vezi tu, care verifică dacă cineva încearcă să trişeze. Înţeleg că cineva a încercat în trecut, râse el, privind spre Jay, care-i aruncă o privire urâtă.

-De ce toată lumea trebuie să mă aducă pe mine în discuţie? întrebă el dezgustat, aruncându-şi mâinile în aer.

-Pentru că povestea ta este comică, răspunse Bryan şi îi făcu cu ochiul.

-Atunci, spuse Nora ezitând, nu văd ce a pierdut Matt pentru că este cu mine.

Ea privi spre Rebecca interogativ, iar apoi spre Matt.

-Asta este ideea, iubito. Nu am pierdut nimic, ba din contra, am câştigat absolut totul, spuse el şi îi ridică mâna la buze şi i-o sărută.

-Da? râse Rebecca urât. Atunci dovedeşte-o.

-Singurul lucru pe care trebuie să-l facem este să ne-o dovedim unul altuia, buni, îşi scutură Matt capul. Nu trebuie să-ţi dovedim nimic ţie.

-Ţi-e teamă, spuse ea cu un râs urât. Ştii că administratorii vor vedea prin această prefăcătorie, aşa cum eu am văzut deja.

-Tu porţi ochelari negri, buni, aşa că de fapt nu vezi nimic din ce nu se află direct în faţa nasului tău, replică Matt.

-Copiii se iubesc unul pe celălalt, Rebecca, interveni Marjorie. Lasă-i în pace, o îndemnă ea.

-Eşti o proastă, Marjorie, se repezi Rebecca la ea.

-Nu-i vei vorbi soţiei mele astfel. Ţi-am mai spus aceasta în trecut şi nu o voi mai repeta, veni Jonathan să o susţină pe soţia sa.

-Acum văd, spuse Rebecca. V-au păcălit pe toţi. Au crezut că voi înmâna banii imediat dacă îmi prezintă o poveste plină de lacrimi despre iubire. Sunt făcută dintr-o stofă mai zdravănă de-atât, Matty, băiete, râse ea scurt.

-Poate că nu am fost suficient de clar, repetă Matt pe un ton sec. Nu vreau să iau banii. Am deja ceea ce am nevoie, chiar aici, spuse el ridicând mâna Norei.

-Ştii ce cred? spuse Rebecca cu satisfacţie. Cred că ţi-e teamă. Dacă nu ţi-ar fi, ai accepta ca administratorii fondului să o verifice.

-Mi-a oferit deja gândurile ei, aşa că ştiu foarte bine ce gândeşte şi ce simte, replică Matt cu indiferenţă. Nu am deloc nevoie de administratorii tăi să-mi spună ceea ce ştiu deja, ridică el din umeri.

Bryan îi puse o mână pe umăr.

-Matt, pe termen lung, chestia aceea cu administratorii ajută. Am fost în situaţia asta şi am făcut-o, doar ştii.

-Nu vreau ca ei să-i citească mintea, se încăpăţână Matt, uitându-se urât la Bryan.

-Dar eu vreau, spuse Nora pe o voce calmă. Ştiu că tu ştii cum gândesc, dar poate este mai bine dacă toată lumea se convinge că nu încercăm să-i păcălim, îi spuse ea, mângâindu-i braţul.

Matt îşi închise ochii înfrânt.

CAPITOL FINAL

SOARELE STRĂLUCI PESTE insula lui Bryan în ziua când Nora s-a măritat cu Matt. A purtat o rochie albă, stil prințesă, care avea bustul acoperit de perle mici. Rochia fără mâneci se mula pe bustul și talia ei, dar i se înfoia în jurul picioarelor.

Nora avusese unele rezervări la început. Fusese măritată înainte, în fond, și nu i se părea corect să poarte o rochie albă. Dar apoi a discutat acea problemă cu Marjorie, care, împreună cu Becka, Lily și Maggie, au insistat să meargă cu ea să-și cumpere rochia de mireasă.

Viitoarea ei soacră i-a explicat cu răbdare că se înșela. Nora nu purtase o rochie albă pentru prima ei căsătorie. Se căsătorise la primărie. Mai mult decât atât, aceea era prima și singura căsătorie a lui Matt, iar lui i-ar fi plăcut foarte mult ca mireasa lui să fie îmbrăcată toată în alb.

Ochii lui Matt străluciră cu lacrimi reținute când ea apăru în capătul culoarului și începu să se îndrepte încet spre el și spre altarul improvizat. Ochii lui îi cutreierară chipul și trupul, iar mândria îi fulgeră în pupilele lui de un albastru închis.

O urmărea înaintând încet spre el, dar, pentru prima dată în viața lui, Matt își pierdu răbdarea.

Se grăbi în jos pe culoarul creat de Marjorie cu un covor alb între rândurile de scaune. Nu se opri până ce nu ajunse la ea, își înlănțui degetele cu ale ei și îi sărută buzele ușor.

-Ce faci, Matt? șopti Nora, iar ochii ei măriți și năuciți, se fixară pe chipul lui.

-Am făcut o greșeală iubito. Ar fi trebuit să avem ceremonia asta în living, în mai puțin de cinci minute, iar apoi să fi plecat în luna de miere imediat. Nu știu dacă voi avea răbdarea să trec prin toate acestea. Vreau să fiu singur cu tine chiar acum, șopti și el, iar pentru prima dată de la accidentul ei, el nu se gândi defel la piciorul ei rănit, ci o îndemnă să se grăbească ca să ajungă în fața pastorului mai repede.

Acțiunea lui i-a șocat pe toți cei prezenți, iar la început, nimeni nu reuși să reacționeze. Doar Marjorie și-a acoperit gura, iar lacrimi începură să-i curgă pe obraji.

Becka și Bryan se priviră unul pe celălalt, Becka cu uluială, iar Bryan cu un zâmbet larg și știutor pe buze.

Nat, căruia i se spusese cum urmau să se desfășoare evenimentele, nu înțelegea ce s-a schimbat și își tot întreba mătușile ce se întâmpla, dar nimeni nu părea capabil să îi dea un răspuns.

Când Matt și-a petrecut brațul pe după talia Norei și a grăbit-o în fața pastorului, toți și-au revenit și au început să râdă.

Jay și Maggie și-au ridicat brațele și și-au plesnit palmele, așa cum făceau de obicei, iar ceilalți s-au înghiontit cu coatele unul pe celălalt. Chiar și bătrâna generație râse.

FAMILIA WINSTON CARTEA ÎNTÂI TREZIREA
BECKĂI & DILEMA LUI MATT

-Băiatul este într-o stare mult mai proastă decât am fost eu, îi şopti Jonathan lui Marjorie, iar ea îl aprobă dând din cap, cu un zâmbet pe buze, în ciuda lacrimilor care îi tot curgeau.

Nora se înroşise până în vârful urechilor, dar Matt avea o singură grijă pe lume. El pur şi simplu voia să se însoare o dată şi să plece la cabana pe care o închiriase pe malul unui lac din nordul provinciei Ontario.

Deja aranjaseră şi discutaseră totul cu Nat, iar copilul declarase că va fi fericit să stea cu Becka şi Bryan câteva săptămâni, în timp ce mami şi Matt se bucurau de o lună de miere scurtă.

Tuturor le plăcu serviciul religios scurt, precum ceruse Matt, deoarece acesta nu dorea să piardă prea mult timp înainte de a spuse *Da*.

Rebecca fusese invitată numai ca rezultat unor intervenţii extinse din partea tuturor femeilor familiei şi, în special, din cauza cererilor constante ale Norei. Matt devenise rece ca gheaţa faţă de ea şi nu dorea să o vadă sau să-i vorbească.

Petrecerea de logodnă se încheiase cu invitarea administratorilor numiţi de Rebecca pentru ca ei să determine dacă tânărul cuplu era sau nu îndrăgostit cu adevărat.

Matt se opusese acelui lucru, dar Nora, care nu dorea să fie cauza pentru nici un fel de discuţii între Matt şi familia sa, insistase.

Când administratorii au recunoscut iubirea şi deplina implicare dintre Nora şi Matt, Rebecca a simţit că o lua cu leşin. Se înşelase încă o dată.

Încercase să-l abordeze pe Matt atunci, dar el nu s-a obosit să discute nimic cu ea. El doar i-a anunțat pe administratori că nu dorea și nu avea nevoie de banii din trust, iar apoi i-a luat pe Nora și Nat de mâini, și-au luat la revedere de la ceilalți și au plecat.

Rebecca privi cuplul care își spunea jurămintele și o umbră trecu peste chipul ei. Îl știa pe Matt bine și știa că nu îi va fi la fel de ușor să-i intre din nou în grații așa cum îi fusese cu Bryan.

Matt era un om cumsecade, dar cu toate acestea, nu era înclinat deloc spre iertare. Deja îi spusese în termeni fără echivoc să-și bage banii unde nu strălucea soarele. Nora îi susținuse decizia, deși îi ceruse cu hotărâre să și-o exprime în termeni mai politicoși.

Unii dintre membrii familiei mai vorbeau încă cu ea, dar nu toți. Nu avea ea nevoie de mila lor, dar acel fiasco o determinase să caute altă cale să obțină ceea ce voia.

Ochii îi căzură pe Ariel, care se străduia să țină piept invitațiilor insistente din partea prietenului lui Bryan, Max. Rebecca se cutremură. Acela era un bărbat pe care nu și-l dorea în familia ei. Mulțumea lui Dumnezeu că fata aceea părea să aibă ceva minte!

BIOGRAFIA AUTOAREI

ROWENA DAWN scrie romane de dragoste, citeşte cărţi poliţiste şi se uită la comedii. Îi place să se plimbe prin pădure, dar iubeşte marea nebuneşte.

Are o relaţie de dragoste şi ură cu scrisul ei şi îl înnebuneşte pe câinele ei când nu se opreşte din scris pentru a-l scoate la plimbare.

ROWENA DAWN

Această serie, *Familia Winston*, va avea opt romane de sine stătătoare, iar toate vor fi arăta cum iubirea poate învinge blesteme și aduce fericirea oamenilor implicați.

Curând va apare a treia carte din seria "*Familia Winston*" a Rowenei Dawn: **SALVAREA LUI JAY!**

FAMILIA WINSTON CARTEA ÎNTÂI TREZIREA BECKĂI & DILEMA LUI MATT

Cărți scrise de Rowena Dawn:

Cu Dublu Tăiș – Prima Carte din seria Jumătatea Perfectă - eBook, paperback, (audio book – doar în limba engleză)

Meg – eBook (**Meg La Răscruce de Drumuri**), paperback, (audio book – doar în limba engleză – *Leap of Faith*)

Trezirea Beckăi (Prima Carte din Seria Familiei Winston) – eBook, paperback, (audio book – doar în limba engleză)

Bărbatul (Aproape) Perfect - eBook, paperback, (audio book – doar în limba engleză)

Dilema lui Matt (Cartea a Doua din Seria Familia Winston) – eBook, paperback

VOR FI PUBLICATE CURÂND:

ATRAS (Cartea a treia din Seria Jumătatea Perfectă).

Salvarea lui Jay (Cartea a treia din seria Familia Winston)

ROWENA DAWN

Vă mulțumesc că ați citit prima carte din *Familia Winston – Trezirea Beckăi & Dilema lui Matt*.

Dacă v-a plăcut, vă rog spuneți-le și prietenilor dumneavoastră despre ea sau scrieți o scurtă recenzie.

Reclama din gură în gură este cel mai bun prieten al unui autor și este extrem de apreciată.

Vă mulțumesc,
Rowena Dawn

FAMILIA WINSTON CARTEA ÎNTÂI TREZIREA BECKĂI & DILEMA LUI MATT

Pentru a afla despre viitoare lansări de carte, vă rog înscrieți-vă la newsletter pe:

www.roxananastase.weebly.com[1].

Nu vă vor fi trimise alt gen de emailuri.

---

1.   http://www.roxananastase.weebly.com

Don't miss out!

Visit the website below and you can sign up to receive emails whenever Rowena Dawn publishes a new book. There's no charge and no obligation.

https://books2read.com/r/B-A-SAED-QYSS

Connecting independent readers to independent writers.

Did you love *Familia Winston Cartea Întâi Trezirea Beckăi & Dilema Lui Matt*? Then you should read *Salvarea lui Jay*[2] by Rowena Dawn!

Jay nu dorea decât să se amuze. În schimb, și-a pierdut inima și liniștea sufletească.

Jay nu este un bărbat prea la locul lui. Poate citi mintea oamenilor, deși nu foarte bine și nu întotdeauna. Cu toatea acestea, își folosește talentele pentru a juca cărți și a câștiga.

---

2. https://books2read.com/u/m2vWJr

3. https://books2read.com/u/m2vWJr

Din păcate, joacă o dată în plus. Își pierde banii și abia scapă în viață, dar numai pentru că are un înger păzitor. Acum trebuie să decidă dacă ceea ce simte pentru acel înger este recunoștință sau iubire.

About the Publisher

It is based in Toronto and brings to public various books: poems, novels, short-stories, children's books, language study books and non-fiction. It publishes the literary review: Scarlet Leaf Review: www.scarletleafreview.com

Our mission is to help emerging authors and poets to make their works known to the public.

Contact email address: scarletleafpublishinghouse@gmail.com